駱以軍 著

遺悲懷

【當代小說家】編輯前言

／王德威

一九八〇年代以來，海峽兩岸的文學相繼綻放新意，而且互動頻仍。其中尤以小說的變化，最為多彩多姿。或由於毛文毛語的衰竭，或由於解嚴精神的亢揚，新一代的作者反思家國歷史的變化，觀察欲望意識的流轉，深刻動人處，較前輩只有過之而無不及。

回顧前此現代小說的創作環境，我們還真找不出一個時期，能容許如此眾聲喧嘩的場面。政治依然是多數小說家念之寫之的對象，但「感時憂國」以外，性別、情色、族群、生態等議題，無不引發種種筆下交鋒。更不提文字、形式實驗本身所隱含的顛頏玩忽姿態。宋澤萊、張承志從小說見證意識形態的真理，王文興、李永平則由文字找到美學極致的依歸。共產烏托邦裡興出了莫言、賈平凹的《酒國》與《廢都》，而白先勇、朱天文的孽子荒人正要建立同志烏托邦。蘇童《妻妾成群》，李昂《暗夜》、《殺夫》。尤有甚者，平路的國父會戀愛，張大春的總統專撒謊。歷史流散，主義量產。彼岸要說這是「新時期」的亂象，我們不妨稱之為「世紀末的華麗」。

二十世紀雖自名為「現代」，但在建構文學史觀時，貴古薄今的氣息何曾稍歇？魯迅曾被神化為絕世宗師，彷彿新文學自他首開其端後，走的就是下坡路。而寫實主義萬應萬靈，從當年的為人生為革命，到今天的為土地為建國，正是一脈相承。所幸作家的想像力遠超過評者史家。他（她）們不但勇於創新，而且還教我們「溫新」而「知故」。阿城、韓少功的「尋根」小說，使沈從文的風采重見天日；林燿德、張啟疆的臺北都會掃描，竟似向半世紀前的海派作家致敬。而張愛玲傳奇的歷久彌新，不正來自張迷作家的活學活用？文學史的傳承其實是由無數斷層所組合。當代小說家的成就未必呼應任何前之來者。但也正因此，他（她）們所形成的錯綜關係更凸顯新文學的傳統，原就應當如此曲折多姿。

然而反諷的是，小說家如今文路廣開的局面，也可能是一種反高潮。從魯迅到戴厚英，從吳濁流到陳映真，小說家曾與國族的文化想像息息相關。他（她）們作品的流傳或查抄，無不成為社會象徵活動的焦點。影響所及，甚至金庸或瓊瑤的風行或禁刊，也可作如是觀。但曾幾何時，小說家發現他（她）們越能言所欲言，他（她）們在家國「大敘述」中的地位反而每下愈況。經過半世紀的磨練，現代中國小說的可讀性與日俱增，昔日的讀者卻不可復求。二十世紀末影音文化的風靡騷動，不過是問題的一端而已。

一種文類的興盛與消亡，在過往的文學史裡所在多有。中國「現代」小說，果不其然要隨著二十世紀成為過去？有能耐的作家，早已伺機多角經營。他（她）們或為未來的作品累積經驗，或藉已有的文名隨波逐流，是非功過，都還言之過早。與此同時，就有一批作者寧願獨處一隅，以千言萬語博取有數讀者的讚彈。寫作或正如朱天文所謂，已成一種「奢靡的實踐」。彼岸的王安憶更以一本《紀實與虛構》，道盡小說家無中生有、又由有而無的寓言。從自我創造，到自我抹銷，滿紙是辛酸淚，還是荒唐言？兩百五十多年前曹雪芹孤獨的身影，依稀重到眼前。而我們記得，《紅樓夢》寫了原是為一二知音看的。

這大約是當代中文小說最大的弔詭了。小說世紀的繁華看似方才降臨，卻又要忽焉散盡。以時間的觀念而言，當代意味浮光掠影的剎那，但放大眼光，（文學）歷史正是無數當代光影的投射。【當代小說家】系列的推出，即是基於這樣的自覺。以往全集、大系的編輯講究回顧總結、成其大統。這套系列既名為當代，注定首尾開放，而且與時俱變。所介紹的作者都是以其精鍊風格或實驗精神，在近年廣被看好。世紀之交，夾處新舊，這群當代小說家也許只能捕捉一時光芒——他（她）們甚至可能是群末代小說家。但只要說故事仍是我們文化中重要的象徵表義活動，二十一世紀的中文小說風景，應由他（她）們首開其端。

在編輯體例上，這套系列將維持多樣的面貌。除了精選作品外，也收入評論文字及作者創作年表。作為專業讀者，我對每位作者各有看法，也有話要說。這些話將見諸每集序論部分。評者的讚彈，當然是見仁見智之舉。以一己之（偏）見與作家對話，我毋寧更願藉此機會表示對他

（她）們的敬意：寫小說不容易，但閱讀好小說，真是件快樂的事。（二〇〇一）

王德威，現任美國哈佛大學東亞語言與及文明系 Edward C. Henderson 講座教授。

序論　我華麗的淫猥與悲傷

——駱以軍的死亡敘事

／王德威

這可是作家的夢境之一？一個晴朗的初秋早上，兩架飛機，一先一後，撞進雙子星摩天大樓裡去。剎那間，你看見那壯麗的建築火光崩裂，硝煙瀰漫。像螞蟻般的人體，或死或活，從天外彈向地上。然後轟然中，那兩棟百層高樓傾塌了——一切如此緊湊流暢，讓你幾乎以為複習了一遍剛看過不久的災難電影。

再沒有比這更華麗，也更淫猥的千禧紀念吧？看著衛星實況轉播的作家可曾這樣喟歎著。華麗，因為那災難堆砌出奢靡的劇場性，恐怖到了炫惑的地步，令人難以逼視而又歎為觀止。文明的聳立與瓦解，原來「真」得像假的一樣，布希亞（Braudrillard）「擬像論」（simulacrum）的信徒要賞歎不已了。但你感覺到廢墟劇場滲出不潔的味道：惡的味道，無能為力的味道，淫猥的味道。繁華與秩序的殿堂裡，毀滅的種子早已潛伏；大都會的子民一夕好夢，哪裡知道死亡的陰影正隨太陽升起。

而已發生的可以像錄影帶一樣，倒帶重來麼？或乾脆洗掉它？真實與虛構再怎麼相與為用，又怎麼抹銷死亡橫切下來的物質性及不可逆性？面對死亡，書寫還可能麼？

在最不可思議的情形下，那場災難竟可成為駱以軍小說美學的現成注腳。（不是麼，他甚至早就寫過一座城市中破紀錄的高樓出人意料的崩塌，活埋無數人，廢墟綿延數十條街道。）①這幾年駱書寫詭異夢境，鑽研生命的曖昧時刻，暴露欲望的狂縱衝動，了無禁忌。他的敘事迷離流淌，卻每有不由自主的痙攣與震顫。而他筆下的千言萬語都指向一不可言說的核心。那核心可是欲望迷魅的所在，時間歸零的空地？或更可能的，死亡的變裝秀場？

駱以軍是學戲劇出身的，一則又一則的荒唐故事，一場又一場的白日夢，被他妝點得陰陽怪氣，五彩繽紛。但細讀他的小說，你不難發現駱的焦慮與感傷。這些焦慮與感傷曾以不同面貌出現在他作品裡：國族身分的變易，性欲的挫折，家族關係的扭曲……。但我以為這些都是他的藉口。駱以軍的小說要談的其實是些「別的」，但因為無以名狀而只有權作附會。「別的」什麼呢？一種等待，一種破解。等待災難像等待一場幽會；破解死亡像破解一套密碼。然而寫著寫著，駱以軍終將明白災難的神出鬼沒，死亡的無所不在吧。日光之下無新事，一切是那麼的喧鬧浮華，理所當然，彷彿全就等著那轟然一響……。

一、老靈魂・拾骨者・運屍人

中國現代小說裡從來不缺死亡的題材。歷史的不義使得死亡成為超出生命常態的現象，漫漶在中國的土地上，在作家的字裡行間。然而死亡敘述往往付之闕如。作家熱中將死亡附會為一個事件的（反）高潮，召喚其意義，賦予其情節。以生命的有知來收編、壟斷生命的無可知，這樣的寫作態度形成寫實／現實主義的底蘊。

九〇年代以來，在臺灣的作者有了不同的書寫死亡策略。世紀末的氛圍彷彿使他（她）們理直氣壯的面對敘述作為一種死亡形式的可能。他（她）們當然仍得依賴一個故事作為敘述的載體，但卻越來越明白故事講得不就是「亡故」的事，而敘述——作為一種後見之明或不明的陳述，一種真實與真實的再現間、無從接引的話語——根本就是死亡的修辭。這對一個講求「不知生，焉知死」的文明傳統，毋寧是個重要轉折。

死亡敘述帶來臺灣小說世紀末的華麗。朱天心與朱天文這對姊妹渲染槁木死灰，大廢不起的頹廢美學，當然要負極大的責任。截至目前為止，讀者多半將注意力集中在她們寫了什麼：逝去的眷村文化、國族寄託，腐朽的青春肉體、禮樂王道。時鐘滴答的響著，我倆沒有明天。從《世紀末的華麗》到《荒人手記》，從《想我眷村的兄弟們》到《古都》到《漫遊者》輾轉反覆，竟成為學院內外爭相傳誦的教材。

但我所謂的死亡敘述，並不僅指這個層面。朱氏姊妹對語言「材質」（materality）的看法，她們敘事的姿態，還有傾訴的對象，才是重點。別看她們遺辭造句是如此的玲瓏剔透，蕙質蘭心。文字於她們基本上是死物，是色相不能穿透的業障②。羅蘭．巴特（Roland Barthes）論照相，提醒我們每張維妙維肖的造像裡，總已潛藏死亡的影子：「相片永遠透露死訊，因為它暗含著已成往事的未來」、「無論相片中人是死是活，每張相片都是一場（已經發生的）災難」③。此情可待成追憶，只是當時已惘然。朱氏姊妹的死亡敘述不妨亦可作如是觀。把圖像換為文字，她們所從事的，正是一場又一場紙上悼亡工程。

朱天文《荒人手記》中的那句名言，「我寫故我在」，因此充滿反諷。它對笛卡爾（Decartes）「我思故我在」最後的顛覆應在於一種新的斷句可能：「我寫，故我，在。」沒有了因果邏輯的「理」所當然，「我寫」與那已經過去的「故我」，平起平坐，就「在」那裡。深度消失，意義短路，所有的書寫，所有的我「在」，總有一個逝去的鬼魅，長相左右④。於是有了《花憶前身》（朱天文）的必要，有了〈預知死亡紀事〉（朱天心）的必要。「老靈魂」漫遊著，前世今生都因為書寫而一字排開，接受校閱。但真正怵目驚心的，是形式本身所構成魯迅所謂的「無物之陣」。朱天心新作《漫遊者》寫父親的死亡，更寫由父親所代表的象徵秩序的死亡。意象飄蕩，符號散落，空空洞洞豈僅偶然。我寫，故我，在。

由朱氏姊妹示範的死亡敘事其實有不少應和者。寫《天河撩亂》的吳繼文，透過古國樓蘭女屍的空噬眼眶，張望天上人間的緣起緣滅，就是個例子。寫《拾骨》、《悲傷》、《餘生》的舞鶴，以他那躁鬱陰柔的筆觸，拾掇記憶碎片、往事遺跡，也可作如是觀。而作為「拾骨者」，舞鶴最要面對的，還是文字的殘骸。難怪對他而言，每一篇寫作都有紀念碑式的意味⑤。如果死亡是一場謎，「死亡即書寫」是謎面，還是謎底？黃錦樹的〈魚骸〉，張大春的《沒人寫信給上校》都亟亟追求死亡的動機，卻也都止於觸及書寫本身的滯塞，詮釋述說的死角。當然在這許多作家的嘗試中，誰能超越祖師奶奶張愛玲的閉幕演出？一本《對照記》以文字鎖定逝者光影，以影像照出文字幽靈，悼亡兼自悼，死而後已。那位猛寫「今生今世」的民國才子，怎不相形見絀？

是在這一脈絡下，駱以軍的作品才顯示了較清晰的發展軌跡。駱對死亡的警覺與迷戀，早在他第一部作品《紅字團》即可得見。在那個世界裡，人與人間的關係是如此荒涼與荒謬，只能藉突發的暴行與衝突，來點出其不可言傳的恐怖。強暴，姦殺，自殺只是最易見的徵候。那個被父親關在病房裡，與「猛打哈欠的屍體」同在一起的男孩，那個在貨卡車燈間歇探照下，悄然上吊的推銷員，那個叉開下肢以「膜拜的姿勢」將頭埋進糞池的學運成員……他們都是在怎樣的怨懟與絕望，鬧劇與悲劇間，捨棄他們的生命的？

駱以軍的題材可驚可怖是一回事，但即使彼時的他也已別有所圖。書寫暴力與死亡，套句

〈離開〉中的一段話：「那是一種永無休止的傾軋：一方是意圖以對方承受極限之外，迫使對方接受他所預期的感動效果；另一方面則以漠視、反叛式使其滑稽，來逃離前者所規定的感動。」⑥這是生命兩種情境的傾軋，也是兩種書寫形式的傾軋。前者講求劇力萬鈞，務求驚心動魄而後已，後者則以風格的反差，延宕、瓦解你我無從化解的絕境。這樣的生命體認與寫作姿態，一直延續到駱以軍最新的作品《遺悲懷》。

然而從《紅字團》到《遺悲懷》，駱以軍畢竟要經過一段實驗、摸索的路程。失去了對敘述隱喻託義，重現人生的信仰。他不再能好好的寫出一個「有血有淚」的故事。早期的他受教於張大春，鍛鍊後設小說的功夫，解構現實意義。但誠如黃錦樹所言，出入小說虛實生死間，他的師父是有所不為的⑦。或用〈我們自夜闇的酒館離開〉的話說，張的作品裡「沒有稍微認真一點的人在悲傷」⑧。也因此，擺盪在自我解構的敘事遊戲，及他苦苦不能破解的敘事目的間，駱以軍的作品也顯得支絀而言不由衷起來。像〈紅字團〉、〈字團張開之後〉，都是明顯的例子。在下一部作品《我們自夜闇的酒館離開》裡，駱開始明白所謂的後設技巧與敘事倫理其實不必是相互衝突的。一篇〈降生十二星座〉以電玩虛擬真實世界為背景，講的卻是一則古老的故事，追尋，復仇，命運。時間是循環還是前進，是地老天荒還是加權計分？還有時間的原點與盡頭——死亡，是可逆轉的麼？是可敘述的麼？後設就是宿命，修辭體現死亡。一下子駱以軍彷彿打通了任督二脈，這才好拜別師父，一展身手。

《一千零一夜》的故事裡，公主為了逃避殺身之禍，不斷的編織故事，來吸引操掌生殺大權的國王。故事的延續就是生命的延續。一直到近作《遺悲懷》，駱以軍都以為他在奉行這則古老教訓。我恰恰有相反的看法。他和他這一輩的「老靈魂」及「拾骨者」能講故事，正因為他（她）們明白不知死，焉知生。只有面對了大限的絕對意義——或絕對「無」意義——駱和他的同道才好拼拾現在過去的片段，旁敲側擊，權且把故事說出來。從這點來看，他（她）們才直搗班雅明（Benjamin）所定義「說書人」的核心。班雅明指出一般人好生諱死，每將瀕死者與世隔離，不見為淨。但人之將死，其言也善，更重要的，只有在此時，他的真實生命——他的生平「故事」才具備可以傳播的形式。「他一生的形影排撻而來……無論如何低鄙，他遍閱畢生原無所悟的悲欣，霎時之間，難忘的片段迴光返照。他因此所形諸的莊嚴性感染了周遭的生者。這種莊嚴是故事的根本。」⑨

故事的代價必須以死亡來換取，其中弔詭不言可喻。然而生命無視於此，持續衍生前進。對班雅明而言，生命這樣的通行無阻，日新又新，「就是災難」⑩。說書人看出人生豪華直達快車的天真，每每架設路障，搬演死亡風景，點出敘事靈光一現的可能。班雅明的立論深受猶太教義感召，我們不必附會。但擺在自己的語境裡，我們要說眼前無路想回頭。啟悟的契機，不正是在參看了生命的無明與無名，敘述的不可為而為？

我因此認為駱以軍的寫作位置代表了當代中文小說的一個重要轉折。他近年的三部小說《妻夢狗》、《第三個舞者》，及《月球姓氏》，其實都是他死亡敘述的變奏。朱天心早就點明了駱以軍「在他人不以為意或行禮如儀的生活境遇中得以瞥見那些夜闇世界的諸如幽靈神祇和魔鬼，方得以接觸自太古洪荒以來人們因恐懼而以科學理智的盾冑所阻斷的人生幽黯面」。⑪如前所述，駱寫夢，寫此路不通的人生即景，寫錯亂無稽的家庭關係，寫矛盾重重的族群身分，未必有寫實主義式的深文奧義。他是以合法掩飾非法，運用眾皆曰可的材料來探尋修辭、故事的零度意義。後設小說所玩弄的拼貼、諧仿、變形、延異，於他正是顯現文字「物性」的手段，而他在故事與故事間穿鑿附會，移形換位，就是「運屍」工作。

《遺悲懷》開場的「運屍人」角色因此不可小覷。相較於高來高去的「老靈魂」，或尋尋覓覓的「拾骨者」，「運屍人」的現役身分更貼近死亡敘述的要義。這位仁兄年近中年，身形胖大，相貌猥瑣。推著他剛嚥氣的老媽的屍體，趕搭地下捷運最後班車，好趁熱捐獻器官。駱以軍的寫法讓我們紛然駭笑，但在這最荒謬陰森的情境裡，他亮出這些年寫作的底牌。去他的微言大義，寫作就是一場屍戀的盛會，行有餘力，還不妨趕趕場呢。（我甚至以為駱以軍有意塑造這樣的角色，來揶揄「老靈魂」、「拾骨者」及像我這般熱情過度的推薦人。）不論如何，如果朱天心或舞鶴仍然戀戀回望歷史廢墟，記憶渣滓，駱以軍的敘述列車已開到下一站。車門打開，你看到他推著一堆莫名其妙的「東西」，喃喃自語，磕磕碰碰，趕著醫院關門前遺愛人間。但就在這個時間，他好像突然記起了什麼，竟不禁悲從中來。

二、時間的繁殖機器

駱以軍死亡敘述的底線，是對時間的思考辯證。他的小說一再描寫死亡對時間的威脅，同時他也不禁猶疑時間不也正是那迎向「大限」的前奏。我們如何設法延展敘述，逃過那劫毀的宿命？然而如果時間無限的扁平延伸，地老天荒，不就反證了死寂的已然存在？

要怎麼樣的拆解這二律悖反的謎團哪。駱以軍的小說裡充斥種種有關時間的譬喻。《妻夢狗》中的時間之屋，每個房間或每段敘述有著不同的場景人事。作為敘述者，駱穿梭在不同的房間，卻廢然了解他不可能同時都出現在這些空間中。同理，《第三個舞者》裡所有的故事被支解割裂，硬生生的穿插在一起，扞格之至，也無奈之至。《遣悲懷》處理了這樣的插曲：一個年華老去的女人走進骨董鐘表店，「所有的鐘表發出嗶嗶喀喀的聲響，像是為女人的風華不再而嗟歎悲傷。」有沒有可能叫停時間，像是經過國際換日線「偷」得幾個小時的時差？像是電玩快打旋風死過一次又來一次？像一二三木頭人的遊戲霎時所有遊戲者都凝在一種姿勢？或像一個祕密空洞藏了進去所有人找也找不到你？

駱以軍也曾將時間機器比作遊樂場的摩天巨輪，「無法更改的計時齒輪在各處細節緊密嵌合耐性的運轉……他們把一切弄得煞有其事像是好玩得不得了的樣子。」然而這機器是否總有些縫隙呢？他寫那艘深陷海底的俄羅斯潛艇，在漆黑一片裡，赫然傳來微弱的敲擊，密碼有人聽得到嗎？救援還來得及嗎？他也常想像事物因曝光過度而產生的逆蝕效應。一切光明得無從分辨黑白，反而什麼也看不見。而駱以軍思辨時間、死亡、意義最動人的例子之一是《遺悲懷》裡，敘事者記述他觀光大陸須彌山洞窟的經驗。迤邐深入穴內，黑壓壓的伸手不見五指。突然間有人點燃火光，一排排的石像豁然羅列兩旁。但怎麼石像都沒有臉面？打從什麼時候起，那些臉面就被挫離、偷走、風蝕、毀損？摸索了半天，你以為你終於已經看到了，卻看到了一切的面目全非。

黃錦樹以〈棄的故事〉來綜論駱以軍的敘事／時間美學，因此別有見地。駱以軍所耿耿於懷的，正是一種莫可名狀的被拋擲、棄離的境況⑫。時間成為棄與被棄的見證，書寫正是棄與被棄的軌跡。創傷（trauma）於是必須看作是我們與生俱來的**存在**條件。但我以為該丟的丟不掉，不該丟的卻留不住，恐怕才更是駱的癥結所在。

《遺悲懷》中，駱寫童年妙想天開，躲到黑乎乎的暗角讓大人找不到，殊不知自己反有了找不到外面世界的恐懼。他寫與妻子遊逛香港的摩天大樓，一個不小心走到安全門外，反而無路可逃。他又寫太太要分娩時，推著陣痛的女人衝進醫院，陰錯陽差，竟然把人搞丟了。當然，還有什麼比得上《月球姓氏》中的迷路小孩，走遍臺北回不到家，最後來到廢墟般的地方，原來是中正紀念堂的工地？

進得去，出不來；出得去，回不來。駱以軍面對時間迷宮的尷尬，莫此為甚。黃錦樹說得對，駱的困境來自一種「本源的棄」的情結。但在找尋出路時，駱將這「本源的棄」敷衍——也延異、偽託——為「歷史的棄」⑬。因此《月球姓氏》中他誇張外省第二代孤臣孽子的姿態，不過是避重就輕的寫法，他心裡應該明白其中的不足。《月球姓氏》的家族史之所以意猶未盡，畢竟與他的膽量有關——他還不能碰觸那悲傷的致痛點。一直要到《遺悲懷》，駱以軍想像與已自殺的女同志作家邱妙津對話，這才把問題端上檯面。死亡敘述，時間謎語：是棄言棄世，是「自暴自棄」，更是「棄而不捨」。

駱以軍死亡敘述的另一面，是對愛欲的無限遐思與驚詫，他的「棄而不捨」，也許正因為隱隱感覺出愛與死的合謀關係吧？駱以軍未必K過佛洛依德加拉崗（Lacan）加徒子徒孫的全集，但他一路寫來，卻似還本拍賣，出清存貨，在在要讓是派學者見獵心喜。《遺悲懷》的一個夢境，足以說明全部。在夢中，敘事者看到裸睡的母親，情不自禁，把自己的指頭伸入她的下體，如此痛快以致越陷越深，乾脆整個拳頭，最後整隻手，都插進去了。「那種舒服得想啜泣的包覆溫暖令他忍不住將五指張開。於是所有金黃液態的幸福氛圍皆盡退去。」那隻手卻再也拔不出來了。母子兩人滿頭大汗的要把「那隻錨鉤般的手拔出」，試遍各種體位，卻怎樣都動彈不得。

母親的子宮，回歸本（母）體的極樂欲望，死亡的陷阱，棄與被棄而又復返的下場：書寫不正如那隻不該進入母體，更不該「忍不住將五指張開」的欲望／禁忌之夢？這該如何是好？難怪在另外一個章節裡，駱以軍寫到，「我發現那無能在黑暗中繁花錯指張彈開來的艱難圖案便是傷害本身。」這是駱以軍書寫底線的告白了。

戀母、亂倫的欲望與虛惘在《第三個舞者》中有不同的詮釋。家庭教師盧子玉與學生柴田明治及柴田的媽媽 Angel 同時搞上了。母女兩人一個青春無悔，一個如狼似虎，把我們的家教老師纏得神魂顛倒。盧子玉的三人春宮最後不了了之，但「他感覺自己是被那對母女……在陰莖上做了環誌的漂鳥。她們把他投入茫茫人海裡，看那扭曲變形的一個不倫之人如何在人群裡流浪」⑭。或是「一顆在桌上被來回拍打乒乓球」，來去在「兩個開口，Angel 的膣和柴田的膣」，自以為享著「齊人之福」，卻永遠被「包在她們用臍道紮在一起的溼潤陰道之中」⑮。

與此同時，死亡與愛欲、生殖的糾纏在《第三個舞者》另外一組故事裡更變本加厲。敘述者駱以軍年高六十的母親居然喜孜孜的宣稱自己懷孕了。敘事者愛恨交加：

> 我多想哀傷的告訴我娘，像一齣倒帶的生殖戲碼：一個和她在這喝下午茶的兒子、一個初出的嬰兒、一個子宮胎盤裡像蠑螈的小怪物、一個附著在子宮壁拇指大小的胚芽、一枚受精卵、一粒發脹瀰散著荷爾蒙香氣的濾泡和一隻奮力朝它洄游的精子、一大批昏頭漲腦被甩出去的白色精液、一隻漲大充血飽漲色欲和愛戀的陰莖、第一次和那戰慄抽搐每一處摺皺都敏感得細細狂歡的陰唇、他們第一次相銜結合。⑯

讓時光倒帶，回到原初那愛欲的場景吧，駱以軍的情結，莫此為甚。然而可能麼？一個老朽的女人還能孕育新的生命麼？母親懷胎六月後，證實她所有的妊娠症候只是一場相由心生的「空娩」，一場逼真的偽戲。那個嬰兒還沒出生就證明是不存在的。沒有生命，先有生命的失落；空有愛，卻少了愛的對象。悲傷由是開始。

駱以軍的世界裡愛欲流蕩，詭譎黏膩得讓人透不過氣來。相隨而至的死亡誘惑則以種種暴力形式出現。在這樣的淫猥的絕望的境況中，救贖的力量來自駱以軍最常召喚的妻。彷彿有了妻子這個角色的出現，倫理及時間的秩序勉強浮出，一切就暫時有了安頓。駱以軍的這位妻可也真不好當。從《妻夢狗》開始，她就被作家操得暈頭轉向。妻是清純如小女孩的貞女，是曾經踏兩條船的情人，是男友從軍時的慰安婦，是靦腆與先生在先生爸媽床上交歡的母親替代品，是被夢見，被交換，被崇拜，被遺失，被玩到大肚子的對象。而妻所誘導、合作出的種種色相，上上下下，竟然有了特技奇觀的意味。

但我認為這位妻其實不可欺。她賦予駱以軍紛亂敘事一個軸線。如果駱以軍（或他的敘事者）像希臘神話中的底修斯（Theuseus），要闖入怪獸米諾它（Minotaur）所駐的迷宮卻不得其法，他的妻不妨就是阿利阿丹妮（Ariadne），賦予線索，好讓我們的英雄穿牆入徑，曲曲折折，一路通到迷宮核心。而我們要問，這是什麼迷宮？在時間的迷宮，欲望的幽徑中，駱的每一個動作，每一種轉折，都有賴妻的線索。他穿花撥霧，尋尋覓覓。只是啊，駱以軍的敘事者到達迷宮中心，要赫然吃驚的。傳言中的怪物，可能不是外人，正是母親。她可能脫得光溜溜正在洗澡，看得駱以軍心中一跳一跳——猶如《第三個舞者》的一個場景⑰。她可能大著肚子，正要準備分娩。但她更可能根本不知道到那裡去了，只留下一具肥顫顫的嬰屍。駱欺身近看，那嬰屍的樣子好熟，原來就是他自己⑱。

三、克服朱天心的方法

駱以軍早期受教於張大春，他們的師徒關係，有作品如《紅字團》等為證，但自第二本《我們自夜闇的酒館離開》後，駱即與師父漸行漸遠。張的滑溜憊賴，以及對現實的無窮遊戲虛構姿態，顯然不能為徒弟照單全收。駱取而代之的習藝對象，應是「老靈魂」朱天心。而朱對駱的欣賞加持，在她為《我們自夜闇的酒館離開》所寫的序已可看出。的確，彼時的駱以軍已漸鍛鍊出蒼涼老練的敘事聲音，閱歷人事，勘察生死，活脫又是一個老靈魂的分身。

隨著《古都》、《漫遊者》的寫成，朱天心的死亡敘事精益求精，已經自成一種法門⑲。作為後之來者，駱以軍想來也日益感覺「影響的焦慮」，一如他早期對張大春的反應吧？他的行腔運事，甚至使用虛辭墊字，都不免洩漏朱天心式的痕跡。何況朱天心之後，還有如陰魂之不散的朱天文。試看《遺悲懷》的一段話：

像刺繡婦人反覆臨摹特別工於幾種花樣：慢動作的播放，將死亡的瞬間凍結成洋菜膠般可以展示的標本。氣味。迎向睜不開眼的曝白強光……

我積累了太多（我打聽了太多），像以土偶冥人或紮草物事妄圖仿模而召喚神靈（或驅趕恐怖）的土著。我越過生命本然運轉速度的換日線。於是日夜顛錯，光影逆蝕，形成時差。

為什麼我總要去書寫我未曾經歷過的「未來之境」？且為了書寫，我的身體與心靈，要被虛妄地拋向那不堪承受之重力的實驗場。我多像那硬被塞進壓力艙測試人體承受極限的職業受測人。在反覆衝撞的高壓、高速、空氣密度、溫度的任意操換下，我的牙齦習慣性出血，白髮遍生，頻尿，眼袋下垂，我的臉蒼老壞毀得極嚴重……

因為我越界了。

像那些狂嫖縱飲或看遍繁華而早衰之人所受的懲罰。

這樣的敘述就算是駱以軍有感而發，讀來卻何以似曾相識？朱天心（及朱天文）的風格對駱或許曾是啟發，但卻也可能成為局限。在「克服」張大春後[20]，如何「克服」朱天心，顯然是駱下一階段的功課。

而我以為即在現階段的作品中，駱以軍已經顯現朱天心相異的特徵。朱對時移事往的必然，有不能自己的悲涼與怨懟。不論她如何穿梭前世今生，她對時間的不可逆性，以及隨之而來的價值崩毀，常懷憂思。曾經追隨蔣公反共抗俄，參與「三三」詩禮江山，如今的她站在世紀門檻，果然有不堪回首的尴尬。《擊壤歌》、《方舟上的日子》等當年名作，只能像前朝遺物般紀念一個已經老去的青春年華。

駱以軍不然。看他的作品，你其實不太容易理出一個時間前進（或後退）的頭緒。如上所述，他當然驚覺時間的玩忽殘酷，為之焦慮不已，但他缺乏朱天心那樣振振有辭的名目，以致不能理直氣壯。此無他，時間、意義的毀壞打從開始就是他書寫的條件。

如果朱天心早已經放棄他的青春姿態，駱以軍的後青春期騷動就像菸癮酒癮一樣，不時回來引誘他，引誘他再自投羅網。他小說中大量敷衍高中生式的生理笑話，色情把戲，不是偶然。他的男性角色動不動打手槍、講雞巴笑話，耽於種種匪夷所思的色情白日夢，簡直要讓同是過來人的（男性）讀者啞然失笑。這裡有一種齷齪詭異的鄉愁，恰恰與朱天心「三三」式的青春禮讚背道而馳。即使人到中年，娶妻生子，駱的角色及敘事者仍堅持捍衛那一塊春情禁地，大肆誇張性的可能與不可能。前述《第三個舞者》盧子玉亂倫式的母女宣淫，或《遣悲懷》裡一群高中生偷窺裸體人家的荒謬劇場，或《月球姓氏》中與爸爸的女人成其好事，種種「淫行劣跡」，與其說是真刀真槍，不如說是事出有因，查無實據，充滿意淫色彩。無處發洩的精力與精液，語不驚人死不休的情欲告白，畢竟流露青春期最後的虛張聲勢，最後的好勇鬥狠。而意淫的誘惑正在於欲望想像的過猶不及——虛耗的氾濫，華麗的銷磨，是為至淫。

我們的作者不斷回到後青春期性幻想，因為明白在這個階段，身體怒放勃發，正做出進入成人世界的衝刺；但也在這個階段，身體被狂放的欲望——愛欲，死亡之欲——如此折騰，以致無所適從。「自愛」與不「自愛」、欲仙與欲死，是怎樣艱難的試驗？駱以軍寫蹲在廁所裡自慰的自己，猛吃被下了瀉藥的便當，因而慘遭「華麗的瀉藥攻擊」的同學，毫不掩其中的亢奮與殘酷。當他（在兩本小說，《第三個舞者》及《遺悲懷》）寫一位沒頭沒腦就上吊自殺的同學，則托出了青春欲望最黑暗的一面：死亡的誘惑早就等在那裡。

駱以軍的敘事所夾雜的猥褻與荒淫，惡意與自嘲，直截了當，朱天心是不能也不願企及的。朱的小說姿態及內容再怎麼變化，不脫潔癖，恰與駱以軍那樣立志自暴其醜的策略相反——我們很難想像她把自己及家人想像成一群恐怖分子：流浪漢似的哥哥，屢屢嫁人未遂的姊姊，神經質的臨老懷孕的媽媽，猥瑣的偷情爸爸……。而值得注意的是，當駱以軍發揮他的青春期殘餘想像時，他其實不自覺的又向張大春「少年大頭春」的世界靠攏。所不同者，張的大頭春也好，野孩子也好，畢竟是一夥人小鬼大的少年。而張自己為自己所塑造的形象，不正是資深的彼得·潘？駱以軍的角色卻是一群同時懷著幾個不同生理時鐘的怪胎。他們正是偷偷利用生命經驗的時差，企圖同時預支未來及回溯過去，終致左支右絀，廢然訕笑不已。

既然時間定位及倫理關係已在駱以軍的世界中雜然紛陳，性別越界幾乎是不可避免的結果。這引導我們進入他更狂野的性/性別想像實驗。在《月球姓氏》裡，駱「回憶」剛入伍時，一群體位超重的胖子新兵在一次行軍前，奉命「襪子反穿，線頭剪掉，草綠軍褲裡頭，穿蕾絲黛安芬三角褲」。「所以我那時走在那一堆像貨郎擔掛滿軍事用品，草綠服發出腥臭汗味的雄性身體中間，……突然不可思議地想像著，這群傢伙，胯下各自穿著的，是一些什麼牌子的女人褻褲啊？」從夜市三件一百的白蕾絲三角褲到華歌爾黛安芬思薇爾到進口情趣小褲褲，「你想像它現在在那些草綠軍褲裡，像烤鴨店外的鐵勾吊鴨，勒吊著那團自作自受愛慕虛榮的，被勒成女高音的情趣毛卵囊……。」㉑

駱以軍書寫這樣匪夷所思的性別奇觀，應不僅止於插科打諢。在極度的不協調中，他正刺探欲望的又一種演出方式。男與女，男男與女女，或是不男不女，在性別分類的界線間，滋生了種種合縱連橫的關係。性別，命運，時間，一切都是攪亂了的，有什麼方法能夠還我原貌「盡得其情」呢？難怪《月球姓氏》中的敘事者駱以軍為日本電視人妖秀深深著迷了。而在《遣悲懷》中，他甚至夢見自己穿著像女上司的時裝，李代桃僵，大展宏圖。但還有這樣的場景呢：小時候急著上大號的駱以軍，事辦完了才猛然發現原以為買的是衛生紙，原來是衛生棉。而不少先他而至的男性方便者顯然也曾面臨同樣的「身分」危機。於是你看到一片又一片的衛生棉為男性的屁股也做出了偉大的貢獻。

朱天心曾讚美駱以軍是年輕作者中，少見的「認真一點在悲傷」的人，這話說對了一半。駱的悲傷之所以讓人無言以對，因為他在所有的一本正經、顰眉蹙首的姿勢中——包括朱天心的及他自己的——看到了生命一種事與願違的不雅，一種欲潔何曾潔的玷汙，因而更深深的震動著。相對於老靈魂夙夜匪懈，終宵苦思，駱的書寫總是回到身體，尤其是身體的下半部。他寫它的扭曲變形，寫它的吞吐排泄。就這樣磨磨蹭蹭，他不乾不淨的說著他的色情性別家國身分故事。而就在你要作狀表態的時候，慎防他噗哧一聲笑出來——就像他小時候防空演習，在一片張口閉眼掩耳的靜默裡，他「竟因那樣低蹲姿而不合宜地放出一粒不大不小恰好全場聽見的響屁」。

歸根究柢，駱以軍是以笑——訕笑、苦笑、嘲笑、不明所以的笑——來回應生命的悲傷。用他自己的話說：面對「巨大的無從想像的荒謬和錯置，你不奮力掙爬著朝向鬧劇的極致，就必然會墜入無可忍受的悲劇彼端。」㉒這笑與其說是巴赫汀（Bakhtin）式的「嘉年華的笑」，更不如說是德西達（Derrida）所謂「悼亡的笑」。我想到的是德西達早年對笑、「悼亡」（mourning），及死亡敘事間的聯想。德氏從「不由分說的笑」看到「意義沉陷於無有」，語言自我掏空的臨界點。也就在這臨界點上「毀滅、壓抑、死亡、犧牲形成一種不可逆的大報銷，血本無歸的大否定……以致不能以（原有語言）系統中的否定力量視之」㉓。這樣的「笑」，解構意義的本然存在，其實就是「悼亡」最根本的聲音。

難堪的嘉年華，悲哀的扮裝秀。駱以軍（及他的角色）所採取的丑角姿態，及自貶身價的即興演出，還有因此而生的不明不白的笑聲，為朱天心老靈魂陣頭帶來了不可思議的騷亂。而這騷亂所隱含的暴虐因子，更深深透露著駱以軍的曖昧衝動：回歸始原而不可得的衝動，陰陽交錯卻又陰錯陽差的衝動，黯然自慚及自殘的衝動。衝呀動呀，以致竟然有了《遺悲懷》這樣的詭異場景：

> 我的那根傢伙竟然像黑夜裡的曇花那樣徐緩地挺起。且不只花莖的部分像吸注了水分而持續變長，從褲腰的間隙蜿蜒伸出；柱頭的部分也像繁簇的花瓣持續綻放撥開……像是那可以無止境地從最核心撥出一瓣一瓣覆裹著的外圍……
>
> 我覺得非常羞恥，遂哭泣起來。

四、與死亡對話

駱以軍的新作《遺悲懷》是他截至目前為止最好的作品，也是我心目中新世紀臺灣小說第一部佳構。在這本小說裡，駱有意把這些年的創作執念重新整合。他對時間與死亡的遐想，對生殖與愛的辯證，以及對笑謔與暴虐的迷戀，都已是我們所熟悉的特徵。但這一次駱以軍採取了更大膽的方法揭露自己的心事。他要召喚亡靈，與死亡對話。而協助他這不可能的任務的是已故女同志小說家邱妙津（一九六九—一九九五）。

一九九五年夏邱妙津在巴黎以亂刀刺死自己，作為對情傷的見證。在此之前，邱已是極被看好的小說家，並以《鱷魚手記》開創女同志書寫的又一高潮。然而邱的感情生活早已波折重重。愛（以及不被愛）到極處，她選擇以死明志，同時並寫下了二十封信，預為自己的絕命書，是為《蒙馬特遺書》。肉身華麗的自毀、書寫的絕望演出：創作與生命間的致命結合，以此為最。

有關邱妙津之死的種種，以及《蒙馬特遺書》的女性同志愛欲辯證，已有多位評者論及。我所關心的是駱以軍為何以及如何以這樣一個事件，來完成他「自己」的死亡敘事。如果小說的內容尚有所本，駱不但認識邱妙津，甚至是邱揶揄要愛戀的對象——如果她不是女同志的話。問題是，作為一個異性戀（後來並已婚生子的）男作家，駱要如何能與同性戀的女作家互通心曲？更何況死生永隔，活著的怎麼向死去的表白欲望。而在愛欲的極限、死亡的極限外，隨之而來的是書寫的極限：語言的傳播功能豈竟有時而窮！

而邱妙津終要成為駱以軍的異色繆斯；化不可能為可能，她以「永遠缺席」啟迪駱對生命的感知參與，她以寫給女朋友的遺書挑動駱以軍的男性情欲想像。這是怎樣奇特的戀屍遊戲啊。但作為「運屍人」，駱命定要搬演他的「變態」角色，而且終於從其中悟出了一點道理。

《遺悲懷》的書名其實頗有來頭。它典出法國作家安德烈·紀德（André Gide, 1869-1951）哀悼妻子馬德琳（Madeleine）的文集 *Et Nunc Manet in Te*（1951，原文為拉丁文，略謂「其人永在生者心中」）㉔。紀德當年為歐洲最知名的同性戀作家之一，他與妻子的關係在婚姻初期即已名存實亡。弔詭的是，馬德琳的死卻觸動了紀德最脆弱的心弦。他回憶往年種種愛憎恩怨，悲不自抑，必須以文字誌之。而此書卻要等到紀德身後，以「遺作」發表。「我寫，故我，在」，在此書寫果然是事過景遷的悼亡／自悼之舉。場景換到邱妙津，在《蒙馬特遺書》中，邱自謂生命最後五年對紀德的《遺悲懷》情有獨鍾：「唯有這本書所展現出來的力量，愛與怨的真誠力量，才能鼓勵我寫完全書，才能安慰我在寫這本虛構人性內容之書的過程裡的真實痛苦。」㉕

駱以軍想來是受了邱妙津的影響，開始了又一回合的《遺悲懷》。但這裡有個奇異的（性與書寫）倒錯過程。如果紀德與邱妙津都是以懺情之身，向愛情的劫餘表示痛悼，駱以軍又占著什麼位置？他是遙擬男同性戀的紀德還是女同性戀的邱妙津？他在向誰示愛，或愛的不可能？更重要的，《遺悲懷》的愛的前提是愛的死亡與死亡之愛。是傷害已經造成，無可挽回的愛，是瀕死者或已死者回顧所來路的愛。如此看來，此書的「前身」也不妨是〈降生十二星座〉，在其中，促動駱以軍書寫的動機是一個小學女同學的自殺。

《蒙馬特遺書》的第七書，邱妙津向她的所愛寫著：「以上帝之名，你實在沒有權利在我身上玷汙我了……我內心有一種直覺，直覺到關於『玷汙』，你將會明白我在說什麼……這是我人生第一次真正的『崩潰』。」㉖失去了所愛的純潔性，邱妙津的世界從此崩潰。邱妙津的歇斯底里印證了羅蘭．巴特在《戀人絮語》（*Fragments D'un Discours Amoureux*）中的一段話：

魔鬼。有些時候，戀人覺得自己處於語言的魔掌之中，身不由己地去傷害自己，並且——用歌德的話說——將自己逐出天堂：也就是戀愛關係為他構造的天堂。㉗

著了魔的邱妙津，企圖用書寫為自己驅魔，卻把自己逐出了天堂。駱以軍呢？他就站在天堂的門外頭，俯身看著邱妙津的屍身吧。愛的劫難，他倖以身免，卻不免因物傷其類而悲不自勝。然而他別無選擇，他必須拾掇那破裂的愛的言語，接力訴說著有關傷害、玷汙的故事……。

這引領我們回到駱以軍死亡敘事的策略。邱妙津以身體的損毀，反證一個絕不受「玷汙」的愛情境界及敘事嚮往。她對情人的占有充滿捨我其誰的執著；她拒絕斷裂，信仰「非世俗」的「忠誠」。當她感覺背叛的危機時，再用巴特的話來說，她「成了自己的魔鬼」。《蒙馬特遺書》雖然篇篇都有收件人，其實是獨白的延伸。自殺也許是邱妙津了斷情孽的下策，卻是自我書寫終極完成的必然結局。

駱以軍的死亡書寫指向另一種可能性。駱看出邱妙津以狂熱追逐「創造了某些可理解的東西，並不是所謂的『成人生活』，而是自死。是永遠無法穿透，將一切光源吸掠殆盡，那無論以之後無數個延續時光的漫步沉思，亦通過不了的漫漫長夜」。換句話說，自以為看透了的邱妙津其實還沒有，也不可能，「看透」生命敘事的「漫漫長夜」。死亡於她是敘事結局，但於駱以軍卻是開始。怎麼樣學著在「漫漫長夜」摸索前行，學著排遣像潮水般去而復來的悲傷，是倖存者一輩子的功課。

《遺悲懷》的結構頗具匠心，全作分為九書，即寫給邱妙津的九封信，另夾有〈產房裡的父親〉、〈發光的房間〉、〈摺紙人〉、〈大麻〉等片段故事，而全書以〈運屍人〉的行徑作為框架。至此我們已然看出，駱的小說不像邱妙津的遺書獨沽一味；它其實容納了相當多龐雜的夢境、追憶，與臆想：小學時代的尷尬遊戲，高中時代的偷窺經驗，與老婆婚前的偷情故事，與朋友及老婆吸大麻的鬧劇，林林總總。甚至談到自殺時，駱也提到許多別的例子，如從顧城到太宰治，從近藤淳到三島由紀夫。不能忽略的是，在此之上，駱還寫到生育與生殖。小說中間兩章〈產房裡的父親〉占有微妙位置。方生方死，生命經驗的兩極排列組合，形成相互呼應的序列。

與其說駱以軍要為邱妙津悼亡，更不如說他有意藉邱的事件，向自己曾生長的時代、親友，以及「過去」的種種事物，做出並不美麗卻也蒼涼的手勢。在這方面朱天心的《漫遊者》以父親朱西甯的去世作為冥想的觸媒，其實頗有異曲同工之妙。但我還是要說，朱天心敘事中的第二人稱你，畢竟是她靈犀相通的聽者／「她我」（alter ego）。駱以軍則絕不奢求。不論怎麼寫，他明白他的文字是對邱的誤解，是對往日情懷的玷汙，對愛的定義的永恆冒犯。

最重要的，《遺悲懷》之所以可觀，還是在於它的「對話性」。我所指的對話性不再只局限於巴赫汀活色生香、眾聲喧嘩式的對話。與亡靈「對話」，你必須體認死亡的無所不在，因而將生命的斷裂、晦澀，及不可知也包含在內。駱以軍記得幼年藏在校園暗角等著被人發現，卻錯過所有的注意；或像他的老婆童年調皮被關在一個酒櫃裡，家人外出來了小偷，只剩下酒櫃中的女孩默默瞪著毫不知情、好整以暇的偷兒「和平共存」。在這些時刻，駱以軍更試以「不在場的」、「物件的」，或「死者」的角度來看世界，從而了解那無明的物性，早已是我們存在的一部分了。是在這樣的過去與現在，生命與死亡的對峙中，駱以軍往往捕捉到電光石火的剎那，「對話」的可能，啟悟的可能。而語言只有在這個時刻，「發潛德之幽光」[28]。

相對於邱妙津那樣苦苦追求愛的真理，駱以軍其實是「無言」以對的。他支吾其詞，指東道西，無非是運屍——各種生命即景殘塊，敘述的片段截肢——之舉。再回到運屍人的意象，他像買了一張捷運車票，他要在「地下」各站、各線上上下下，展開了最繁複的旅程。何時到站不知道，但意義的運行早已啟動。與他常在的，是那死去的母親，那愛的終極象徵的屍體。

但《遺悲懷》並不以此告終，它還有個尾巴。在〈後記〉裡駱以軍又敘述了一次因為應邀演講而引起的尷尬經驗。寫自己的不堪，駱是老手了。這回與他同行的，有他的妻和他們的孩子。他們來到陌生的城市，妻帶著小孩留在旅館寒傖的遊樂室溜滑梯。房間裡的日光燈因為變壓器壞了一明一滅的閃著；「一切如此孤寂而沒有情感」。而小說裡的駱以軍和他的妻「看著我們的孩子，孤單一人地，在那單調的畫面裡，爬上爬下重複同樣的動作」。

重複，重複的重複。相對那已逝的女作家堅持「一次性傷害」的絕對性，自殺及自殺敘述的不可逆性，駱以軍不但「苟且偷生」，而且還生出了小孩。然而「一切如此孤寂而沒有情感」。但正因明白了大限的輪廓，有限的重複的生命律動，從生殖到書寫，那怕多麼荒謬幼稚，卻反而露出了莊嚴的形色吧。傳種接代，運屍悼亡。在那華麗的高樓崩塌的廢墟間，生命匍匐前進，愛與死亡的對話若斷實續。作為說書人，駱以軍吟頌死亡，他的故事反而有了生趣。（二〇〇一）

① 駱以軍，〈我們自夜闇的酒館離開〉，《我們自夜闇的酒館離開》（臺北：皇冠出版，一九九三），頁一〇三。

② 用巴他以（Bataille）的話，一種低鄙的物件（base matter），Georges, Bataille, *Visions of Excess*, trans. Alan Stoekl, others（Minneapolis: 11 of Minnesota Press, 1985），p. 49, 51, 129。或施萊佛的話，一種否定的物質性（negative materiality）。見 Ronald Schleifer, *Rhetoric and Death*（Urbana: U. of Illinois Press, 1990），Chapter 1。又見 Jonathan Dollimore, *Death, Desire, and Loss in Western Literature* (N.Y.: Routledge, 2001)。

③ Roland Barthes, *Camera Lucida: Reflections on Photography*, trans. Richard Howard（N.Y.: Hills and Wang, 1981），p. 92, 94.

④ 亦可參考施萊佛以 metonymy（轉喻）對應死亡敘述的討論。見 *Rhetoric and Death*, Chapter 1。

⑤ 舞鶴，《悲傷》（臺北：麥田出版，二〇〇一），頁八。

⑥ 駱以軍，《紅字團》（臺北：聯合文學，一九九三），頁一。

⑦ 見黃錦樹〈棄的故事：隔壁房間的裂縫——論駱以軍〉，《遣悲懷》（臺北：麥田出版，二〇〇一），頁三三九—三九七。本文引用出處皆為此書初版。——編注

⑧ 駱以軍，《我們自夜闇的酒館離開》，頁一〇七；亦見黃錦樹的評〈棄的故事〉，《遣悲懷》，頁三四三。

⑨ Walter Benjamin, *Illuminations*, trans. Harry Zohn（New York:Schochen, 1969），p. 94.

⑩ 同上，p. 64。

⑪ 朱天心序，《我們自夜闇的酒館離開》，頁六。

⑫ 黃錦樹，〈棄的故事〉，見《遣悲懷》，頁三三九—三五七。

⑬ 同上。

⑭ 駱以軍，《第三個舞者》（臺北：聯合文學，一九九九），頁二三五。

⑮ 同上，頁二三七。

⑯ 同上，頁二五三。

⑰ 同上，頁二四八。

⑱ 黃錦樹的專文已討論駱以軍「遺棄美學」的雛形是嬰屍。言及駱的詩〈遺棄美學的雛形〉，「子宮中的胎兒／已癟縮成詩／像木乃伊一樣」，亦可見小說〈降生十二星座〉，「像是一個你早已遺棄的，有著你的臉的死嬰，卻在你毫不知情的情況下，在他們的溫室裡被孵養長大。」（頁五一）

⑲ 參見拙作〈老靈魂前世今生〉，收於朱天心《古都》（臺北：麥田出版，一九九七），頁九—三二；〈頹敗線的顫動——評朱天心《漫遊者》〉，《眾聲喧嘩以後》（臺北：麥田出版，二〇〇一），頁六七—七〇。

⑳ 我用了黃錦樹的觀念。

㉑ 駱以軍，《月球姓氏》（臺北：聯合文學，二〇〇〇），頁二〇九。

㉒ 駱以軍，〈離開〉，《紅字團》（臺北：聯合文學，一九九三），頁一三八。

㉓ Jacques Derrida, *Writing and Difference*, trans. Alan Bass（Chicago: U. of Chicago Press, 1978），p. 256-59.

㉔ Alan Sheridan, *André Gide,*（Cambridge: Harvard University Press, 1999），p. 524-25.

㉕ 邱妙津，《蒙馬特遺書》（臺北：聯合文學，一九九六），頁一九六。

㉖ 同上，頁六二。

㉗ 羅蘭．巴特著，汪耀進，武佩榮譯，《戀人絮語》（臺北：桂冠，一九九四），頁七八。

㉘ 這當然又得自班雅明的啟示。見 *Illuminations*, p .48, 90。

目次

遣悲懷

一開始他確也想過求助這城市的某些救助系統。他撥了一一九。與那些戴著螢光夜壺帽、穿著熊皮般防火風衣的魁梧大漢印象不同，是個甜美的女孩嗓音。他告訴那女孩，現在他這裡有一具剛斷氣的屍體，他想要捐出死者的眼角膜和腎臟。（或者還有其他可捐的器官？）

女孩耐性地向他解釋，屍體的運送（或遺體捐贈）好像不屬於一一九災難救助的範圍，似乎應該直接找遺體所捐贈之醫院請派救護車。

噢，好，那我知道了。謝謝。他說。

女孩說您打算捐給哪間醫院，也許我們可以幫你聯絡……

不，不用了，這樣我知道該怎麼做了。謝謝妳喲。他訥訥地掛了電話。

他將他母親抱上輪椅。那具身體出乎想像的小且輕。他母親像臨終前整個放棄生存意志的那一段時光，安靜而聽話地任他擺弄。

真是沒有一個，生與死之間的清楚界線哪。他寂寞地想著。

他替屍體戴上毛線帽，圍上圍巾，並且套上她那件鼠灰色的開襟毛衣。

他記得最後一次，他推著他母親從醫院坐捷運回家。他母親從閤上的電動車門的玻璃窗上看見了自己的身影，似乎大受刺激：

「怎麼我變得那麼瘦？」

反覆喃喃自語。簡直像骷髏一樣。

現在他推著他母親的屍體出門。他母親如同生前一般瞪著灰色的眼睛，像受了什麼驚嚇。

他後來回憶：那恰好是那個晚上最後一班捷運了。他推著他母親走進冷清、空曠，因為插票入口大廳幾乎空無一人而顯得四周金屬牆有一種科幻電影的感傷氛圍的捷運站。

那晚的溫度，恰好是你坐在捷運車廂內對著窗玻璃哈氣，會有一陣白霧將你自己的影像蓋去的冷天。他總是不可避免地想著屍體融化發臭流出血水這類事情——雖然他推的並不是一塊化冰中的冷凍豬肉。他並沒有循正常電扶梯下降到月臺。他是搭一種專供乘坐輪椅行動不便者搭乘的電梯。他母親被推進電梯時突然把嘴張開——他還真被嚇了一跳——也許是輪椅過電梯門的凹框時顛震所致。他想她待會兒不會在車廂裡用一條毛巾（原先放在輪椅背後的摺袋）蓋住他母親上仰而口微張的臉。

電梯門打開時他聽到一陣尖銳響亮的哨子聲，那是捷運車要關上門開走囉的最後警告。他發狂地推著輪椅衝進那下一瞬即闔上的電動車門。他看到他母親蓋著毛巾的頭顱前後搖晃了一下，然後列車開動。

他這才想起這是最後一班車了哩。

好在有趕上。他有點孤寂地意識到，雖然是他和他母親一塊完成從電梯口穿過月臺衝上像從來沒停止只是在一種移動瞬間穿越一躍而上的捷運車廂，此刻喘著氣（帶著輕微的僥倖和安心）的只有他一個人。

如果沒趕上這班車呢？

那大不了就是不捐了吧。眼下這具身體上可堪摘下剪下再利用的眼角膜或腎臟或其他什麼的，就像那些放過了賞味期限的保鮮膜包的切塊水果，摸摸鼻子便丟進垃圾桶了。他就得再推著他母親的屍體，走出那個捷運站，回到他母親的公寓裡。

如果是那樣的話，他可要好好地補睡一個長覺（他多久沒闔眼了）。先把屍體這一類事情擱在一邊，好好睡一覺再說。

不過現在他總算是趕上了這最後一班車。

車體搖晃著，他覺得這搖晃彷彿將車廂上單調冷寂的日光燈光照，像篩簍子搖晃穀穗亂灑。像他在第四臺看過的那些好萊塢影片，潛行在陰暗下水道的男主角們和在上方搜捕他們的特種部隊對峙著。一邊在光的世界，一邊在依稀只見管線輪廓、膠靴踩踏積水，還有老鼠沿耳際竄爬過的陰暗世界。雙方僵持猜測，最後忍不住開火。那種停火後光柱從衝鋒槍上下交駁亂掃的磚牆間的彈孔中篩漏而下。

又或者像所有的那些恐怖分子在人口密集的某處（芝加哥市市中心；一架七四七的客機；美國海軍的深海核子動力潛艇；紐約聯合國總部大樓……），裝設了一顆毀滅性的定時炸彈（從俄羅斯烏克蘭邊境劫走的核彈頭、國防部祕密研發的違反國際化武限制條例的超級神經性毒氣，或是擴散出去的伊波拉病毒……）。這些爛情節永遠只讓他銘刻難忘著某種自然視覺下無法看見的光的造形：即透過男主角的分光鏡，可以無比華麗又恐怖地看見，環繞在那顆靜蟄於黑暗中待拆除的炸彈四周，是像蛛網環織的紅外線觸動引爆光束……

他覺得他和他母親，還有這車上這些無明陌生且一臉冷漠的末班乘客，彷彿就被那種搖晃中散落下來的紊亂光束給裹覆在一塊。

——沒有人知道我們這之中已經有一人停了鼻息了吧。

他這樣敵意地瞪視著一些攤著愚蠢憊懶面容的傢伙，沒有發現空空落落的車廂上，只有他一人站著。

（他母親在那條毛巾下張大了嘴。）

突然之間，他在那些傢伙中，發現了一張臉。像顯微鏡的調焦，由朦朧、重疊、雙影，最後無比清晰。

是傅達仁。

「咦？是傅達仁吔。」他幾乎要輕呼出聲，原來傅達仁也會跑來坐捷運。他發現他竟下意識推了他母親的肩頭兩下。「媽，醒醒，妳看，傅達仁跟我們坐同一班車吔。」像是她真的會一臉困惑睜開眼為了貪看熱鬧。像他小時候，她帶他坐公車，會大驚小怪地將他搖醒，「你看窗外，那裡有車撞死人了。」

那個傅達仁穿著一件白色西裝褲和白色休閒鞋，拿著一支拐杖拄在兩腿間。瞇著眼笑著。彷彿蠟像館裡的陳列，知道自己命定會受人側目。其實他坐在這樣光照的人群中，活脫是個老人了。

一臉的老人斑。

靈光一閃地，腦海裡突然浮出一個畫面：那是在極黑暗無光的深海底下，一個龐然巨物艱難沉重在轉身的畫面。因為近乎無光照情形下的攝影，且水作為充滿空間的介質，使得那個龐大物事翻身以臀部背對鏡頭時，有一種天搖地動巨大壓力造成的耳鳴印象。

怎麼回事？是一隻鯨嗎？

他突然想起來：那是印象中他母親最後一次神智清明地坐在電視前。他記得他母親拿著一條髒手帕在擦眼淚。他想起來了：那時電視畫面播放的是一艘潛水艇。

無垠深海中一艘孤零零的核子潛艇。

在那一瞬間，許多疑問同時浮起：那些他不在身邊的時光，他母親都在看什麼樣的節目喲？他母親是為了什麼在哭？還有，那到底是怎麼樣的一個節目？為什麼播放著深海底下的一艘巨大的潛艇？（是 Discovery ？還是那些潛艇喋血類型的好萊塢爛片？）

他難過地想：他母親這一生，可以說是全白費了。

他記得他母親告訴過他：她小學畢業那年，曾因為獲得全校第一名，而和全臺北市所有小學第一名的小朋友，被市長招待搭飛機繞行臺北上空一圈。

他實在無法想像那樣的畫面：他無法想像他母親這樣一個邋遢骯髒的老太太竟曾經是個第一名畢業的小學女生？那是什麼樣的一個年代？為什麼區區幾個第一名畢業的小孩，便可以蒙市長陪伴一道搭機升空？而且是這樣奇怪的飛行方式，並非拿到「臺北—泰國」來回機票或「臺北—澎湖」至少「臺北—高雄」等等三日遊或怎樣配套方案的招待，而是由臺北松山機場起飛，飛機在臺北盆地的上空滑翔一圈（飛機上所有的第一名小朋友都像土包子那樣鼓掌歡呼，對著下面變得小小的淡水河或臺北橋或觀音山指認著），最後仍是在臺北松山機場降落。

似乎那樣大費周章升空的目的，就是單純為了「坐飛機」？

也許他確曾看過一張照片：他的母親穿著土黃卡其制服，頸上繫著一條草綠色童軍領巾，留著西瓜皮短髮，和另外二十個一式穿著的小學生一起蹲在一架美軍老母機的機艙門前，一旁還有一個穿西裝戴黑框眼鏡的中年人，（那是當時的市長嗎？）還有一個戴防風眼鏡飛行帽穿皮夾克的年輕飛行員。所有的小朋友都咧開黑的牙齒衝著鏡頭笑著，只有他母親像一隻瘦弱的小雛，驚恐地睜大了眼……

當然他母親並沒有這樣一張照片。

那些閉目養神散坐在車廂兩側急速冷卻樹脂座椅的陌生人（那個傅達仁不知在哪一站悄悄地下車了），在這樣夢幻般的搖晃與窗外鬼哭神號般的裂風尖嘯聲裡，突然一個個變成像那些廟宇兩側，陪祀陳列底座注記了捐贈人姓名的泥塑羅漢力士。窗外無比的黑暗。這些不知情的送行人在這封閉如腔腸的車廂內，在交錯反差的晦黯光照下，臉上像敷了金箔，閉目的神情像那些烈焰焚燒的經卷繪畫上的菩薩的臉，那是一瞬間悲憫，一瞬間淫欲貪歡，一瞬間嗔怒可怖，下一瞬又平和枯寂……

但是他母親卻不成材地在那輪椅和舊毛毯間委頓塌縮。他甚至覺得她正在融化中。簡直像是千里迢迢送一塊冰塊而不是一具遺體。他簡直不敢想像待會到了醫院，一揭開那毛毯，她母親的身體還會完好無缺地在那嗎？

醫師，這是我媽的屍體，她吩囑我要把它捐出來。

好，把那毯子掀開來吧。

是。

啊，怎麼是一副化冰的豬下水嘛（剩下肝和一團白腸子）。

其他的呢？

來不及都化掉了。

……

他母親生前（那不過是幾小時之前的事？）總誇耀著自己能忍。他幾次撞見她邀那些兀鷲般的老婦在她那陰暗狹窄的房間聚會。在那些強悍的老婦之間，他母親總裝著天真無知的模樣。他總聽見那些身上完全沒有一滴女性荷爾蒙的老婦人用男人的聲調訓誡著他母親。而他母親則像少女般撒嬌不認真地笑著認錯……

有時是以自己容易迷路為笑話；有時則是幽幽說著自己被路上攀扯說掉了錢包借一些錢買車票回屏東的體面年輕人所騙，結果下一回又在同一街角撞見同一人又說掉了錢包……

那些男人嗓音的老婦（她們甚至在前頸長出了類似喉節的突起）憤激地指責著、咒罵著……

「我哪吔知嘛……」他母親則無辜地說。

那些時候，他異常清楚地感受到他母親體內的女性化的氣質。

有一次則是（那是許多年前的事了），一個住這棟破爛公寓另一層樓的年輕人，可能只是早晨到信箱拿報紙相遇的點頭之交，沒頭沒腦地跑來央求他母親替他作媒——不，他們婚禮的細節都辦得差不多了，就只要提親那天拜託她以媒人的身分跟去女方家說幾句吉祥話就好了。他母親囁嚅了幾句她肖虎不宜啦，她現在孤寡不全不好為人作媒啦……還是捱不住應允了人家。

結果提親那天喜孜孜跟著到了女方家，才發現情形極不單純。男方的父母根本沒到，且女方的父親似乎極厭憎那男孩，穿著背心內褲在客廳看電視。幾個兄弟也對他們很不友善。後來她才知道這年輕人和女孩家人尚有債務的糾紛。她按著年輕人交代的說辭哈啦了幾句，整個客廳冷冷淡淡沒有人理她。她便和那一屋子包括那年輕人在內的陌生人，困窘孤單地看著電視……

他母親每回提到這次往事必然眼淚汪汪。那些男形老婦必然是義憤填膺一頓咒罵。只有他知道母親人格裡那像鬆脫的扣榫或散開的畫框的部分，乃至於有某些根柢性的東西，她永遠是會像糊了的字跡或泡水的肖像畫，不清不楚兜兜反反如霧裡看花……

只有他知道母親每次迷路，真的像那些笑話中說的弄顛倒方向，然後自作聰明換車，離她認得的有限地標愈來愈遠，是怎樣真實地陷入那種溺水人抓不到漂木的，孤寂的絕望……

為什麼是一艘深海中的巨大潛艇？

無垠的深藍的海底墳場。任何一絲光線都穿透不了的黑暗。疏鬆的泥濘。它那巨大的，在深海底下泛著暗藍色描邊的頻顱貼著海底，彷彿有腮幫子會呼吸似的，彷彿一種被悶蓋住嗡嗡回音的低沉哀鳴。緩緩地轉身，像某種演化錯誤將身軀發展過於龐巨而脊椎不堪支撐的巨獸……

他幾乎又能看見他母親在那洞穴般的闇黑房間裡，整張臉被螢幕上的深海景象染得一片藍。那時他母親一個人對著電視裡的潛艇哭泣著。

那是怎麼一回事？

像是在很深很遙遠的地方，有人在拍著牆壁哀鳴。但因為那些聲音被捂在一個容器中，且是埋在很深的海底，幾萬噸的水壓將聲音凍結成一個個立方狀的果凍塊……

有人輕輕拍他。

啊？

掉了。

指指地上。那條舊毛巾。一個坐對面，一臉善意的男人。

他母親的臉露了出來。嘴張著。額前的髮絲像結霜那樣硬扎豎立。

完了。他第一瞬間想：被發現了。被逮著了。

他為著自己竟將母親死亡的臉在此大庭廣眾前裸露，感到深深的羞恥。

但是那人似乎並無大驚小怪的神情，繼續閉目安坐。

他蹲下，搖晃地撿起毛巾，（上面浸透了屍臭？）覆蓋在他母親的臉上。

其實有許多部分，他和他母親是那麼地像。

他小時候，有一次他母親帶他到一家綢布莊。那是一個高級的店面，穿著旗袍操外省口音的老闆娘裡裡外外招呼著客人，但沒有人注意到他們這一對母子。他母親要他在一處角落等她，自己怯生生地進去問要裁的布樣尺碼。

他和角落一隻白色暹羅貓玩耍起來。後來一個男人扛著一綑布過來要他讓讓。他站起身。

哐啷。

把櫃檯上一只青瓷瓶撞翻掉地。他驚恐地站在那碎片和黑汪汪的水上。

全屋子的大人都盯著他看。他母親不在那裡面。

在那曝光翻湧的畫面裡，只有他一個小孩孤零零地和眼前一稜一稜各種顏色占滿的巨大空間對峙。

他完全忘了那天的事件後來怎麼解決的。不過他記得他走出店門後，他母親不知從哪處角落閃出，急急牽住他的手就走（她的掌心全是汗）。

應是花瓶剛一摔破她就先溜了。

啊。想起來了。

好幾張外國男人的臉。他們爭擠著把臉貼在一扇圓形窗上，貼得如此用力乃至於他們的臉頰和鼻孔皆壓扁變成一張張豬臉。那扇圓窗，像傾盆大雨中隔著水流汽車擋風玻璃看進去駕駛座上的人無聲地張動嘴形對你說話。那是一些俄國男人的臉。他們穿著黑天鵝絨水兵服，綠色的眼珠一灼一閃恐懼的餘燼。他突然耳邊無比清脆地響起諸如塔克夫斯基、伊凡、彼得諾維赤、契訶夫……這些「ㄑ」「ㄎ」「ㄈㄨ」唇齒音的俄羅斯名字。

他想起來他母親臨終前在那孤寂房間裡龐怵存在的深海潛艇，並不是 Discovery 頻道的節目，也不是什麼《獵殺紅色十月》、《獵殺U－571》這些好萊塢影片。而是那艘擱淺於巴倫支海底，艦上官兵一百一十八人全部罹難的俄羅斯核子潛艦庫斯克號。

他腦海裡像是自水族箱底打空氣機打出的一粒粒快速上升的小氣泡，無比清楚地浮出這艘沉沒海底潛艦的斷碎新聞。

一開始媒體的報導是「核子潛艇在瞬息間深陷巴倫支海底，艦上一百一十八名船員來不及逃生」。一些急促而互相矛盾的猜臆紛亂出現。電視上外電的新聞訪問一位叫「波德拉尚斯基」的資深潛艇駕駛，他說「被困在艦上的倖存者可能因為空氣中含有過量碳酸而中毒，這可能導致產生幻覺和精神錯亂，同時在黑暗中待了多日後會有精神崩潰的現象……」俄羅斯的海軍發言人擔憂地說：沉於海底深處的庫斯克號正緩緩陷入海底泥沙中，持續傾斜的潛艦對救援工作會造成妨礙……

有消息指出，失事潛艇持續傳出微弱敲擊聲，顯示艇內仍有人存活。

但是根據數艘當時在附近監看俄軍演習的美國潛艇回報，當時（在海底）聽到兩次爆炸聲，之後就未聽到艇內有任何生命活動的聲音。

關於救援的方式，亦是分歧成兩種各說各話的方向：俄方專家提出的想法是，在艦身四周繫上大氣球，並將空氣打進潛艦內部，讓整艘艦艇可以浮上來。不過這個辦法必須在艦身大致完整的情況下才行得通。

另外一組被稱為「百餘條人命最後的希望」的英國救難小潛艇，也於事件後以飛機運往挪威。這種一次只搭載二十人的水下救生艇，可以先以密艙套住擱淺海底的潛艇逃生艙口，將海水排出，使艙內壓力降到與小潛艇內一樣，然後小潛艇的入口艙門和失事潛艇的逃生艙門就可打開，讓潛艇上的人員進入。

不過後者被俄國軍方以一種含糊其辭的方式阻延著。

似乎是兩種不同的揭露方式：一種是膨脹的氣球，從冰冷黑暗的海底，將那龐大的金屬鈍物硬生生托起，緩緩上升，然後破浪浮出海面；另一種則是以小型載具，像螺貝吸附那巨艦的艙殼，進入它，將裡面的人偷偷移換。一切在海底下進行。

深海下停擱著一艘巨鯨般的金屬潛艦。那四周什麼聲音都沒有。除了潛艇的心跳。核動力爐熄滅的心跳和一百一十八個俄羅斯男人的心跳。（他們穿著同一牌子花色的內褲嗎？聽說他們月薪只有五十塊美金？他們全不滿二十歲是吧？）

為何他總能在他母親的房間裡，看見那些他不可能在正常時間裡看見的畫面？（譬如那些困在冰冷海底的，悲傷等待救援的俄羅斯人的臉部特寫。）

他記得有一次他母親對他說：「你就像是我虛構出來的一樣。」

那是什麼意思？她為什麼那樣說？

他從很小的時候就知道，他母親總會在他睡去後（其實他都是裝睡），把一身邋遢的睡衣換成那種無恥的年輕女人才穿的時髦衣裳（她會在黑暗中床邊窸窸窣窣地脫穿衣服），然後把他一個人鎖在屋裡，鬼鬼祟祟地出門。

在那些憂疑等候，半醒半睡的孤單長夜裡，他總是做著一個一個斷肢殘骸的噩夢。那許多是和他母親有關的春夢。有一個夢曾重複出現，幾乎貫穿了他整個青春期：夢中他的母親一絲不掛、玉體橫陳，但是頭髮仍像她平時那樣邋遢地灰白摻雜。他夢見他把手指伸進母親胯下的陰阜裡，那真是難以言喻的溼潤溫暖。一開始他只伸進兩指，但後來他的整個拳握都塞進去了。因為那實在太滑潤了。夢中他的母親正鼻息均勻地裝睡著，乃至於他知道她默許著這一切的發生。但當他的手臂順著那水汪汪的滑潤而深陷進那腔腸中時，那種舒服得想啜泣的包覆溫暖令他忍不住將五指張開。於是所有金黃液態的幸福氛圍盡皆退去。夢中的母親也不裝睡了，他的手荒誕至極深深地插在她的下體中拔不出來。他們母子兩個黏著滿頭大汗地想把她大腿間他的那隻錨鉤般的手拔出。她光著身子擺換著各種奇怪姿勢，但他的手指無論如何皆彎折曲拗不起。手指手掌手腕處的肌膚清楚感受到周圍汁液的逐漸乾涸……

他總是哭泣地醒來。醒來時充滿恨意地發現他母親有時還未回來；有時則換回邋遢睡衣躺在一旁，彷彿從未離開過。

等他長大一些後，有幾個夜晚，他母親換完裝前腳出門，他即披衣起身跟在後頭。他發現原來他母親這樣每夜溜出家門，原來是跑進一家平凡不起眼的 pub 裡。

有好幾個晚上，他站在那家 pub 外頭街燈暗處堆放著外國啤酒空瓶木箱的角落，看著他母親在那家 pub 裡吧檯邊的固定位置，一個人默默地喝酒。他發現這家 pub 裡全是女孩——一些奇怪的理平頭削短髮的矮個子女孩和另一些裝扮與一般並無二致的女孩。後來他發現連那個吧檯裡寬肩厚背總穿著汗衫的壯碩調酒師也是個女的。

不過只有他母親是老女人。

他回去安心熟睡。也許他母親不過是有那種貪喝兩杯的壞毛病罷了？不過從此以後，他又再夢見他母親裸著那具年輕女人的身體裝睡的情節時，他的手無論沿著腰際，從臀部滑繞，或順著大腿內側上移，或是自肚臍凹下下探恥丘，皆找不到那個埋藏在胯底毛叢中的濡溼洞穴了。那裡像是皮膚本來就包覆住，像胳肢窩或虎口間那樣一處平滑無裂口的弧凹。

在那個夢裡，他母親再不讓他進去了。

第一書

我園裡的植物全發狂地生長，像一場精神病院患者的妄夢，像梵谷那幅深藍底色而前景是一列踮著足尖在寂靜中躁狂直立的白花，現在園裡至少綻放了三十朵以上的鐵砲百合和香水百合，黃色的花粉沾在那些張狂的、如同女人耳垂的白色花瓣上。空氣裡全是橫肆錯織的香氣。那種香氣讓人懷疑這屋裡發生了什麼不可告人的罪行。花瓣在未及盛年開滿即像被人用手剝除般，一整圈一整圈地跌落園土，只裸著那冒著蜜汁的柱頭。而在同一個夜裡，又有許多含苞的青綠百合悄悄綻放。

這一切真是瘋狂。去夏我們一盆一百五買來的玫瑰，也倚牆蔓爬，把園子的鐵欄杆悉數遮滿，那些指甲般的葉面上爬著一隻隻有著孔雀般色澤的肥大毛蟲，更別提那一朵朵開得像碗大的玫瑰。梔子花也超乎我們想像地肥大。含笑和櫻桃被我移到園子的東隅，因為它們像《傑克與巨人》裡的豌豆藤那樣拚命生長，這還只是一些灌木或矮莖植物，上星期隔鄰的工人拖了一株巨大的雞蛋花，說是上面九弄轉角那家人要蓋車庫，本來要把這株十幾年的老樹砍掉。他想起我們提過一直想在園裡種一棵雞蛋花，遂把它挖出拖過來。

那株雞蛋花，初種下像一尊得了肢端腫大症歧枝著指節的枯槁巨人，不過才一週，張開的手指端處，全漲滿了綠芽，今晨我出去看，那些葉片已勃發得如同巴掌大可以用來掬水了！

上回信中我憂心對您提起的那株「奄頹不振」的芒果樹，一整個冬天毫無變化，我一度懷疑是一棵塑膠樹的木蓮，還有我一直嘀咕是否移植時在它根部填太實黏土的那梱瘦吉野櫻……全部，全都像有人在惡戲一般，我一轉身，它們便噴湧地冒長著繁茂的枝葉。

我幾乎可以聽見靜夜中，所有植物在喀喀生長的聲響。

您一定以為這一切不過是我習慣性的，充滿誇張矯飾暗喻的，一封信的開頭。

事實上我也曾經懷疑：是否我已撥開時間的摺縫，穿進了那恍如停格而鐘針倒走的最精微的時間分隔？如同那個面對行刑槍隊開火之瞬的劇作家，但劊子手面頰肌肉輕微抽搐而食指輕扣扳機藍焰在槍口冒出之瞬停住時間。他在那無限延伸的喊停時刻裡，無限幸福又孤寂地完成了一部不為人知的偉大鉅作：每一細節的場景、音樂的對位及韻腳、對峙的角色之間關於表演技術的各種考究、各幕之間的時序跳接與一種暗喻性的戲劇性輪迴……。

我是否因為跌進了這種近乎冥想或瑜伽的靜止時刻裡，所以可以這樣暈眩地站在我的落地窗前，以肉眼看見園裡的那些植物，像快轉影片那樣在我面前滋長著。

昨日我在課堂上和學生討論妳的書。有一個女孩在臺上坦白宣稱她是一個雙性戀者。她說得尖銳且悲壯，所以在她的發言之後，教室陷入了一種尷尬的沉默裡。我試著想把討論的方向引導至「遺體書」所牽扯的戲劇化死亡表演或書寫者與被書寫者關於情慾形狀或權力意志的問題。

我舉了齊克果的《誘惑者的日記》為例。作為一個愛慾的鏡像，誘惑者不斷廝磨耳語，把愛慾的抒情性景觀偷渡進「她」的記憶。被誘惑者由冷淡倨傲，而刻意迴避，而臉色鐵青、而面紅耳赤、而恍有所失……但誘惑者無法注意到這些。他只注意到自身的愛慾形狀如何在那鏡面之中點滴成形。一旦她也開始雙眼發直，神魂顛倒地跟著誘惑者複誦那些破碎地拼湊著「她」的色情想像之戀人絮語，誘惑者即將之遺棄。像將切除後仍在蠕動的自己手指，封罐於福馬林瓶中，鎖在那些不同被棄者瓶罐堆放的標本室裡。

在齊克果的故事裡，被誘惑者在這不能理解無由抗告的徹底棄絕裡，枯萎死去。

但是您的故事……，您的死亡表演……

我復舉與您自死前後相距不過數年（在我的記憶裡，你們幾乎是同一陣子先後自死的）的一位男詩人，他的遺書及那場轟動一時的死亡表演。那簡直一場屠殺！據說他先用斧頭將他的妻子砍死，然後一身是血雙眼無神地拖著斧頭走出戶外，途中還遇見他的姊姊。他喃喃地對他姊姊說了一句：「這下我非死不可了。」

我初看到這一段描述時，心裡怪奇駭異不已。我不理解那個姊姊在撞見這個猶處於殺戮後歡快的人（他手上猶黏答答提著一柄血斧頭），為何就像所有預知死亡記事的觀眾，看著他復走進倉庫，然後等時間差不多了，再衝進去（可預見地），尖叫著發現一具瞀紫著臉吊在空中盪的死人。（「他兩分鐘前還跟我說話呢！」）

他說：「這下我非死不可了。」

所有的人都知道他在表演。他太急著昭告天下了。「這書寫完，我就死。」於是在他那本瀰漫著肉體金黃印象的懺情遺書下半卷，處處可以瞥見這樣和上下文無關的句子：「我知道他們都在等我死。」「他們在看著，我最後會如何死。」「走到這一步了，他們就怕我不死。」

您是如何在最後的那一刻用什麼方式裁處自己？這一切像一段一再反覆重播的慢動作影片魘擾著我。我聽說網路上的T們和婆們爭議不下但終將您票選為「女同志夢幻情人」的第一名。她們像要形成一個隱於暗影的地下社會，探尋著絮和小詠的下落。有人詛咒著絮，有人為絮抱不平，有人打聽出小詠在那次您最末在成田機場兩人並肩在過境大廳的全段對話。有人每年忌日去您的墳上放一束花。

我窺看著這一切。一如我在許多年後愣愣以對地窺看著您漏佚章節的整本遺書。一如我懷疑起自己具備了穿花撥霧自由進出時間停格那一瞬的神祕能力。如今我已婚，兒子已經滿月，仍是個異性戀者。中年的已婚的男異性戀者。

我一直不知道您不是。不，應該說，我一直不知道您是。因為在我這邊，停格的那一刻之前，您去法國前一天，我們在濟南路口的咖啡屋巧遇，閒散而憤怨地聊了些對文學遠景的看法。
「喂，某某，」您離去前把您的座椅靠近咖啡桌，低聲對我說：
「如果……不是某些怪異的因素，你知道嗎？我可能會喜歡上你喔。」
那時我的臉紅紅的。我以為那是一個尋常女孩不很謹慎的一次愛情表達哩。

另外有兩件事亦令我相當感慨。
一件是關於一個叫盧歸真的女孩。
這個女孩是我國中時班上最漂亮的一個女生，我知道有非常多的傢伙在寫情書偷偷塞進她的抽屜或掛在課桌臂沿的書包裡，我們班的，別班的，男孩，女孩，非常多非常多的人。為什麼我知道這些事呢？因為整整的國中三年，我的座位都是坐在這個女孩的旁邊。
那像是一種奇異顛倒而苦澀的恩寵。因為整個國中三年，我的成績一直是那個班上最爛的。而這個盧歸真，恰也是班上功課最差的女生。（我總是懷疑，為何那些功課好的聰明傢伙，其中沒有一個人想過這個招式：故意把其中某幾次的考卷全部寫錯，不就可以名正言順地坐在他們意中人的身邊呢？）
總是在體育課或美勞課這些整個教室一片混亂的間隙，或是早自習教室沒幾個人的時候，或是降旗結束教室清潔打掃那段小小的空檔，會有那麼個傢伙，面無表情或是板著臉從她的空座位經過，若無其事地丟進抽屜一封淡藍色或粉紅色、有甜甜香水味的信箋，封口用一種星星仙子或小熊的貼紙封住。在這個過程裡，我像個透明人故意地不被他們發現在現場。我納悶極了：我不是就坐在一旁嗎？

還有些較世故的傢伙，會無端地坐在她空著的位子上和我搭訕。

「怎麼樣？最近功課還是那麼糟嗎？」

「欸。」我能說什麼呢？

「怎麼沒想過轉學或轉班呢？」

「是啊。」我正在認真思考他的問題重心何在時，人已經一溜煙不見了，只剩下抽屜裡夾在某一本課本裡的一封同樣發著甜甜香味的情書。

慢慢地和女孩發展一種類乎兄妹或姊弟之間的親情。在班上其他的女生從白襯衫制服背後看去猶是背心或老阿嬤襯衣的透影印痕時，她就已是若隱若現粉紅色優美弧度細肩帶的可愛小胸罩了。女孩每天從鉛筆盒裡倒出來一些似乎完全沒有功能性的小玩意。就像是個發育期與你朝不同方向去探索一些陌生事物的孿生姊妹。

有一次她排在講桌前面，憂心忡忡等著領考卷挨揍。我看著她的側臉，突然心裡動了一下，旋即悲傷起來。真的是個注定在玻璃櫥窗外邊，讓所有人停下腳步著迷觀看的一張美麗的臉哪。

在那個年紀裡，她恐怕還完全不知道，自己那張美麗的臉，將來會擁有多巨大恐怖的力量。

那和上課的鐘聲、課室桌椅整齊的沿緣切線，走廊上和自己穿著相同制服擦身走過的男孩女孩，或是悠長的恍如幼爬蟲類在時間靜止的等待裡！……這一切都漫不經心的毫不相關。

也許有一張右上沿被剪去一角、貼了一張學生頭模模糊糊的黑白照片的公車票根被你不慎撿到，悄悄地放進自己的口袋。

有一次我閒聊地對她說：「我媽說湖北人最壞了。天上九頭鳥，地上湖北佬。不過十個湖北佬，抵不過一個江西老表（婊）。」（就像你會聽到你的父母說：將來絕對不要娶客家老婆。或是聽見大人他們小聲說，那個誰誰誰的老婆是東北人，陰哪。有一天你的岳母憂傷且貼己地把你叫到跟前，說她年輕時就發誓，她的女兒將來一不嫁外省人，二不嫁教徒。結果現在她的兩個女兒，全跟了兩句河洛話都講不ㄌㄧㄣˋㄉㄥˋ的外省仔。你才驚駭著，原來你也像晚會結束摸彩那樣中獎了，寫了你族類的紙條被放在「不受歡迎」的其中一個摸彩箱內。）

我記得那次那盧歸真的臉黯了黯，說：「我是湖北人。」（現在我們會說：我父親是湖北人。）

（那你母親呢？許多年後，他們會這樣問我：你是外省仔喔？我則急急辯解：我媽是臺灣人啦，伊是大龍峒人啦。像是一個更純粹更古老的血裔譜系。喔，那要學咱河洛話呀。）

但那天盧歸真說：「我媽也是湖北人。」

後來她整整三天沒和我說話。

另外一次，是一次體育課結束，她還沒回到座位，一個別班的女生很著急地進來，對我說：

「盧歸真說她的運動外套要借我，這是不是她的座位。」

我替她把摺好放在椅子上的外套遞給那女生，那女生謝了一句就出去了。

等到盧歸真回來，「我的運動外套呢？」她問我。

我告訴她剛剛有這麼一個女孩，說妳答應借她的，我便把外套交給她了。

「沒有這回事啊。」她有些急起來了，我也覺得事情似乎不對勁。向她描述了那女孩的長相、身高、說話腔調。

「我不認識這樣一個人啊。」那是我第一次看到她氣急敗壞的樣子。「下次沒有經過我的允許，可不可以請你不要碰我的東西。」從來沒有過的嚴厲的口吻。

是啊。妳抽屜裡的那些淡藍淺黃粉紅的信封裝的情書，我全部都拆開偷看過了。許多年後，有一次到一個學弟的宿舍，他說你等等我，我去樓下 7-ELEVEN 抓兩罐海尼根。我一個人靜靜坐在地毯發著霉味的男生宿舍裡，不知怎樣就翻起那學弟的抽屜，完全無關緊要的一個人的私密，也像酗癮似地翻搗著。甚至把他亂塞在筆筒裡的一大疊發票對了放一旁的中獎號碼剪報，然後把中了兩百塊的兩張塞進口袋。（學弟會傻傻地重對那一疊已被抽掉唯一中獎的兩張的廢紙，然後幹一聲：「又槓龜！」）

一切原封不動不可能被人看出被碰過。結婚後有一次脫口和妻提了一段她和之前男人的私事，她恐怖地看著我：「原來你偷看我以前的信。」

一疊信。一本日記。一堆沒有內容的廢話。被我窺看過後，它們就像走了縫的酒甕，最菁華的部分已被萃取抽掉，剩下的是一堆無氣味的糟渣。

但這個故事不是關於盧歸真的故事。

借走外套的女生下午又把外套送回來了，如今我已不記得整個陰錯陽差的誤會的細節。只記得那整個下午，盧歸真又板著臉不和我說話。

年輕的我想出了一個奇怪的戲法，我假意伏在桌上，用一本課本遮著，做出振筆疾書的模樣，一邊忽前忽後地大聲詢問著四周的同學：懺悔的「懺」怎麼寫啊？內疚的「疚」是不是這樣？是「痛不欲生」還是「慟不欲生」哩？

不曉得是否回憶的折光在遙遠的時間裡做了修正？我如今回憶起那個畫面：在我身旁的盧歸真仍舊是板著臉，但她的嘴角微微上抿。那樣的一張在光線裡微微上抿。那樣的一張在光線裡微微閃動的側臉在此刻想來真是清晰無比，即是：其實這個美麗的女孩亦是極在乎我的。她在矜持等著我充滿誇張華麗修辭的道歉信。

我把信寫好，作出慎重其事的樣子摺好，在上面再加幾個字，然後把字條遞給她。

女孩的臉上流轉變換著各種表情：嘿然冷笑或是好吧看看你寫些什麼肉麻的東西（她可是個閱歷了上千封香水信紙情書的女孩啊）？

結果盧歸真看了信紙上寫的字便趴在桌上哭了起來（後來我才知道她是驚怒羞愧，竟忍不住地趴在桌上吃吃笑個不停）。

我在那字條上寫著：「煩請轉交汪宗平。」一虛晃了一陣槍花，把女孩懸逗到倨傲地（期待被甜言蜜語哄誘）矜默地（也許看了信可以考慮原諒你噢）戲劇化身段裡，結果放個空，女孩被尷尬僵硬地掛在一個滑稽的處境。

（這不是關於妳的故事。）

汪宗平是坐在盧歸真左手邊的另一個男生、他的功課也不好，平時灰暗沉默地存在在班上，我跟他根本談不上有什麼需要傳紙條交換祕密那樣的交情。女孩趴著把字條傳給汪宗平，他有些狐疑地拆開字條、上頭寫著「沒事」。

字條的內容寫什麼本就不是重點。汪宗平怔怔看著字條，再看著這邊笑得一團混亂的我們，訥訥地罵了一句：「無聊。」

許多年後，我從從前的同學那裡聽來的消息，汪宗平在高二那年，在他家自己的書房裡上吊自殺了。

——

關於你的，或是不關於你的故事。傳過來的一張字條，你驚疑慌亂。會有人傳紙條給我？上頭寫著什麼？

傳字條給你的女孩趴在桌上，他們那邊像是發生巨大的騷動，管他呢，你嘸了口口水把字條打開，上面歪歪斜斜寫著兩個字：

沒事。

初時你像逆光看著太陽恍然大悟原來太陽是黑色的。你完全不能理解這兩個字的含意，它們在白紙上暈糊糊地盪開。

沒事。那原就不干你的事。你只是一個小詭計圈套齒輪卡榫肢端末節的一個小零件，你只是一對他們自己猶不知道的狗男女情竇初開的調情把戲的龍套罷了。

我總是會努力地想像著汪宗平自殺的畫面：為什麼他會用上吊這種乖異難看的方式？為什麼他會在高二那個年紀恰好便按停了生命的馬表？他在想什麼？他發生了什麼事？

但我知道那一切都是徒然。他不可能會像我曾在小說中完全不改本名而嵌進誇張扭曲情節的那些過去相識的人：小學同學、初戀情人、軍中的某一個輔導長或是巷子附近哪一家豆花店的老闆……他們會在生命的某一次重逢，赧然又微微虛榮地責備我：「我在報上看到你的文章咧，ㄏㄡˋ——你竟然把我寫成那樣……」或是「其實事情不是那樣，當時應該是怎樣怎樣的……」但我不可能再遇見汪宗平這樣冒出來糾正我，「其實當時你傳那張紙條過來的時候，我正好有一張紙條要託盧歸真遞給你……」或是「其實上吊死亡之前的時間景觀完全不是你寫的那個樣子，其實那一刻更像是怎麼說呢的一種特別的滋味……」

我曾經為了取悅調弄一個習慣收到情書的美麗女孩，而寫了一張紙條給汪宗平。那女孩以為那是一封和那些許許多多情書相同的紙條而輕蔑地收下了它。後來她花容失色發現那不是要給她的紙條只是託她遞給她身旁的汪宗平。汪宗平忐忑不安地收下紙條沒想到裡頭寫的是「沒事」兩個字。我們誰也沒想到汪宗平在幾年後會在自己臥室上吊自殺。並且我莫名其妙地整整三年和她坐在隔壁的那個美麗女孩在我國中畢業後從此沒再遇見過她。

另一件事則和我這樣穿花撥霧地和您叨絮說話，而竟然深信不疑您定然可以聽見我的話語聲音這件事有關。最近在報上看見兩則新聞，使我感慨頗深。這兩個事件皆發生自日本：

第一則新聞是以〈夏目漱石論〉一舉聞名，在六〇年代成為日本戰後代表性的文藝評論家兼政治評論家江藤淳，在七月二十一日晚間被發現在鎌倉家中割腕自殺。

這個六十六歲的老人的自死，一般被認為是因為八個月前六十四歲的老婆得癌症病逝，因無法抑制自己對愛妻的思念而殉情。

這篇優美的新聞稿記錄著在江藤淳妻子慶子過世瞬間老人悲鳴地寫下的一段話：「在慶子還有體溫時我從慶子左手的無名指悄悄地把結婚戒指及一起戴著的翡翠戒指卸下，放到自己的皮包中，我看著窗外，黑色而澄清的夜空裡，星星看來像是全落下來。」

黑色而澄清的夜空裡，星星看來像是全落下來。

另外他還說了一句話，讓我深感「死亡」與「時間」可以互相在賦格的關係裡纏綿泯滅，他說，慶子臨終時他一直握著慶子的手，讓她知道自己也是覺得一切都已結束。

「與妻子一起度過的『生與死的時間』既變質為『只有我的時間』，『威脅到我的身體』的歷程便開始。」

第二則新聞則是關於梵谷生前最後一張重要畫作〈嘉舍醫生像〉，竟然就在九〇年代在全世界人們的眼前消失不見了！

事件的起因是紐約大都會美術館最近有意將梵谷的〈嘉舍醫生像〉借來參展，但是問遍全球藝術圈，竟然發現這幅畫目前下落不明。

這幅〈嘉舍醫生像〉在一九七九年被日本紙業老闆齊藤良英，以八千多萬美金買下，創下史上最貴畫作之紀錄。這個齊藤老兄怪怪的，據說他買下這幅畫後，只看了一眼就放回倉庫。日前告訴朋友，他死時要將這幅梵谷和另一幅雷諾瓦一起陪葬。齊藤良英買下這幅天價經典之後，他手下的企業經濟開始走下坡，一九九〇年他付了兩千四百萬美金的稅金，到了一九九六年便「兩眼一翻歸西了」（這是報上新聞稿寫的）。

由於完全查不出任何失竊報案的檔案，也追蹤不出齊藤生前曾否將此畫再轉賣的交易紀錄。所以一般相信，最壞的狀況是，這個日本人真的把這幅曠世名畫帶進他老兒的棺材裡去了。

在與死亡的精刮計算裡，這些人（包括您在內）手裡握著鏤雕著各種香草飛禽星宿圖徽的銀幣，每個人皆壓抑住自己想狂歡尖叫的慾望，裝出一臉無所謂的表情。

是啊。華麗的自死。漫天繁星皆殞落。時間的法則被摒棄。像那一本漫畫的最後一則故事：大雪紛飛的冬夜，一家骨董鐘表店的胡桃木門被推開，進來的女人用一條灰兔毛的披肩裹住頭和下巴，讓人猜不出年齡。自十六歲作學徒玩了一輩子老掛鐘老腕表的老師傅回憶說：女人走進店裡的時候，像是奇幻魔術，店裡的鐘表們，像是暮景老人們在他們髒汙陰暗的紅包場驚豔撞見年輕時為之神魂顛倒的偶像紅伶登臺演唱。所有的鐘表們發出嘩嘩喀喀的聲響，像是為女人的風華不再而嗟歎悲傷，亦為自己竟因年歲的老朽反而得以在此不恰當的場合如此近距離與當年不可能親睹的絕世美女如此狎近而感慨不已。

女人在店裡做了什麼？她取出一只黃銅圓殼紅寶石蕊心的懷表交在老師傅戴著白手套的手上？或是老師傅突然記起年輕時曾魯莽地與一位極美的鐘表收藏家的女兒的對時賭咒（「五十年後看看這兩只表的秒差」）？

或是女人開口：「我父親……」

一個關於一位德國醫官在二次世界大戰期間，從煤氣室外的一個蒼白的猶太男子身上剝下的一只銀表，那只表的殼背還刻了「D.H.」兩個字母。他一直收藏著這只放在掌心勻貼到像要沉沒進掌中的一只圓形男表。而後在某年、某月，許多年後，竟然在一本不很流傳甚至帶點神祕色彩的私人骨董收藏家的自印圖刊內，看到關於這只表的身世紀錄。

「讓人驚出一身冷汗的高貴血統哪……」

我不記得這則漫畫的真正故事輪廓了。但始終為那，門一推開，女人穿著高跟靴走向老師傅坐立在彼的展示櫃，而所有的鐘表們全輕輕戰慄悲鳴的奇幻景觀給深深感動。

有一天，我在一家裡店的平臺櫃上，看見自己的書被放置在您的那本書的一旁。您的那本書的封面，是您戴細框眼鏡削短髮的鉛筆素描像。我知道不用許久，我的書會被拿開，換上另一個作者的小說，或是評論集。我知道會有一本又一本本來不存在的新書接續標上我的名字，和那些許多不同靈魂的書的作者們在書架上來來去去。有一天書櫃上甚至會有一小格掛了我的名字的書的區塊。

只有那一本，您的名字，您的素描畫像，一直孤零零地待在那兒。

像一個蹲在那，用受傷眼神瞪著持續以長大背叛時間裡的什麼根本東西的，我們。

第二書

不知為什麼，這樣與您說話的時刻，腦海裡總是浮晃著某些建築物的浮光掠影的瞬暫記憶。那是無法說出哪一年哪一個年紀哪一段暫停時光的我曾經置身其中的某個場景。像那些超現實畫大師畫框中西洋棋盤般無人的火車站大廳。某個已遭廢置的荒蕪海水浴場的沖淋更衣室，冬日光影穿過宛如養馬場空馬廄那樣一間間空蕩蕩的水泥隔間。某個遊樂園裡坐進某種老舊的金屬圓蛋艙體（漆著紅、綠、藍、黃、橘這些簡單的單色漆），隨巨大金屬臂和懸垂纜線上升上升，在極高的高空裡彷彿靜止，那樣時光悠悠地停置在某一座城市全景的上空。

我不知道為何會想起這些。似乎那些殘缺不全的畫面裡，有某些細節，和想像中的死亡經驗如此貼近：酸梅粉般叫你唾腺失禁的紅色牆磚的氣味；夜間在黑魅如夢的蜿蜒山路行車，對面車道突然一輛車打遠光燈疾速交會，那樣高強光湧塞至視網膜裡一片曝白的短暫視盲；或是某一個早已不記得臉貌的偷情女人，就那麼一個寐宿她公寓臥房的夜裡，無比清楚地記得樓上隔層浴室管線漏水的滴答聲響……

因為是那麼不強烈，不絕對，甚至瑣碎……所以它們所召喚的屬於身體裡某些不在意角落裡忘記清掉的廢置記憶，像是「現在這個仍活著的我」之外的，在時間的遊戲甬道裡爬行中不慎掉落的，類似蟬形屍殼、蛇皮，經血棉紙，或是手淫射精在學校廁所大便池裡的那些濁白膠液……那些「死亡的我」曾經在場的微物證據。

我想起一所小學。

那是一所占地極小的私立小學，至於有多少？其實沒什麼好說的，就是兩棟三層樓高的小公寓作為教室（教室的總數也很容易計算：一年級有甲乙丙三班，五六年級至另一個校地的初中部上，加上音樂教室，辦公室和保健室，一共大約二十間以內的教室）；中間隔著大約兩個籃球全場大小的空地，作為朝會集合的操場，一般時間兩輛老舊交通車的停車場，或是下午體育課時小學生打躲避球的場地……這樣細膩的調度。

我在那所小學從一年級念到三年級，後來便因家裡經濟因素，轉學到同一條馬路上另一所大得不得了的公立小學就讀（這所小學有二百公尺跑道的操場，有十個全場籃球場，有排球場，有標準比賽游泳池、有室內體育館，一個年級有二十個班級）。在我小時候，完全沒有意識到之前那所小學的小，直到我長大後有一天，經過那所小學往校園裡望；天哪！那簡直就是一棟雙併國宅公寓和它的天井。我無法想像曾經在這樣一個窄小的空間裡擠了六百個小朋友。下課時間他們全滿懷希望地搶著整個校園裡唯一的一個地球儀旋轉玩具，還有一架盪鞦韆和一架蹺蹺板……還有六層樓一共六間男生廁所和六間女生廁所！我絕對可以確定：那個占地應算是一所幼稚園的小學（它的學費比我後來轉去的公立小學整整貴了十倍！）一定是將原先一戶日式庭院建築的民宅改建，兩列平房打掉蓋成甲板或鐵管欄杆的樓梯外裸之樓房。

那間小學的創辦人據說是抗日名將丘逢甲的孫女，仔細想想：這小學小歸小，它可是有自己的校刊呢。而且每年都有秋季旅行。那個小學的制服是漂亮的水藍色，夏季男生穿深藍色短褲，女生穿深藍色短褶裙，冬季則一律深藍色長褲。而且女孩可以留長髮男孩可以留小西裝頭。在那個滿街小學生皆是卡其色制服橘黃色帽子男生三分頭女生鴨屁股的年代，那個小學在放學時刻，一群穿著水藍色筆挺制服的漂亮孩子們，從那個小小的神祕校園裡蜂擁衝出，那顏色、那景致，還真是如夢似幻呢。

我不很記得曾在那所小學裡發生過什麼事，（誰記得自己小學一、二年級時的什麼了不起的大事呢？）不過倒是（像努力追想很久遠以前的夢境破片）記得那學校（那小小的校園）裡有那麼一兩處地方，近於禁地（老師嚴厲不准小朋友靠近）和孩子們之間鬼狐神怪的耳語，那樣的神祕角落。

譬如說，這個學校沒有校長室。卻在其中一棟公寓背面與學校後面的一處二、三樓間的平臺，被圈圍起來的一間日式小房子和一個放滿了小奇石洋蘭盆栽的小庭園。耳語這麼說的：「那是校長家。」以如今的大小比例去看，那個「校長家」，恐怕亂像東京周邊市鎮，一些巷弄盤錯老舊公寓挨擠在一起的社區裡，突然出現一座功能類似社區公園的迷你神社。小小的鳥居、小小的淨手水池和長柄勺、小小的神龕、小小的盆景……

還有一個角落，是堆放喝完的牛奶空玻璃瓶的處所——不知道是那個年代所有小學生共有的記憶，還是那所貴族私立小學特有的服務細項。我記得那時在每天晨間，幾乎每個小朋友都會訂一瓶玻璃瓶裝牛奶。胖胖圓圓的透明瓶身，瓶口用一枚圓形硬紙板栓蓋，然後用一張脆脆質感的玻璃紙包覆，用一條紅色細膠帶封住。溫熱的玻璃瓶沿還像汗溼一樣覆了一層霧濛濛的小水珠。——那是那麼一座因窄小而空間功能規畫如許精密的校園裡，某一處功能性模糊的角落。一邊是教職員腳踏車的停車棚，（那個年代！）另一邊則是一樓樓梯間的一處死角。

（我慢慢想起來了。）

因為那一箱一箱空牛奶瓶裡殘漬的過期奶酸臭味，那個角落如此輪廓清晰地浮現。

在那個樓梯間最底端的三角洞凹，一邊貼壁，另一邊則被校工用一只好大的奶綠漆木箱堵上，從一旁洞隙鑽進去，裡面成了一個水濂洞般（以八歲小孩的體形和空間感受）的隱密世界。那個巨大的箱子本身即是一個謎：我不能理解在那個遙遠年代那樣一所迷你小學裡，為何放著那樣一只巨大的木箱？它的形制，日後我因隨一位京劇迷少女在一次散戲後跑至國家劇院的後臺，看到那一只一只巨大如海盜船藏寶箱上掀蓋式的戲服道具木箱，才恍然大悟許多年前用以遮擋住我的「祕密洞」洞口的那只大木箱，並不是那些孩童耳語相傳的「關了一隻魔龍」或「用符拘禁了一具殭屍」的棺槨或魔櫃，或是另一個地道的入口。它不過就是一只箱子罷了。裡頭裝的，無非是一些廢物。那個滿面倦容的校工伯伯，如何在這小得要命的小學校裡，找到一些看不見的空間，把那些校長大人不願看見而他又不確定是不是真的該丟棄的故障器具全扔進去。譬如缺了腳的地球儀啦，壞掉的擴音喇叭啦，淘汰的童軍棍啦，甚至音樂教室的鋼琴樂譜……等等。

那個「祕密洞」（沒錯當時我便是這樣命名它）裡堆放著一層一層壓扁的硬紙板箱。我猜大約從校工把這只大木箱搬來堵住洞口的那一刻，這個樓梯下方夾角的畸零空間便從校工記憶裡的搜尋雷達螢幕上消失了。像那些美軍用衛星定位監測追蹤的公海上的俄國潛艦，突然就匿蹤消失了。像百慕達三角洲。它從全校老師小朋友的記憶裡消失了。

沒有人記得那只大木箱後面還有一個三角形的狹窄空間。「祕密洞」變成了那個迷你小學裡一處「不存在」的空間。

除了我。

在那個像印象畫派光影般擠滿了六百多個穿天藍色制服小學生跑來跑去的小小學裡，每一段十分鐘的下課時間，幾乎所有的校園角落都成為孩子們強占區劃的遊戲地盤：天井大小的操場像元宵燈會人擠人，結果是十幾個不同隊伍人牆圍圈犬齒交錯和在一起各打各的躲避球；那唯一的地球儀轉輪上面擠塞吊滿了螞蟻窩一樣的小人；塞擠想搶爬上司令臺的人潮，讓你傷心地想起四九年大潰敗遷臺時那些掙擠上輪船的難民們；占上司令臺的孩子們則擠挨在一起一臉茫然啥事也不能幹（不小心還會被擠掉下去，就得重新再和下面的人潮拚搏爬上來）；有一些孩子則開始攀爬國旗杆……

在那樣的封閉空間裡，竟然有一處「不存在的空間」，其實它是在的！而這件事只有我知道。且身邊所有其他的小朋友，沒有任何人察覺：每到下課的那十分鐘裡（每天有六次這樣的時光），我，這個小朋友會自他們身邊消失。沒有人會真的追問：那個誰誰誰剛剛是不是跟你們打躲避球啊？沒有。那是不是和你們玩殺刀啊？沒有。那有沒有在升旗臺那邊？沒有……

在那每一段的下課時光，我成為一個不存在之人。

那是何等幸福甜美的時刻。

我年輕時曾認識一個女孩。我不知道我們算不算男女朋友。她是個甜美害羞的姑娘。可是記憶裡所有我和她獨處的時光總是那麼貧乏無趣。她總是拉著我陪她到建國高架橋下的假日玉市（我們總在週末或週日約會），一個攤位一個攤位地逛晃賞玩。

那樣一個像吉普賽人市集的流動攤位群，我再沒能遇見一個現世景觀如此像地獄入口前的寒傖長街了：至少二、三百個攤位，一鋪挨著一鋪，半尺見方的摺疊麻將桌上鋪著廉價防水塑膠桌巾，然而展列的全是古人的貼身之物：有射弓用的羊脂白扳指、白玉髮簪、玉帶鉤、帽釦、帽花、畫了仕女繡像的琺瑯鼻煙壺、女人刮臉用的玉板，可能原先是帽花拆散的白玉蝴蝶、閨房內調情把玩的白玉合歡，有些攤位則專賣著不知是真是假的女人的三寸金蓮繡花鞋、女人的貼身肚兜（上頭繡著鴛鴦或蝴蝶）、女人的香包，或從裙裾裁下零賣的刺繡條幅……

那是一條昂貴，充滿偽冒欺騙、斑爛奪目、珠搖玉晃的死亡街景。

那些攤位的主人不知從哪冒出來，每張在昏黃燈泡下謙抑微笑的臉，一旦對話上了，都是滿腹對於死亡的繁複知識。

那些死人留下的配件。那些死亡的信物。

女孩總是充滿興致地逛著。偶遇一攤裡有一件感興趣的貨色，可以磨蹭著專注聽那些穿著長袍馬褂臉色蠟白的中年人講個個把鐘頭。

我每次陪她置身在那條古玉市集裡，總有一種雙腳離地，像學生時代朝會貧血暈倒前的甜黑搖晃感。

後來便和那女孩分手了。

許多年後，有一次在一家銀行門前的提款機前遇見那女孩。一起到街角三十五元咖啡店坐了半小時吧。女孩右手還戴著那種銀行櫃檯職員防鈔票油墨或原子筆墨漬的黑布袖套。她告訴我她現在調到這家分行。

之後我們便那樣各自微笑地坐著，攪攪咖啡小茶匙啦點根菸抽兩口又熄掉啦之類，有一搭沒一搭。說來頗感傷，我似乎完全看不出我離開她或她離開我曾造成某一方任何的傷害（我甚至沒有碰過她的身體）。那似乎只是在有一天你真正遇見一場身心皆完熟的戀情之前的，某一次過渡。

後來我問女孩，妳現在還每個禮拜去逛那個假日玉市嗎？

女孩愣了一下。怎麼會？

然後女孩笑了起來。你就是為這個離開我的？

像是某些斷裂的畫面裡（那個充斥著撲鼻尿騷味，平日一格一格白漆方框的積塵地面是作為無人停車場的擁擠玉市），女孩分明根本不會買，卻從那張輪廓極淡沒有個性的臉裡，無比明亮地長出另一張精刮世故的臉。「你這翠哪有到代？你用光筆看，根本是B過的，走紋暈散得那麼假。」這樣質問賣玉的攤販。

女孩說，那是我生命裡最美好的一段時光。那樣的日子我一生將再難重現。

（啊？那樣貧乏的，叫人想了就疲憊的，在那些身體發出酸臭眼睛賊溜溜轉的老頭之間鑽擠。那一攤一攤用黃燈泡照著發出死亡光色的虛假玉白。嘩啦嘩啦響著。那樣的時光？）

女孩說，她從少女時就迷白玉迷老翠迷得不得了。家族裡那些老婦瘦巴巴腕上的鐲子。不過她後來清楚極了她這一生無論如何，跟那個昂貴華麗的世界完全無緣（想想那些滑膩如羊脂的老和闐，曾經盤活它們的是怎樣一隻比閨女還細膩的貴族的胖手。還有那些盜墓開棺從死屍手尺骨上砍下的紫羅蘭帶翠血沁。舌頭早已化掉，硬生生撬開骨骸的齒閤，掏出裡頭的避邪白玉環。據說盜屍人的命盤得排過，殺破狼帶煞才壓得過屍陰）。直到遇見了你。

她說直到遇見了我。

她說她原以為會這樣和我過一輩子了。

所以她膽敢這樣拉著我，像小女孩時找了伴便回頭拿樹枝去撩詐死的蛇。那樣失心瘋直了眼往那個繁錯譜系的幽黯（或燦亮？）世界一步一步趨近。那樣一攤一攤地探問，用手把撈著那些冰冷的，把死亡的鮮豔顏色凍結其中的硬物。

她其實並沒有說那麼多話。

她只有說：她原以為會和我過一輩子。

（那樣的時光我一生將再難重現。）

她說我們分手後，她便一次再也沒去過那條像夢境中臨時搭場的古玉市場街了。

我之所以在這囉哩囉嗦地對您訴說。像沉船之殘骸脫離艦體主構，在深海中緩緩上升浮起，一塊碎片一塊碎片地召喚那些久已被我遺忘的團混圖景，乃是因為您的死亡處境在那樣的圖景裡竟似伸手可觸。

您撬開了我「死亡之櫃」的鍊鎖。

在那些個像剝洋蔥般可以將光的不同稜線一層層剝開的神祕時刻裡，譬如像那個小學二年級的「祕密洞」……

那樣黑暗的洞穴裡，貼躺在背脊下的壓扁平整硬紙箱，從底部一陣一陣傳來乾燥粗製紙箱的糞臭味。上方幾乎擠到肚腹的水泥斜面，不正就是樓梯的反面？隔著這層水泥斜槓，上方是好幾十個小朋友在敞亮流動的光裡面尖叫地玩猜拳爬樓梯、官兵捉強盜；在那斜槓的下方，在不為人知的黑暗三角凹槽裡，拗塞了一個臥躺的男孩。

我無法以如今的形體和感官（啊，我的臟器在時間持續的流逝中已無法挽回地混濁衰敝）去比擬想像八歲時的身形和對一切自遠方傳來的光線聲音之感受。像所有那些關於在遊樂場迷路的故事，所有轉動著的機輪玩具，所有的旋轉木馬旋轉咖啡杯高空中緩緩滾動的巨大摩天輪，所有假日擴音器播放的音樂和所有人的驚叫尖笑……像是無法更改的計時齒輪在各處細節緊密嵌合耐性地運轉。那即是這整個時間劇場的祕密。他們把一切弄得煞有其事像是好玩得不得了的樣子。但這個男孩卻從那沒有缺陷沒有縫隙的運轉機械齒輪間鬆脫摔落。

後來我曾遇過一個女孩，自稱是您的讀者。她說她曾因一些曲折複雜的管道，接受過您非正式的心理輔導。（是不是您曾在生命線那裡當過義工？）她說她有習慣性自殺的躁鬱症（她還撩起襯衫袖子讓我看兩個腕口粗細不等大約共十來二十道，像玻璃工用鑽刀劃在玻璃上測試的傷疤）。她說有一次她和您提起求死之念何其強烈，您還狠狠地把她罵了一頓（她說您還哭了）。

她說後來讀了您的書。且您後來用那樣的方式……。她說她沮喪極了。原本用藥物控制住的躁鬱症似乎有又再復發的徵狀，常在半夜不能自已地失聲痛哭。

她說您在電話裡的聲音，聽起來沙沙澀澀的，像個熱力無窮，還沒發育好的小男生。

我很想問她：您那時究竟是說了哪些話？您是如何勸說她「不要去死」？您挪用了怎樣的「延續時間」之言語？

但我終究沒有開口。只是歎氣說，是啊，我記憶中她的聲調就是那個樣子……

另外有一個間接的朋友，當時人恰在法國。她說您那時發生了那樣的事……真是一團混亂哪……您的父母（他們是一對非常矜持老實的傳統父母，好像是南部鄉下一個小地方的小學老師之類的）像是突然掉進了科幻片一樣的恐怖災難裡。怎麼回事？事情上了報，且有各路出版社或藝文記者像狗仔隊追蹤打聽那份「傳說中的遺書」……最悲慘的是他們去法國領遺體的這件事……他們不懂法文哪……或許光搭地鐵就會迷路的，結果要去跑那些看到亞洲黃種人就皺眉的出入境管理官員的櫃檯，到醫院拿死亡證明，（媽的巴黎的醫院吔！你看過馬奎斯的〈妳滴在雪地上的血痕〉這篇小說吧？）到那些曾在大街電話亭毆打他們女兒的穿制服的法國佬的警局作口供筆錄；然後才到巴黎市民殯儀館的臨時冷凍櫃去領那具已殘缺不全的屍體……

後來是臺北這邊一些留巴黎的朋友幫忙，才讓兩個近乎崩潰眼神畏懼茫然的老人，辦妥所有手續流程，把遺體空運回臺灣……

……那樣永無法召喚回來的幸福時光哪……

一開始我並不打算讓任何人知道那祕密洞的。

（也許某一次的下課時間，哪個校工把那一整箱一整箱的空牛奶瓶哐啷哐啷地移放在大木箱旁原是作為祕密洞出口的間縫前。於是我便在幾百個藍制服小朋友尖叫歡笑追逐打鬧的時刻裡，真真地從他們的世界消失了！直到許多年後，大人們因為想出大木箱可作他用，移開之時才發現裡頭有一具八歲孩童的完整骨骸。這時一些老師依稀印證記憶裡確有一段時日，經過這個梯階，總會聞到一股臭味。）

後來我試著讓一個叫謝至道（瞧我至今乃記得他名字的聲音）的傢伙跟我進去。我至今完全不解那時為何會挑選這個傢伙？（為了萬一某一天我真的消失於祕密洞，可以預先留下一目擊證人之線索？）即使如今刻意拉回八歲時的品評眼光，他實在仍是一個平庸的跟班（幫手？共犯？僕傭？隨從？）他還曾經在課室座椅上大便在褲子上咧。

那個叫謝至道的男孩第一次隨我鑽進祕密洞時，並未露出我預期的欽佩或欣羨的神情。「好熱噢。」他訥訥地說。然後他跟我一起縮起腳挨躺在那些紙板上（那裡頭一旦進去兩個人確實是滿擠的）。過了一會他說：「我想出去。」媽的他想去加入那些在走廊上蹲著用手掌代替球棒打一種軟皮球以稱之為打壘球的男孩們。我在強迫他發了毒誓不准把這祕密洞的事說出去後，才放他出去。

但事情確實自那時起變糟。我開始在鑽進祕密洞後發現有別人遺留下來的養樂多空瓶、塑膠水槍、紙圓牌甚至換衣娃娃的硬紙片衣裳零件（媽的竟然連女生都進來過了）。

孩子們間以一種模糊的方式耳語著：聽說有一個祕密洞你知不知道？就在這個學校裡。可能因為每一個被邀入洞的新訪客都以一種嚴厲的方式發誓守密，所以那個神祕地標的入口仍然像謠言般飄浮隱晦。我不知道謝至道背著我帶了誰進去過，（他挑選了誰？）而那個人又帶誰去過？在那樣一條初吐蛛絲般單薄的線索串，誰知道我就是「祕密洞」的發現者？

有某些事超出我預期地蔓延傾斜，使我必須下決心。祕密洞正一點一滴地暴露它的存在。謝至道向我發誓他絕對沒告訴任何一人。我告訴他那不重要，重要的是我們必須進行下一個計畫。我說，再不快點就來不及了。

我的計畫是這樣的：我們在某一天，如常背著書包上學（打扮得和身邊那些小學生一模一樣，在清晨走進那所小得叫人想哭的小學）。

當然我們書包裡裝著的就別有玄機了：我叮囑謝至道，不要帶廢物，把他覺得最重要的，會從此伴他度此餘生的，「非如此不可」的東西裝在書包裡。我們會在某一堂下課，拎著那書包鑽進祕密洞。等到上課鈴聲響，不，這時我們不必像平時那樣鑽出洞去。不必裝作和大家一樣魚貫走進教室。不必把這短暫的「不在的時刻」終結掉。不必走回光的世界裡。

我們只需要安靜地等待就行。

在我的想像裡，時間自然會流失（在祕密洞之外的世界）。我們只要捱過了那作為邊界的上課鈴響，所有的小朋友會像被吸塵器吸進教室那樣一個不剩。這時候除了教室（那些日光燈框格裡老師帶著小朋友像夢遊一樣地讀書），這所小學的其他角落便處於一個「時間真空」的狀態。走廊、樓梯間，作為停車場的操場……全像時間停止一樣一個人也沒有。

這時我們便可以鑽出祕密洞（短暫的不在時刻），穿過無人的校園（作為時差的曖昧地帶），然後大搖大擺地走出這所爛小學的大門，從此徹底自由（成為永遠的不在）。

謝至道問我：「那然後我們要去哪呢？」

我告訴他不用擔心，我已準備了地圖。我且把我捏在掌心的那塊地圖亮給他看：那是我家的一個「寶島臺灣」拼圖遊戲的其中一塊。那個拼圖由許多塊不同形狀的硬紙塊組成，每一塊寫著臺灣一個縣市的名字和當地風景名勝和特產。我記得我的「那塊地圖」上一共只寫了五個字：「臺中。合歡山。」另外還畫了一個小小形狀不清的水梨。

那倒是第一次，謝至道的眼中露出由衷的敬畏神色。

但是事情大概永遠不會那麼順利吧。

（我幾乎可以聽見您搖頭歎息地同意：「是啊，永遠不是那麼順利啊。」）

我們如計畫那樣趴伏在那個黑暗的洞穴裡。上課鈴聲響時，四面八方的人聲鼎沸也像罐頭音效機的插頭被拔掉，轟然一下突然消失無蹤。

但是時間並未因此被封隔在「所有人都在那頭」的界線它端。我們不在場的時候，那個老師（我記得她叫黃美玲）對那兩個無端空缺的座位警覺起來，她且當著全班同學翻了我們兩個的書包（因為緊張，後來我和謝至道皆放棄書包空手離開教室）——那成為我一生的恥辱——謝至道的書包就別提了，他像以為要去參加一趟遠足，書包裡鼓鼓地塞滿蜜餞、牛奶糖、王子麵，還有一包可口奶滋。我的書包，則塞了一隻肚腹破綻露出木屑填充物的髒布熊、一本漫畫大王、一只奶瓶（那之後全班的人都知道我到二年級了還用奶瓶喫奶）——最可恥的還在後面——那是一整疊作成明信片的，夏玲玲在「金玉盟」裡演香格格的劇照。

我們的書包在我們不在場時，被他們打開。老師每從書包裡掏出一件滑稽又慎重的物事，便高高舉起，然後全部的小朋友發出驚詫歡樂的大笑。

我和謝至道，在祕密洞裡聽見教室那邊傳來一陣一陣的笑聲，疑惑又羨慕。是不是該下一堂下課再落跑比較對？

但之後他們便走出教室來找我們了。

死亡的氣味在那一時刻召喚著我。

那是臭水溝底爛泥的氣味。

我說：謝至道你好臭哦，你是不是又大便了？

黃美玲老師帶著另外一些小朋友，在我們身體上方另一邊的樓梯斜面上上下下地跑著。他們在水泥牆的隔壁喊我們的名字。沒有人知道我們就在他們的腳下。

我發現謝至道用一種奇怪的眼神看著我。

他說：「你要幹什麼？」

我告訴他我沒有要幹什麼（我才小學二年級吔），我叫他不要害怕不要出聲，忍一忍就過去了。我告訴他只要我們捱過這一段時間（我萬沒想到他們會從那些教室裡再跑出來，跑到這個原該停止的時間裡面），等他們都找不到我們之後，我們就可以出去啦……

但是那謝至道的臉開始扭曲變形。他的鼻子也掉下來了、他的嘴巴像釘鉤釘歪的壁飾版畫那樣歪斜著，他的眼睛像用貼紙貼的少女漫畫眼睛這時膠水不黏而剝落掉下……

他說，你在笑什麼？你要幹麼？他說，放我出去。他說，媽媽。救命啊。

我說我們兩個人最後都會出去的，但不是現在。我叫他不要哭啊，再忍一下下，等到他們放棄找我們之後，我們就可以永遠離開這個鬼地方了……我提醒他我們不是說好要去合歡山的嗎？但是當我打算從褲子口袋找出那塊地圖拼圖時，卻發現我們唯一的一塊地圖不知何時被我搞丟了……

我聽見黃美玲老師的聲音在我們的頭上對著另一個老女人的聲音說：我聽見他們的聲音了。底下好像有人在哭。另一個老女人說，是啊我也聽到了。黃美玲老師說，可是聲音是從這下面發出來的吔，他們是怎麼跑到樓梯的裡面去的呢？

然後大概有一百隻手在我們臉上方的水泥斜面隔壁，碰碰咚咚地拍打著……
謝至道已經沒有聲音了。我試著把他的眼睛鼻子嘴巴黏回去。
這是我小學二年級時的記憶。有許多事我也許記不清了。
那是我第一次試圖把時間喊停之計畫的重大失敗。

第三書

就像某個陰涼有風的午後，我刻意找進一家四星飯店的一樓咖啡屋寫信給您。四星飯店？就在自己居住的城市裡？我猜您會如此疲憊地問我。

就像跑去歌劇院就忍不住掏出手機打幾個完全不必打的電話；跑到機場空曠光潔的出境大廳就忍不住肚子餓想吃那貴得離譜的機場微波爐餐；跑進高級的百貨公司便沒有理由地想去它們乾淨且材質高級的廁所大便……

我們這一代的……在這座城市裡長大，目睹著這些豪華飯店如租界矗立而起……穿著筆挺鑲金邊制服的小廝側立在旋轉玻璃門外，恭敬迎送著從那幢建築物裡進出的老外、日本人，或是我們想像中的，上層社會的人……

這樣的……在這樣陌生，因為巨大水晶吊燈而浮晃著一種不真實的黃金光暈，腳下厚甸的暗紅底色的波斯地毯又將你的腳步吸掉……四周不斷穿梭著翹者下巴面無表情穿著制服的女侍……

雖然就在自己熟悉無比的城市中，卻讓我有一種，細緻破碎卻焦躁不已的，想寫信給您的衝動……

也許這樣的比喻不倫，但那種感覺很像是：初中的某個大考前的溫書假，因為不是正規的假日，於是突然間發現只有自己一人，待在父母兄姊都不在的家裡。幾乎可以聽見青春期的身體在那個色調光度皆和平時不同的空間之中，困惑地細微摩擦的聲響……

像害怕這樣奢侈的自由或獨占時光就無聲無息地流失，於是總有那麼一次，幾乎是沒必要地（原先並沒有任何性的衝動），把手伸進褲襠裡自慰起來。

在熟悉無比卻突然變得陌生的空間裡，向自己的身體，探詢某種戲劇性的強烈反應……我認為這極相似另一個年紀的我，刻意跑去自己熟悉無比的城市的高級飯店，寫信給您這回事……

不過那天終究還是發生一些小小的不順利……

原先，在那天的信（我刻意走進這家四星飯店的咖啡屋坐下寫的那封信）裡，我想要以我的觀點（我的記憶），描述一下那位我們共同的朋友，即在您的遺書中幾度出現皆給您支撐與穩定力量的那個女孩——我在許多年後一個偶然的機會遭遇她的一些印象……

原想和您聊聊，「您不在場而在您的遺書之外，持續在繁瑣生活或洶湧時光中，活存的那些人呵」。

但是當我坐下，僵硬且心虛地點了咖啡（我不是這飯店的住房客人），攤開信紙，拿出筆和菸盒。咖啡廳的女侍亦在那柔和如印象派畫作中的光暈裡，訓練有素地在玻璃杯加水，放上菸灰缸和奶精磁盤……這時我突然發現自己忘了帶打火機。

這也沒什麼。我是在一間四星飯店裡的咖啡屋哪。

我盡量做出有教養的微笑對那位女侍說，可否借我個打火機或給我一盒（這飯店的）火柴之類的。

「我們不提供火柴的。」那女孩面無表情地說。

「這裡是禁菸的嗎？」我問她。

「不，這是吸菸區。但是我們不提供火柴。」

她把我桌上的杯子注滿咖啡，便以一種舞步般的節奏走到隔壁桌去。

一定有什麼地方弄錯了。

我又把自己褲袋和書包翻了一遍，確定自己真的沒帶打火機。我喝了一口黑咖啡，盯著空白的信紙。是啊，誰說不抽菸就無法寫信給您？

……關於您遺書第某章提到的那個女孩……我這樣寫著……

我將那疊空白稿紙和筆放置在桌上，（證明我稍後還會回來？）起身離開那間咖啡屋。

我想我還是需要一個打火機。

我先到這飯店大廳的一樓廁所小了個便，當我貼著那黃金淡黃石的尿斗撒尿時，有兩個穿著制服的阿巴桑一人拿著一柄大拖把，在我身後擦拭那與尿斗同材質的高級地板。這使我覺得怪怪的。但她們自在大聲地交談，彷彿是我闖入女廁而該臉紅。（但我不正拎著小雞雞立在此撒尿嗎？）然後我走下這幢大樓地下商品街。

但是在那條鋪著暗紅厚波斯地毯走道兩側的一個框格一個框格玻璃櫥窗的小店，竟然沒有一家像有賣十五元一個塑膠殼千輝打火機的樣子！

我想這一間一間玻璃櫥窗的小店，存在在這個地方的理由就是為了要訛詐那些日本觀光客吧。每一個櫥窗裡的景觀全大同小異地塞滿了以我這樣的外行人亦看得出是偽造劣品的珊瑚、翡翠或真珠的工藝品，間插著幾間是賣各式名牌皮包或領帶或仕女服飾的小店。噢還有一間店是賣高爾夫球桿和專用球鞋。另外還有一間賣泳裝海灘褲和游泳圈的。（還有蛙蹼！）我對於這條飯店內部的購物街意圖拼湊給觀光客想像的城市面貌，感到不可思議，彷彿這座城市是位於南太平洋一片蔚藍海岸邊的日光之城。

但我對於這座陰暗多雨的城市，有關於海灘的印象，不就是冬日海濱，那幾處廢棄掉的海水浴場？灰色色調，沙灘擱放著生鏽鐵罐和廢電纜，漲潮時浪花打近腳邊，骯髒的白泡沫還帶有硫酸的嗆鼻臭味。

當我走回剛才走下樓的金屬圓柱扶手弧形樓梯（同樣鋪著厚甸甸的紅地毯），那兒立著一個招牌，上頭寫著：「清潔中。」

就是請改走其他通道的意思。我突然變得警覺起來。我只是因為在這飯店大廳咖啡座（那麼窗明几淨）想抽菸寫信給您，忘了帶打火機而已。這時卻有一種這整棟飯店大樓，各樓層不同形狀的通道皆封住，我會不斷地在它內部打轉：換電梯，穿過走廊；在那空盪盪樓層像噩夢裡的景象兩列寫了房號木門的甬道，詢問那推著小推車（上頭堆滿嘔吐過的毛巾、沾有體液和毛髮的床單、香皀牙刷袋小瓶洗髮精沐浴乳）打掃客房的阿巴桑……

我會夢遊般地在這鯨魚腹腔內打轉一般的飯店迷宮內，永遠走不出去。

似乎是無法避免的宿命。我總是在面臨選擇的那一瞬，著魔似地選上不對的那條路。然後便一錯再錯地走進事情暗影的那一面裡去。

我知道這樣說，聽起來有點誇張。但我不是沒遇過這樣的狀況（而且這樣的狀況其實不斷發生）。

我蜜月旅行時曾帶著新婚妻子散遊香港。我們所有的旅程幾乎全參照著三、四本旅遊書歸納設計。每天早晨，我們上美心或陸羽茶館飲茶；然後我會陪著妻在尖沙咀購物，我們應景吃了粥、煲湯、龜苓膏和許留山的芒果撈。有一、兩天我們特意至天星碼頭搭渡輪到中環去晃晃。我們亦初體驗地坐了地鐵（那時臺北尚未有捷運）到黃大仙去拜拜。有一天我陪她在荷李活道上坡的那些高級骨董店轉悠了一整下午（最後花了六百港幣買了一只老漆盒），有一晚我們亦鄉下人進城地混進一家蘭桂坊的英國人酒吧。我們甚至還去了海洋公園看海豚殺人鯨秀、坐纜車，並且很那個的跑去坐那座油漆得像童話糖果屋一樣的旋轉木馬……

幾乎是不可能犯錯的一幅旅遊路線地圖。但是我還是（我還是無法避免地掉入那暗影裡之凹陷）滑出了那明亮光度的世界之外……

那大約是最後兩天的行程，蜜月旅行的旅資已近用罄，蜜月情境的愛慾遊戲及玩命似地陪妻走街瞎拼亦使體力榨得一滴不剩。於是我們照著旅遊手冊選擇了最省力不花錢的玩法：到那座「外形有如一把利刃直刺港島」、貝聿銘設計的中國銀行大廈。妻屬意大樓內「徐氏藝術館」徐展堂收的幾件萬曆鬥彩成化瓷和清三代的極品；我則照旅遊書上指示，想像著搭直達電梯到該大樓之頂鳥瞰香港島部分輪廓的全景。

在進入帝國殖民地現代性象徵的超級大廈大廳的那一刻，一切仍在事情原應有的面貌。空曠的室內廣場設計，巨人尺寸比例的挑高梁柱和哥德式教堂般的天啟式光源。使那裡面零零落落幾個穿著制服的港警全像極遠處的小人兒（講話還有回音呢）……

有一列人排隊在兩架「觀景電梯」之前，警衛解釋說那是直達九十七層的頂樓觀景臺。但這時大廳另一邊的一整排電梯其中一扇門開了。

我拉著新婚的妻往那電梯裡鑽。「都一樣。」我說。

但那臺電梯最高只到九十五層。之前所有穿著名牌西裝的香港金融高級職員們各自在不同的樓層下光。電梯門打開，我們置身於一個天花板很低的辦公樓層裡，有一些打開的門可瞥見裡頭那些衣著整潔的英式香港上班族，以一種像祭祀舞蹈般的莊嚴節奏，沉默地緊湊地在那些辦公桌之間傳遞公文（他們手中的公文紙張似乎比臺灣辦公室裡的紙張要潔白）。

「怎麼辦？」妻畏怯地問我。

我告訴她那一點都不是問題。剩下的兩層我們用走的。我牽著她在那白色防火塑材的通道間穿梭，（我有一種似曾相識的感覺？）最後我找到一扇通往樓梯間的逃生門（那扇門後來在我的記憶裡，變像美國太空總署那些高科技上面一堆通行密碼按鍵的未來感十足的門），我打開它，和妻跑進那幢飛梭箭矢造形的香港地標大樓的樓梯間。

我永遠記得那門關上時，咔嚓一聲輕微的觸響。

我們爬上九十七層樓時，眼前並不是想像中一堆貴婦紳士觀光客拿著望遠鏡向下眺望的觀景臺。媽的那根本是一處工地。堆得亂七八糟的水泥沙石和木板，還有一些水泥牆接縫暴露出來的水電管線，四周的玻璃窗上還用白色噴漆噴了幾個大叉叉。應是防工人不慎撞碎玻璃摔下去吧。不過倒是可以鳥瞰下面的香港島沿，臨海的山坡上不可思議地插滿一棟棟的高樓。海面藍汪汪的，上面泊著的貨櫃遊輪像靜止的玩具。

我對年輕的妻分析說我們可能闖進這幢大廈頂樓的另外一邊。不過這樣剛好，只有我們兩個人。高空的氣流撞得那些玻璃轟轟作響。我還好愜意地點根菸抽將起來。

那時我們並不知道，我們二人已被這幢大樓的自動保全系統（免疫系統）給完完全全隔阻在大樓各樓層包括電梯、那些辦公室、那些光潔的天花板和無菌的空洞……這一切的外面了。用巨形生物的解剖圖來想像，我們恰像被隔絕封閉在這隻巨獸的脊髓腔裡。

當我牽著妻子走回九十五樓，剛才出來的那扇門被鎖上了，我用力轉著把手，低聲咒罵：

「媽的！不知道哪個白痴把我們鎖在外面。」

沒關係，我說。我們再往下一層試試。

但是九十四樓的門也鎖著，九十三樓也是。九十二、九十一九十都鎖著。

我如今幾乎無法記起在那個九十幾層高空上，我與妻（被禁閉在一隔阻空間）汗流浹背一層一層下降，試了試那些門鎖後，無聲對望的時刻，妻的表情是如何？

那似乎是這個故事以及之後我將要對您說的每一個故事的核心所在。隔了一道門，高速電梯在那兒升升降降，空調辦公室裡像白日夢一樣的柔和燈光，還有那許許多多髮型清爽衣著整潔的上班族在無聲地影印接電話對著電腦打字……有幾層樓我們隔著門上的玻璃即可看見裡面整層打通的大辦公室。我們用力拍打那門（那景象好像深海潛艇的玻璃窗外有人形海底生物口冒泡泡敲打船艙），但裡頭的人像失去聽覺的水族箱裡的魚，眼神空茫，完全充耳不聞。

那像是一個至今仍在持續中的畫面：我，後面跟著妻，在那個窄隘、燠熱、陰暗的樓梯間裡無止無盡地往下跑。「八十二了，加油！」每一層牆面上皆浮鏤著一個樓層數字。「六十七了，快一半了。」

無止盡的下降。每一個門都鎖著。

我的膝蓋和腳踝開始發出拼裝二手車轉速過高時，咬合面的磨損雜音。有一度我甚至想拉肚子，我不斷在抓著扶手半層半層往下跳的翻頁時刻，對妻大喊：「不管了！待會我忍不住就要拉在這樓梯間裡算了！」

如果有人從高空觀看，將所有水泥材料的外殼摘除。會驚訝地看見一男一女的人類，從高空中，沿著一條陡直的軸心，以螺旋形的軌跡快速地向下打轉墜落……

那不正像兩片落葉兜轉著落地前的旋舞形式嗎？

這件事最後的結局當然是我和我的新婚妻子終於從貝聿銘設計的九十七層高的中國銀行大廈頂端，一路用腳陡直地下降到地面。我推開一扇厚重的鐵門，發現自己從那個空曠光亮的大廳的一處奇怪角落鑽出來。逆著光，至少十來個荷槍實彈戴防彈面罩像港劇裡那種什麼飛虎特勤小組的傢伙用廣東話吼叫著向我們衝過來。後來我們才知道，當我在九十五樓自以為是地打開那扇之後它自己鎖上的「逃生門」時，便已啟動了這座超高大樓的警衛監控系統。我們跑上九十七樓那個破工地時，一樓的特勤小組經過上級確認研判是有組織的搶匪集團潛入了這幢大樓的監視死角。（像ＡＩＤＳ病毒侵入免疫系統？）當特勤隊員持槍警戒地搭電梯到達九十五樓時，那神出鬼沒的侵入者無影無蹤。然後，像被電腦駭客破壞一樣，監控系統的警示燈，從九十五樓開始，

九十四、九十三、九十二、九十一……一路亮起（那正是我和妻絕望地在樓梯間裡逐層樓拍打那些閉鎖之門的時刻）。特勤隊員們疲於奔命地一路往下追，並呼叫總部支援。（因為他們遇上了不可思議的專對這些超高大樓內的跨國銀行下手的智慧型犯罪集團？）

由於語言不通，我和妻子逆著光向那群穿戴怪異，情緒激動的傢伙（有幾個拿槍抵著我們要我們拿出護照察看），喘著氣（我們才剛自近一百層樓高的上面跑下來）解釋我們之所以跑那麼快乃因為我真的快要把大便拉在褲子上了。那整個過程我們都像罪犯那樣高舉雙手做出投降狀。

（不過那都不重要了。）

（是啊。）

（還好沒有真的任性在某一層的樓梯間裡就蹲下拉出來……）

（那樣的話，說不定他們的監控系統亮的黑色燈號。「嗶，嗶，嗶，注意！注意！大樓內有化武攻擊，有化武攻擊！」）

（對不起，我原無意說笑。）

（是啊，我原以為那是一個關於死亡場景的超級大樓的暗喻呢。）

（對不起。）

問題是，此刻我仍被困在這幢繁複樓層有許多走廊、房間、商店，不透光死角的飯店裡（那關上門有著各自房號的房間，此刻有多少愛侶，裸著他們像螢光烏賊一樣的身體，孤寂地摟抱在一起款款擺擺。又有多少空置的房間，那裡面的小几上水果籃的新鮮水果和窗邊的小盆栽銀杏正細細索索地任它們裡面的水分被空調蒸乾）。我像遊魂般在這幢鋪了厚厚暗紅地毯的豪華旅館內四處晃蕩，穿廊過戶。那蠟像般打著啾啾領結留個騷八字鬍的調酒師，目光無神地坐在吧檯後方。那在電梯裡臉掛微笑，會善意替你按下你要去樓層（我胡亂說了一個數字）的魁梧老外。那在房間樓層的甬道，推著推車與你錯身時低下臉小聲問好的掃房女傭。

死亡的意象隱藏在各個角落。

在您的遺書中最令我瞿然心驚的那一塊，倒不是背叛的內在展示（像打開金屬外殼的鐘表臟器）；也非言說的權柄（您躍下前伸出手指，命名指定的那個，無能言說的女孩——她此刻定和我一樣，在您遺書之外的時間裡，一寸一寸慢慢老去）；也非只有標題而永遠無法召喚而出的空白章節……

而是您所謂的「一次性傷害」。

像搭建在滑走中的沙丘上的白銀之城。那一切的牌樓、牆垛、翹簷、拱廊……所有為了光源明暗而巧思設計的開窗角度、窗花形制和玻璃材質；所有為了讓這座城彷彿一支交響樂團在承受光照的當下玩弄各種光的變奏……所有這些技藝性的輝煌炫耀，全部無法挽回那地基所在，持續滑移的沙丘。

即使一切如此輝煌明亮……

但是傷害早已在所有這些之前的那一次，便發生了。一次性傷害。

像逆著光（眼瞳早已被強光割開），迎著金黃色浮動搖晃的光源走去，臉上掛著恍惚微笑，所有迎面而來的人，他們的臉，全像一團溶化中的蜜蠟或包著巧克力的金箔紙。所有人在慢動作播放的柔和氛圍裡，嗡嗡轟轟地和您說話。您也笑著和他們說話（談安哲羅普洛哲斯，談心理學課程，談您的下一本小說，甚至您也談起您的上一個情人）……

沒有人知道，眼前這個女孩，已經打定主意要死。

（太宰治說：「像一柄斧頭劈入眉心……」）

我們這個世代的啟蒙，有太多老傢伙在我們眼前自殺。後來我們才知道，他們早在我們懂得翻開他們的書之前，便已紛紛死去。那樣的自殺畫面如夢似幻，栩栩如生。乃至於我們總錯幻以為自己必在很久以前，曾親臨那自殺現場，目睹那慢動作（唯有慢動作才能造形出一種有條不紊，嚴格控制每一靜止姿勢的祭舞氣氛）的死亡演出。

像三島，是在電視直播的全日本人眼前，切開自己腹部肌肉，持續鍛鍊了十幾年的精實腹肌，就是為了這一刻演出。倘使電視畫面特寫，那把刃光四射的武士鋼刀，慢慢貼近並將屏息刺入割開的，是一具中年男子沉甸甸白乎乎肚臍四周還一圈黑毛的胖大肚子，效果應該減弱許多吧？

或是川端，吸煤氣自殺，這使他的臉容，在死後仍像羞澀少女微微泛著粉紅。據說這是唯一一種讓死亡形貌比生前還要美麗的自死手法。

再不就是投河的太宰治。（您不是在東京時，去近代文學館看了日本人撈太宰屍體的照片？小詠不是說要帶您去看太宰死的那條河？您不是說希望死前可以再去東京看一眼那條河？）

我們對他們的死狀親暱又熟悉，像曾為之擦洗屍體的親人。

再來就是您的自死。

不知怎麼，我總是在向他人描述您自死的那個畫面時，忍不住誇張渲染成「您用刀刺死那個變心的情人後，哭泣地再將刀戳刺自己的心臟」，這樣瑰麗如歌劇的景觀。

也許必須有一組足夠複雜的動作（突刺、墜倒、掩嘴、哭泣、舉刀回刺），也許必須有慢動作，才支撐得住那不斷重播的失落環節……

怎麼回事？

忍不住想這樣問您。當時究竟發生了什麼事？

在最後一刻的那個房間裡，究竟出了什麼問題？使您選擇用剪刀刺進心臟這樣的死法？

那麼暴烈，那麼有效率，那麼一絲替屍體保留體面的念頭也不曾動過的死法。

因為傷害早在你進場前便已發生。

我猜您一定會用抑斂克制的語氣這樣對我說吧。

像您曾經帶著，毫不知情的我和S走進東豐街巷弄裡的一間窄小pub。（您說：「有一家pub我常去混，感覺不錯。」）啊，那時您的臉上必定帶著促狹揶揄的微笑吧？我怎麼沒留意剛進門時，您便輕描淡寫地，對吧檯裡那個正在擦玻璃酒杯的短髮帥氣女孩說：「是我的朋友。」（您竟然帶著一個男人和一個異女闖進您的巷弄巷弄巷弄拐彎巷弄最裡面的私密老pub。）那個年頭我們各自有各自熟混的pub。我們甚至各自在那些pub裡歪斜扭曲地學習那些粗暴濃烈的性禮儀（那些廁所裡用麥克筆寫滿的髒話；那種張開褲襠抖腳坐在吧檯高腳椅拿著海尼根灌兩口再下去和洋人挑桿檯球的雞巴樣；那種在高分貝重金屬搖滾的厚厚音牆裡，煞有其事大聲說話然後湊近耳朵去聽對方其實一字字吐出的全是諸如「這裡好吵」「今天人特多」之類的屁話……）。您也跟我們去混那些pub，（我不知道您是如何旁觀我們在那些pub裡裝腔作勢又幼稚可憐的傻屌模樣？）然後有一天，您帶我們去您的pub。

我的印象是，那是一間好安靜的pub啊。吧檯上坐著喝台啤聊天的，或靠牆幾桌散坐著兩個兩個的，全是女孩。（我很快發現自己是這屋裡唯一的生物學男人。）那些女孩——除非她們亦意識到這幾個違反秩序的外侵者，所以像原先喧鬧斑斕的蝴蝶谷裡的蝶群們，屏息斂翅保持一種集體的警覺——瀰散著一種安靜的，未來感極強的冷光印象。

那時我哪辨雌雄？我像粗暴的登山客一路踩過梯階，不知沿途覆滿階面的「青苔」，細微地看是一蕊蕊雌株雄株差異恁大的土馬鬃。我猜即使以S對性事閱歷甚豐，當時她定然對您這樣近乎交心的幽微邀請（「看哪，這就是我的旋轉木馬遊樂園。」）一無所察。

來倒水的那個女人，像我和S是您牽來的兩隻寵物狗或託運的行李，視若無睹地只和您搭訕：

「前幾天來了一個女孩跟你好像哦。」

「真的嗎？」

「真的，你問她們，都說跟你長得一模一樣。」

吧檯那邊的女孩們一陣騷動。

「真的嗎？是嘍，那就是我嘛。」

「不是啦。那才不是你。那是個姑娘，穿長裙的。」

「是我啦，」您笑得像個調皮皺鼻的男孩：「是我故意穿長裙來騙妳們的。」

那時我確實不理解這有何好笑，但靠吧檯那邊的女孩全哈哈哈笑了起來。連我和S亦傻氣極了跟著笑。女人又咕噥說這樣說來又覺得您和幾天前的那個女孩並不那麼像。

為何我的記憶無法穿透堅硬的岩層？它們總如瀕死物事最後的掙跳，一閃、兩閃，便沒入無涯的黑暗之中？像那些爛武俠片的關鍵場景，你趕到現場，大批的死屍和最後一個口吐白沫（哦不，是鮮血）的活口，你扶起他的頭頸，迫切地問：「是誰？是誰幹的？」（是誰殺了您？）

臨時演員再吐出一口人造血液，含糊其辭地說：「……殺……」

然後呢？

「……我……」

嗯。

「……們……」

是啊，快說。

「……的……」

欸。

「……是……」

是誰？快說。

頭一偏，死了。什麼線索都沒留下。

總是這樣。你總是為之氣結，想：如果所有快死的人能預先計算出他最後的吐氣可以說出幾個字。那為何不省略了那些鋪陳的開場白，直接說出關鍵線索的那個名字？

（您說：「這話我只對你說……」）

我一直努力回想那最後一個畫面。

（您說：「我從未對任何人說過……」）

嗯。我無論如何追想，皆想不出我曾做出什麼輕忽怠慢的動作，或是一絲細緻輕佻的表情。但您仍是將那揭開一角的封印復又蓋上。

（您說：「算了……下次有機會再說吧……」）

後來我再也沒能遇見那機會。

我多願意這樣說。

時間的召喚是有意義的。

即便是，那些傷害，像強酸侵蝕我們一條條金屬絞片般剝落的記憶。我有時將時間喊停，不可思議地反覆迴旋，細細凝視，當初那些傷害的畫面（我以為我忘記了）：傷害與被傷害的兩造，喘著氣，驚怖地瞪著對方，對峙著。

（傷害者心裡想著：「我已經傷害他了。」）

譬如蔡，他說他曾在高中傷害了一個女孩。

那是在高三那年，蔡的哥哥和幾個朋友租車（一輛現已停產的福特全壘打），車塞在華江橋上。無緣無故一輛翻倒過來的公車從天而降，恰好壓在他哥哥他們那部全壘打。裡頭四個人當場壓成肉餅（很奇怪是我記得蔡說到這一段時，在此處猶豫停頓，他一連換了幾種攤販食物來描述那幾個年輕人的死狀：「豬血糕」、「胡椒餅」、「淋辣醬的蚵仔煎」……）。因為是當兵休假中，所以當吊車吊開公車，義消們用電鋸和油壓鋼剪拆開那像漢堡餡被擠成一團的車體，裡頭的攤扁的人體包子，像一枚枚用草綠軍服包裝套好一般……

蔡說你應該記得那則新聞吧（我真的不記得了），他說那是那天晚間新聞的頭條。那輛公車在華江橋上超速又想超車，結果前輪跨上中間分隔島，也不知是怎樣的力道，整輛公車像被柔道過肩摔拋飛上天，然後翻轉地掉落在對面車道上，他哥哥的那輛車頂。

據說公車上也死了幾個老人。

蔡說他記得那個下午。他在學校上課（他記得是軍訓課），突然擴音器廣播他的名字，叫他到訓導處。一切恍惚如核爆後乖邪的寧靜，他小跑步穿過操場，周遭的聲音離他好遠。那些打球的人像你隔著玻璃穿過醫院長廊的癌症病房，裡頭那些被化療破壞了神經中樞而行動緩慢的病人。

他走進訓導處，很詫異地看見他姊姊穿著制服（她念另一所商專），正在跟一位女教官說話。他姊姊看見了他，朝他走過來，平靜地說：

「你哥死了。」

蔡說那個被他傷害的女孩，就是在他哥哥橫死（被一輛飛天公車落下壓成筒仔米糕？）之後那一陣。蔡說他常在無人時溜進音樂教室哭泣。他的父親母親和姊姊陷入更巨大的哀慟中，使他覺得自己和他們之間產生了一種細微緊張的對峙。他本來沒有自己的房間（他是睡在樓梯夾層一間和室小隔間），他哥哥即使在當兵期間，也空著自己的房間不准他搬進去。他哥死後，他沒有經過任何人准許便搬進了他哥的臥房。那裡頭藏在床壁下的小本的、書桌抽屜裡他哥和一些女孩的通信，甚至他哥扔在床底已結成像紙黏土硬塊，可能是嚕管後擦拭的一坨坨衛生紙團……對他都不再具有任何窺祕的吸引力了。像時間被凍結後的無邊曠野。現在他是這個家裡的獨子了。他有時在一家人圍著靜默吃飯時，看著他母親那張被哀傷擊潰的臉，會陰暗地想：

會不會他們寧願被壓扁（被從天而降的公車壓成印度Q餅）的是我呢？

很明顯的一個細節是他母親完全忘了給他帶便當（這對一個高中生是何等重大的失落）。難道他母親基於下意識對亡去那兒子的愧負，於是在這些地方刻意地冷落他（這個無法拿去換回另一個的兒子）。他覺得自己變成一個可憐巴巴的孤兒。於是他變成每天中午皆躲去音樂教室。

那個女孩就是那時出現的。那女孩——蔡描述她：「臉圓圓的、小小的，不是很美，可是很甜很可愛，聲音沙沙嗲嗲的……就是個子很矮，可能不到一五〇。」——帶著便當出現。

很多年後，我們將那些年輕時不知珍惜的畫面召喚回來，細細品味體會。有許多暗花掐絲的細節猶令人感動心酸：完全不理解死亡卻被死亡如此貼近驚嚇的年輕男孩；在班上並不特別出色但能越過眾人注意到男孩的女孩……她是經過精細的計畫了吧？後來蔡才知道那些便當的菜色是女孩自己花心思烹調。那些滷雞翅、糖醋排骨、滷牛腱、豬腳、魚香茄子、回鍋肉……那些爽口下飯，從不重複，叫人目不暇給的菜色，配上女孩子 size 小一號有香水味可愛卡通圖案的小筷子小湯匙……那種離開人群（像在音樂教室幽會——蔡說，說來慚愧，其實是每天流著口水等便當裡的內容），被一個小女孩形體卻彷彿豐饒地充滿整間音樂教室的，金黃色光照的母愛給充斥、包裹。

女孩（她是巨蟹座的）提著便當出現，怯怯地，察言觀色地，甜甜軟軟的嗓音說：「我聽他們說了……」「……你好可憐……」

蔡對我說後來他強暴了那女孩（對，他是用「強暴」這個字眼）。蔡說他記不清楚那彷彿暗房內許多沖洗失敗的底片，溼糊暈散的藥水痕跡破壞了原本那些黑白影像的輪廓邊緣。他只記得一些例如舌頭硬撐開女孩小小牙齒緊抵住的嘴時，滑稽地感覺兩人的頰骨像男人比腕力那樣對決著（她是認真的），後來他撐開她的，把舌頭伸進去……

他記得幾次在女孩的臥房，他用強褪去女孩的乳罩時，女孩那樣認真地擋開他的手，當身體對抗接觸到某個界面時（他的手拗溜穿滑全被女孩的手指、肘、腕這些關節架開），他遂翻臉起身，女孩反而賠小心地讓步。

他說那些破碎的細節使他一直認定那不過是求歡。但之後有更多的女孩們的那些身體部分的特寫記憶。他陪在許多不同的女孩（或女人）身邊，無限訝異地感受她們痴迷赤裸的身體掛在他身體上的那些時刻。每一個女人在他身上皆經歷了或長或短的某一段時間的衰老。他曾在二十歲出頭時上過一個四十歲的女人，那時他深為她穿脫衣服時的慎重端莊深深著迷。但許多年後他在某一場合遇見那女人，發覺她竟已是一不折不扣之老婦了。他固定的那個女友在這十年內，亦明顯地皮下脂肪變厚，乳頭變黑臀部下垂了。但在這些較固定或較遙遠的時間拉扯之間，大部分的露水姻緣皆像柏青哥彈珠檯釘滿釘子的下墜路線，嘩嘩墜落的大批鐵珠子就是在每一個釘子的轉角轉彎。那些女人穿藏閃躲在他固定等速的身體衰老記憶裡，其實每一具女體皆只（在他這兒）演出了至長一年短則兩禮拜的，衰老劇場。

由於時間太短（他那時的精液仍年輕而新鮮），無從觀察時間的投影在那些女體的乳房啦臀部啦後頸啦腳後跟的繭拉長的刻度。而且前後不同裸裎在他身體前的女體，各自年齡之落差也造成他對那些細微變化的錯亂（前一個女人是三十四、五歲每夜睡前堅持要十幾道臉部好幾種塗液的保養手續；下一個女人二十出頭他卻陪她去作流產目睹她手術後枯黃衰老的老婦模樣）。

他說這樣繁錯微細彷若慢動作地定鏡在女人們穿脫衣服的明暗差（脫去衣服的身體偷偷摸摸地變老），高中時那個巨蟹座女孩被他強行脫去衣服強行插入的身體，卻像急凍檢體那樣，一秒也沒移動地停格在那個畫面裡。

他說，我想那時我是強暴了她。

因為驟臨的死亡攫奪了他親愛的人。使得原本精細如牙籤搭建梁柱薄木片敷貼屋簷的內在建築整個被搖撼摧毀。像個惡意的玩笑，只剩下黑洞洞的空無。他說他倒是記得，第一次真正的把自己的陰莖插入女孩那超出想像的白皙的身體裡時，他像從胃袋還是哪處身體最裡面的地方，一陣哆嗦冷颯颯地從脊椎顫到屁股全起了雞皮疙瘩。

像是可以抽離出來地看見，自己那具像青蛙一樣的赤裸身體正和女孩的美麗身體連結在一起。但是那具身體裡，是黑忽忽的被死亡傷害過的空皮囊哪。

他記得在那之前，幾次要碰女孩的身體，皆被她含糊賠笑地擋開。他遂一次在公車上，在眾人挨擠搖晃的陌生身體之間，無恥地拉起女孩的手（女孩很矮），摁著貼覆在他卡其褲被撐漲的陽具和卵袋上。

後來那女孩到哪去了？

那樣的傷害，離開了他，像出芽生殖進入了女孩的身體。之後隨著他將女孩遺棄而斷訊。他不知道她和包握在她裡面的像壁虎尾巴一樣的「他的傷害」，後來自生自滅成什麼模樣？

那麼多年了。

傷害早在更久遠前的時光便已發生。

在我推門進去前他們便像斷頭殘肢、嘴歪眼斜的故障玩具被任意棄置。像那部好萊塢動畫片：（《玩具總動員》？）好男孩的玩具警長和太空人巴斯光年不小心跑進了鄰居壞男孩的房間。驚駭恐怖地看見了被壞男孩施暴改裝後的畸零玩具們……

洋娃娃的頭被拔掉，頸子上的洞被倒插了一隻人腿；一個小嬰孩無辜的頭，下半身接著毛茸茸多足的蜘蛛身軀；少女菲比的藍眼珠被挖掉，變成一個盲眼的老婦；猴子的頭顱接上外星怪物的機械單輪車；所有像維尼小熊、跳跳虎、小驢、小兔這些童話布偶皆被截肢或剪破臉部某一部位再縫合，使牠們的臉皆呈現著與你記憶中這些角色表情大相逕庭的冷酷與陰鷙……

那是我見過最悲傷的場面了。

如同您第一次帶我們走進那間T吧。在一無所知的情況下，我感到整個屋子裡的人，像林中迷霧一樣傳遞著某種遲鈍的敵意。

（好男孩的玩具警長這樣回憶：好男孩不會將他們剜目挖舌。不過……它淡淡地感傷地說，他會在買了新型的玩具後，便完美無缺地將我遺忘。）

您在更早之前（那本遺書之前）的手記裡曾這樣寫道：

「……這隻特殊的眼睛在我青春期的某一刻睜開後，我的頭髮快速萎白，眼前的人生偷換成一張悲慘的地獄圖。所以當我還沒成年時，我就決定要無、限、溫、柔，成為這一個人。把自己和這隻眼睛關進去暗室……」

這樣在肉身灰燼敗壞了許多年後才時光迢迢追上來的一段話，讓我為之氣結。所以嘍，在那曝光與驟黑的眨眼之瞬，在您進出「人生」與「地獄界」的變裝時刻，當那張陰鬱的臉突然退隱重新浮出一張燦爛的笑臉……我只是您與之敷衍、周旋的「直人世界」裡的一個，路人甲乙丙……

我曾在某幾次的「誤闖時刻」，突梯滑稽地置身於一室受過傷害的女人之間。

一次是在山上兩個失戀女人的宿舍喝酒。我記憶裡她們兩人其時正各自處於一種被薄倖男人遺棄的延擱時刻。因為那房間裡始終有一種空懸等待的溼答答印象。似乎她們臉廓間的暗影怎麼也無法被房間唯一一盞六十瓦燈泡打亮。她們互相敬酒(我在一旁傻喫),有時耍寶。有時重複地說幾句:「所以男人他媽真不是東西。」我記得其中一個微醺時還提著裙角來上一段完整的歌仔戲哩。且她們兩個還哭著抱在一起互相安慰(雖然我分明記得有幾個瞬間她們竟當我的面親吻起來。但她們卻又是嘻傻胡鬧的不正經模樣)。

後來又闖進來一個臉廓線條和穿著皆極男性化的女孩(我記得她叫小竺)。這個小竺從進房間到後來我先離去,始終沒和我說一句話。你甚至可以說她從頭到尾未用正眼瞧我一眼。

這小竺用極快的速度喫了好幾杯酒,然後像是對那兩個女孩咕咕噥噥爛泥般的哀怨泣訴忍耐到了極限。她把她們兩個訓了一頓(似乎我並不在場吔)。她說男人算個屁。就多那麼根雞巴。那有什麼了不起?士林那邊的情趣店一根一千二,說還會漏電咧(這話說得我臉臊耳紅的),她以過來人的身分告訴她們,年輕時她就是玩得太瘋,把身體都弄壞了。她說她那時愛上一個叫「花豹」的男人(她們好像全認得這個「花豹」,因為另兩個女孩一聽見這名字,臉上就露出義憤填膺的表情)。這個男的根本是個流氓。不過她那時可是動了真情。她還替「花豹」拿掉幾次孩子哩。後來他要分,她還跑去他宿舍浴室裡割腕,標了一整浴缸的血。

但是有什麼用?男人。她說,最後還不就剩下妳自己的身體來算帳。她說她在臺南時,有一次胯下沒緣沒故地拚命出血，怎麼止也止不住。她背著一個書包叫計程車，往空軍醫院急診室。那個書包裡呀，就只放著一包平版衛生紙……

後來那個房間的氣氛變得亂溫馨一把的。女孩們放了一卷懷念老歌的卡帶，然後她們輪流兩兩摟腰搭肩在那小房間裡跳起慢舞。她們裸足踩在榻榻米上搖晃著抬腳放腳的模樣真是好看……

我就是在那時告辭，離開那個房間。

永遠只是因為遲到。

當我孤獨一人以直人之形貌置身於您的那間 pub 時，我感到全屋子的女人盡用她們瘦削而充滿敵意的女人身體背對著我。

我感覺到有一個關於「傷害」的巨大景觀，橫亙於這樣說話的我與您之間。

（我要怎樣哭泣著將您那已被剪刀戳刺剪開的前胸、肋骨，還有破掉萎癟的心臟，從那最後房間的死亡現場一塊碎片一塊碎片地拾起縫補，才能繼續這樣的談話？）

年輕時我們視為經典的法國片《憂鬱貝蒂》，那些女孩們總愛將自己比擬那個貝蒂：「有一天我一定會把自己的眼珠挖出來。」我卻深深為那男人索格的經典溫柔折服歎息。貝蒂第一次發病（憂鬱症？）時跑去一個空屋，用剪刀（唉又是剪刀）把自己的頭髮剪個稀爛，用唇膏把自己的臉胡亂塗抹不成人形。索格尋到她時，貝蒂面前放了一盆用乳液眼影粉底各種女人化妝品倒在一起調成的顏色爛泥。貝蒂一臉泥濁淚汪汪地看著索格。（「現在我傷害自己了。」）因為他那不在場的傷害，所以他們成了陌路人。

但是這個索格，嗳，他坐下來，坐在她對面。然後他開始哭泣。（「我也是個被這世界傷害透頂的人哪。」）他把那盆爛泥一捧一捧地往自己臉上抹。

（「現在我也傷害自己了。」）

另一次是個開超市的朋友的老婆這樣一個不相干的女人，在超市的櫃架間把索格的頭往她的奶子裡塞。索格在第一瞬間把頭掙扎出來，那女人果然因屈辱而嚎啕大哭。索格的反射動作讓我確定他是一何其優雅之人。他溫柔地撫愛著女人的大腿，不斷低聲道歉。不斷幫她拭淚。

（「因為我確實無法慾望您——不論是傷害我的妻子或更久遠後所有人的傷害——但這樣的華麗厚愛請相信我必銘刻在心。」）

年輕時我始終弄不明白那一屋子的女人之間究竟發生過什麼事。她們或曾隱晦地這樣對我說過：「我是無名姓之人。」我亦不理解為何一提起婚禮二字她們便鼻酸眼紅。她們對記憶的刻度遠較我精密且固執。像是某個朋友說起，他曾去新竹還是中壢的山區一間修道院拜訪。那裡面的修女真正地與世隔絕。那幢建築像中世紀的修院被一道高牆森嚴地圍著。修女們在裡面種菜養豬自給自足（不知為何，我印象中他描述的畫面，是他站在牆外，裡面的修女透過一個恰可看見眼睛和鼻梁上端的牆洞和他講話）。他說那個修女的年紀很大了，講話的腔調和笑容卻像個孩子。有一個令他駭異起雞皮疙瘩的特殊地方：即那個修女可以花半小時細細描述二十多年前，另一個和她這樣隔著牆洞問話回答的年輕男孩。那天的光影氣候。男孩的衣著細節。他問了哪些話。而她怎樣怎樣地回答。

像在回憶一個失去聯絡的親人或因故陌路多年的年輕時暱友。但那只是一個地方性宗教小刊物的記者啊。那是這二十多年來，在他之前唯一一個「外面世界來的人」。

第五書

在這個飯店大廳的咖啡屋裡，有一個傢伙大聲說話的音量讓我非常不舒服。

穿制服的女侍挺胸疾行地帶我穿越那些聚擠在食物平臺的自助餐吧檯，來到靠落地窗邊的一個位子。我才坐下，便感覺到一種身體本能的不適。有一個聲音，獨排咖啡屋嗡嗡轟轟的人聲，像歌劇男低音那樣地字句清楚地說著話。

是坐在隔我的位子兩桌的一個壯碩男子，燙著鬈髮，戴著金框眼鏡，正在和他同桌的一對中年夫婦談判或是遊說什麼之類的……

那是一個放了五十張以上桌位的咖啡廳，落地窗外車潮洶湧卻寂靜無聲。各桌的各種形式的客人各種目的的談話聲，形成一種語音的斷落互相填滿實的厚厚音牆。獨獨這個男人的聲音，像刻意用一種特殊的共振技巧，非常奇怪地將一個字、一個字，無法拒絕地送進你的耳朵……

他說話的內容沒什麼特殊的，不外乎是「——他要是要找黑道的來，歡迎，我認識中正分局的朋友，」或是「反正之前的鈔票都丟進水溝——」這一類似在這個島上住一座城市高級大飯店的一樓咖啡廳裡，都可以聽到一些江湖味十足的生意人的豪勇對白。

問題是他說話的腔口、聲調，像國慶晚會的司儀或是學生時代宿舍對面恰住著一個國劇社唱花臉的，單調重複同一臺詞，每一個字元的力道卻像將其他聲音吸掉的飽滿物質性存在。（怎麼說呢？他的聲，像童話故事裡的詛咒畫面，每一個脫口而出的字，即變成一隻元氣十足的癩蝦蟆或肥唧唧的鯰魚，而整個咖啡廳裡則擠滿這些四處彈跳的物類……）

我輕聲要求女侍讓我換個離他較遠的位子。但沒有用。他的聲音（奇怪我想關也關不掉我腦中的收聽機制，硬被強迫地一字一句塞進他所說的內容）仍自眾聲洶湧中彈跳而來。我記得武俠小說中有描述過一種「密音入耳」的上乘內功，難不成就是現在這種狀況？

我覺得非常非常地疲倦。

眼睛痠麻到彷彿框骨裡塞滿了水溝底的爛泥，不止眼睛、嘴巴、耳朵、鼻孔裡全部被塞進這種微溫半沙半漿的流體。我的肩膀下耷，感覺自己彷彿遭到一種肌肉萎縮的病毒侵襲，黏附在骨骼上的筋肉像季節不對的死蟹，烹殺剝殼後不見肉質咬嚼感，只見灰稠稀汁。

全身各處骨關節都痛。

好疲倦好疲倦哪。

這樣活著。

我竟然完全不知道您那時是用何種方式自裁。

突然渙散慵懶地想問您：那樣的，最後的關鍵時刻裡，是什麼感覺哪？

（這樣問話的時刻，嘴角彷彿還掛著不諳男女之事的少年時期，搓著手拜託那個原是哥們的初發育的女孩「喂借我看一下妳的身體好不好？」那樣無恥尷尬的笑。）

據說日本人的漁民在海上捕獲帝王蟳，最上品的吃法是拔斷活蟹的長足，浸在恰好零度的冰水中。則殼內的蟹肉會在一瞬間收縮蜷曲如百合花瓣梢。如此生吃則不膏不汁，以冰溫和死亡奪腐敗之變形。

一個多年後重遇的小學同學，說起她小時候一次目睹她表哥自六樓加蓋頂樓跳下，恰好摔死在她面前。

她說她啊，之後對死亡的印象，永遠也揮之不去那種腦漿潑灑在柏油路面慢慢蒸乾的奇異腥味。

我覺得非常疲倦。

我總是說：「我們這一代。」但我哪裡是哪些人的同一代呢？我像是迷路在陌生城市車站大廳的那個小時候的我，孤自一人的我。

我總是問：「那是什麼樣的感覺？」「那是怎麼回事？」像小學生被動員捐血，整列隊伍從捐血車的車門蜿蜒拖出。我總會稍稍脫離隊伍，趨前向那些自車上下來，捲起衣袖摺起手臂按著小棉花團的同學，擔憂地問：

「裡面是怎麼回事？」

「痛不痛？」「會不會很久？」

他們總會帶著一種難以言喻的神祕感，倨傲而疏離地回答：「你進去就知道了。」

最終你總是會進去。然後你會清楚地看著、感受到那極光般舒緩展露在天體正上方的全部景象。

一切如此清晰了然。

我曾經為了描摹死亡，是那麼貪婪地收藏關於死亡的特寫。不論是小說裡、電影或電視中。我曾在一個名為「生死一瞬間」的節目裡，看見一個空軍地勤人員活生生被吸進戰鬥機噴火引擎的畫面。我曾為了一篇東歐短篇小說描寫一個少年殺手將一柄梨木柄小刀刺進一個女人肚腹裡，對於金屬之冰冷觸感柔若無物地沒入人體時的優美筆觸而歎息不已。我曾在暴雨如傾的山路溝邊，走過復又折回只為強迫自己凝視那誤爬至馬路中央被車壓碎頭骨的小貓屍體……溫熱的血液。像哈出一口白霧般的哀鳴。刀刃。或是發燙的槍管及火柴的燎焦味。像摔破西瓜那樣招來蒼蠅的腦漿。拗折成人體不可能表現出來的形狀。屍塊。

我積累著這些。像刺繡婦人反覆臨摹特別工於幾種花樣：慢動作的播放，將死亡的瞬間凍結成洋菜膠般可以展示的標本。氣味。迎向睜不開眼的曝白強光……

我積累了太多（我打聽了太多），像以土偶冥人或紮草物事妄圖仿模而召喚神靈（或驅趕恐怖）的土著。我越過生命本然運轉速度的換日線。於是日夜顛錯，光影逆蝕，形成時差。

為什麼我總要去書寫我未曾經歷過的「未來之境」？且為了書寫，我的身體與心靈，要被虛妄地拋擲向那不堪承受之重力的實驗場。我多像那硬被塞進壓力艙測試人體承受極限的職業受測人。在反覆衝撞的高壓、高速、空氣密度、溫度的任意操換下，我的牙齦習慣性出血，白髮遍生，頻尿，眼袋下垂，我的臉蒼老壞毀得極嚴重……

因為我越界了。

像那些狂嫖縱飲或看遍繁華而早衰之人所受的懲罰。

我在江藤淳的《摯愛》一書，讀到這樣的句子：「……可是，真的和N議員帶來的葬儀社老闆談起這些時，我立刻覺得繁瑣不耐。因為我還沉浸在猶如深海底般的生與死的時間裡，葬禮的一切事宜卻充塞著日常性和實務的時間。」

譬如性。

我亦曾經在漫長孤寂的處男時光裡，像一株單性的孢子蕨類孤零零地在溪谷一端，看著另一端漫山遍野的顯花植物在風中款款搖擺，露出它們粉黃鮮豔的蕊柱和淌出蜜汁的花心，在我面前大跳雄性雌性的生殖探戈。

像許多年前那個霉溼稻稈味的榻榻米房間（那個誰誰誰的學生宿舍），全部的人都醉掛，男女混睡在一起（空啤酒瓶、臭襪子、菸灰缸、女孩們的提包、剛好蓋住膝蓋的裙裾……），黑暗裡你突然無比清明地醒來。在你腳邊一團覆蓋住的軍毯裡，有一對年輕身體貼擠掙扭著。其他人全睡死了。只有你知道。如此貼近現場（你就在他們身旁哪）。你暗自盤算亦無法排列組合是你那些爛哥們和女孩中的誰。你把手伸進自己的褲襠，自憐又寂寞地用你的身體伴奏他們弄出的幽微聲響……

另一次同樣是在學生宿舍眾人醉掛，那次並沒有女孩們，就三、四個你們最體己的爛哥們（你恍惚記得那次是大夥陪著其中一個剛被馬子甩掉而痛哭流涕的傢伙喝酒）。你一樣是在酒精已將控制中樞徹底麻痺的深沉睡眠中，像被用冰塊塞進耳洞裡，那樣絕對而切角精確地醒來。你的下半身浸沐在一種像母胎羊膜記憶裡才有的舒愜幸福裡。你發現你的褲子已被人褪下，你年輕孱弱的莖具被人含住，溼溼暖暖地裹覆著。這屋裡的其中一個傢伙正對你做著那事（你同樣猜不出究竟是誰）。你閉著眼裝作仍在睡著。但你的那個在他口裡愈漲愈大（好舒服好舒服哪）。你努力假裝出熟睡的勻息，（但到底是哪個傢伙呢？）但他不可能不知道你僵硬縮緊的大腿腹肌肉和你微微抬起的腰。

最後無聲地潰裂在黑暗裡那個溫暖的腔袋裡。

第二天醒來乃至之後很久很久，你皆狐疑而察言觀色著這些一臉宿醉與憊懶的爛哥們。可怕的是至今你仍沒弄清楚那夜是誰弄得你好舒服把你那抽抽答答的小鳥吸得一乾二淨。

我覺得非常疲倦。

我這樣，像個猥瑣的徵信社職員，兩眼瘀黑地穿過這個飯店一樓吧費整排整列的桌椅。人們將他們的臉貼近餐盤裡堆得五顏六色的雜亂菜餚努力咀嚼。舞池中央搭起一個高臺，上面一個胖菲律賓女人和她的貝斯手和薩克斯風吹著，載歌載舞地搖擺著。他們都穿著大翻領的白色西裝。那個女人的歌喉其實非常性感優美。但沒有人在聽他們。整個空間都是金屬餐具在瓷盤上刮搔碰撞的嗡轟聲。

我總是在一個靠窗的座位坐下。點一杯咖啡。然後從我的書包裡，拿出一疊潔白的A4影印紙。這樣叨叨念念地寫信給您。

我總在一個下午，便抽掉一整包菸。一開始那些優雅的女侍會在我面前菸灰缸擱了兩、三根菸蒂即俐落地收去，換上新的。後來較熟悉後，她們便不太搭理我了。我的菸灰缸總堆了像一座小山一樣的扭曲的菸屍。她們後來也不太替我的水杯加水了。不過一個下午，我仍能喝到約四、五杯的續杯咖啡。

沒人寫信給您。

沒有你的信吔。上校。

陰冥之間。鬼域之境。

我曾想或許我來寫寫「我們的」那個年代，那樣說不定您會興奮地睜開眼……

是啊。後來呢？

在您按下了終止鍵之後的這些年裡，繼續轉帶的我們這些（倖存者？）究竟又發生了些什麼事？

像那一張張壞毀的臉，從街道的另一邊向我們走來。像是被放逐在時光曠野外的流浪孤雁，無比欣羨地看著那一整群一整群因為烙上了清楚年代印記，而可以輕易從容認同歸隊的雁群：它們或敵或友卻充滿感情地認出彼此的神祕印記：二二八、一九四九、美麗島、六〇年代、Starry Starry Night……

我們的那個年代……

但後來我覺得那好像在壓縮一張磁碟片或光碟片給您噢。

我好像在將這幢豪華飯店。眼前這些在光的帷幕裡穿梭走動，弄出各種聲響的男女；還有落地窗外那灰濛濛街道上來去的無意義的車輛；以及視覺消失點早被各種稜鏡折光切割截斷而無從想像的城市邊界……全像清明掃墓的老阿嬤，深情款款地將香燭、龍眼乾、米糕、菜粽、柑橘、發糕、孔雀餅乾……所有這一切「活著的事物」，全塞爆擠爆地裹進她那塊髒汙的暗花包袱巾裡……

我想將這活著的一切（「那不義的、腐敗的生命」），拗邊摺角地塞進那幅靜止的畫面裡。那個下午的咖啡屋。

那個最後的。剪刀穿過左乳上緣，外層薄薄一層表皮頂不住最後張力而破綻裂開；刀刃無比滑潤地游曳過短暫時刻的皮下脂肪；這時血管像霓虹燈看板電線走火霹靂啪啦四處引爆；刀刃暫時被胸骨的堅硬質地抵住（但您腕肘更用勁使力），一個鈍剉暫停後它歪了個彎，沒入一個好柔軟仍在輕輕搖擺晃動的所在……

像您僵硬哆嗦的手在那一刻也詫異地停了下來。

原來是這樣一個溫暖的所在呵。

像沉浸在幸福愛慾的戀人身體，那樣細緻地款款擺動……

原來那裡面盛裝了那麼多那麼多像羊水時光一樣的液體啊……

那樣的時刻。

我蹲了下來，這樣恰使我們的眼睛置於同一高度。我瞪著妳的眼睛，那裡頭幽黑空洞，沒有任何可讀出那些關閉後你復想把它們叫醒的訊息。妳的臉色蠟白，在一室闇黑中竟如銀器餐盤熠熠發光。

那時，我說：「別死。」

好久了，這許多年過去，我一直在問：在那一切靜止之前；在最後一星光焰碎屑落地黯滅；在眾蛾闇翅大舉僵死；在最後一口氣鬆齒吐出側臥的血泊淺淺推出最靠近嘴角的一道漣紋……

我總要問：在那一切之前，在那無數次倒帶快轉重播最後總是終止於我這樣孤零驚怖跪坐在妳的冰冷坐姿前的畫面之前……有什麼方法，可以讓時間凍結。像一二三木頭人，在一個午後的草坪上，我（終於輪我做鬼）穿過蠟像般被咒語噤蟄的同夥諸人，微笑地走向妳（我指名妳），拉起妳的手臂。於是妳亦微笑地自蠟像中鬆軟復活（「是你指名我的嗎？」）……

我說：「真的，別死。拉子。別死。」

大廳裡的人們像雕像全靜止不動。

我說：「別死。拉子。拜託。別死。」

那時她的臉色枯黃如冥紙。她閉著眼。密合的眼瞼使我分不出她的眼皮和周圍皮膚的眶線。像是這張臉自眉下並沒有一雙眼。我不確定她是否其實已經死去，又乾著嗓子嚎了幾句。

也許她那邊的時間已經啟動。我已經被她遺棄在這邊的時間裡。她已死去。我無法讓這邊的時間停止（使她的肉身不致開始腐敗），無法讓那邊的時間停止（使她的靈開啟那邊的記憶馬表）。

但這時她突然睜開眼，瞳仁像一丸泡了相當久快要鬆散開的普洱茶坨。像是為了我竟如此幼稚亦受驚嚇而好笑（她真的咧嘴笑了笑）。她虛弱地說：

「什麼？」

我說，別死。求求妳。

「但是，為什麼呢？」（為什麼是你？你憑什麼攔阻？你用什麼方法攔住呢？）

我說：「拉子，妳聽我說。我說個故事妳聽。」

她說：「好啊。」

我幾乎以為（我記得）她被我這提議感興趣地撐起上身，把後頸靠在墊起在床頭的枕上，目光炯炯等著我故事的下文。但其實她那時完全沒有將頭移動半分，她的臉頰整個癟塌下去，像美術課本裡那些聖母慟子圖裡，枯槁的基督屍體。

我坐在她的面前，斷斷續續說了三個——也許是四個吧——故事。中間有幾度她疲憊地閉上眼。我完全無法將那些故事整理得有條理些，我像念經一般嗡嗡喃喃地說著。某些過場我甚至胡亂說一些無意義的句子。為的是不讓我的聲音中斷——我怕我一停止，她便永遠地斷氣了。

但你若以為她其實在我開始說故事之前便已死去——我只是在對一具屍體說話——那便大大地錯了。有幾個故事的中途，她會對我刻意為拖延時間而猶疑冗長的細節性描述不同意地睜開眼，有時她會為我習慣風格裡那些無意義的耍寶逗鬧寬容而理解地撇嘴微笑。

產房裡的父親 a

許多年後的某一個夜裡，我從深湛的睡眠中被妻搖醒。什麼事？我微弱地睜開眼，發現臥室的燈大亮，妻穿戴整齊地坐在床沿。

什麼事？我驚跳而起。

「我破水了。」妻平靜地說。

後來我開車載著妻在闇黑如巨獸腹中的省道，往我們預定妻分娩醫院的漫長途中，妻告訴我她大概兩個小時前就破水了。她本來以為自己尿床了，整條褲子被弄得溼淋淋的。後來弄明白是怎麼回事。她坐在馬桶上哭了好一會，然後自己洗頭洗澡（之前聽人說分娩後為等產門裂口癒合，可能有一個禮拜以上不能洗頭洗澡，會變得很臭）。準備好去醫院的證件和錢，更換的衣物，最後才把我叫醒。

在那樣顛簸震動（我車子的避震器壞了）。遠光燈打在空無一車的闇黑道路的推進途中，妻隔一陣便會出現還不那麼劇烈的陣痛（相較於後來推進待產房），那之間的空檔我便說幾個笑話分散她的注意。我有一種時光顛倒的幻錯感慨。有一個有生命的物事，正包覆著溼答答的汁液，朝著這女人胯下的出口朝外掙擠。那之後它就要脫離她而成為獨立的存在。它有它自己開啟後便至死方停的計時系統。而我在這一片濛黑的空曠省道上趕路，似乎是為了搶在它達陣之前先行達陣……

如果時間是一種相對。在我催踩油門換檔的手冷汗淋漓夜黑裡的儀表板三枚圓形冷光數字和指針，在那樣緊迫往前疾行的速度中，妻膣腔內的胎兒，會不會發生閉目使力往前洄游其實卻慢動作朝後退的倒轉時刻呢？

但是時間的延展變形並不是自此刻開始。我總是習慣將那些回憶時光裡的畫面來回播放：倒帶、停格，或是快轉，試圖找到某個關鍵性卻被我遺落的時間點。我總是相信：某些神祕時光的進入，如果可以找到那開始的關鍵瞬刻，甚至可以聽見畫面外有人按下馬表的清脆聲響。

我和妻子進入那間市區的綜合醫院時，她的陣痛與陣痛之間的間隙已非常短促，我們穿越深夜醫院黑魆空曠的大廳（只有一個睡眼惺忪的夜班警衛），找到燈火通明的急診處。

我試著向掛號收費的一個婦人說明：對不起……我的妻子……她……

但是這時一個面容姣好的年輕護士幹練地接管了一切。哦，破水了，那要先去給醫生看了。她拿了一疊文件要我填寫，然後把妻帶進電梯裡。

（也許那時馬表已經按下了吧？）

我獨自一人在急診室的角落填寫著妻的健保資料、家屬同意書（什麼意思？）、住院病房申請……現在已進入了這棟醫院的系統裡了吧？應該一切都沒問題了吧？從前讀過馬奎斯的一個短篇：一對年輕夫妻歡天喜地度蜜月的途中，美麗的新娘食指突然涓涓細細地流血不止，新郎焦急地開車穿過漫長的郊區公路，將新婚妻子送進一間市立醫院。然後是醫院部門間的轉換，這個丈夫因為一些莫名其妙的規定而一直被堵在醫院大門外。等到他終於按規定可以進去探望的那一天，他的妻子已經掛了……

該不會從此就見不到妻了吧？

突然想不起來剛才那護士說填完資料到幾樓去找她們？我把資料交給那個中年婦人，匆匆忙忙衝進電梯裡。電梯內的壓克力樓層標示寫著五、六層皆是產房，我在五樓出了電梯，但是整條走廊空無一人。事實上這層樓在夜裡根本熄了燈，光源來自於一面巨大的像溫室一樣的玻璃窗牆，那面玻璃牆後頭是一條條垂披而下類似百葉窗的遮光布幔。那裡頭應是燈火通明乃至於光從那些幔間的縫隙薄薄地流瀉出來。

我把額頭貼在那像防彈玻璃一般的冰冷窗面，努力想從那縫隙中看清裡面究竟是怎麼回事？結果發現在那叫人發狂的白光裡，至少有一百個像培養皿一樣的玻璃箱，每個玻璃箱裡都躺著一個滿身瘀青的赤裸嬰孩……那些嬰孩們在那樣寂靜明亮的空間裡，閉目蠕動著他們的腮。我突然有一種失重暈眩想蹲坐下來的本能，似乎是眼睛無法承受那些嬰孩身體反射的某種妖邪幻麗的光照。

有一個叫約翰的傢伙，他今年三十六歲，他是個警察，不過他的感情生活可以說是一團糟（他的一個漂亮的馬子不久前才因為一個電影裡沒講清楚的他們之間的老爭執而離開他）。他是個孤兒，他老爸在他六歲那年掛掉。他老爸是個總愛往下一秒鐘就要爆炸的火場（掉進下水道的大型油罐車、裝滿易燃物的大穀倉）裡衝的消防隊員，在按住馬表的暫停時刻在火焰沖天梁柱倒塌的變形甬道裡找出路，然後總可以在像引爆一百顆燒夷彈的烈焰湧起的前一秒，驚險地背著受困者逃出火場。

不過一九六九年的某一天（他老爸的忌日），這個消防隊員在暫停時刻的火場迷宮裡選錯了路，他沒能逃出且害他兒子約翰變成孤兒。

這是一個子孫後裔不滿自己祖先在生命中做了某一個不可原諒的錯誤決定，造成自己後來的（不是我選擇的）悲慘處境，而透過某種時光機器想攔阻那個笨蛋祖先犯錯的致命時刻的老套故事。（小叮噹不就是大雄的孫子派它坐時光車從書桌抽屜跑出來阻止他祖父包括娶技安妹這所有一切的蠢行？）

這個約翰「拯救父親」的時光機器是一臺一九六〇年代美國香腸族玩的骨董無線電收發機。

有一次他無意間從他老爸的舊物箱找到這樣一臺機器（他老爸除了是個愛往火窟跑的消防隊員，還是個大聯盟職棒迷和香腸族），於是，根據電影的說法，因為「北極極光和太陽黑子神祕地改變了電磁波的時空單一軌域」，這個約翰在一九九九年打開他亡父遺物的老無線電收發機，竟然叫人ㄔㄨㄚˋ屎地收到一九六九年他老爸發出的無線電通話。

這對時光錯阻的父子（一九六九年死亡前夕的老爸和一九九九年長大後諸事不順的兒子），一開始亦如所有的美國男子漢們，在不知對方身分的無線電兩端，感情豐富地大聊職棒。不過一邊是猶在純真時代黃金光暈裡的未來式憧憬；一邊是世故犬儒看透了大聯盟財團操作黑幕的過去式懷舊。（同齡的兒子比父親世故？）他們很快發現他們聊的是同一件事的不同時間面相。迎面跑來的狗和狗的臀部背影。

一九六九年大都會隊贏得世界大賽的世紀經典之戰。

「但是第二戰還沒開打啊？」一九六九年那端的父親困惑地說。

於是兒子告訴父親，在那場比賽中，九局上韋斯打了勝利打點，羅賓森打了滾地球結束比賽。

這時突然一九九九年的約翰聽見三十年前的他自己的聲音出現在一九六九年無線電的那一頭，他聽見六歲的他對他的亡父說：

「爹地，晚安。」

「晚安，小隊長。」

孤兒約翰震驚萬分。你剛剛喊你兒子什麼？小隊長。不可能（那是我父親生前對我的暱稱）。你叫什麼名字？法蘭・沙勒文。開玩笑。那是他父親的名字。他懷疑是他的人渣朋友開的玩笑。

通關祕語。父子相認。

「我需要有人來拯救我的人生。」於是父親的亡靈從地獄打無線電過來？

可是這個消防隊父親不願和他相認，他在一九六九年的此刻活得好好的。孤兒說：我叫約翰沙勒文，我從小就住在紐約皇后區四十二大道三四三號……

「不管你用意何在，離我和我的家人遠一點。」

「真的是我，我是小隊長。」（好怪的暱稱？）

「……」

「你已經死了。」

一九六九年，十月十二日，巴斯頓大火。

「你說我明天會死？」

「那是廢棄倉庫大火。你選錯了路。如果你改走別的路，你就不會死了。」

這個父親相不相信這個揉雜著陌生和熟悉之時間印記的無線電聲音，真的就是他的六歲兒子從未來穿越迢迢時光趕赴來救他？會不會是盯他很久的同性戀？（他跑去偷打開他兒子約翰的房門，發現他正踢掉被子四肢伸展地熟睡著。）為何他知道那些私密的細節？

老實說接下來的這段畫面真叫我熱淚盈眶。這個消防隊員父親背著在火場中休克的女孩，在塌陷崩潰的火焰框格中奔走（所有的屋梁結構皆以火的流動形式包圍住他）。那是他的死亡時間。這個火災現場果然叫做巴斯頓倉庫。他接任務出發前的世界大賽轉播恰正好進行到九局上，大都會的韋斯真的打了安打上壘，之後羅賓森一記滾地球結束比賽……

那麼真的是他兒子穿越時間來拯救他？

他的眼前出現兩條通道：一條烈焰竄燒；另一條冒著濃煙，但沒有火。（「如果你改走別的路，你就不會死了。」）

一瞬。恍然如夢的一瞬。電光石火的眼瞳特寫映照著崩毀的火災現場。玻璃杯墜地破碎的一瞬。

三十年前父親死亡的瞬刻被兒子修改了。

一九九九年的約翰在 pub 對友伴說：「三十年前我父親沒死在火災現場。」

他的人渣朋友像面對著一個人格解離症患者，困惑地說：「你爸？他不是十年前因吸菸過多死於癌症？」

（他收藏的發黃的一九六九年十月十二日報紙頭條從「消防隊員為救人殉難」變成「消防隊

員從火場救出逃家女」。）

這是電影《黑洞頻率》的情節。

如果可以，如果可能，如果真能找到一逆穿時間的方式（那個父親充滿感情地問他兒子：「你是怎樣辦到的？」他兒子謙虛地說：「我想是太陽黑子的關係。」）可以讓所有的兒子從未來一身銀盔黃金鎖子甲，把那些不經心而在各種意外中喪命的父親們救活……

這讓我想起孤兒阿普的故事……

阿普是我的大學同學。高三那年，他父親在一次晨泳中，突然腦血管破裂而猝死於游泳池裡。他的母親悲傷過度，也在同一年的年終過世。阿普是獨子，他父親生前手上有一間不小的工廠，在豐原市區有一間獨幢透天厝，可能還有幾筆鄉下地方的土地，戶頭裡還留了一千多萬的存款。

某部分來說，阿普從他莫名其妙成為孤兒（這世界上竟只剩他孤孤單單一個人）的那一天起，他便成為同年齡裡手頭最闊的傢伙。那間工廠可能被家族伯父嬸母或是第二代的堂哥們用一些無恥的方式侵占轉走（究竟他只是一個什麼都不了的高中生），不過最後他手頭還是握有相當數量的股票。他把戶頭裡的錢放銀行定存；透天厝一、二樓租給一家人，只留三樓寒暑假回去時自己住（且供著他父母的牌位）。每月利息加上房租，可能比班上一些同學的中收入父母的單一薪水要高。在我們猶在月底打電話回家編藉口哄騙老媽往戶頭多存個三千五千塊生活費的年代，孤兒阿普就已經像個雅痞，在他的宿舍放上一套十來萬的音響；他的房門口堆著一雙一雙半新不舊的第一代、第二代、第三代，乃至於亞洲地區限量紀念的喬登氣墊鞋（媽的我們要有一雙，不把它供在書架上，竟然這樣穿得又臭又髒）；他有一件名牌皮衣，一件從東京帶回來的風衣；他沒買車，可是他的重機車絕對是停在學校後面停車棚，你經過時就想拿鑰匙在汽缸烤漆上刮幾道的那一輛；他是班上唯一有能力和那些女孩們討論名牌的傢伙；他也是我當時認識的人裡，唯一讀得懂村上春樹小說裡和情節無關的部分的人——只有他懂那些啤酒或純威士忌的牌子，他懂義大利料理或約翰藍儂那個年代的搖滾，只有他在自己的宿舍煮磨豆咖啡；謠傳中也只有他會送女孩高級進口內衣讓那些女孩臉紅耳赤地收下……

不過我在大學時並未和阿普打交道，主要是我不很喜歡他。

我曾在畢業後造訪過一次孤兒阿普在豐原的透天厝房子。事隔多年，我如今亦想不出當時自己為何會有這一趟旅程。我並不是因為路過而順便繞去他家，我是**專程從臺北開車到豐原**。且我記得是他主動邀請我的。

但我確實和他全無交情可言啊。

不過倒是清楚存留著烈日曝曬的透天厝外廓（因為是夏天），以及一走進屋裡，陰暗不透風楊楊米長年受地氣侵浸而發出的霉溼氣味，這樣光影反差的，對那房子之印象。

我記得那回阿普是從臺北搭我的車下去。也許他邀請我去他家只是單純為了搭便車？但是記憶中那一趟的「造訪」，有一種慎重邀約的不自在和輕微緊張，似乎阿普有一個不可告人的什麼事情，想要在那之間的（我和他的獨處）某個機會告訴我。

（正在回憶的此刻，我突然焦煩起來：會不會在那次造訪的過程，他曾經告訴我過什麼重要的話？或是對他個人意義重大的某件事？以一些隱晦的方式，或是漫不經心的瑣碎言語？會不會被我輕忽漏聽掉了？）

那次下去，恰好碰到高速公路大塞車，幾乎過了新屋收費站便一路用一檔在熾白光線自前方車輛後窗交錯反射的刺目景觀中緩緩移動。我記得阿普坐在我旁邊，一路如數家珍地炫耀著班上那些美麗女孩們，一個個和他曾發生的一段情或是某種曖昧幽微的情愫。我當時被一種暈眩欲吐的厭煩感包圍，倒不全是因為他那一長串女孩的名單中亦包含了一個我暗戀許久女孩的名字（後來的妻）；主要是他那種破碎紊亂，沒有重心的述說方式，讓我聽著聽著，有一種踩在發燙柏油路面上融化的口香糖渣的無力感……

這個狀況，在我的車子終於下了交流道，進入豐原市區且停在他家門口（那幢透天三層房子）後，發生了變化。他拿出一串鑰匙打開大門，突然之間，像輕輕一旋收音機ＡＭ電臺的開關，之前那些瑣碎絮聒的聲音被他自己關掉了。他變得沉默不已。使我客套地稱讚歎這房子好大的聲音突兀地響亮迴盪。我有一個感覺，好像我們並非回到他的家，而是進入**他父母的房子**。

他帶我爬上三樓，沿著那種仿歐式雕花青銅扶手的階梯，散置著一些像呼拉圈、猴子打鼓、鴨子三輪車、四驅車或塑膠酷斯拉這一類幼兒玩具。他告訴我那些都是他房客的兒子的。這時他且向一位自二樓探頭出來的婦人介紹我，「這是我同學。」那婦人敷衍了一句來玩喔又縮回去餵一個小孩吃一碗黑糊糊（我想是海苔醬吧）的稀飯。

那是一種複雜的印象。我一方面被他房裡一些超過我年齡能想像的奢侈小物件挫傷而自卑：（這個有錢的少爺！）包括廁所置物架上那只飛利浦高級電動刮鬍刀（那是好多年後我自己有收入仍捨不得在父親節特價時買下來送我爸）、刮鬍膏、電動牙刷（和充電器），一種直立式按鈕牙膏……甚至他的浴巾、他晾著的三角內褲（雖然可能是他上一次回來晾的以至於褲形被衣架撐開變形），上面印的英文字，全是許多年後，我陪妻逛百貨公司的名牌專櫃，突然若有所悟：「阿普就是用這個牌子的。」

但是另一方面，譬如他帶我到他父母的靈前，點一支香拜拜，「爸，這是我同學。」並且像日劇裡面演的一樣，拿一枝小錘敲一只小銅鐘。我印象裡臺灣人拜祖先並沒有這一步驟。想必是只留下他一人的孤單自閉時光，自己發展出一套祭拜他老爸老媽的儀式（像他從錄影帶上自以為要帥其實笨拙至極地學來的NBA招式）。

那個下午，他找我去他家附近一個公園的籃球場鬥牛。我們大概那樣一對一地打了十來場吧。讓人不能置信的是，我竟然沒有贏其中任何一場！當然我想主要是因為在高速公路上塞了四個小時，我的左腳反覆踩踏離合器而疲軟抽筋所致。不過他那些僵硬古怪的NBA招式我發誓正規比賽中絕對沒有一招能用。

這樣的結果倒使他的心情大好。我們坐在作為觀眾席的水泥臺階抽了幾根菸。然後他帶我到一個游泳池外面，隔著欄杆眺望那藍悠悠空無一人的水池。

「我老爸當年就是在這突然掛掉的。」他說。

那時陽光非常刺目，我逆著光聽他說話，完全看不見他臉上的任何表情。

我對他說。我曾在背後聽班上的人說，他父親過世的那天（我向他道歉這樣子談他父親的死），是已經來回游了很多趟，走到池邊一時腿軟滑了一跤，後腦勺恰好敲到泳池的瓷磚壁切角，就這樣去了……

「鬼扯，」他忿忿地說，他父親是在游泳的過程，突然腦出血就在水道中猝死。據說是一種罕見家族遺傳病，腦中的動脈管壁某一處長了一種纖維瘤，平常倒沒事，只是那一處變得特別脆弱……

「說不定我腦袋裡的哪一處血管也有這樣一個縫口哩。」

不過他對於是誰在背後談論他父親的死似乎非常好奇。他一直追問我，並且一一猜數著是哪個女孩講出去的。我們之間非常融洽。天近黃昏時，他騎機車帶我去豐原夜市吃蒸肉圓和蓮子湯，他還帶我去一家什麼幾十年老店吃一種臺灣老式西點的派。他說，我請你去吃派。這許多年過去，當那些記憶畫面變得遙遠不真切。我突然釋懷且理解，阿普這傢伙一直從身上散發出來的，令人不愉快的東西是什麼。

我想那是一種小學時參觀蠟像館的印象：固定的動線，門口收票的晚娘面孔小姐，一張紙質和印刷皆很差的簡介。帶隊老師低聲警告你們不准大聲喧嘩，還有那些一千年也沒換過的原始人茹毛飲血或裸著乳房奶嬰孩的老套的燈光和機括……

我想那時的我一定打從心底對阿普那種「可以安排一整套動線」的能力又嫉又憎吧？那種包含著驚奇想像的玩樂流程最終一定是到達他一手安排的戲劇性高潮……

我不止一次從班上那些美麗女孩的口中，聽她們眼眶濡溼地提起阿普。「阿普噢……你們不知道他的身世有多可憐……」

我那時真是太年輕了。像是隔著一條大街，充滿敵意地望著對街的阿普，手插褲袋孤寂地走在街燈下。我總覺得那是他的演出。那些櫥窗裡的名牌，霓虹燈 pub 門縫流瀉出來的披頭四，他的皮衣和他停在人行磚盡頭的重機車。我幾乎都可以數算第幾秒的時候他會開口，說：「我父親過世的那年……」

那幾乎是年輕時的我對自己無從想像的「成人世界」斷肢殘骸拼湊而成的樣貌。像用保鮮膜包裹住的蘋果禮籃，透過半透明繃緊貼縛的凹凸外形，臆想了一個華麗昂貴的內裡。其實我可曾想像過在與我年歲相當的時光，阿普獨自一人填寫綜合所得稅而無人可問的場景？當他從他訂購的各式雜誌中摸索著這個世界一點一滴的細節，他孤獨地在自己的房間裡，拿著鉛字筆圈選，「好，決定要這個了。」於是第二天，他拿著那本他父親留給他的其中一本存摺（那裡面的數字像夜裡水族箱裡的燈管魚，一大批面無表情地巡弋著），到銀行領了錢。沒有人可以徵詢。然後去車行付款，把一輛重機車牽回家。

或是一件阿曼尼西裝。一雙喬登搞不清第幾代的紀念鞋。

如同有一回我聽一位自幼即是獨子的長輩告訴我，他小時候為了哄誘別的小朋友來他家玩，會去訂一整套他一點都不愛看的《漫畫大王》，或是買一大堆他自己一點都不想玩的組合金剛和鐵道模型……

但是在那個阿普騎著他的重機車載我在豐原大街小巷穿梭的短促時光裡，在他安排的動線和他意圖召喚讓我觀看的「他的往昔時光」裡，我來不及用更多年後的時間體會去體貼、感傷或心酸。

有一瞬刻，我被自己內裡模糊浮出想把自己的臉貼在他的後背的女性化衝動險險嚇了一跳。那時突然防衛地想：一幢孤兒揉合單身漢的巨大空宅、父母親的靈位、父親猝死的游泳池、童年的小鐘、夜市裡的肉圓和蓮子湯……班上那些美麗的女孩們是不是都曾接受過孤兒阿普這樣安排的邀請和招待呢？

（突然想起之前在他的浴室檯架上，看見和電動刮鬍刀和電動牙刷擺放在一起的整盒進口情趣保險套。）

但我永遠無法知道他帶那些女孩跑完了我經歷過的流程後（最後一個節目是在一家老店吃派），下一個抒情性的高潮是什麼？因為在我記憶的畫面裡，似乎在天色暗下來之後，我坐在阿普機車後座在巷弄裡穿梭的情節，便發生了某種唱片跳針或錄音帶卡帶的致命情況……

我記得阿普在機車前座逆風告訴我，他要去找一個日劇的錄影帶（片名是《讓愛回來吧》？）第十八集。他說他看這個日劇每次看都會哭。他一定要介紹給我。我們先去租最新一集回家看，如果我覺得確實如他所說的那麼棒，他可以再出來錄影帶店借一到十七集。

但是那天所有的錄影帶店都沒有這個日劇（《讓愛回來吧》）的第十八集。我發誓我們真的把全豐原大小錄影帶店都跑遍了。各種長相的老闆都向他道歉，咦？租出去了吔。他非常急躁，不斷載著我一家一家地問。機車在那些巷弄穿梭。推開那些燈光如白晝的玻璃店門。可是每一家都沒有。租出去了。十七集有。十八集剛被租出去了。

突然之間，之前的和諧鬆散氣氛完全消失了。我試著安慰他，沒關係，反正你若告訴我片名，是叫《讓愛回來吧》對不？我回臺北再去找來看好了。

最後我們還是沒租到那卷錄影帶。

許多年後我或許會這樣困惑：那樣的一卷錄影帶真的那麼重要嗎？如果那天晚上阿普在我們

鑽進去的其中一家錄影帶店找到那個「第十八集」，我們之間的關係會有什麼了不起的改變？我後來從不曾動過念頭去找來那個帶子瞧瞧裡面到底演些什麼？（阿普在那個晚上想告訴我什麼？）

但是那個晚上，我像是誤闖了阿普人格幽微陰暗處的某條換日線，他突然——怎麼說呢——改換成一種陰鬱甚至粗魯的方式對待我。他變得沮喪、憤怒而且沉默。我隨著他回到那幢供奉著他父母牌位且一、二樓分租給別人的房子。這之間我試著說了幾個笑話打圓場，但是印象中是那幢即使開了燈仍顯陰暗的房子中，他閉緊下頦而顯得線條僵硬的臉廓的暗影特寫。

我無趣且潦草地在他那間鋪了霉溼榻榻米的臥房睡下，因為他已經自顧自在房間堆滿了漫畫和日本雜誌的角落背對著我躺著了。更早時的一袋罐裝啤酒早已在整晚穿街繞巷的過程變溫，罐沿沁出水珠擱在矮几上。（他原先興高采烈地說：「看這個片子要配冰啤酒。」）不就是一齣日劇的其中一集嗎？我那時真是後悔自己幹麼沒頭沒腦地接受這傢伙的邀請。我原先就和他全無交情不是？

那時突然想到，這傢伙，在他父母剛接連死去的那一陣，一定遲鈍困惑不知如何處置吧？像被放棄登陸艇墜放進月球引力圈的菜鳥太空人，突然抬頭發現母艦被同伴們開走了。只剩下他一個孤零零漂流在彼。

他原先是那樣一個任性僵硬性格的少年啊。

第二天一早，我幾乎是一睜眼（他仍在那個大房間榻榻米角落蝦縮著身子熟睡著），即躡足下樓（在二樓又遇見那個婦人打著哈欠在命令她孩子坐在一個玩具馬桶上練習掙大便。她看到我，有點吃驚地說：「好早啊。」）輕輕打開大門，上車、發動引擎、倒車慢慢退出他家的巷道。幻覺般地覺得輪胎磨地聲、引擎運轉的皮帶聲，或是車上FM收音機的音響，皆從耳朵內殼最靈敏的某處，無比巨大地洶湧響起。

後來我收到他一封簡短的來信。大意是說：很抱歉你難得來豐原我沒好好招待。不過你怎麼不說一聲就離開了。我本來打算第二天帶你去我高中的吉他社去看看呢？（我父親過世那天我正在那個破爛教室裡練和弦）本來有很多話可以和你聊，很遺憾你這麼快就回去了。希望有機會你還可以再來……

大概是這樣。不過我之後就沒再和他聯絡了。

後來從大學同學那邊陸續聽到一些關於阿普的消息，他似乎不太順利，而且不知什麼原因，是那種持續擴大，每下愈況的不順利。

他娶了那個班上第一美女。這被視為爆炸性的新聞。所有人都認為那女孩昏了頭。印象裡阿普似乎和班上每一個中上姿色的女孩都有一些交情，可是從來沒有人當真。且從來大家不是都認定第一美女只是在數日子等畢業後當那個誰誰誰家族企業的少奶奶嗎？

所有人一致認定阿普趁虛而入。我倒是並不意外，那幢像時間流沙一樣的房子，阿普那陰鬱與歡樂錯置的演出……我總覺得阿普的孤兒歲月，其實就像那些千篇一律反覆播放的日劇一樣，煽情的懸宕後面必定有一宿命性的結局。（結束孤兒歲月？）

後來的情節因為太急轉直下而變得扁平，失去了阿普或是第一美女在那些處境裡可供想像的近距離樣貌。據說女孩的母親（現在是阿普的岳母了）需索無度，婚禮大聘就要了一大筆（我想像著阿普這邊沒有大人，自己一人穿著名牌西裝，去女家提親談判條件，便為他難過），之後又要阿普夫妻替她的兩個兒子（美女的弟弟）繳房貸。

那段時間有人在臺北天母遇見阿普，據說他拉著人家去他們家玩，說是租了一個公寓月租就要六萬塊。他且花了兩百多萬裝潢添購家具。公子哥的調調完全沒改，不過已開始在託問看看能否幫忙在臺北介紹工作？還神祕兮兮地對遇見的那傢伙大吐苦水，說他們夫妻這樣侵蝕老本跑來臺北闖，就是為了擺脫娘家的糾纏……

後來亞洲金融風暴股票由九千點摔到四千點那次，我聽說阿普有五、六百萬在裡面被腰斬。本來高點上車套牢後抱著不放也罷，（後來不是又漲回萬點？）但是娘家急著調現阿普大約是禁不住人家幾句激便認賠殺出……

我茫然無從理解地聽著阿普父母留給他的那些巨大數字，像辦家家酒摺一摺揉一揉便愈玩愈小。我們小學時暑假作業指定讀海明威的《老人與海》。我完全不明白那是怎樣一個奇怪無趣的故事，可是便恐怖地記得一個疲倦的老人在船上睡著，他好不容易辛苦釣上的一條巨大的魚在海面下隨船拖行，卻被那些該死的沙魚東咬一大口西咬一大口，最後船下施著的只剩下一具很大很大的魚骨頭……

如果阿普不是孤兒的話……

後來又聽說他把豐原那幢透天厝賣了。我記得我初聽這個消息時才真切地感受到「阿普父母的遺產已被他玩完了」的實感。我第一個念頭是：那他要把那有一副小銅鈴的他父母的牌位供到哪去呢？然後我又想起那幢房子二樓那個無精打采的婦人，阿普應是把房子賣給那一家人了吧？

傳消息的人，那幢房子才賣了四百多萬。（那麼少？我印象裡那不是幢豪宅嗎？）原來是女孩的母親（阿普的岳母）要他們在臺中市區買一間二十來坪的新蓋大樓公寓。為什麼呢？原來是那間公寓恰就和他岳父母家新買公寓的對門。（也是阿普替他們繳的頭期款。）

現在所有人在談論到阿普那「接近消失的父親遺產」和阿普太太（現在沒有人喊她第一美女了）那永不饜足的娘家時，無疑都是站在同情阿普的這一邊。在我們原來的想像，二千萬左右的資產，恐怕是我們赤足空拳掙一輩子還不見得能積存起來；阿普竟有本事在短短兩、三年內將它們耗盡。（大學時我們不是又嫉又羨地幫阿普算，即使是乾領銀行利息，他也可以不必工作舒舒服服地過一輩子？）

「我看是他父母墳地風水的問題噢。」有一個無聊的傢伙這樣說。

但是我們真的不能理解：阿普太太那樣任令她娘家的人，一鏟一鏟地刨光阿普亡父留給他們的老本，她難道不會憂心自己的下半輩子嗎？

「我認為函函（阿普太太的小名）一定在心裡底層，一點也不愛阿普。」有一回妻和我聊起阿普家時，突然皺著眉說。

「我覺得那裡面有一種惡意或自暴自棄的成分。」妻說。

許多年後我在一棟醫院的大樓裡盲目遊走，我在各樓層間上上下下，如入無人之境。我的妻子正要臨盆，我們卻在深夜裡在這醫院失散了。

有時我會闖進這個冰冷黑暗建築物中的某些角落，那些怪異科幻的標示牌子讓我毛骨悚然。譬如：放射線治療中心、腫瘤科研究中心、X光室、安寧病房……我甚至找到一層樓，有一個藍漆鐵門門把上掛著一塊白板上頭寫著：「助念室。」

我記得一開始是這樣的：我帶著已經破水分娩在即的妻，開車穿過稠膠液態般的黑夜公路，走進這間醫院。一個穿護士服的貌美姑娘給了一疊資料要我填，然後她牽著妻走進電梯。

「你填好資料就到……樓產房來找你太太。」

她那時是說幾樓呢？我突然想不起電梯門關上前，妻臉上的最後表情。

會不會就在我這樣樓上樓下各處亂跑的時刻，妻正在醫院的某一處，陰道口裂開嬰兒的頭顱黏答答地從兩胯間露出來呢？

本來要進入某一封閉時間的計數時刻（我之前曾和妻一道去上拉梅茲呼吸法課程，教師交代孕婦的先生在陪產的關鍵時刻，必須像教練般在一旁打氣下指令），不知怎麼搞的，在某一個機括卡榫處滑溜了一下，跑到了另一個，完全無關且似乎沒有止境的時間迷宮裡去……

「在我生命最需要你的時刻，你一定就會有各種怪理由跑開，把我一個人孤零零地丟下……」

那是一個厚重的金屬電動門，我靠近的時候，門便轟隆轟隆地打開。我走了進去。

「你怎麼現在才來？」一個穿著一身綠色護理罩袍戴著綠色罩帽綠色口罩的護士，用一種近似舞蹈的急促碎步走近我身邊，責備地說：「你太太已經破水了你知不知道？」

我向她道歉並且解釋：「我迷路了，在這個醫院裡繞來繞去，找不到這裡。」

那個護士一副懶得聽我說下去的傲慢神情（媽的，她看上去恐怕不滿十八歲，我要是早婚些的話，恐怕也生得出這樣歲數的女兒了），她告訴我，妻在5B待產房，就又從這個各處是歧岔路口的房間的另一個金屬電動門，轟隆一聲鑽進去了。

老實說，我對這間醫院把待產室布置成這樣神頭鬼臉的樣子很不以為然。首先他們幹麼把燈光調得如此陰暗，一個一個用活動幕簾隔住的待產床位，裡面躺著一個個挺著超大肚子在分娩最後關頭奮戰的產婦們——如果你親臨現場，我想你一定會同意我的看法：即躺在那些布簾裡，喊聲震地，淒厲嗥叫，甚至罵著各種不堪入耳的髒話的……已經不是作為人類形象的女性，而像是在噩夢邊緣，被用各種地獄刑具（刀山、油鍋、用釘子釘舌頭、用鋸子鋸脛骨）施虐的獸形或鬼物。再則這間待產室為何要神祕兮兮地裝設那些看起來很像高科技的硬體：譬如那些你不知道會通往何處，何時會突然打開的電動金屬門，那些滴滴作響的儀器和甬道上方不知標示何意的閃紅燈……弄得像我們這種沒經驗的男人，一邊眼睜睜看著陌生的妻子，進入一種非自主性的肉體崩潰；一邊周遭的布景又讓你產生「是否正在外星人的太空船裡受它們做晶片植入或子宮栽培之類的實驗」之幻覺……

我在一個標示了「5B」的小房間裡找到了妻（後來她告訴我她是因為已經破水了才受到這種單獨隔間的待遇。外頭那些擠在野戰醫院般的簾幕裡，鬼哭神嚎的女人們還早得很哩）。當然她已經不成人形了，頭髮被滿臉的淚水汗水浸溼地塌披在嘴邊，她的眼神像一隻已經確知自己將被宰殺的牛犢的眼神，安靜而絕望地飄在遠方。他們給她穿了一件綠色的寬大罩袍，裡面可是一絲不掛。年輕時我若遇見這樣肅殺場景的獨處時刻，她又穿得如此怪異且色情，必然會像禽獸一般把她的奶子撈出來好好啜吮逗弄一番（那個怪異罩袍真是各處都有開口）。不過當你看到這女人彷彿骨架已要被拆散了且她現在如此全因你之前造的孽，我想此時再攀上產檯對她的身體亂撈亂摸就也太那個了……

而且我發現他們在她的巨大肚子的下緣（那裡已變成一種瘀青般的深醬褐色，且肚臍眼因為肚皮弧形撐拉到極限，而變成像驚訝張大的嘴那樣滑稽），接上一些電線，而那些電線又連上一臺機器，從那機器裡不斷地吐出一張長帶狀的白紙，機器上有一隻自動針筆，在那白紙上反覆畫著鋸齒般連續的波峰波谷。有一個護士進來，告訴我那是在記錄妻子宮收縮的程度（後來我發現當那些白紙上畫的波峰愈高，妻的哀嚎便愈淒厲）。她戴上那種薄樹脂手套，把妻的腿胯翻開，把手指插進妻的膣裡（真不細膩溫存），面無表情地說：「才開了二指，還有得等。」就又出去了。

「還要多久？」妻衰弱地說：「我生得好累。」

我安慰她：「快了。應該快了。再忍一會。」

事實上那只是我們進入那個「凍結時間」的開始。我們彷彿進入了一個時間全變成膠液狀態的夢境，妻像一隻瀕死的母馬側躺著，睜著木然驚恐的大眼悲鳴。我則在一旁搖頭晃腦，像誦經般地重複著無意義的安慰語句。而我確實在那變形扭曲的陰暗房間裡幾度睡著，醒來後仍看見妻孤獨任著那連在她肚皮上的線路機械，沙沙沙地在白紙畫著已沒有波谷而是一整片在劇痛區延伸的痛感高原……

從我進入到待產房陪在妻的身邊，到她終於將嬰孩從胯下擠出來，一共又捱了漫長的十五個小時。

我記得在那個無止無境，時間像液膜延展變形的等待時刻，我曾在心底冒出一個念頭：

此時此刻，莫非是我和妻，正處身在那個環抱胸部，低頭閉眼，溼答答在妻的幽黯產道裡緩緩掙出的，那孩子的夢境之中。

這個房間其實是那孩子的一個夢裡的畫面？

我記得在一次我睡著復醒來的片段時刻，妻突然睜開眼（那時恰好是她極寶貴的密集陣痛之間的空歇）對我說：「喂，有一件事我跟你說你不要生氣喲。」

「嗯。」

「很多年以前，阿普曾邀我到豐原去玩。而且我在他家住了一夜——你答應我不生氣的。那是在我們的事之前，而且我跟你保證，我在他家過夜那一晚，什麼事都沒發生。其實在我答應他下豐原去玩之時，便知道我不會讓任何事發生……你願意相信我嗎？」

「嗯。」我能說什麼呢？眼前這個女人，正從下體不斷流出液體弄溼床單，時不時發出撕心裂肺的哀嚎，她就要從她的體腔，像拆屋頂毀牆壁那樣護送著一個有我一半染色體的嬰孩出來。而我必須在此刻去為十年前她有沒有和一個不幸的男人睡過而拷問她？

「阿普，」我說：「我之前也才想到他。」

「真的？」妻欣慰地說。然後她的劇烈陣痛又開始了。

我多想抓著她的手問：那麼，在阿普他家過夜的那一晚，他有沒有拿那卷錄影帶給妳看？那裡面到底演了些什麼啊？

但是妻整個陷入動物性的巨大痛苦之中。

時間實在拖得太長了。

後來我竟然就在那陰暗蒙混的待產房裡，（在我孩子的夢裡？）「像垮掉一樣的肉體」，那麼疲憊地睡著了。

妻仍在一旁孤寂漫長地劇痛著，我卻陷入深湛的睡眠。（後來她向我們共同的朋友抱怨說：「整個待產房全是其他孕婦的哀嚎，就只有一個突兀的響亮的打呼聲在我身邊持續著。那時真是覺得好丟臉。」）

且我還在那樣疲憊的深眠中，無比清楚地做了三個夢。

第一個夢

我不明所以地做著這樣的怪夢。

夢裡我的妻子像夢遊般地屈折身子坐在一艘漂浮在漆黑太空的太空船駕駛艙裡。艙外的金屬船壁因極寒冷而結了一層薄冰。我的妻子穿著一身連身套頭的銀色太空裝，像那種出土古墓裡屍身不壞公主身上的銀絲縷織的貼身軟蝟甲。我不確定她是否處於昏沌的睡眠裡，似乎只能從後方看見她的背面，以及環繞著她的，一整面像一隻巨獸的複眼般的上千個冷光儀表。

我則在距離妻的太空船數十萬哩的地球表面，在一個，類似下放知青插隊的偏僻鄉村的勞動公社，或是游擊隊藏匿的山城聚落裡，和一群對世界的想像只有女人（而且是像乳牛一樣的胖妓女）、酒、自己捲的劣質菸草，從敵人那裡掠奪來的彈藥和糧草，以及彼此胯下的頑癬及跳蚤……，這樣的男子漢堆中，像一個被他們親暱嘲弄的窩囊廢同伴：自己風餐露宿喝那種淡出鳥味來的麥酒，每天賣力氣掙那其他人剛夠溜下山腳小鎮喝兩杯外國烈酒或找個女人睡一宿的銅子兒；而我卻攢下錢來，供我那（我想到一串他們描述我妻子的形容詞：瓷娃娃、不食煙火的豪華女人、鶴妻、花錢妹、刷卡娘子、夫妻宮坐祿存財帛坐地空⋯⋯）像城裡女人一般趕時髦每年一定要出國一趟旅行並 shopping 的妻子（「才像給快枯萎的盆栽換水那樣地活過來」），一年參加一次孤寂又遙遠的外太空飛行。

光棍們圍著我攢掇我說說那外太空的景象，「有啥好看的？」即使我搔破了頭皮，虛榮且誇飾地描述我心中的想像，也不總是一無止境的黑暗夜空，以及妻孤獨一人蜷縮在裡頭的小小的一枚太空艙麼？

「其實是很危險的吶！」這樣說著，自己的內心亦空空洞洞地不著邊際。在距離那麼遠的地方，旅途中的時間計量又不是我們地球上的方式。譬如交代她到了機場或飯店（不要怕貴）打個長途電話報平安的可能也沒有（即使因為時差在大半夜接到她那頭正是白日異國街頭打來電話的悵惘等待也沒有）；連到入境大廳跟人們幹拐子卡位只為盯著那個通關電動門的電視螢幕幾個小時的接機這件事都無從安排——因為她的回程一進了大氣層就是自個兒挑個太平洋隨便哪一處海面自個兒摔下來，然後才有海軍直升機去把她從太空艙裡吊出來⋯⋯

是那麼孤寂的一種旅行方式哪。

因為只有自己一個人在那麼遠的上方飛翔（或應說「漂流」），所以一旦發生電路板短路或是推進器被隕石擊毀這一類的意外，完全不能撒嬌地扯扯座椅旁的空姐，對不起剛剛起飛前您比劃的穿救生衣吹氣的方式我沒注意看，能不能幫我換一下這件 size 太小？她只能（像被困在電梯裡一樣）照著遙遠地球的航控中心（休士頓？休士頓？）充滿雜音的傳訊，克難地教她怎樣拆東牆補西牆，這個女人得孤零零地在外太空的那個小坪數的飛行艙裡，爬上爬下，跑來跑去，把一些吃剩的喜餅禮盒或吃完裡頭還有蛋捲屑的空鐵盒、跳繩、呼拉圈或是鬧鐘這一類東西（雖然我不知一艘太空艙上頭怎會有這麼一堆垃圾），ＤＩＹ組合成具有過濾二氧化碳變成氧氣的尖端科技產品。我想到這個畫面就心痛。特別是當你知道她高中的工藝課成績的話。

當然這種旅行方式比傳統的搭乘飛機出國旅遊有一點強的地方：即是當你發現你的飛行器已經掛了的話，從它開始下墜到真正摔落地表，似乎要個把個小時不是？我的一位朋友，他的女友是華航的空姐，很多年前在名古屋空難裡摔掉了。他曾去日本認屍，據他回國後告訴我們，那些燒焦成炭的遺體，每一具臉上的嘴皆張大得像那張臉是一個甜甜圈（這是他說的）。想是從摔落到墜毀這短短的時間裡，極度驚怖恐懼之故。那麼短的時間，連替自己念一遍往生咒怕都念不完全。

但是，來自外太空的墜落物。我想像著妻在發現整架太空艙已搶救無效之後（她是個容易自暴自棄的女人），她大概會在那逐漸被地球重力拉扯進大氣層的封閉房間裡尖叫個十分鐘，然後她也許會怨懟地抽泣個半小時（這是她每次和我劇烈爭吵後的生理反應），之後她或許會肚子餓了，據我對她的了解她會隨便跑去太空艙附設小廚房裡簡單煎個蛋，而且她會固執地替自己弄一份凱撒沙拉（她每次一遇到巨大的壓力便會焦慮地想弄點吃的）。等她一叉子一叉子吃完了她的太空料理（我老婆她吃東西慢），她或許會跑去蹲個廁所（她做學生時每次碰到大考一定拉肚子），當然她坐在馬桶上時會不斷激勵自己上快點可不要被人找到太空艙殘骸時發現屍體光著屁股和馬桶嵌在一塊兒。但等這一切都處理完畢之後，她發現太空艙仍在墜落中，窗外仍是一片漆黑！

於是我那個與我相戀四年後結婚（而結婚距今亦已三年）猶保持以寫信方式（不以電話、大哥大或 E-mail）表達感情的沉默的妻子，遂決定利用這剩餘的墜落時光，好好寫一封遺書給我。因為她花了非常長的時間才在駕駛座的坐墊下找到一枝筆，至於紙是她靈機一動想起她夾帶私藏在胸罩裡的一包涼菸的錫箔紙反面（這一類的太空艙裡基本上是禁菸的）……，所以有一度她幾乎相信她無法找到書寫的工具了，於是她不自覺地想起很多年前我陪她看的一部愛情電影。那部電影是說一對偷情的男女，一直瞞著那個女的丈夫在做愛。後來那個丈夫竟然開著飛機載妻子像神風特攻隊的駕駛員去撞那個和妻子偷情的男人。結果沒撞到那個男人，反而自己摔死了，而那個不貞的妻子亦給摔個奄奄一息。這個偷情的男人非常奇怪，他把那個快斷氣的情人留在山洞裡，留下食物和火炬，叫她好好撐著，他去找醫生。

事實上那個山洞是在北非的一個沙漠裡！

等這個衰貨又回到山洞（他當然沒找到醫生，他花了三天三夜趕到最近的小鎮，不料二次大戰已開打，他且被當作德軍的奸細給又關了三天三夜），那個倒楣的女人已經死了。她且留了遺書給那個笨蛋情人，她是利用火炬將盡的餘光寫的。我記得她似乎還在那個山洞的壁上畫了些小人的沙畫。

我記得我那個冷若冰霜的妻子看到這部電影的結尾時淚流滿面，當片子結束燈光亮起時我被她嚇了一跳。

於是你就可以想像，當她一個人在暗黑無垠的外太空失去時間重力地無止盡地下墜時，好好地寫一封遺書留給我這件事，對她是多麼重要了吧？

「……事實上當你看到這封信時，我應該已經死去……」就像那個洞穴裡孤獨死去的女人，「我很冷……而且餓……」後來我的妻子想起人們一定會從殘骸中發現鍋子煎蛋的痕跡還有沾著沙拉醬的盤子。於是她把這一封遺書揉掉重寫（她的第二封遺書開始是用太空艙真空馬桶上的衛生紙）。「……我很快樂……」她寫到觸動到自己內心的一些什麼時，忍不住想抽根菸，但她發現自己忘了帶打火機！「王八蛋，」這時她發現自己寫的這些遺書太不切實際了，她應該好好留一封信，鉅細靡遺地交代她瞞著我在進行的個人理財。這些年，她瞞著我買了相當數量的股票，她還購置了一些歐元基金，「我很擔心這些遺產一到你手中，你一定會在短短數月間便招待你那些人渣朋友們狂嫖縱飲而揮霍殆盡……」她甚至還瞞著我在市中心買了一間十四層樓高十來坪的小公寓吶！她一邊寫一邊埋怨我，就是因為我的吊兒郎當、交友不慎和沒出息，害她連這樣一趟遠程的旅行，都得買這種野雞太空飛行公司的便宜折價票……

我便在那個妻不斷在一枚銀色的小太空艙裡孤寂地寫信揉紙、揉紙寫信，且這枚太空艙正持續地下墜的噩夢糊團中驚醒。

我醒來的時候，發現自己臉上猶有淚痕。

妻和那個裹著她在極遠的夜空裡不斷下墜，且成為那無垠黑暗中唯一的發光體，這個畫面，仍搖搖晃晃地在將醒未醒的幽微邊界停格著。

為什麼會做這樣的一個夢呢？

因為自這樣的夢境中醒來，使我起身後從臥室走出到客廳的這一小段路，覺得暈眩而飢餓。我把客廳本來接陽臺卻打出的一面落地窗的窗簾拉起，發現原來外頭是漫淹燦爛的大太陽，突然湧進的白光讓人睜不開眼。

我走到飯廳打開冰箱，發現裡頭什麼吃的也沒有。我們的冰箱裡放著一罐罐的維他命和面霜，還有一些類似牛油塊、果醬或加咖啡的奶油球、沙茶醬這一類的東西，要不就是一些洋蔥啦馬鈴薯胡蘿蔔啦之類的根莖類植物。

天可憐見我在冷凍庫裡找到一包吃了一半的孔雀餅乾（不曉得為何會在這種地方發現這種東西），且我在餅桌上發現一張妻用一只馬克杯壓著的，留給我的字條，上面寫著：

「我先帶兒子回去了，別忘了把拖把布給媽。」

（確實從發現桌上有一張留言到看完內容，心裡有鬆了一口氣的感覺。）

（夢裡的妻和那艘太空船的影像愈來愈淡薄。）

這才想起這天不是禮拜六嗎？每個禮拜六的下午，妻都會帶著我們六個月大的兒子回娘家過夜，而我那對如今已是老人的父母，在午後稍晚會相攜來我們這裡。他們總喜歡在這間按妻的風格布置成的房子裡坐一個下午，有時他們會坐到外頭天黑才離去。

我也無法說清妻每回的恰好不在，這其中有沒有刻意迴避或錯開他們的成分。我的母親總愛買一些奇奇怪怪的小東西，託我交給妻，一些尺碼過大的特價洋裝、一些健康食品，或是我母親私下幫妻保的一些小額保險的保單。譬如妻字條上提的「拖把布」，即是母親向一種清潔公司租的「泡過藥水的拖把」，每個月母親都要我們把那塊用髒的可從拖把上撕下的黃絨布交還她，換一塊全新用藥水處理過的。

那似乎變成一種我母親和妻，隔著我，一種互不相見、隱晦的計時方式。「啊？又過了一個月啦？」

不過妻幾乎從未碰過那種拖把，總是在一個月的期限到時，我趁著我父母還沒到的那個禮拜六下午的空檔，拿拖把把屋子四處隨意抹一抹——把那片黃絨布弄髒像證物一樣交給母親。

這樣地把妻不在的屋子胡亂地打掃了一遍之後，我的父母還沒有到。我給自己沖了杯即溶咖啡。突然覺得自己不知道什麼原因煩躁得很。

也許是因為那個什麼太空船的夢的關係吧？

（如果剛剛沒醒過來，妻到現在，是否還在那艘孤獨的太空船裡持續地下墜呢？）

我試著撥了妻大哥大的號碼（現在應該已帶著兒子回到她父母家了吧），卻被封閉屋子裡一陣響亮的電話鈴響嚇了一跳。後來我發現妻把她的手機扔在電視機上，忘了帶出去。

那時突然清晰無比地想起剛剛一直空缺漏失的，那個夢境，妻在太空船裡的一個畫面。

我記得在很多年以前（時間久到在我與妻結婚之前），妻和我約在那家像太空船發射總部一樣的巨大百貨公司前碰面。我記得妻那天是穿了一套淺紫條紋的套裝（那是她那時待的公司的制服）來赴約。妻那時的臉疲憊不堪，在我們的四周，穿梭著三三兩兩結伴而行和妻穿著同樣制服的年輕女孩。

我記得我們草草吃了晚餐（我不記得那頓晚餐我們吃了什麼），然後便找了間便宜的舊公寓裡的賓館開了房間。

那一次妻一如之前或往後許許多多次的性愛那樣寂靜無聲地和我性交（她從年輕時就不愛說話），並且也確實高潮了。之後我們各自洗了澡，把賓館房間收拾乾淨，退了房，漫無目的在那一帶巷弄裡的小船來品店晃蕩。最後我們找了間五百c.c.木瓜牛奶店坐下來喝飲料（妻說她站了一天，腿很痠）。

我記得就是在那家木瓜牛奶店櫥窗邊的座位，年輕的妻吸了幾口木瓜牛奶，突然抬起頭，咬著吸管，用極細極細的聲音說：

「我們分手好不好？」

我忘了我那時是怎麼回答的，事實上我們幾年後還是結了婚，也生了孩子，但我清晰如昨地記得那個晚上，妻曾這樣面無表情地對我說了那一句話。且之後我陪她到那家像太空總部一樣的巨大百貨公司。她走進一間賣蒂芬妮鑽戒銀飾的專櫃小鋪裡，我沒隨她走進去。我記得那間專賣店外的展示櫃是用橢圓形凸面玻璃隔著的，裡面像是浸在水族箱裡靜靜放著一只天價的手表或鑽戒。我記得從某一個角度，我可以從那片橢圓玻璃，像窺看太空艙裡一樣看見年輕美麗的妻，臉上像敷上一層螢光那般，著迷地盯著某一件鑽飾看。

我那時哀傷地想：一定沒有人知道，這個美麗的女人，不過一會兒之前，才在我懷裡，像要死掉那樣地啜泣高潮呵。

第二個夢

有人在公路中央殺駱駝。

殺駱駝不稀奇，我們這一路下來，沿途打尖的飯館，叫來那一盤盤切成大薄片、暗棕色漂著白色脂肪紋理的，用來下白酒和辣椒夾在一種硬麵餅中的，不正是從這種有著巨大臉龐的動物頭骨上片下來的麼？

問題是，這人殺駱駝的方式，太像傳說中，那些在集中營裡，興之所至殺猶太人的畫面了。那裡面有一種，殺戮者迷失於「為何要殺？」的焦躁意識，使得殺戮過程，盡量讓被殺者被拗擠成一種滑稽或低賤的形態。如此在攫取生命那一瞬，不至於被宰體最後一瞬「想活下去」的微弱意願掙搏彈跳給嚇到。

那種純粹屬於殺戮本身的邪惡。

那人叫駱駝們用前肢跪著。一整列十來隻駱駝，有點像廉價觀光區路邊讓客人騎一次一百塊的那種駱駝（可以藉一種幫主人掙錢而活下去的駱駝）。牠們睜著藍色的大眼珠，厚嘴唇裡似乎還在咀嚼著什麼。（就這一點來說，駱駝這生物，給我的第一印象，竟有些像外國人。）

如果是這樣，「體罰駱駝」，那也就罷了。在我失去記憶之前，似乎曾和身邊這個，堅持是「我的妻子」的女人，炫耀過不少我念小學時，遭到一位老師體罰的各種奇淫技巧：譬如用鉛筆夾手指、用報夾打手背、用圓規的針戳嘴皮、正午跪在操場正中央……等等。

但那人是在，我們正被「以為他在體罰駱駝」的柔弱情感中籠罩時，即從背剪在後的手裡，亮出一柄小斧頭，往乖順跪著的那（藍眼珠、眼神馴順胯下那貨兒像老外一樣巨大的）駱駝的額頭，劈臉就是一斧頭下去……

我亦極困惑第一隻駱駝像慢動作般龐然而哀鳴地倒下時，其他那十來隻駱駝，為何不會一哄而散？竟仍是如許茫然如許乖順地屈著前肢跪在那兒……倒彷彿是那人被駱駝施暴似地，滿臉是血（駱駝的血）揮著斧頭狂嘯著……

女人要我把車開近過去。

（要管閒事了嗎？）

實則這一路下來，我亦疲乏至極女人像快轉倒帶那樣，沒有停止地告訴我「我的身世」。女人描述的方式有點奇怪，譬如她花了極大的篇幅向我描述「當時我們的婚禮」：證婚人請了誰誰誰，一共辦了幾桌、她的公公我的父親那時失去控制在臺上講了多久的話，或是當時她換穿的那三套晚禮服是什麼顏色什麼樣子……

因為是這般瑣碎的細節，使我確實願意相信她所說的一切（即在我失去記憶力之前，她是我的妻子）。

我把車開到那個殺駱駝的人和他那群駱駝的前面。那隻剛被屠殺的駱駝睜眼倒在地上，還汩汩自前額冒出鮮血。我突然有一種似乎在看行動劇演出，虛幻不真實的感覺。也許從前，我是個搞小劇場的也不一定。

「喂，殺駱駝的，」女人搖下車窗，這樣喊那個一身是血的傢伙。說實話我有點緊張，這兒究竟是個空曠的公路不是？那人被人目睹了荒誕殘忍的殺戮行徑，難保不老羞成怒？

「喂，我說，」如果不是眼前的場景確實血腥得讓我的胃一陣陣拳縮，女人說話的氣氛，倒挺像在從前臺北東區的某一處紅燈路口，善意地提醒另一輛車的駕駛：喂你的左後輪好像爆胎嘍，喂你剛剛在上一個路口好像被測速照相了……

女人說：「喂，你的體檢值好像調得過高了，是不是要去★@#ㄎW（女人說了一串我聽不懂的語音或密碼）檢查看看，是不是有滲漏現象？」

那個殺駱駝者反手揩了揩積在自己眉骨上的駱駝血，迷惑而無辜地笑著：「是嗎？難怪我也覺得怪怪的。」

女人搖上車窗，輕輕歎了口氣。「過了頭，」女人說，有點像是在初次約會的男人面前，表演了一件善行。

故意裝作漫不在乎的樣子。其實我注意到她的臉微微發紅。

我繼續排檔加速。有一古腦的困惑不知從何問起。

體驗值？

過了頭？

腦前額裡似乎有個點，像被高速旋轉的彈頭直直穿入，發燙地停在那肥腸般團擠在一塊的灰白稠質之間。

朦朧地想起，似乎在身體剛剛甦醒而意識仍深沉睡著的那段過渡時光。彷彿被截斷成一亮一暗的幻燈片特寫。強光。絕對的黑暗。強光。黑暗……

咔嚓。咔嚓。

發紅腫漲的龜頭。然後是與之相較，顯得顏色較淡的女人的唇。然後是黏答黏軟軟垂下的可憐龜頭。硬往女人那在整個畫面中顯得極白的臀部裡蹭。然後是截片段的，女人刺青皮貼骨的足踝。手指與細碎旋轉的舌尖。像擠牙膏管一樣擠著那空洞疼痛的肉身。

咔嚓。咔嚓。咔嚓。

醒來的時候，女人衣著齊整地坐在我腳側的床沿。

向我自我介紹：「你好。我是你的妻子。你不要緊張，我慢慢解釋給你聽……」

媽的這不是科幻小說裡的情節嗎？

體驗值。

也許我不過是和那些被破成碎塊的駱駝一樣，額頭連著驚異睜大的藍眼珠的那一塊，仔細翻檢查看，會發現人造肌筋人造脂肪人造血漿人造陶瓷骨骼下錯密嵌合的晶體迴路……

如同我無法組合成完整記憶。像漂浮在外太空的衛星殘骸一樣的器官印象。

殺戮的體驗值。原始性愛的體驗值。「記得身世」的體驗值。恐懼的體驗值。嫉妒的體驗值……

我的頭像裡頭有人在拉鋸琴那樣更加疼痛起來。

如果這是……如果女人所說的一切盡為真：我真的失去了記憶力（因為某種發生在我那個世紀的物理形式之撞擊），且她真的是我的妻……

我的腦海裡斷肢殘骸地浮起一些，我（竟然記得！）那個世紀從電影裡（「好萊塢」，我居然記得這個名詞！）看來的某些片段。我藉著那些情節混雜在一塊的科幻段落，去想像自己現在的處境……

人體冷凍技術？因為我們那個世紀的醫療科技猶無法克服的人類死亡的難題，（衰老基因？致癌基因？愛滋病？）我因為一段傷心往事而自願參加這個，「把活生生的人體急凍起來」，當作包裹（考題？某種時間郵包？人體骨董？）寄給未來子孫去解決的祕密計畫？

但是這個自稱是我妻子的女人是從哪冒出來的？我幾次問她現在到底是西元幾世紀，但都被她含糊帶過。似乎這是一個不再用阿拉伯十進位法計數時間的時代。但女人是如何穿過，「我失去記憶力」的這漫長歲月，且看上去並未較我衰老？

還是我其實是一個複製人？他媽的說不定我是從這女人身上的一粒卵濾泡細胞，……不對，也許我根本就是從她的直腸細胞裡摘一粒雙套染色體的細胞，繁殖培養的……我就是她，或應該說我就是她的分身？

但那樣一來，我應該是個和她長得一模一樣的女人。且我的胯下，亦不應有一具看了她的裸體便翹得硬邦邦的貨。

「天哪，你臉色怎麼那麼白？」女人驚呼。

是呀，一切如許真實。女人扶著我下車，踉踉蹌蹌地走進路邊一間加油站旁的一家酒吧。我的手迷迷糊糊地碰了車門上的銀色金屬拉把，手背上的薄皮發出一聲熱油鍋煎牛舌那樣滋地一響。我覺得我和女人，從車走進酒吧的這短短一段路，就可能在這四周熾白灼目的強烈光照裡，因為反光粒子無從顯出陰影和層次，終於和這強光一道變成（無法穿透的光牆）一個平面。

終於還是走進酒吧。女人替我叫了一瓶海尼根，她自己點了一瓶可樂娜。

「敬你。」女人說：「怎麼搞的？太熱了吧大概。」

「是啊。」我舉起酒瓶。多心地注意那冰涼帶著麥味泡沫的液體被嚥進喉嚨時的感覺。

一切如許真實。（冰啤酒沿著食道下降到胃的感覺。並且由本來燥熱的空胃裡像上浮氣泡那樣打出一個酸嗝。）沒有假假的感覺。女人開始向我介紹酒吧裡零散坐著的，隔著幾張桌子對著我們模糊笑著舉杯的人……那是盧子玉，是你的人渣好夥伴……沒關係，他們都知道你的事……那邊那個叫芭樂，別理他……那是金……噢……遠遠那桌那個腿很好看的女人，是你（和我結婚之前）的老情人……

也許是我多想了吧。那麼真實不是嗎？只有真實才這麼瑣碎叫人不耐不是嗎？虛擬著應該會跳過這麼不值得耗費力氣的小地方吧。

如果不是因為……

「為什麼要殺駱駝？」

「啊？」女人放下酒瓶。

「為什麼要那樣殺駱駝？」我說。

「因為……」酒吧裡的遠近視距開始錯亂，一開始我以為那些「失去記憶力前的老朋友們」怎麼一瞬間全抹上了濃彩妝……後來發現所有的人全變成了一小方格一小方格的色塊……那時我突然想起小時候在百貨公司玩具部櫃檯上玩的一種玩具！那是一個透明的塑膠匣，裡頭盛滿了一種透明無色的液態油脂，在那些你以為真空的密閉空間裡，漂浮著一些彩色的塑膠雪花片或幾何圖形……小時候我總不能理解，那匣中的小塑膠片，為何可以以那樣的緩慢膠著狀態，在那真空匣中上下游動……

女人的嘴張闔著，但是她的聲音被壓得很扁，像唐老鴨講話一樣。「……那是因為……」駱駝很髒。駱駝很邪惡。駱駝的程式太複雜了。很難破解。駱駝是一種病毒……女人最後哀傷地看了我一眼。在我啟動了那把這一切禁錮住記憶的脆弱世界給壓扁的毀滅咒語的最後一刻。在那一切變成亂碼之前。

第三個夢

似乎人們在叫喚著我出去。

人們說：「集合囉。」一片混亂。因為大家都從各自的房間（統艙）湧出，塞在走道中。

我待在一個沒有窗戶，只有艙門的房間裡。那門開著，所以不時可以看見那些遲了的男孩們乒乒乓乓從走道跑過。有一兩個還會折回，把頭探進這房間裡，善意地說：「集合囉。」又再跑開。

這當然不是我一個人的房間。貼著牆有兩張上下鋪的雙層鐵床。且我現在坐著收拾書包的椅子前，即是四張併在一起的鐵桌。

鐵桌很沉，推動時會有嘎喳嘎喳磨地板的刺耳聲響。

我不想去。

我聽見自己從心底厭棄地說。但不斷從擴音器裡播放著一個女人嗲著鼻音在評論時事什麼的。遂令人有一種「全部的人已慢慢集合完畢，只剩下我一個落單囉」的不安。

我慢條斯理地收拾著書包。像從前每一次離開家中妻兒到咖啡館寫東西，其實頂多是兩、三個小時的空檔，卻貪心地往書包裡塞滿四、五本調性分量皆不同的小說、空白稿紙，之前胡亂開了幾個故事的頭的筆記本，還有一些一直沒有回信的朋友的來信（信封都沾上一些醬色的汙斑）。甚至還會塞進一瓶礦泉水。因為有些惡劣的咖啡館女侍，不喜你這種只點一杯咖啡就坐一個半天，弄得桌面上全是菸灰缸撣出的灰末。刻意就不替你往水杯裡加水。於是只有自己來嘍……

這樣地，在那個沒有窗戶的房間裡，挑揀反覆最後又塞了一本這出去以後根本不可能有時間看的書（好像是奈波爾的《幽黯國度》），才匆匆地走了出去。

走道上沒有半個人（走道是用一種奶黃漆塑鋼材質圓桶狀包圍起來的封閉甬道）。擴音器仍在響著。我就要這樣走進人群裡去了嗎？邊走著腦袋裡空落落地想著。

走道的盡頭是一扇圓形厚重的金屬艙門，門虛掩著。因為是這樣的門，所以感覺上門檻相當地高。我要跨過去之時且還注意到門檻下鋪了一張止滑踩腳墊，心裡想在這地方鋪了一塊這樣的東西還真是奇怪……

門一打開。嚇死人地是一個空曠開闊的室內空間：像是你第一次闖進市政府大廳或福華凱悅這些室內挑空的豪華大飯店……不，比那更大更挑高的空間……像是進入地底深處的古帝后陵墓或兵馬俑的坑洞，或是小時候去參觀中船的造船船塢內部還是中鋼的煉鋼廠房。只覺得環壁四處一層層上到天際的窄小排梯，皆密密麻麻排滿螞蟻般的小人……

意識到自己這就成了這滿坑滿谷的人們裡的其中之一，有一種胃部被人狠狠搥了一拳想抱著肚子跪下哀鳴的衰弱欲望。但突然發現事情不是這麼簡單：這些，發出嗡嗡轟轟低語共鳴的，在這個巨大山谷環壁上蠕動著的，像螻蟻一樣成千上萬的人們，竟然，清一色地全是男人。

心裡才正浮起「這是怎麼回事呢」的疑惑，馬上有一個聲音了然地在裡面告訴自己：「眼前的所有的這些男人們，全都是些喪妻之人哪。」

像死刑犯在最後的日子裡，從管理員和牢友的態度已隱約明白**有什麼東西已被判決**，但仍固執樂觀地不予理會：因為我還尚未被**正式告知**啊！

有兩個傢伙從後面跑來拍我。我停頓了許久才認出他們來。他們是我高中時的同學。一高一矮，從高中時兩個就是死黨，和我倒沒什麼交情。這是兩個極無趣的傢伙（我甚至想不起他們的名字），我記得他們是會一起跑去參加演辯社還是園藝社的奇怪傢伙（這在男校是很奇怪的興趣）。我一直覺得這兩個傢伙一輩子都不可能結婚。或許他們結婚的對象就該是無趣的彼此……

（怎麼？你們也都……成了亡妻之人麼？）

其中一個傢伙把我拉進一個像戰略壕溝的坑洞裡，那裡頭真是別有洞天。簡直像是地下鐵大站的商店街：大尺寸的花崗岩磨光地板，走道兩側漂亮日本妹妹代言的信用卡或手機廣告巨幅看板，極具未來感的冷光投射光源區放著一列金屬外殼的插卡電話。一個櫥窗一個櫥窗（櫥窗的玻璃全是圓弧外凸，像我們小時候流行過一陣的飼養鬥魚的凸透鏡水缸）間隔著花店（裡頭的花和年輕老闆娘皆假假的）、7-ELEVEN（在報架雜誌架前站著翻閱的人們像廣告片裡的打光方式那樣靜止著）、鞋店、理髮部（奇怪？會有趕地鐵的人跑去買鞋或理髮嗎？）、WEDGWOOD 高級骨瓷專賣店（那種希臘藍的陶瓶和仿中國青花瓷的番蓮花團藤圖案的餐盤組），還有一些非常專業的店諸如鐵道火車頭模型店或是櫥窗裡站著一些鹹蛋超人或小甜甜塑膠玩具的復古玩具專賣店……

總之整體的印象是這些店比它們在本來街上的樣子要來得清潔、光線的氣氛亦較高級，店面的 size 要小一號的感覺……

被這兩個昔日同學拉進一家義式咖啡專賣店。三個人膝蓋抵著膝蓋湊擠在一張高腳小圓玻璃桌面的座位。

高個兒那位（現在我想起他的名了，他叫黃吉南）湊近了臉問我：「怎麼？怎麼也跑來這裡？」

（不能回答。一回答情節便自動跑〔run〕起來了。那麼「那件事」便真的成真了。）

我狡猾地回答：「那你們呢？你們又是怎麼在這裡遇見的？」（我也想起那個小個兒的名，他叫陳正偉。）

不能回答。一回答全就變成真的了。

那個小個兒歎口氣說：

「其實就是一個念頭。一個念頭事情就發生了。」

我總是想：事情發生時，我在現場嗎？我在現場時為何沒發現所有的細節。全部。

那個小個子說，一切發生得讓他猝不及防。他記得那時他和他的妻子互相朝著對方的臉大聲咆哮。似乎只是他母親那個週末要來他們家而他忘記之前就告訴他的妻子這類小事，因為他記錯了時間所以始終應和敷衍著她妻子安排的，週末和她一位昔日摯友（和她的先生），兩對夫妻之餐敘……

那樣的小事。

他的妻子在最後一格畫面，那張憤怒扭曲的臉，張大了嘴像要咒罵出一句毀滅性的什麼話語。她突然哭泣地轉身衝進衛浴間，將門反鎖。

小個子說，他當時確實將手舉起打算拍門。然後像每一回這個爛戲碼（他被她鎖在浴室外面）的收尾臺詞：他向她道歉。好嘛，我錯了。妳快出來吧。

但那時他疲倦地把手從半空中垂下。他聽到裡面有硬物撞擊的哐咚聲。他知道那是他的妻子用頭去撞牆。

沒想到他的妻子就在那裡面拿剪刀往自己心臟刺。就那樣死了。

那個小個子怨懟地說：就那樣的小事吔。

那個黃吉南（那個高個兒）更慘。他說他的妻子十幾年來瞞著他把他們共有的一筆錢借貸給一個跟他們兩人皆完全無關的男人。他妻子過世後他曾見過那個男人一次，那傢伙長相猥瑣不堪。所以他相信他妻子並沒有瞞著他搞外遇的情事。那個混帳後來把他們的那筆錢給倒了。他的妻子愈想愈不甘心，他也不知道她把這件事瞞著他在心裡悶了多久。總之最後她留了一封遺書，告訴他欠他們夫婦錢的人叫施文信。就從他們家五樓公寓的後陽臺跳下去，摔死在人家一樓自助餐店後面堆餿水桶回收保龍餐盒的防火巷裡……

他說你們知道那個施文信一共騙去我老婆多少錢嗎？

多少？

四十七萬。

他說媽的就四十七萬，這個女人這麼輕易就去死了。喂從頭到尾我什麼都不知道吔，你說連商量都沒找我商量一下。為什麼我也沒做半件壞事就要被懲罰。如果有一天我在路上逮著那個施文信，我抓著他的衣服說媽的你害死我老婆快償命來。那傢伙只要說好好好你等我開個票子，然後他只要把那四十七萬還給我，他就拍拍屁股跟這件事一點關係也沒了吔……

為什麼那麼輕易啦。他們兩個用那種困惑不解淡淡哀愁的表情說。

但是我真的完全想不起來任何相關的細節和畫面。（妻究竟怎麼了？）

我或許曾經模糊地想過，幾十年後吧，或許在我晚年時成為鰥夫的情景。那時或許孤自一人在這些陌生新奇的商店街速食店裡百無聊賴地閒走晃晃吧。或許聯絡一些單身時期的好哥們但婚後即愈來愈疏遠的朋友。他們也許會這樣酸我：喲，又想起老弟兄啦……

我或許曾不止一次地在那樣的夢境裡哆嗦憂懼：似乎我在一間光度如此晦暗的診療室或是小學的保健室，那樣面無表情地聽著戴厚黑框眼鏡的老醫生，拿著一份一份我身體的檢驗報告，喏，看這裡，都是不好的東西……這樣翻著X光片對我說明。而我像是做錯事的學生，一臉懺悔地點著頭……

一邊盤算著剩下的生命時間，一邊內心慘然：回去後要故作輕快地瞞著妻，但我這樣一事無成地，且無有遺產可以留給什麼都還不知道的她啊……

但從未曾想像過會置身於這樣的場景裡。

（也許是弄錯了？）

應該是弄錯了吧。也許我跑錯部門跑錯樓層了。剛剛在那個房間裡，廣播器在催促時，我不是就有一種打從心底覺得與我無關的心情嗎？我實在不該傻頭傻腦擔心自己和別人不一樣便冒失跑出那個房間哪。這時對自己的個性冒出一種生理性的厭憎。

現在跑回去（那個房間）或許還來得及？

於是把那兩個一臉愕然的傢伙丟下，在那像腔腸甬道般的迷宮走廊裡拔足狂奔。我且為了在人群間穿梭的流暢，把那個書包勾過脖子斜背。一邊嘴裡顫抖地叨念著：借過。借過。只要一下下或許就來得及了……

倒是在後來妻順利分娩後留院療養的三天裡，其中的某一個下午，阿普混在幾個大學同學之中一起來探視妻。妻那時或因產程最後的撕裂傷口的止痛藥劑的關係；或因突然間從自己某一段時期不斷變化的身體裡，分離出另一個獨立的生命……整個人停留在一種遲緩且心不在焉的狀態。於是招呼這些我們共同認識的探訪客人的責任，便完全落在我的肩上。

在那個體貼產後婦人畏光而用厚厚窗簾遮住窗戶的陰暗病房裡，妻躺在病床上，那幾個昔日同學挨擠著坐在一旁原先供我陪宿照顧的摺疊沙發床上。我則隔著病床站在妻的另一側。

因為那樣來回轉頭答覆著不同的人七嘴八舌的問題，我的眼光在那樣排成一列的臉孔間梭巡移動。有一瞬間我突然有一個感想：即是那挨坐在其他人之間，從頭到底不發一言那樣陰鬱坐著的阿普，他的臉和其他人的臉有著完全不同的視覺印象。

也許我這樣說有點怪誕而浮誇，但我當時確實是強烈得近於訝異地感覺：在那樣的光度下，包括妻在內，所有人的臉都有點像輪廓的稜角被刨子磨過，許多細微的弧邊皆沒入陰影的中年人的樣子了。只有阿普的臉，那樣格格不入地仍像畢業照上那張年輕時的臉——我甚至覺得那拗擰在那個彆扭且孤單的表情後面的，根本是一張少年的臉！

像是他根本沒經歷過那些傳言中的娶妻生子之類的疲憊人事。且在眾人送來的那些配合習俗的金鎖片啦小娃娃的整套衣服啦或是雞精啦之類的探視禮物。阿普一個人帶來的那一束鮮豔的紅玫瑰也顯得有點奇怪。

後來妻必須去哺乳室餵奶給初生的嬰孩，我遂提議大家到醫院對面的一家咖啡屋去喝一杯。我記得我和他們從醫院的電動門走出時，眼睛像被撲面襲來的強光灼傷一樣，心裡悶哼一聲：噢，原來現在是這麼亮的白天。

我們穿過馬路，到那間其實是專賣日式咖哩的店裡點了咖啡和冰啤酒。算是為我初為人父慶祝一番。大家也互相遞起名片（裡面有幾個人是畢業之後便未曾再遇見），聊聊各自在工作上的景況。

但我實在是太累了。從我的座位望出去，恰可看到被褐色玻璃隔暗了的，那間醫院大樓旁一個陽臺直角上的兩座巨大水塔。那即是供應包括我和妻和那個初生嬰孩在內，全部住院人口用水的貯水設備嗎？不知為何我心裡嘀咕著諸如此類無意義的瑣碎事情。雖然我的臉上始終掛著微笑……

後來我竟然（帶著那樣的笑臉）睡著了。其實我進入睡眠狀態時，仍可聽見他們的笑聲或善意的低語：「這傢伙竟然睡著了！」「算了，陪產這種事真的是很累……」但就是無論如何也睜不開眼。

等我醒來的時候，只剩下阿普一人靜靜地坐在我對面。其他人都走了，而且他們也把帳付了。

我便坐在那裡，帶著餳澀睡意和阿普亂聊了幾句。畢竟我和他之間，仍是那麼的陌生哪。後來他又開始說起他父親的事。

他說：「你記得我帶你去過的那個游泳池吧？」

一開始我從心底像敲擊製冰盒裡的四方小冰塊那樣陰暗地憤怒著：為什麼不論何時何地，（現在是我的孩子出生哪！）你都可以硬生生地把你那以死亡作為起點的身世塞給別人？但或許是因為初為人父的角色自覺，是經歷過一場親眼目睹妻像被屠宰的騾子那樣血淋淋的場面。或許我實在真的太疲倦了。我竟然慢慢地被他描述的那個畫面所吸引。且故事聽到最後，我居然在始終面無表情認真訴說著故事的阿普面前痛哭失聲。

阿普說，他確曾在他父親過世的那個游泳池畔將時間喊停。

他說那天他一走進那個游泳池時便覺得怪怪的。一切像在水中進行。所有光影中的人都空空鬆鬆，某些較遠處的人群變得窄窄扁扁的。但一切又如此熟悉，熟悉到讓人想落淚。

他很快便發現他正置身其中的，並不是「正在進行的時間」，而是「回憶裡的時間」。那個他這二十年來，如噩夢纏祟反覆播放乃至如此熟悉的那個早晨。那個他困惑不解為何這麼一段短短時間內所發生的事，會造成他之後像惡作劇一般啼笑皆非的這一生的悲劇時刻。眼前的一切（以及將要發生的一切）如此清晰，乃至於失去了肉眼觀看它們的真實性質感。他父親穿著一件窄窄小小的黑色泳褲，把臀部繃得緊緊地蹲在池畔往自己身上潑水。天哪那樣活生生年輕結實的身體（而不是收屍時穿著同一件泳褲同樣沾滿水珠但已變得冰冷黯灰沒有彈性的那具身體），那樣水光瀲灩成一條條光鍊破碎在他父親的活身體上時，某些部位的筋肉會因冰冷的刺激而像獨立生物那樣一竄一跳的。

他印象裡他父親是個非常愛說笑話的人。但在那個畫面裡他才恍然大悟，他父親在人群裡根本是個和他一樣害羞而閉俗的傢伙。他父親一臉嚴肅緊閉雙唇，完全沒和身邊任何一個人說話。然後他父親躍入池中（那時他的心臟緊縮了一下，但其實還沒到那個時刻），在那滿是陌生人身體的泳池裡，踢起一片片白色水花地俯泳推進。

他其實可以將時間喊停的。

那樣淚眼迷離地將一切喊停。池畔所有人皆凍結在那（好像哪個電冰箱誇耀其急凍功能的廣告）；水波也保持靜止之瞬的形狀；有人張大了嘴停在凍結的水面上（正在換氣）；有女人恰正停格在池畔拉著比基尼胸罩肩帶的時刻……

但是那有什麼用呢？

他或許可以在喊停時過去將他父親只著一條泳褲的身體撈起，抱上岸平放著。或許便能避過那像保險絲燒斷，腦血管破裂的一瞬；或許他可以向他父親請教一些以他現在年齡較能理解的理財手腕或和那些狡猾的親族周旋之人情世故；也許他可以像電影裡那樣，在這偷來的停頓時刻，急急忙忙地塞進一句他後來這些年來唯一遺憾未及在他父親生前說的話：「爸，我愛你。」

或許他們可以聊聊女人……

但是後來他還是讓時間繼續流動。

他那樣任著自己眼皮竄跳如遭電擊，靜靜坐在那兒看他父親在那妖邪明亮的水裡來來回回地游著。

我問阿普為什麼不呢？（為什麼不將時間喊停？）

阿普說：我喊了。那已經重來過了。

阿普說：那有什麼兩樣？不過是重來一次那樣繁瑣無聊的生命細節。

阿普奇怪地看著我：我喊了。那已經重來過了不是？

（不然你怎麼會在這裡？）

（操！別胡說。）

（真的，我只是想告訴你……）

（你瘋了。）

（我……）

（別亂說。）

（愛……）

（別。）

（你。）

（我操你！）

（爸。）

第六書

在您的二十章遺書裡，有幾個章節，只有掛著一行彷彿標記追憶某一往昔時刻的時間印戳。譬如：

第十五書　黑暗的結婚時代
第十八書　甜蜜的戀愛時代
第十九書　金黃的盟誓時代

除此之外，便一無所有。像是三個題好了名姓和地址的空信封。它裡面原本有裝一封寫好內容的信件嗎？它本來將是什麼內容？有人抽掉了它們嗎？或您在臨死的最後時光，悲不自抑，無法下筆召喚回這三個章節，作為遺書（或您死亡的慢動作舞蹈）最核心的證據。那使您其他十七個章節圍繞迴旋，復返哀歌的靜止畫面。

那一刻究竟發生了什麼事？

那費人疑猜，像致命深淵蠱惑著我的「三個空缺的章節」，您留下的標題如黑色鑲金，如印象派的光影褶皺，如旁顧無人的最戰慄癲狂的色情時刻，卻又暗示的宗教式的莊嚴造景在「真正的背叛」當下那令人張口狂喊的慘酷拆毀……

我不相信在您進入那「死亡倒數」的著書時刻，是因為踟躕不忍而懸停筆尖，讓那「最……」（最甜美？最心酸？最不能逼視？）的黃金圖景流光似水，從您僵峙停頓的時間空隙涓涓流過。

（因為我們曾經各自帶著恍惚微笑面對面坐著。）

還是，難道是，在您像踩著顛躓舞步，兩眼開始無神唇際開始低語，那樣進入一個液態變形（我無從理解的）死亡前一瞬的摺疊時光；您，其實無能力，以更大型的梯塔建築（那些挑高的天窗、輔臂、薔薇花窗，那些炫耀風格的梁柱雕飾）去賦格那，二十六歲的壞毀身心與之相對則暈眩跌坐的，更巨大的時間造景。

那是與死亡悖反對峙的，在持續延伸流動的全幅景觀裡，賭（您亦自稱是賭徒）那一次性之外的，「後來事情會變得怎麼樣啦？」

這對於我，是一個痛苦的想像。如果將「死亡」這個關鍵字自您的這本遺書中摘除，那被

「我正在死（我正露出縱火狂的將要犯罪的笑臉）」的預感懾魘住的冰封般的傷害時刻（那些背叛、玷汙、無效的贖救，還有那些詩般優美的情色篇章），會如何像剪斷懸繩散潰瓦解的木偶，只剩下一堆零件手足頭頸和關節？

一如我在您二十六歲喊停之後的這十年光陰？

一如那個口吃少年眼神瘋狂地低喊：「金閣非燒了不可。」

如同您在那本遺書的扉頁摘引的那一段文字：

「從前的年輕時代之於她如此陌生彷彿一場生命的宿疾。她一點一點地被顯示且發現，即使沒有幸福，人仍能生存：取消幸福的同時，她已遇見一大群人們，是她從前看不到的；他們活著如同一個人以堅忍不懈、勤勉刻苦和歡樂而工作著。在安娜擁有家庭之前所遭逢的從沒超出她所能及的範圍：經常和難以維護的幸福相混的一種激擾狂熱換得的是，最後她創造了某些可理解的東西，一份成人生活。如此，這就是她所願意和選擇的。——Clarice Lispector〈愛〉」

這是什麼意思？

「一份成人生活」？「這就是她所願意和選擇的」？

這樣作為一份遺書（且是以沒入死亡陰影的另外那半邊毀棄的臉，向不義的愛情叛者宣示其後餘生永不得赦的流刑）的題辭，它所描述的那幅黃金景象讓我眼瞎目盲，淚流不止。什麼意思？（難道那就是您最後終於沒寫出來的三個信封裡的三個章節嗎？）我萬萬無法想像從一雙瀕死者眼中回望的，被毀壞玷汙成廢墟的「年輕時代」，在她想像「若是她沒離場」的「本來」（時間仍延續著）圖景，是如此的璀璨輝煌。

但是您「經常和難以維護的幸福相混的一種激擾狂熱換得的是，最後創造了某些可理解的東西」，並不是所謂的「成人生活」，而是自死。是永遠無法穿透，將一切光源吸掠殆盡，那無論以之後無數個延續時光的漫步沉思，亦通過不了的漫漫長夜哪。

我曾在陽明山上的小屋裡，一口氣讀完太宰治的《人間失格》。夜半暴雨，我在屋內來回盤旋，苦不能抑。之後披衣離屋，在黑不見地的山路發狂疾走。那時大雨如傾，一旁山壁溝圳的暴漲湍流將腳下的山路漫淹成溪床。我放在襯衫口袋裡的半包菸全吸水泡爛。

我曾在一次被親愛的人重重傷害後，蜷縮在宿舍的爛草編榻榻米上，將自己分裂成一男一女。男身的自己悲鳴啜泣，把十指指端齧咬潰血（沒有人愛我）。女身的那部分用自己的手環抱摩娑自己的臉，痛惜愛憐地安慰（你最美了。你有一顆最美的靈魂。我最愛你了）。

我曾經一夜在 pub 和人渣朋友們三人拚掉兩打台啤，然後搖搖晃晃提著一整尿泡的冰騷液體，開著我那破車載他們上山。那蜿蜒山路只有車前燈反覆在黑裡左右搖擺的恍惚時刻；後座兩個人渣早已爛醉熟睡（如此安心），車廂裡飽和著我們鼻腔噴出的酒精呼息。那時我突然頭痛欲裂地萌出一個想法：「這就是所謂的年輕時代吧，媽的我正在經歷它。」之後便像熄燈後進入全然的黑暗。等我再被驚醒，眼前的強光從擋風玻璃的冰裂紋整片打來，讓我以為自己正浸在水底。而後是尖嘯震響的引擎空轉聲。

後來我才證實，我可能在好幾公里前便已不支酒力睡著了。而進入睡眠狀態的肉體接管了駕駛，我在完全無意識的狀態下打方向盤彎了好幾個山路急彎。最後才在一個大彎口，直直撞上山崖邊的護路石墩，把路邊的彎路凸面鏡攔腰撞斷，推倒石墩，衝出路面的車子恰被一大叢高大的芒草（不可思議的承托力）擋住。所以驚醒我們的強光是遠光燈死貼著芒草反光打回車內；引擎的巨響是我那仍盡忠職守的肉體，右腳仍固執地含踩住油門呢……

我相信這是一個關於「時差」的故事。

譬如傳說中的那個打擊者，他們說平時他是以盯著網球發球機，辨認那飛行中的球面上的阿拉伯數字，來訓練自己的眼力。或者每回電視轉播奧運男子桌球決賽，你總看到兩個（劉國梁？孔令輝？皮爾森？）理平頭穿小學生短褲的胖大孩童（直至鏡頭拉近臉部特寫，你才明白他們都是顴骨突削濃眉大眼的成年人），一個背對一個面對著你，以一種酒醉般的輕微搖晃隔著一張小桌對峙。球在他們之間復返來回，變成霰彈般的白色光弧與節拍器脆響時，你有一種隔著厚玻璃盯著巨大水族箱，不可置信有人竟能不理會水的阻力，在那裡面大跳踢踏舞的恐怖幻覺……

會什麼能夠看見，高速飛行中的，連續性動作中的，其中一個斷面？

以它靜止在某一點的樣貌，看見它。

因為控制眼球的那六條肌肉特別強韌？因為瞳孔如禽鳥能在高速俯衝時快速調整與地面獵物

之間的焦距？或者如那個廣告神話：在剪接拼貼了納粹遊行摩天大樓爆破美式足球衝撞達陣與卓別林默片的快轉影片裡，只放上一張，八分之一秒一晃而逝的一個人喝可口可樂的畫面，會讓那些不記得有看到那張畫面的觀眾，突然焦躁口渴，想喝可口可樂。

從前的年輕時代之於她如此陌生彷彿一場生命的宿疾。

從前的年輕時代之於我如此陌生彷彿一場生命的宿疾。

也許我可以這樣說：取消幸福的同時，您選擇的，是深深地沉入那黑不見光的所在。選擇了「一份成人生活」的，是在那刺目強光和震耳欲聾的噪音裡，咒罵地踐開那扭曲變形的車門，狼狽地鑽爬出來的，一臉愚痴的我哪。

那三個寫好標題的空信封……

最近在報上看到一篇標題為「我的暴君父親沙林傑」的報導（是一位叫施清真的人從芝加哥傳真），內容大概提到那個寫《麥田捕手》的老沙林傑，自從一九五一年接受最後一次專訪之後，就再也沒有公開露面。「多年以來，他隱居新罕布夏州的森林裡，拒絕與外界接觸……有關他的傳言和傳記卻從未間斷。有人說他仍寫作不輟，但所有作品必須等他過世後才會發表；有人說他受到盛名之累，早已封筆放棄寫作……」

總之這是一個從世人眼前徹底消失的人哪……

老沙之所以又成為話題，乃起因於他的女兒，一個叫瑪格麗特的四十四歲女孩，出了一本回憶錄性質的書，書名叫《夢想捕手》，「……書中提出許多沙林傑不為人知的一面……」內容可想而知。

據這篇文章轉述，這個在《麥田捕手》寫那個小女孩菲比寫到讓人瘋魔傾倒，那個會跑去博物館把寫在牆上的髒話擦掉，那個擔心「冬天的時候，中央公園池塘裡的鴨子到哪去」的，「如果一群孩子在懸崖邊的麥田裡玩，我就要當那個守候在懸崖邊，如果其中有一、兩個孩子衝出麥田，我會攔住他，不讓他掉下去」的，沙林傑，其實是個會把懷孕的妻子軟禁半年不准外出；鮮少理會長期受困於厭食症與精神沮喪、自殺傾向的女兒；深受自己一手創造的小說人物卻長時期傷害身邊最親近的人的，像暴君一樣的父親。

這位「施清真」的傳真稿裡提到，瑪格麗特並不諱言出版商付了六位數字的稿費，但她仍堅持金錢不是寫作《夢想捕手》的動機，「藉由書寫，她可以冷靜地回顧過去。面對過去之後，她才能安然地繼續人生的旅程……」

然後傳真稿轉述了一些書評家對瑪格麗特寫這本書動機的質疑，（揭發沙林傑的隱私，藉此牟利？）「華盛頓郵報書評直指，《夢想捕手》是一個女兒對父親的最大傷害，更是對沙林傑的一大剝削。」

……

我靜靜坐在書桌前讀這篇報紙上的短文，止不住地焦躁起來。

同一天的報紙，還有「第一位華人作家高行健獲諾貝爾文學獎」，「以色列炮擊阿拉法特寓所，巴勒斯坦指形同宣戰」，「股市無量狂跌，臺灣金融風暴再起」，「陳定南反取消檢查官搜索權到底」……這一些讓人恍如夢中的新聞。

我確實是活在一個，像踩在有小馬達打氣泡，鋪滿白色細沙，弧形地平線為了構圖栽了幾株海帶般的水草，且上方游動著一些像小日光燈管那樣的神經質魚群……那樣像水族箱裡的世界哪。

剝削……一個女兒對一位消失的偉大父親的剝削……

這樣的句子，像胃痛一樣撞擊著我的腹部。

剝削。對於一位死者。對於一本遺書。對於一個我陌生不解的族類。對於那密咒封箱沉於死亡水潭，在最青春爛漫時即中斷的敘事……

滑稽。弄錯了。我慾望你。我不慾望你。我還不夠美嗎。穿上華麗戲服臉色慘白背著臺詞卻發現弄錯了出場。負氣匆匆下臺時媽的還摔了一跤。

那一屋子人裡，我唯一與您共同，和其他人不一樣之處。便是那即便調度了死亡時刻與未亡人時刻亦那麼艱難領會的關鍵詞：

時差。

我曾經用您的名字為關鍵字，以搜索引擎叫出四百多筆與您相關的網路資料。那一個個幻美名稱的網站抬頭像夏夜星空一樣讓我噤聲歎息。像我大學時期的人渣室友不知從哪弄來一本家政系女生的通訊錄。那裡面一頁一頁翻開的，是一個個如許陌生又叫人臉紅心跳的女性化名字。然後他們在每個宿舍夜晚，裝出電臺主持人的磁性嗓音，按著那本通訊錄，逐一打電話給那些美麗名字的女孩。這裡是ＦＭ調頻一四八千赫，××廣播電臺，《月光曲》節目……您現在正在空中和我們全國的聽眾朋友發聲噢，所以請您要慎重地回答……

有一次我上了一個叫「Irish coffee」（愛爾蘭咖啡館）的同女網站。我是被它首頁的一首詩吸引停留，那首詩提到您的名字。請容我將它抄錄於後：

我的天堂　　作者 Traveler

兩個不夠爛的爛人　決意

用強烈的死亡意志　克服殘存的虛弱意志

LSD is a kind of drug and it'll

make you crazy.

服用它以後　妳會享受死亡的過程

妳會笑著看刀的一進一出
我們擬好自戕的方法
我要聽血唱歌　她要仿效邱妙津
但方式已經無所謂　因為妳會樂在其中
妳會無限歡愉地讓刀進進出出
這是生的輓歌卻是死的禮讚
這是我的天堂

但後來我發現進出這個網站的女人們盡是四十歲以上（她們自稱「歐蕾」）。那像靜物畫般那房間其他的女人們，沒因您的猝死而停住時間，沒想到也就過了四十歲哪。我並不很清楚許多年前她們有沒有在此物傷其類地討論那個在異國自殺的小女生？但在那裡面我看到的是這些美麗的名字，無比艱辛細工慢活地拉管線搭支架，那樣細細瑣瑣地拼湊著一幅「生的景觀」。她們交換貼上一些讀書筆記、失戀心情、對生活困擾有實際功能的小文章。她們憂心忡忡地討論骨質疏鬆症，更年期前後生心理的調適；她們轉貼一些關於憂鬱症病人及其親人（照顧者）的心理醫學報告；她們漫談著最近讀的哪本小書；或是滿懷悔意地訴說著自己對於最近一次失控憤怒的反省……

我總是不可思議地看著她們親愛溫和地互吐心事。我總是那麼哀傷地讓螢幕上的句子一行一行地移動。我從沒有上去她們的留言板留下任何話。

（「我是馬修。今天我只聽不說。」）

我曾經這樣想像：我會不會在那無從想像的往後時光，在某一個場合，遇見那「仍將時間延續下去」的絮？

（您的未亡人？）

您深深溺愛的「兔兒」。您「指名性」的，為她的美戰慄悸動，那使您的愛慾成熟，那「不能承受自己不能完美地滿足您」而拋棄了您的……

那個您痛徹心肺哭喊著「當我第一次動手打了你的時候，我內心已明白我完全失去你了」；那個您決定自殺，以完成整個「寬恕」過程終點的……那個您反覆辯證，最後竟以一張瀕死者慘無血色的臉，對她說出這樣耍賴撒嬌的話：「之於你，我真的還不夠美嗎？你的生命沒有我來跟你說話真的不會有點寂寞嗎？」……的那個絮……

那個如同太宰治《人間失格》裡，像青葉瀑布一般滌淨他黑暗汙濁的生命，最終卻以與一售貨員之類不相干男子的交媾畫面，將一柄斧頭劈裂進他的額頭的小妻子……

那個絮。

如同我年輕時曾與您相遇。那時您的眼神死灰，死亡的念頭已盤據整個心靈。那時我少不更事，僅因害羞而任著一具高燒狂躁的靈魂，在我面前像一艘異國潛艇緩緩下沉。所有傷害和愛慾的造景全閉鎖在一圓形的詭異笑臉裡面。

如今的我，倘若再遇見絮（那個接受了您的死亡禮物的女人）……那樣的眼睛，因曾被強迫以一個色塊一個色塊微細地分格記憶割裂，因而能看見麵包逐漸腐敗而長出黴菌或是蜂鳥拍動翅翼的每一單格畫面……那樣地，「取消幸福的同時，她已遇見一大群人們，是她從前看不到的；他們活著如同一個人以堅忍不懈、勤勉刻苦和歡樂而工作著」，那樣的絮，她會如何凝視那三個謎般的空信封所標示的靜止時刻呢？

也許她會低聲地，面無表情地說：「滾開。」

也許她的記憶早被您那其他的十七封遺書清理成一「空洞劇場」。如同江藤淳在哀逝其亡妻的遺書裡所說：「……再也沒有像一度深深浸入死的時間，卻又被單獨留下活著那般絕望的了……似乎死的時間在太太死去後又附在我身上不肯離去……因為死的時間和日常的實務時間之間，不是那麼容易來去自如……」

也許她會像瑪格麗特叫人憎恨驚懼地說出沙林傑不為人知——不，是人們不願意知道——的那一面。她會噩夢不斷重演地倒帶那三個章節被時光（吸吮了過多細節）復返剝蝕之畫面。然後她或許會幽幽地說：

「事情並不只是那個樣子……」

發光的房間

我清楚記得那個房間。

那房間裡有一家人。爸爸。媽媽。念高中的女兒。

還有一個念小學的小兒子。

他們都沒穿衣服。

像在水族箱裡，在日光燈管的孱弱光照和打空氣幫浦細微的打水聲的封閉空間裡，永遠不會相撞的，寂靜洄游的那些魚。

像盲人一樣睜著空洞的眼，不自然地在那房間裡移動。

遠遠望去，那個女兒的身體像發著白光一樣地美麗，她的長髮披垂。相較之下，母親的裸體總有一些暗影分布的印象。我很難想像那個父親（他雖然裸體，卻戴著一只黑框老花眼鏡）如何面對青春如幽谷百合的女兒胴體，在他面前毫不遮掩地晃來晃去（即使隔這麼遠，我們仍會被她偶然移動時前胸的那兩粒白皙乳房的搖晃感弄得神魂顛倒）。萬一哪一次，他的那話兒（遠遠望去黑黑一小塊）失控了挺了起來那怎辦？

補充一點：我們一致認為，女兒白皙如牛奶的皮膚是遺傳自她的父親。那真是個蒼白的男人身軀。相較之下，那母親顯得黃。

那母親總在忙著家事。我們總在黑暗裡，隔著條街，看見另外那三個人（爸爸、女兒、兒子）的裸體，在暖色調的燈光中，如櫥窗靜物般展示。可是那個母親很少出現，也許她總在我們自那個窗口可以看見的房間之外的房間裡忙活兒。事實上以這樣人口結構的家庭而言，這個母親一定如所有其他成千上萬的家庭主婦一般，一邊嘴裡碎碎念著「就我這個老媽子做牛做馬伺候你們這些老爺少爺小姐」之類的牢騷，一邊收拾打理著被另外三個人隨意弄亂的房子。

只不過她在做這些事的時候，全身上下一絲不掛罷了。

我們之中的一個傢伙發誓說，他曾看見那母親在自頸項臂膀背脊臀部一直到兩條大腿這樣全裸的光身子上，繫著一條小圍裙。

我們全炸了。操！那不騷翻了？風情萬種。

是啊，那傢伙說，那母親把小圍裙鬆鬆繫在腰胯，恰好就遮在肚臍下到陰毛叢之間那個位置，他還以為是肚兜呢。後來仔細看，沒錯，是圍裙沒錯。

（我們孺慕又色情地想像這個畫面：那個豐腴成熟的女人身體，一身膘白地站在瓦斯爐油鍋前炸雞排。她全身上下毫無遮攔。她把冷凍雞塊沿鍋壁扔進滾油裡。滋。哎喲。熱油花濺起沾上她的乳蕾。哎喲。沾上她如絲緞的大腿。哎喲。沾上她濃黑的陰毛。我們幾乎可以聞見毛髮被燎焦的臭味……）

也許是這樣才賭氣去繫條小圍裙的吧？

另外一回，另一個傢伙不曉得從哪弄了那家人的電話。我們遂一群人擠在體育館的公用電話邊，按著號碼撥了過去。

喂。一個低沉的男人聲音。我們都聽見了。是那個父親。

拿著話筒的傢伙把話筒丟給旁邊的人，大家嘻笑著。再丟給另一個人。像傳橄欖球。再丟。最後傳到我手中。

喂？喂？

全部的人遠遠地跑開。一群穿卡其制服剛變聲的傢伙。站在體育館走廊另一端的陰影裡。電風扇葉在我們頭頂交換著暗和更暗的黑影。

喂？

腦海裡浮現一個像受難基督慘白的男人軀幹，黑密的陰光下垂著一個亦像被漂白過的陰囊。那樣站立拿著用彈簧線連接的電話聽筒。

變態。我從齒縫輕聲地說。

沒有回音。男人一定面露困惑地把電話拿離耳朵，隔著一段距離看著吧？那樣溫和軟弱的一張臉。

後來，就只剩下我一個人在那個樓梯間了。

我不記得發生了什麼事。為何所有的人盡皆散去？是大家終於對這樣淒風苦雨地等候開始迷惑？一堆人挺擠在黑暗中餵蚊子，且時不時得提防著刻意換上球鞋腳步如貓的教官猛然出現？只為了隔著一條街遠遠盯著那樣一棟大樓其中一扇窗子裡，一家人光著身子卻什麼猥褻的事情都沒發生？

我不得在那丟滿菸屁股、啤酒空罐，和只剩下醬油辣椒醬原先裝滷味的空塑膠袋的校園死角，那個黑暗的觀眾席裡，我身邊的那些無聊人渣，是在某一次一哄而散從此不再出現；或是逐次地，一個二個三個……在放學後找到別的樂子，那樣地趴在窗邊的人愈來愈空鬆……

總之，最後便只剩下我一個人含情脈脈地盯著那一家人。而且這樣地「觀眾席只有一位老戲迷安靜待著觀賞」的辰光又持續了好長好長一段日子……

那家人恍若無覺地裸身在那流瀉著光的房間裡走來走去。

時日耗蝕，光影挪移。我變得愈來愈怪。

雨季來臨時候，樓梯間所在的那幢老式日式建築，會在木頭梁柱的天花板上面，繁殖出大批的白蟻。黃昏天色漸暗而街燈亮起，牠們會一整批地跑出來，在任何有光源之處跳著死亡之舞。牠們把翅翼褪去，像是奇癢無比地在那塵土遍布的樓梯間四處掙爬。牠們圍著樓梯燈環飛時，弄得鬼影幢幢，讓我以為自己長了眼翳什麼的。

我亦記得我在寒流來襲的夜晚，全身骨節喀喇喀喇顫響地盯對街的光裡面的房間，為那一家人在那樣叫人發狂的低溫裡，竟仍能光著身子泰然自若地生活如昔，感到不可思議。

炎夏降臨時學校同時放暑假，我已忘了以我當時一介高中生，是用什麼藉口在每天黃昏匆匆離家，趕赴那空無一人的空曠校園，如何通過校門口門房盤問，然後氣喘吁吁地爬上五樓樓梯間，在蚊蟲包圍叮咬下安心地看著光裡的演員們一絲不掛演出。

或有人問我，在那樣漫長耐性如同天文學家盯著熟悉無比的星空，想要發現千百年來被其他天文家疏忽漏看之新恆星的觀看歲月，可不可曾看過這一屋裸裎生活的家人，上演過任何香豔甚至變態的……亂倫戲碼？在那樣闇黑與光的觀看關係，在那樣因重複搬演而使一切動作變得緩慢遲鈍的畫面裡，那個裸體的母親做了什麼？那個女兒做了什麼？那個父親做了什麼？那個小兒子做了什麼？

請恕我嘴笨辭窮不足以藉由某一強烈衝突之戲劇畫面——究竟那是隔著一條街的無聲演出——，描述那如同翻頁循字碼序列逐句逐行辨識，由點滴細節沉澱累積成的一個朦朧整體之印象。在那樣的光源之中，所有身體之間的關係僅僅只是一次構圖。因為我聽不見那構圖當下的他們的對話，所以亦無從將其中任何一次獨立的構圖，妄自判斷為之前或之後其他無數次他們在其中關係之因果。

舉例來說，我亦曾經在那漫長觀看的歲月裡，有那麼幾次頗費猜疑地看見他們四個人之中，其中兩人不在而只剩兩人獨處——請記住，他們仍是裸身相向——時的演出：譬如說，女兒和小兒子不在時，我曾看過那對父母，平和慵懶地，連脫衣皆不必地，就在那光亮的客廳裡交尾。那樣遠距地觀看，所有身體銜接在一起的劇烈搖擺或色情意涵皆被柔化了。你只會感情豐富地為他們高興，喔，終於有一個獨處的時刻。他們甚至不到臥房或拉上窗簾，你可以想像他們有多珍惜那空挪出來的一分一秒……

請容我抄錄一則新聞（九十三年三月十三日．中國時報．社會版．朱虔／竹市報導）：

轟動竹東地區的買凶殺夫案，婦人廖日紅對先生未將名下價值千萬元的不動產過戶到她名下，心生不滿，竟起買凶殺夫之念以取得遺產。

經與友人許雙銘商量後由許出面，邀集許的兄弟許雙郎。友人鍾振豪、古炯雄及彭開慶等人謀議殺害廖婦的先生，代價在新臺幣五十萬到一百萬之間。這五名被告即自民國八十八年五月間開始，先後以假車禍、縱火、砍殺、下毒等方式加害被害人直到是年十一月。

但他們假車禍時下手太輕，被害人雖受重傷經送醫急救倖免於難；於被害人家中廚房趁被害人熟睡時縱火，被害人被嗆醒逃出火場也沒事；趁被害人酒醉時動手砍殺他時，凶嫌有人看到血就昏倒，仍未得逞；買毒蛇取毒液欲注射被害人體內，凶嫌不敢取毒；將農藥注入藥丸中給被害人服用，但被害人不喜歡吃藥，一樣沒用；行凶方式至少六次。

在無法得逞後，是年十二月間，廖婦又與凶嫌廖世忠談及此事，廖嫌與廖婦謀議以一百萬元代價殺害被害人，廖嫌乃邀約被害人喝酒，將他灌醉後帶至新竹縣竹東鎮竹林大橋下的僻靜處，將被害人燒死並造成自焚假象。

本案經檢、警偵辦發現並非自殺而有他殺之嫌，深入偵辦，並抽絲剝繭、理出線索而偵破，逮捕上述七名被告移送法辦，並依殺人罪嫌提起公訴。

說實話我看了這則新聞真是驚愕莫名。「這是什麼玩意兒？」真的是把下巴突出盯著報紙。姑且不說那負責第一波狙殺的五個笨殺手。光那個屢殺不死的被害人——當然他最後終於是變成一具焦屍——可是那樣連續性的殺戮，那樣變化手法讓人眼花撩亂對那具身體的摧殘：用車撞、火燒、刀砍、注射毒液、藥丸下毒……你幾乎可以聽見第一次撞擊他肋骨脆裂、火燒時他的肺泡燎焦爆破、刀砍時鋒刃入臀骨的咔嚓，或是毒液在他血液中腐蝕器官……的各種聲音，可是他居然像個道具一次一次被他們失敗的各種方式給實驗著。亂像好萊塢電影裡那些怎樣砍劈爆破都不會死的機器人生化人未來人……

我困惑的是，怎樣的一種意志，可以讓那個妻子，在一次一次的狙殺中，看著那個身體僥倖餘生且留下傷害痕跡，而慢慢退縮成一種靜態的求生之舞。為何不曾在心底閃過一絲疑惑（或悲憫或疲憊）：「是否他命不該絕？」是怎樣的意志讓她仍直盯著那在刀斧藥火攻擊下傷痕累累的呆滯生命，持續再下狙殺令？

那個妻子的內心，是什麼樣的一種景觀？

曾經發生過什麼事？

懸惦。懸宕。等待。

刻意地祕而不宣形成焦灼。

有一個人，在深夜回家（他家在郊區一座山丘上荒頹老舊的平房社區），發現他的鎖壞了。他的鑰匙插進鎖孔內，左轉右轉動彈不得。這副鎖半年前他換裝時，那個鎖匠還誇耀說這鎖即使是專家來開，只怕也要開半天哦。他開車去距山丘社區有一段路的市鎮找到鎖匠的店。鎖店已經關門了。他按電鈴。鎖匠咕咕噥噥地開門。他告訴鎖匠那鎖發生的狀況。這麼晚了。鎖匠報怨著。是啊，但是是他推薦的鎖。他不去幫他把那鐵門撬開，這麼晚他還沒地方去呢。

好吧，我搭你的車去。鎖匠說。

他載著那個從睡夢中被挖起，乃至於厚框眼鏡下的雙眼青白凸出的倒楣鎖匠，開車穿越那闇黑膠著的夜間公路。如同我妻子臨盆那晚我們駕車穿越的一般夢幻景境。

那個鎖匠在他的鐵門前搞弄了半天。他把鑰匙插入鎖孔，用老虎鉗咬住鑰柄，來回咔咔轉動。當然他的手法十分輕巧，讓人聯想到靠某些奇技淫巧讓女人神魂顛倒的登徒子——實在與他那張乏味無表情的臉無從連接。

他們是藉著門燈照明。鎖匠轉鎖的手奇異地拉長映大在旁邊的鐵格窗上。他們靜默不語。鎖匠單調固執地轉著鎖。他站在鎖匠身後抽菸。

鎖壞了。鎖匠終於放棄，說：可能是裡面的鋼珠鬆了，脫落了。變成這個鑰匙明明插進去了，可是帶不動那個插鞘……鎖匠向他解釋著那鎖的構造。

怎麼辦呢？

是啊，怎麼辦呢？這麼晚了。也不可能找鐵工來把整個鎖破壞了……

像是賴皮要他負全責一樣。我不信你的開鎖伎倆就只有這兩招而已……怎麼辦呢？

是可以試試看從這個門縫塞個軟尺或電話卡進去……鎖匠終是禁不住激……前面的防盜鎖幾轉已經轉開了，反而只剩最後的卡榫……只是這個縫實在太小了。

他從身上掏出了電話卡、KTV貴賓卡或名片，但鎖匠往門縫裡塞，不是太短就是太軟折彎了……

如果有一把塑膠尺就好了……那種十五公分、小學生用的，可以拗折伸進去又不會斷……

於是他們決定鎖匠留在門口繼續開鎖。他開車到市集上有一家二十四小時便利超商找看看可有那種小尺……

那樣在闇黑如夢的夜間公路上孤獨地駕車，逆向的跑縱貫線的十輪卡車遠光燈束，像砸破擋風玻璃那樣迎面襲照。光束會錯的短暫時刻，他完全置身在全盲的狀況……

他走進那家便利超商。那像深夜的水族箱內的光照。櫃檯內的工讀女孩，用失聰者沒有焦距的茫然眼神瞄了他一眼，電鍋裡茶葉蛋滷汁的滾沸聲、影印機自動暖機的輕微顫音，或是工讀女孩開得恁大的夜間音樂廣播……

他走近櫃檯……他這時發現：女孩的鼻梁很挺，臉頰輪廓過窄，兩眼很大很美但分布在臉盤上方的比例卻有些開……整體讓人有種隨時咀嚼保持警戒狀況的草原水鹿的印象……他知道隔著這個潔亮空間對角的上方，有一臺監視攝影機正記錄著所發生的一切……

有沒有賣尺？

女孩指給他看擺放文具的架櫃。

牙線。透氣膠布。保險套（五、六種不同價位和牌子）。驗孕筆。化妝棉。快乾膠。信紙。……他在那些毗鄰擠塞了各種暗喻可能的瑣碎物件間找到了鎖匠交代他的那種尺。

如果女孩突然開口問他：「幹麼在深夜跑來買這種尺？」

「因為……」他要如何回答？

因為我的鎖壞了我不得其門而入有一個鎖匠正在那邊開鎖他需要一把尺也許可以從鐵門間縫插進去。

「因為……我太太。」他說。

故事從那裡被撬開。他似乎想起了什麼。我們似乎想起了什麼。不止是一道壞掉脫珠的鎖。一個匿蹤在一棟醫院的臨盆時刻的妻子，一個更改命運喊停時間的神祕咒語。一個像深海潛艇般，哀慟逾恆的隱藏愛慾……

十五塊。女孩說。什麼都沒問。收銀機列印發票價目的齧咬聲。

他走出便利超商。上了車。發動引擎。發現尺還爬在右手拳心。

現在是幾點了呢？

在下一個彎口，迎著逆向而越線的巨大十輪卡車，那個司機瞌睡了，和漫淹而下奪目的燦爛白光同時——這次不是錯覺——他聽見金屬無比柔軟的變形摺疊的聲音，和他自己骨骼內臟不同部位以各種不同音階爆裂的細膩聲響，一種焦臭的味道一種粉紅色汽油像葡萄柚汽水那樣清涼芬芳的揮發氣味。

……

事實上，那是我唯一想描述的畫面。

那個鎖匠，在茫然無知的狀況下，持續在那副壞掉的鎖前，喀啦喀啦地轉動著鑰匙。有一瞬間他心裡想著：萬一我在他買尺回來之前突然把門鎖打開了呢？

或是萬一此刻有好事之鄰，受不了他已持續許久（他確實開始困惑那傢伙買把尺為何如此之久？）攪弄鎖孔內齒械珠鈕的金屬聲響。報警將他當作偷兒現行犯逮住……當然只要那傢伙回來了，一切就不辯自明了……我是因為……我只是……

那個畫面。門的裡面，被某種壞毀故障的什麼禁錮，你永遠無法知道那靜止時刻的裡面擺放著什麼……而這一切肇始的，把你帶到如此處境的、以一些挑釁或求援的處境將你拖下水的……卻在想像邊界之外的，夢境般的變形公路中，開著車遠去……愈變愈稀薄……乃至人間蒸發……

只剩下你孤寂地蹲跪在這壞鎖前重複著轉鑰匙的動作……

我的妻子消失之後的那半年間，我慢慢養成了一個禮拜有幾天到岳父岳母家和他們共進晚餐的習慣。一開始這是件痛苦的事：妻的父親是個沉默而威嚴的人，一般說來他不喜歡有人在餐桌上大放厥辭。婚前婚後我有幾次因不理解那樣一家沉默圍坐在飯菜前，只聽見彼此咀嚼的聲音，忍不住找些笑話來暖場，卻遭岳父以短句或不以為然的表情制止。後來我發現我之與妻家的人難以熱絡交談，實肇因於我那一口外省聲腔的說話方式（我不會以河洛話快速交談）。妻曾說不會啊她印象裡從小一家人在飯桌上常聽父親對政局或生意上的事大發意見或牢騷。或許是我的存在造成他們的輕微緊張。我遂在妻族中成為一沉默之人。

妻剛消失的那一陣子，我與她的家人們處於一種奇妙的緊張關係裡。妻的母親大約是怕我寂寞，有幾個晚上會要我去家裡共進晚餐。說實話，我那樣坐在他們之間，和他們一道拿著碗筷咀嚼，整個人更有一種失重漂浮的奇幻之感。從前我在妻家感到這種喘不過氣來的沮喪時，就會在這一家人裡找尋妻的臉，她也總是同時望著我，擠出一個抱歉害你受罪的鬼臉。如今我茫然地在他們的臉上梭巡（他們各自的五官裡多少都有一些妻的特徵），妻卻不在場。確實我是因為那個女人才與你們有關係的啊。我在心底孤寂地大喊。

妻的母親總是淚眼汪汪。我不曉得她有沒有在暗中怪我？（是我把她女兒弄丟的不是？）我因為失去了妻而整個人缺了一塊，他們亦因失去了女兒而缺了一塊。於是我們害羞、陌生而彆扭地互相靠近，想拼湊出一個關於妻這個人的模糊輪廓……但其實我們是接合不起來的。

有些時候妻的父親不在，其他的家人恰也外出，妻的母親會拉開餐桌的長橢圓靠背椅，和我一人坐一邊（有時我陪著她剝菜豆莢；有時她會自個兒煎一條魚，拿筷子在那兒挑腮剔骨地吃著），漫無邊際地聊著。

最初她會回憶一些妻小時候的事情給我聽，有些我曾聽妻說過，有些則沒有。不過都是些很難令你印象深刻的瑣事。像是有一回他們出門，那時還未上小學的妻，竟然爬上浴室的洗手檯上，又跳又唱的。結果洗手檯掉下來摔成碎片，妻的腳踝被拉開好大一個傷口，整個浴室全是血。大姊一進去馬上昏倒。妻後來被送去診所縫了八針。諸如此類。像是在那樣的狀況那樣的關係裡只能找那樣的話題。

不過後來大部分的時間她都在向我發牢騷：發我岳父的牢騷，發妻的大嫂的牢騷，發妻的小妹的牢騷……我之前常聽見妻拿著電話聽筒唔唔嗯嗯地聽她母親發牢騷。我總不能理解是什麼樣的內容可以讓她們一聊兩三個鐘頭。妻的眼神總流露出一種重複固定勸慰之辭的茫然呆滯。現在那些內容和我如此貼近。我總有一種窺人隱私的羞赧或不適……

那樣的心情，好像小學生物課，老師要我們拿洗淨空玻璃瓶，裡頭盛水裝進農田裡休耕後的枯稻稈，瓶蓋封緊（不知為何，我記得大部分人的玻璃瓶都是廣達香肉鬆、阿華田或是大瓶金蘭醬瓜的空瓶），放了一個禮拜後，原先的一瓶清水會變得悠忽渾濁。老師要我們用乳頭滴管吸那瓶裡的髒稻稈汁滴在玻片上，用顯微鏡觀察。你會發現原先你以為靜止透明的世界裡，原來浮游著像馬戲團或兒童樂園一樣人山人海的變形蟲、草履蟲，或是各形各狀的單細胞生物……

那樣地在暗褐色渾濁的懸浮液裡，有一些你驚愕陌生，兀自伸縮彈跳的小物事擠在那同一空間。它們如此乖異，有些滑稽，甚至遍體還發著一種螢光……

妻的母親告訴我，交際舞是一種最髒的活動了。她說你別看那些男的女的穿得那麼高尚，其實一支舞下來，身體上能碰能摸的部分都碰遍了摸光了。她說那些沒事跑去舞廳跳舞的女人，沒有一個是好東西。像你爸爸（她指的是我岳父）那一陣子迷交際舞，講說是運動，欸我不是傻瓜吔。男女的事我多少也懂一些。男人這種事是瞞不了自己老婆的。眼神就不對，沒事躲到小房間小聲講大哥大，晚上搞到半夜回家，一回來上了床就縮著身子往牆壁擠……

我記得妻告訴過我，她少女時期曾在她母親的皮包裡翻到一個鑰匙鍊，那是一個小銅牌，上面雕刻著九組男女以九種不同體位（立姿、坐姿、男上女下、男下女上、六九式……）的交合圖案，精巧可愛，看得她面紅耳赤。而眼前這個女人已是個老婦了。

在那樣失重漂浮妻不在身旁的時光，我的身體隨著內在精神愈往黯黑無光的深處下墜，反而愈常出現貌合神離不聽使喚的情況。

像夏日的整片草地，如此刺目的鮮豔光度，你卻可以聽見那下面無數個分布點窸窸窣窣的「生之慾念」的聲音。

（我幾乎可以看見您困惑的臉：這個故事是怎麼搞的？你的妻子怎麼「不在」了呢？這一切仍是在待產房裡那個嬰孩的夢裡嗎？還是另一個故事？這個故事的「現在」是在何時？是在那次生產之前還是之後？這個故事的終點是在哪裡？是造成一切皆空缺的死亡嗎（那個房間）？還是那間醫院？還是那幢迷宮般的大飯店？……）

那時我遇見了一個女孩（妻不在場的時候）。

（妻到哪去了？她仍留在那間產房嗎？還是她無法如你自由穿梭時間的摺縫，她帶著她笨重無法按停或喊快喊慢的「日常時間」，在那裡面冷漠疲憊地老去？或是——您痛苦地舉起手掩住臉——這是一個冥妻或亡妻的故事？）

我不記得是在什麼情況下遇見那個女孩。似乎從我認識她之初，她便坐在我對面了。

（或許這是個像那些老套的雙面故事：你遇見妻還沒老去前的少女時刻？）

我差點做出對妻不貞的淫蕩情事。

你總是無法適切知道：怎樣的開啟，怎樣的告白，怎樣的況描自身，怎樣愛液盈滿深陷其中之後又可全身而退不至被悔恨猜疑反覆齧咬。

像那隻狒狒臉麋鹿身的豬神。足蹄踏過香花裊裊升起繁茂綻放。但離開後，印痕凹陷處只剩生命週期過度耗盡的枯灰敗絮。

你向女孩描述那個隔街的裸體劇場。

而你的妻子正在你身後的生活劇場。

（她有沒有帶著你們的孩子在那扁平的畫面裡目光灼灼地看著你的演出？）

你想告訴女孩一個珠寶商的故事。那個珠寶商這樣對著那個有一對母鹿眼神的女孩說：妳是那麼的美好。如果在我更青春豐華時遇見您。或是待我更老去更睿智更迷人時遇見您。如此操弄時間，只是為了誇耀那句品鑑話語的分量。

你向女孩描述那個隔街的裸體劇場。你描述那一家人：裸身的中年父親，裸身的母親，優美白皙軀幹的姊姊，和一個半小孩半少年形體的弟弟。你描述著隔街的這一邊，是被那人體如此簡潔在一觀看位置裡活動給驚呆的一群高中男生。

那是多久以前的事了。你對女孩喟歎著。我多久不曾想起這件事了。那像櫥窗裡用投影燈打光的不同形態的裸體，對那些喉結初凸對自己身體發出的酸臭如許鄙棄的青春期男孩來說，是怎樣一種無法去反覆翻看，無法以想像力穿透拆解的耀眼景觀。那是怎樣的一種自暗處窺望的，既璀璨又恬不知恥的一幅色情圖畫！

直到許多年後，你想起那幅圖：光裡面裸裎行走自如的一家人，和另一邊匿藏在黑暗中的那群男孩們正窸窣改變的身體。

你恍然大悟：那像是在向暗影中的窺看者搬演著「活生生的生活本身」。那些抒情停頓的時刻。你在作這樣描述的時候，嘴裡有一種酸苦的臭味。你有一種意圖描述一座水銀鏡城，但在描述的尚下所有的語句全像遭了瘟疫的麥梗，整片灰白委頓的無力。你想起很多年前你亦是如是向那時猶年輕美如春花的妻描述著那個裸體家族。

女孩睜著美目專心聽著。你抽顫地發現女孩比年輕時的妻還要美。這怎麼可能。你突然臉紅起來。你突然心痛地想起自己有好多年不曾想起，妻猶是少女時笨拙痛苦地半拒半迎，或是不知如何自處地，初次被你褪去衣衫的生澀時光。

你打探了女孩的年紀。女孩比妻要小六歲。但你已可清楚分明地看著眼前這個精巧輪廓彷如手工打造的美麗姑娘，端著的可是她腰腹下那一對成熟蘊吐出濾泡的完美卵巢，和黃金小屋般的年輕子宮。她的乳房，像你已消逝記憶在手指的，妻初初被你握入掌心的孱幼乳房。

你多久不曾再嗅及那年輕腥溼的處女胯氣味了？你知道女孩在和你調情。以她所知所習的全部想像。女孩其實聽不懂你話語轉折處那些自以為聰明詼諧的意象或雙關語。但她認真地聽著。

你想起無數個睡前，你就當天發生的人事，在一個處境中的畫面，倒帶、慢轉、反覆播放……分析某某和某某的緊張對峙；另一個某某在一旁不動聲色卻暗中下毒……這樣時日重複地對著常已睡去而發出輕微鼾聲的妻訴說。就像那些女孩們口耳相傳的，「同學會之狼」。高中的同學會，甚至更早，國中的同學會。某一個傢伙，其貌不揚，他從前就是個不引人注意的傢伙。可能胸廓比一般男人寬（他私下有練身體的習慣），可能眉骨顴骨較突出，可能喉結像杏桃一樣大。

某一次的同學會，按例是女多男少（男人不到一定的年紀，通常是處於事業無成的沮喪狀態），女孩們鮮衣怒冠各別苗頭地來了。尖叫、詫笑、不真誠的讚美……這一類的場景。有些從前的死黨幾乎是十幾年來第一次碰面或說話，她們根本忘了十幾年前是為哪樁小事竟忍心互相決裂。她們訕訕地在避開眾人的落單時刻找話來搭。

妳好不好？

什麼時候？

這些年。

一開始很不好……從來稍好些了……結果又很糟……後來又比較好一點……最近又很不

好……

我那時對不起妳。

我恨了妳好多年。

這一類的對白。然後在同學會結束之後，她們會留下各自的聯絡電話和較方便的時間（其中某一個通常有了體面的丈夫和小孩），她們會在之後相約去福華、遠企喝個下午茶或逛街什麼的。但通常幾次之後就不了了之了。

但是這裡說的「同學會之狼」，那個其貌不揚的傢伙，他總會在某一次的同學會之後，開始成為傳言中的魅影幽靈。「某某和那個某某某現在在一起了。」你們總是不能置信。某某不是當年班上的第一美女嗎？她不是那種應當永遠在時間之外恆止不動的美麗人兒嗎？許多年後作一個調查班上的男孩們絕對會臉紅地承認當年確實都把美麗的某某作為自己年少笨拙手淫的靜美圖像……美麗的某某，應當是像「貧苦山東兄弟湊錢推舉誰去參加世界比屌大賽」那樣的笑話，是屬於遠離了我們這個班級後，像貢品貢獻給這個社會更權豪稱頭足以搭建童話延續的男主角……

怎麼會在很多年後，被這個平庸猥瑣的傢伙給回鍋享用了呢？

事情不止於此。像用草繩串起毛蟹……一、二、三、四、五……。傳言開始變得紊亂。那個某某某和某某某後來也好像和某某某有一腿。後來又變成是某某某。雞飛狗跳捲進豔聞裡的全是當年班上各立山頭的美人兒。電話間的流言。姊妹淘間的喊話。懺悔地啜泣。共同孤立某人。無聲的深夜電話……

怎麼一回事呢？（怎麼不是我？）這些美麗的女孩，怎麼會為這樣一個畏首畏腦一臉屣相的傢伙顛倒痴纏呢？你一方面想著確有些窩囊廢，只能吃窩邊草看似無害四伏在那些特別容易陷入低潮的女孩身邊，廝纏濫混，總有些陰暗混沌的東西可能被喚起……但總是不能明白，那些女孩們為何如此容易上鉤？

後來你知道那一切皆因時間的幻術。

我記得妳的事噢。

誰禁得起時間頻頻催喚，過往畫面滿懷眷愛地來回復返？能不對曾記住自己燦爛時光的眼睛滿懷感激？

像被召喚去作證。（那早已衰老下垂的奶子？）

真的嗎？我真的曾經那麼美嗎？

我向女孩要了她的生辰命盤。

女孩本命坐巨門於巳宮（巨門水剋巳宮火且為金的長生之地所生，則為平地），且巨門化祿。逢天空、地劫、天馬入命。遷移宮為太陽在亥（陷地）化權。財帛宮為天機在丑（陷地），但逢左輔右弼同坐。宮祿宮則為天同祿存坐酉。福德宮為天梁在未宮（旺地）。夫妻宮為太陰在卯（為羽地），火星同度。

這樣的一張命盤。你不禁皺起眉來。女孩的那張像母鹿削窄的漂亮臉孔浮現出來，然旋即模糊隱滅。所有的桃花星皆不在位。這是怎麼回事？紫微斗數對女子的品評，有幾顆星曜充滿色情臆想：火鈴女子外型豔麗（火星屬火，離卦，為明麗），聲音清脆，潑辣魅人；太陰女子（五行屬水）體貼多情，輕聲細語，是典型美人；破軍女人大眼桃花，傾國傾城；文曲多情，為清純桃花；天梁孤傲悶騷；貪狼泛水桃花，眼睛細長，為第一淫星，濃脂蜜粉，衣香鬢影；廉貞冷豔善妒，難哄上床然一旦迂迴誘引又遺棄，則會目睹一場天崩地裂，瑰麗絕決的毀滅景觀（我的一位精研斗數的朋友對我發誓：馬奎斯的《愛在瘟疫蔓延時》裡，阿里薩是貪狼男，費爾米納絕對是廉貞女）；天姚女子「招手成親」，右相書云「心性陰毒多疑恐，崇尚華麗風雅」，生殖力強，難免風騷……

紅鸞、天喜為正桃花。

紫貪守命，性慾索求無度，終落紅塵。

巨門、文曲同宮，水性楊花。

太陰陷地加煞，為人偏房。

女命紫微在子宮加煞，美玉瑕玷。

……

命理相書一頁一頁翻去，各種關於桃花女人的意淫想像與暴戾評句交錯撲面而來。像大拇指在餘四指各指節快速點算著不同女命的生辰宮位時，不同相貌品性的美麗女人們，全在符咒般的晦澀星曜名稱和字裡行間春色暗藏之揭露，褪去衣衫，玉體橫陳，面容因歡快而扭曲，各種不同的色情發條隱藏在她們自以為不為人知的端莊外貌下……

你是怎麼想的？如果翻開女孩的命盤，廉貞、貪狼或天姚，下回碰面你即可二話不說，在大庭廣眾的咖啡桌下脫去鞋子，用腳趾順著女孩絲襪足踝一路看著她面紅耳赤上探到她裙底？

如果是天姚化忌在福德，你直接和她約在四星飯店，電梯裡兩人落單時即可大膽摟入懷中上下其手，告訴她你從第一次見她時就想這麼做了……

如果是天粱女，你從現在開始就不再和她見面了，但你必須持續地寫情書給她，或是留話在她答錄機裡，或是 E-mail……持續地、端莊地，將所有的色情字句隱喻化。告訴她她是她自己所不自知的那種絕對純粹的美。是的她是。你向她描述她自己，你以你的閱歷告訴她她是你見過所有尤物之最極品。用端莊的句子，像西裝筆挺打啾啾領結的珠寶鑑定家告訴那個年輕美麗的女子：「美麗的女人不該戴廉價仿冒品。」那個故事。她不玩 pub 後巷亂摸亂親亂搞那一套。

然後，突然就中斷你的情書。讓一切沒入沉寂。你什麼都不必再對她說了。你知道她靈魂裡那個黑暗的房間，有一根弦會愈扯愈緊、愈扯愈緊……她會瘋狂地翻箱倒櫃找出那些從前她又笑又怒的冒昧書信，逐字逐句地細讀，想要找出「為何你會將她遺棄」的線索。你放心，驕傲會讓她仍看不出異狀地在她的上流社會中活動如常。只有你知道：你已經狠狠搞過她了。你已經把她身體最裡面的像蕊心的什麼給掐掉了。

（絮是天梁？）

但是你手上的這張命盤，所有桃花盡皆不在位。貪狼、紅鸞在兄弟宮；（她提過她只有一個哥哥，在這個宮位裡，是否隱藏了一段奇幻如迷霧的兄妹戀情？）廉貞在父母宮（有刑剋之象，而她父親早逝，且是個日本人？你無從理解那樣的命運和關係和這顆次桃花星曜的牽涉）；天姚在僕役，文曲亦在此落陷，且遇擎羊；（所以她極可能是個女同志？且是個婆？）太陰在夫妻宮落陷且遇殺，相書上說「會遇優美高雅之配偶，但會受其控制甚至虐待……」（這樣看來亂像日本那個最近才被抓到的，專愛在高級 pub 裡釣外國女郎，然後將她們誘騙至自己的豪宅裡姦殺後分屍的帥氣公子哥？）……

這個女孩的桃花，若隱若現地拴扣著她可能不為人知的陰暗身世。和你幾次和她相遇即不可理喻褲襠漲得發疼，似乎她整個人的形廓，即是柔弱無物任男人侵犯的荷爾蒙印象完全不符。

發生了什麼事？

眼前是一張你看不懂的，華麗耀眼之星與凶險晦暗之曜散擄錯落的「某一個人生命的祕密」。你不斷在不同的「斗數玄關」「斗數批命」「斗數進階」「斗數精蘊」這樣的相書中翻到一些神祕、絕對，不容模糊另解的驚悚短句。女孩命坐巨門（化祿）在巳，且遇地劫地空。對宮太陽落陷（化權），你甚至在同一本相書中翻到互相矛盾，對其命運完全相反之預測，譬如：

「生處劫空猶如半天折翅」：即地劫、天空同在命宮的命格是「半天折翅」格局的命格，會早夭。

（你聞到死亡的氣息。）

「怎麼樣？我的命如何？」女孩瞇起眼，皺著鼻頭問你。美麗的一張臉。你如何能知道那張臉後面的祕密呢？你如何得知這具暗香浮動，不斷從她的裙裾衣襬，髮梢耳際襲散出荷爾蒙毒素包圍你，令你心不在焉和她說話腦海裡卻只想著怎樣剝去她衣物與之銜交的美麗身體，你怎知何時在那裡面的生命計時之弦，會突然繃斷？

天空，乃空亡之神，主空亡、災厄、失落。

地劫，乃劫殺之神，主劫殺、疾病、破失。

你說：「其實妳……」（其實妳短命？）

（我突然恍然大悟，且由此逆推您那短暫瞬逝一生的命盤：「巨門火星、擎羊同宮、大小限逢之，有自殺之兆。」）

命書上寫著：巨門為暗曜，很難從形貌上觀察，但可由神情上推測，大抵目光銳利，觀察仔細、記憶強而理解力差，為人多疑，杞人憂天，與人寡合，多是非，有愛發牢騷，誇耀說謊之傾向……

（此處又加一條：巨門與天空、地劫同在，恐有短命之虞）命書說：天空坐命者，個性獨特，富於憧憬幻想，於事物的處理上比較虛浮而不切實際，缺乏恆毅耐性，有草率、浪費之傾向。

命書說：地劫，自負驕傲，性情不穩定，喜怒無常、特立獨行，使人感覺有些異常或變態。

你困惑地看著眼前這張美麗的臉。她睜著那雙無辜的大眼在說話。你看出她用的是植村秀暗色系彩妝，鼻翼兩側的暗影使她的鼻梁更挺更精緻。她畫眼影的手法亦相當細緻高明。甚至連上唇和下唇的唇膏都是層次漸進的繁複畫法。這樣的色調使她的臉不再是一張靜止的輪廓，彷彿變成一每瞬間都在微控調光的許多細節……難怪你總有一種愈被這張美麗的臉迷惑，則愈慢慢往一漸暗漸睏倦的世界裡栽進去的感覺……

女孩啜飲著咖啡，一邊細聲細氣地講述著她父親過世後，她兩度到日本自助旅行，一次到東京，一次到京都。多少有種「探訪父親身世之謎」的虛幻心情。女孩描述著她自己一個人冒雨走進山裡，造訪龍安寺，溼淋淋地坐在枯山水前的檜木長廊地板，無比孤寂地抽搐哭泣……

她不會是正在說謊吧。你在心底哀傷地想著。「其實妳……」你想這樣告訴她：「……有說謊的傾向。」難道那一切是她謅編出來的？不存在的一個日本父親。讓人覺得靜置暗晦的身世。我褲襠下的那玩意仍不爭氣地充血槓撐著。原以為只是那樣的一具身體。好漂亮哪。這樣哄慰著，一邊溫柔地褪去她的衣服。一邊親她的耳垂撫順她的頭髮。好漂亮的身體像發光體一樣，戴著可愛的淺藍色小乳罩，穿著可愛的淺藍色小內褲（她的骨盆腔很窄小）。這樣地，像豬在深覆於林地泥土下近一公尺深處，僅憑一種幻異邪淫的香味便找到那些昂貴珍罕的松露蕈……僅憑直覺……將我那硬邦邦用項圈扯拉不回的充血傢伙，塞進那處暗香不斷湧出，叫人腦海出現各種幻境，妻以外的，另一個美麗女穴……

原以為只是這樣。

女孩不知道這樣坐在她對面的你，在出門前先坐在馬桶上，額頭抵著臂彎痛苦地把槓硬熾熱的男莖裡的慾望之液擄洩出來，才空乏著槁木身軀前來赴約。

像一種時間的逆錯：腦海裡胡亂拼湊著女孩的臉，一邊自虐般地勒催著自己胯下那漲紅了臉的獨立牲畜（掙跳抽搐的那短暫時刻真像手中握著一隻剛割斷喉嚨一跳一跳放血的雞，生命一點一滴地流逝）。這樣「先把身子清乾淨」，為的是和女孩面對面時，不至於意亂情迷。臉上線條保持法相莊嚴不至露出淫慾神情（預先把你們之前暈糊曖昧調情枝枒的最內裡的活跳跳的東西先抓走）。

放她一條生路吧（放我一條生路吧）。

聽見心底有一個聲音這樣說著。

我的妻子帶著我的孩子在一張壓扁的平面裡生活著。因為是在二度空間的平面裡，所以他們看不見我，而我一低頭便看見他們。且他們不具時間感，不知道時光滔滔洶湧在耳際流逝的狀貌。

我記得妻猶是少女時，有一回告訴我一則驚悚往事：她說她念幼稚園時，有一天早晨睡過了頭，其實那時迅速梳頭換衣還不至於遲到，（誰記得幼稚園的小孩有什麼遲到這類玩意呢？）可是四歲的她像是第一次向自己展露了一下她之後一生宿命的執拗個性：她嚎啕大哭並且死都不肯去上學。我岳父（那是我第一次從妻的描述中聽見我岳父年輕時的形象）恫嚇咆哮，我岳母在一旁半勸解半利誘，甚至後來我岳父舉手作勢要賞她耳光，她都不為屈服。

最後我岳父震怒之下，將我四歲時的妻子，從後領拎提舉起，塞進客廳展放洋酒茶具的壁櫥裡，將玻璃門關上，並且上了鎖。然後氣沖沖地拉著其他該上班上學的家人們出門。

只剩下我妻子被關在半空中的酒櫥裡的其中一格。即使是她那時的幼小軀體，也得縮頸抱腿蝦弓身子坐著才恰好挨擠在那格框位裡（她記得那原是放一大玻璃瓶像酒精器官標本的人參泡酒）。她臉前的玻璃門很快濛上一層霧氣。

現在只剩她一個人在那個空盪盪的屋子裡了。而且她被置放在從所未有的陌生高度。她從未在這個角度俯視這個她熟悉的空間。

我年輕時曾將妻描述的這個事件（這個畫面）改寫成一篇沒頭沒尾的小說。我加了一個情節：我寫到四歲時的女童妻在酒櫥裡抽抽答答哭著，哭累了就睡著了。在那個空曠漫長的窒悶時刻，突然靜止畫面被某一處小角落的細微聲響給破壞了——有人在輕輕撬轉著門鎖，我的妻子驚醒過來。

喀喇喀喇細碎的金屬顫觸聲。鐵鍊輕輕晃動的聲音。喇叭鎖反覆轉動的聲音。防水夾克的布料貼在木門上摩娑的聲音。

門被打開。光線湧進的瞬刻像魔法將這房子裡的一切都凍結靜止。

我的妻子變成酒櫥裡一具沒有生命的瓷器娃娃。

我記得我那個小說裡寫到：在那樣的光線裡，走進來一個面容憂傷臉色蒼白的中年男子。他以為他走進一個無人在家的空屋裡，不知道在他的上方，有一個女孩隔著玻璃，睜著大眼盯著他。

那個男人坐在沙發上，什麼事也沒做地發呆。然後從口袋掏出一包捏扁的菸，自個兒點火抽將起來。他把菸灰撣在我岳父他們家客廳沙發几上的大理石菸灰缸裡（這個舉動使我老婆印象深刻，因為她們家無人抽菸，我岳母總把那個菸灰缸擦得纖塵不染）。除了這件事之外，那個男人可以說對這間屋子一點好奇心也沒有。他坐在那沙發中央發呆，一共抽了四根菸吧。這之間經過了非常長的時間，（那個年紀的女孩會不會因為憋尿而哭泣？）中年男人撳熄了最後一根菸。歎口氣。像他進來時那樣輕聲細步地，走出門去，將門關好。

年輕時我為妻描述的這個乖異場景驚動莫名，那整個敘述裡的光線、人物動作、時間流動感，乃至那畫面中任一細節皆使我陌生困惑。待年紀稍長後我才漸漸體會，那是年輕的妻，害羞而笨拙地向我撒嬌。

在那個畫面裡，妻是個小女孩，她蜷縮身體的方式像母體子宮裡的胎兒。那個怪異被禁錮（卻能看見外面動靜）的靜止時刻的光影，也被她描述得像輕輕搖晃的羊水。女孩的委屈、叛逆、獨處的寂寞和安謐……這些細微錯落的情緒同時存在於那樣液態的裹覆感之中。年輕的妻語焉不詳地向我傳遞著：她期待她在我慾望中的模樣，是那個在她身體裡的小女孩。而不是每次我皆急欲剝去衣衫的，那具掛著一對奶子，在我的手掌順腰際小腹摩娑下，總要把那雙大腿（年輕時我總這樣詠歎般地哄誘：「像絲緞一樣。」）半催眠半用強地拗折抬起，把她那羞人答答的私處翻露出來……那樣的，總在各種提議和充滿詩意的色情話語中被翻來覆去的，「大身體」。

像一只壞掉的鐘，有什麼跟時間有關的機制故障了。

我突然覺得頭痛無比……女孩細聲細氣地講述著她父親的故事……我爸爸，其實是個日本人噢……這事我是在很大以後才知道的。

我想起我曾在幾年前住進這棟屋子裡。

那次是妻第一次懷孕，不過大約在第八週的時候，醫生證實了那嬰孩像漂浮在太空軌道上的故障衛星，慢慢停止了心跳。妻不信邪，又堅持等了那孩子三個禮拜，（期盼奇蹟出現它突然開竅重新將引擎啟動？）最後在醫生的嚴重警告（現在在妳子宮裡的已經不是一個生命，而是一塊死肉，而妳仍持續把養分供給它，這樣下去會造成妳腹腔的感染病變）下，才同意作流產手術將它拿掉。

這件事對妻是很大的打擊。我們曾在確定妻有孕時倒推回去受孕那次的交歡，那是一次恬靜美好的性交。我記得我是在一個午覺中醒來，唇乾舌燥，褲襠裡的那傢伙翹得好大。我翻身向妻，發現她也醒著。她渾身發燙，乳蒂漲立，後頸一股甜奶香皂味。她的那裡溼得一塌糊塗，我第一次不用任何前戲就把那話兒滑進她暖烘烘的胯裡。

那是一次緩慢、靜謐的性交。像是邊醒邊睡地做著。似乎整個房間充塞著一種金黃色的光照。我那樣側躺著在妻的身後款款搖擺，就勢將她整個人環抱在懷裡。我愛撫妻的臉頰耳際眉骨時發現她幸福地啜泣著。在那樣彷彿兩具身體在時光流河中無止無盡地銜接時刻，我突然想到：這樣的安靜，這樣的依戀，即使是天女亂倫的人間至福也不過如此。

後來妻告訴我那次性交之前，她剛從一個夢境中醒來：她夢見一隻白色的小牛犢跑來我們家。那隻小牛通體發著漂亮的白光，兩隻眼睛像少女漫畫的女主角又大又無辜。牠好像一點也不怕生，和我們養的狗小花蹭咬耍玩，打滾追逐。後來我們甚且推算出那孩子是魔羯座的。似乎對它的形貌性情，都已有了一個具體的圖像。

當醫生初次告訴我們胎兒的心跳比一般要慢時（後來證明是愈來愈慢乃至完全停止），妻仍堅持嚜那孩子是魔羯座的當然什麼事都慢半拍。

甚至連名字都已取好。所以後來妻終於點頭讓那些醫生用金屬器械伸進她的子宮內，將那孩子「搔刮」掉，她整個人即陷入憂鬱症的沉默沮喪之中。

妻的母親要妻回娘家「坐小月」，她說女人家流產，身體所受到之傷害與生產無異，必須用坐月子的方式將身體補回來。我就是在那一陣子陪妻住回娘家。老實說對於那段日子的印象，我彷彿是在一座無重力的太空艙裡，進行著一種「人類在這樣環境這樣空間裡生活一個月，身體或心理會有什麼樣的變化反應」這樣超現實的實驗。

老實說，妻變成了一具電路板燒壞或哪一處驅動程式遭侵蝕錯亂的故障機器人。她整日不言不語，眼神空洞，從臥房走到廁所的那段距離，也像是嗑過藥那樣遲鈍緩慢的節奏移動著。大部分時間她都躲在臥房裡以淚洗面。而我必須想出各種牽強的理由說服她：上天保佑讓那孩子的心跳完全停止，如果它要停不停就這樣比一般胎兒心跳慢幾拍，在妳肚子裡待上九個月，我們是要生還是不要把他生下來？一想到我的孩子要用慢動作的心跳來到這世上，我就覺得這樣的結果還差強人意……

我記得妻那時怨毒地瞪我一眼，她說：「可是她（她連性別都想像好了）在夢裡是那麼好脾氣的小牛……」說完她就痛哭失聲。

怎麼辦呢？有時我亦得走出房門和妻的家人交際應酬。那時我們在這屋子裡的處境有些細微的尷尬。我和妻占睡的臥房是妻的小妹的臥房，妻的小妹那時大學剛畢業，猶是個年輕俏麗的姑娘。她交了一個男友不受這家人喜愛，所以我印象裡每次回到妻家，她總是躲在房裡腮邊夾著聽筒講一整晚的電話。自從妻和我住進她的閨房，每晚我即見她頓失依所地抱著被褥在客廳地板打地鋪。有一兩次我在她房裡接起那響兩聲暗號掛斷再響起的電話時，妻的小妹會用一種被侵犯的神情推門進來，把話筒搶去。短短講兩句便把那男孩的電話掛了。

妻要我不要理她。妻說本來從小到大這個房間就是她們兩個共有的。即使後來她上了大學搬出去住，房裡占地盤象徵性地放著她的書桌書架和衣櫥，每個週末回來住還是和她妹妹擠這張床。直到結婚後，有一次回到家，才發現妹妹把妻的書都下了架（換上兩排漫畫書），和書桌抽屜裡的信件雜物裝進兩個紙箱。衣櫥裡妻的少女時衣裳也打包收進妻母親的床底。等於是不動聲色地宣告占領……

但是我總在夜裡擁著受傷母獸般的妻，睡在那有少女甜香布熊環繞的被褥枕頭中，或是不慎瞄見床尾櫃疊放著一些我陌生不曾見過的少女樣式的粉淺色胸罩或女孩內褲時，迷惑不解地浮起一種像被甲殼類昆蟲竟從背縫伸出薄紗般翅翼輕輕搔過的詫異和羞恥……

有時夜裡我走出房門會發現闇黑的客廳的另一端坐著另一個人。那時這屋裡其他的人皆各自回房睡去。連小妹亦整個人沒入沙發下的陰影裡發出熟睡的輕勻鼻息。那是妻的大嫂，她亦抬起頭來看我。她坐在客廳最裡端的一張電腦桌前趕圖（她是一家非常有名的女性時尚雜誌的美編主管）。我輕聲地打屁說阿嫂這麼晚還不睡？她說對啊然後苦笑了一下。電腦螢幕切換的光暈流動映照她卸妝後黑眼眶的臉，和她手邊一杯冒著煙的咖啡。

我記得那時妻初知懷孕，回家興高采烈地告訴妻的父母時，一屋子人又驚又喜綻開的表情裡，只有一張臉混在眾人中蠟黃地黯了黯。妻的哥哥是這家裡的獨子，早我們一年結婚。兩對夫妻卻像比賽似地三、四年仍沒消息。妻的母親是極傳統八點檔連續劇傳子嗣續香火那一套。她對於這媳婦嫁入這單傳之家竟敢學外頭那些時髦女孩不生孩子，又是困惑又是憤慨。問題是老派的人只敢用一些旁敲側擊的方式去暗示，或是背後對她兒子和女兒們發牢騷。

有一個儀式變成這家庭對妻的大嫂週而復始的刑罰。即不知從誰的生日開始，每次家庭中哪一個人生日的聚會，到了切蛋糕之前，吹蠟燭許願的那一刻。每一個人（妻的父親、母親、大姊、小妹）許願的臺詞，都是：

「希望今年家裡有好消息。」

甚至終於輪到妻生日的那一次，我站在妻的家人中，和他們一同唱生日歌，然後等著妻許願吹滅蠟燭。我那樣靜靜看著她閉眼許願，心想她應該說個和其他人不一樣的願望吧。沒想到，她睜開眼，那張美麗的臉殘酷又陌生，她說：

「希望今年家裡有好消息。」

我不曉得妻的大嫂內心深處，是如何看待妻流產這件事？我不曉得她怎麼看待我？我們都是這個家庭像影子一樣的外來者。我記得有一個白天，妻的母親拉著我在客廳大發她媳婦的牢騷，我以為全家人都出去上班了，遂心不在焉地嗯嗯唔唔應和。「真的啊……噢……那也太……是啊……」誰知妻的大嫂從他們房間出來，臉色蒼白地穿過我們，不發一言地穿鞋，摔門出去。

那樣的靜默時刻令我焦躁不已。我與妻的父親分據飯廳的長橢圓形餐桌兩端而坐，因為桌面鋪著一塊大小輪廓完全貼合的強化玻璃，所以只要一低頭便可見我的頭、妻父親的頭，以及我們等距對面那臺電視藍紫色畫面裡跳閃著的以暴力化造形扭曲對方肢體的特寫。有一種學生時代搭末班公車，將額頭抵在窗玻璃上，渙然失焦盯著外頭快速流逝的夜間街景，那種如許清晰，位置感卻分崩離散無法統合成一確定畫面的夢中之感。

即使妻的父親將電視音量調到極小，仍可聽見轉播旁白的日本男人用一種誇張虛假的戲劇性腔調，急促地描述兩具肌肉僨張的女體，正在對對方施虐的專業技法。在我看來，那樣的施虐和承受痛苦亦充滿了機械性的虛假（那個叫 HONDA 的染金短髮粉紅高叉摔角服的女人，正抓著另一個叫K的戴青蜂俠面具的女人的頭髮，以一種不太可能的弧度反拗她的頸椎。鏡頭特寫著K被騎在對方緊身褲翻張的大腿胯下的痛苦表情）。因為是微弱到像遙遠處所的我聽不懂的快速日語，且在這樣黑暗中作為光源的扭曲身體，使得那兩個女人（喘著氣）長時間停頓在一個定格般的壓制關係，突然像海潮洶湧無比巨大地，我耳中聽見那樣幻聽的對白：那個金髮 HONDA，用愛憐眷戀，哄慰心疼的語氣，對著貼壓在她胯下的K耳語（竟是中文）：「再忍一忍，再忍一忍就過去了。」

我驚恐地轉頭看了妻的父親一眼。他的臉上沒有任何表情。那時我心裡充滿疑惑：這個男人的心裡在想什麼？他的女兒剛做完一個人工流產手術。他們從她胯下血水淋漓地扯掉了一個心跳停止的人形胚胎。現在陷入了憂鬱症，像溺水小貓回到他的這個房子來療傷。而他竟在深夜，自己一個人摸黑躲在廚房裡看女子摔角？

那像是一環剝開一環的俄羅斯娃娃。作為外殼的那具女體，一旦將頭和軀體拔開，就成為一具虛無的空殼。妻的胯下拉出來一具沒有心跳沒有性別的死嬰；然後成為軀殼的妻妄想待在這間子宮意象的房子裡療養，可是在這房子裡，羊水晃蕩的黑夜裡，某一個房間的電視，正播放著兩具長了男人肌肉的女體，寂寞無比地纏扭拗折在一起……

那樣的時刻，我總該找個話題和我岳父搭訕幾句不是？我囁嚅地，諂媚地笑著說（我是用臺語說的）：「爸爸，這兩個查某吔漢操（體格）袂醜（不錯）哦。」

我才說出口便後悔了。妻的父親濃眉深鎖，不發一言，仍面無表情地盯著螢幕上的女體（你幾乎可以聽見那勇健肌肉撕裂、脛骨或肋骨之類的長形骨被拗折斷的聲音）。

話已出匣便難收回。我又說了一句令自己一輩子後悔的蠢話。我說：「爸爸，這個查某叫做HONDA，是不是翻譯做『豐田』。」

妻的父親仍是翻著白眼，威嚴的眉頭皺起，像是聽不下去的不耐煩神情，簡短地說：「本田。」

「啊？」

「翻做『本田』。」

那是許多年前的事了。

我記得那個早晨，我如常穿著卡其軍訓服戴著大盤帽，搭著公車和我身邊那些同樣穿著制服的高中生，在我念的那所高中的那一站下車（我在周圍人們的眼中，只是一個和他們並無分別的平凡高中生罷了）。我記得我搭的那路公車是欣欣客運249右轉，我下車的那一站站名叫做「電信總局」。每次到了這一站，公車上有五分之四的學生會下光。你會看到一堆滿臉青春痘膿包的高矮胖瘦的我那個學校的男生，全穿著同樣的制服，從公車站的大馬路，穿過兩條濃蔭密布的小馬路，最後才匯入從其他路線前來的那個高中大門口黑壓壓全是大盤帽的人潮。之所以濃蔭密布，是因為那段路經過的小馬路，人行磚道上全種著那種將根鬚吊在半空中的老榕樹。而且路旁其實就是一所日據時期存續至今的法商大學，那個大學校園裡八成種了些有年紀的大樹，所以清晨從這一條小馬路的人行磚走去，空氣裡盡是那種日式建築老天花板老木窗混著瀝青，和那些濃蔭大樹噴吐出來的清爽氣味。我如今回想起自己青春期的每個早晨，都是打扮成那副德行，和那些裝腔作勢的傢伙（有些人還邊走邊拿著英文單字記憶卡嘖嘖有聲地背著），一起同方向地走在那條人行道上，趕路到那個集中營般的校園裡，內心就百感交集。

除了穿著制服趕路，另一個關於那一段路的鮮明記憶，是每天的那段時光，在我們這群沒有表情的高中生快速走過的那條小馬路，總有一群聾啞的清道夫在掃人行道上的落葉。他們隔著一段距離便站著一個，沉默無聲地低頭忙活。我之所以發現他們是一群聾子或啞巴，是偶然一次發現他們像傳電報密碼一樣，從馬路這頭的那個，一路遞接著一個，打手語傳著一句話給約五十公尺外的下一個同伴。我一路疾走一邊盯著他們，看著那個訊號被傳到最後的那個人。我記得那時我心裡猜想：不會這個城市的清道夫，全是雇用這些安靜如魚群的傢伙們吧？這個疑問至今仍沒得到證實。

那個清晨，我和每一天的每一個早晨一樣，混在那群和我穿著打扮一模一樣的傢伙之中，走在那條空中有榕樹鬚根輕輕飄動，沿途有眼神空茫的失聰者打掃的小馬路上。然後我看見那個女孩。

那個家庭劇場的姊姊。

我要怎麼去描述那個畫面呢？那幾乎像是電影鏡頭的跟機走位（扛機器的攝影師在我前面倒退著走；另一遍則是在那女孩面前定鏡在她臉上倒退著走）。我們錯身而過的那一段極短距離的瞬刻，我瞄了一眼那張臉，極普通的高校女生，和我們這群男校生的上學路線恰好反向。我突然心有所感，停下腳步。

原先那只是隔了一段距離外，在一個發光的封閉框格裡夢遊般移動的白色身體哪。

有一瞬間我想那樣對整條馬路上的人（那些沉靜在打掃的失聰男女；和穿著和我一樣制服，

陸續穿越過我的傢伙們）大喊：你們別看她穿了一身制服，那身衣服下面，是一具赤裸精光，什麼都沒穿的少女身體啊！

但旋即發現那不是廢話麼，我遂加速腳步，保持一段距離地跟在女孩的後面。

在那個早晨之前，我每個傍晚都會準時到學校的那個樓梯間報到，等著華燈初上在諸多窗洞間找到那家人的窗。因為角度的局限，所以我永遠只能看見這家人裸裎生活的某一切面。我對他們每一成員的裸體狀態可說是熟悉又眷戀。因為他們的一絲不掛的身體總是處於一種連續性的鬆弛裡（在生活之中），所以對於長時間待在對街窺看的我而言，早失去了一種裸體曝光閃現的視覺銳亢。吸引我盯住那一家人光著身子在光裡走來走去而捨不得離開的因素，被另一種我那年紀無法領會的黏稠性的東西替代了。

突然之間，那其中的一具身體，披上了衣服（和這街上走動的所有人一樣），和我處於一個觸手可及的距離。她的白襯衫制服漿燙簇新光潔，穿過樹蔭下的圓光點時，我的眼睛會被那撩亂的反光刺得覷瞇起來。一直以來和她及她家人間，一種類似電影畫片的什麼被戳破了。如果我趕上幾步，從後面拍拍她的肩膀，說：「為什麼妳和妳爸妳媽妳弟在家都不穿衣服？」

但我就那樣靜默地跟在她身後走著。她走到我之前下車的公車站牌，我亦保持一段距離站定。後來來了一輛公車，又是稀里嘩啦下來了一車和我同校的傢伙，女孩踩著踏板上了車，我在她身後像中邪般地跟了上去，並且就坐在她後面一格位子。

許多年後我終於和那些女孩們「真正」地交往（包括妻）：我第一次手汗淋漓地牽住一個女孩同樣溼答答的手；我第一次和女孩接吻（那女孩馬上就知道了，她一邊用舌尖剔玩著我的犬齒，一邊囫圇地說：「這是你初吻？」）；我第一次任一個女孩把手抓著貼按在她小小的胸部上，體會到那翹起的蒂蕾如此柔軟又如此堅韌；第一次任一個女孩突發奇想鑽到我腹下，不可思議地把我的陰莖銜入口中；第一次紊亂地將自己胯下的那突起，由女孩幫忙握著調整，塞進那無法言喻溫暖柔軟的裹覆軟骨裡……所有這些新奇的，斷肢殘骸尚無法統合為一完整印象的女體遭遇，我竟都不曾像那個清晨，我坐在那輛公車女孩的後一格位置時，那樣地臉紅耳赤，呼吸急促。我靜靜坐在她的後面，看著她的削薄短髮用髮夾抵起裸露的兩枚耳輪，邊沿的一小撮髮絲因為靜電而輕輕翻轉跳動，我覺得自己快窒息了。

我不記得那麼年輕時的自己，心裡曾不曾經浮現那個想法：現在我們如此靠近。作為一個離開了街道人群，教室裡的同學，速食店裡挨身擦擠的陌生身體，旋即進入一個特定光源的封閉房間裡，褪盡衣衫，和自己的父親（想想那整天在面前晃來晃去的中年男人陰囊），自己的母親（想想那和自己小乳蕾顏色不同的黑褐色乳暈），自己的弟弟（想想那猶未長毛，卻有時會不禮貌朝著自己姊姊胴體翹起的小男孩雞雞）一起裸裎的少女；或是隔了一條馬路，每天傍晚便任自己僵硬地一點一滴沒入窺看者的黑暗中，那樣一個將青春期的成長圖像，只固定在一間柔和燈光的房間，一幅無聲的家庭劇印象派粉彩畫……這樣被壓扁的兩個人，究竟是誰會先離開（那個發光的房間或那個黑暗霉味的樓梯間）？誰會先沒有介阻沒有痛苦地走進，看上去和我們沒多大差別的那些人群裡？

或有人這樣問我：後來你是怎樣離開那個樓梯間？那個隔街眺望「家庭劇場」的觀眾席？

是啊，那最後一天。

我記得那天是初春時節，空氣裡瀰漫著一種城市特有的行道樹落葉溼霉腐爛的氣息。我那天不是到傍晚天黑時才上到那個樓梯間，我大約在下午的課堂時間就一個人溜上去了。校園遠遠近近壅塞著那種像罐頭配音的青春期男生之嘩鬧。在那樣被填滿的音軌空間裡，可以微弱地聽見另一棟樓在另一端盡頭，一陣歇止一陣浮出的鋼琴聲，還有此起彼落的純男生高低音的合音。

「寒風，沙拉拉；細雨，淅瀝瀝。」

他們的聲音斷斷續續。中間或有一個中氣十足的成年男子用男中音半訓誡半炫耀地示範著，他的嗓音渾厚強勁，穿越所有嗡嗡轟轟的雜音背景。我知道那是綽號「睪丸」的音樂老師華啟昌，他是個小個子，頭完完全全地禿了。他一憋氣吊嗓子時，整顆腦袋便充血通紅。我至今仍覺得這個綽號真是適切。

我那時心裡寂寞極了。那時我大約才十八歲吧，我完全不知道自己未來的生命會變成什麼德行。我在班上一個朋友也沒有。每天搭公車上學的時候，淨看著身邊那些高個兒大喉結的傢伙，在完全貼擠在一起的身體關係裡，肆無忌憚地把手伸進那些女校學生的裙襬裡去。我趴在那個窗洞前，隔街眺望。因為天光猶亮，所以對街那個房間屋裡的景象，並不如夜晚燈光下那麼清楚。像眼鏡沾滿油漬，霧霧髒髒的。

突然一個瞬間，我無比清楚地看見那房間裡的動靜。那麼清晰貼近，像用狙擊槍的瞄準鏡照看一般。我記得那天那個房間只剩下那個小男孩。其他人都不在。當然他是光著身子。在我和他之間隔著一條宛如峽谷河流一般的馬路，下面恰好有亮著紅色閃光燈的拖吊車正在拖吊路邊違放的車輛，某一輛被勾起的車子防盜器受震響起，整條街都迴盪著咻咻咻的刺耳蜂鳴。

那個男孩，光著身子，在他們的那個房間裡踢毽子。

我心裡想：這不是真的吧？男孩專注地盯著那枚染得嫣紅豔藍的羽毛毽。所以他的兩手像企鵝行走時退化羽翼擺放的位置。他的頸子甚至隨右腳抬起踢接毽子的韻律一伸一縮。因為他是那樣光著身子，所以隔著一段距離看他孤自一人在那兒一抬腳、一縮頸的，好像市場雞籠裡被扒光羽毛待宰的雞那樣，無緣由地躁怒地繞圈子行走。且因為他為了和那枚他追逐踢上踢下的毽子之間保持著一種重心的恆定，他整個人在那個房間裡，其實像是慢速舞蹈般地旋轉著。所以從我那個位置看過去，在那白日天光未退而集中景象難以聚焦的框格裡，一會兒你會看到一只青白青白的光屁股蛋；一會兒你又看到在他抬腿接毽子的空隙裡，他那團尚完全沒長毛的男孩小卵囊，像塊贅肉那樣一左一右搖晃飛揚。

第七書

那個房間。

被停格鎖住的那間咖啡屋。那個下午。

彷彿回憶的透視法則，像某一個角度，由上往下看著石棉瓦簷上的雨滴朝下墜落。原失分散幾處的水柱，朝一個集中收束的深淵匯聚。透視。穿透過記憶畫面裡撲疊而來的那些咖啡屋、pub、火車站、某一個學生宿舍、校園某一角、街道對面高聲喊話的兩造……像是某些日本偶像劇的預告，畫面如許切割：如泣如訴的告白、大樓頂上的擁抱、或是電車鐵道旁說出互相傷害的話而聲音卻被疾駛而過的火車巨嘯給蓋掉……

那樣透視法則的穿透，卻在那個房間停住。

穿透不了。被某種凝膠般的什麼給陷困住了。

無法僅以背景的方式穿透那房間。

那家咖啡屋，其中有某些細節仍確定著它只是存在於「關於許多年前的記憶裡的一間咖啡屋」，而不是仍在現實中恆在的一個處所：譬如你若是單點咖啡，穿著黑色西裝褲白色打褶寬袖口襯衫的年輕侍者會端上一只金屬小提架，上頭放著兩只白瓷罐，一只當然是白砂糖（這和晚近咖啡連鎖店裡放的糖包、粗冰糖、咖啡糖或紅糖礫不同）；另一只則是白色奶精粉（這亦和後來的一小銀壺鮮奶，或是奶油球不同）。或是那間咖啡屋會有一道「皇家奶茶」，中規中矩地一壺英式紅茶，加上一小杯威士忌，且在那杯沿上跨放一只小銀匙，上頭放一顆白方糖。然後那個年輕侍者會如此裝腔作勢替你把那杯酒點火（他是擦那種匣式軟棒火柴，而不是用千輝打火機），把那塊糖燒熔得空氣中都是焦甜臭味。但是這樣的講究，它的奶茶仍是加那一白瓷罐的奶精粉，而非使用鮮奶油。

這樣歪歪斜斜糊糊糙糙在記憶裡的畫面，還有：它的水杯是那種正式餐宴喝紅酒用的大口徑高腳玻璃杯，裡頭塞一塊奶黃色的餐巾摺得像鳥喙般露出尖尖一角；或是它的光源並非在裝潢時即規畫好，而是在棕櫚長春藤之類的盆栽間，在各角落隨興地放上一盞立燈。且鋪了綠桌巾和白蕾絲對角巾的桌面各放了一盞牽了一條長電線的可微調檯燈……

這一間咖啡屋現在已不存在了。

這間咖啡屋所在的街角，恰正在妻的父母家所在那條巷子出來的轉角。轉角的另一邊是一家麵包店，麵包店前面的人行磚道上有一列公車站牌，還有一個每天都被塞得爆滿出牛奶空盒報紙疊養樂多瓶塑膠袋的鋁殼垃圾桶。我曾在追求妻而未給家裡人知道的孤單時光，有幾年的過年，猶豫不決且掏光口袋的錢站在那家麵包店前，不知道要買一盒梅酒禮盒或牛軋糖禮盒去向妻的父母拜年何者較恰當。很多年後我才想起，這處公車站即我高中時每日上學下車之處，而妻在少女時期亦是每日在這間麵包店前等搭公車。由此推論，早在我和妻相識之前的許多年前，我們絕對曾經在許多個清晨，在這個公車站前擦身而過。

後來那家麵包店變成了全家便利超商。我記得重新改換店面門面那一陣，工人們架著A字鋁梯在騎樓上簷角刨裝潢木架，刨得一地木屑粉末……

定格。

那間咖啡屋。

我曾在追求妻而陷入一種對位性陰暗角色的漫長時光，因為不肯到妻的家裡露面，而在那家咖啡屋度過了許多個枯坐等候的時段。那是妻仍和她上一任男友維持一種慣性的交往。我只是她的暗影戀人。而那男人是配了她們家鑰匙可任意進出，且在客廳和她父母一起看晚間新聞且發表意見的地位。

如果有我昔日的朋友在那一段日子遇見我，一定會大為驚詫。因為我整個人陷入一種長期酗酒者那樣的茫然與枯槁。我的眼神爍爍有神，但只是為了可能在一大片空白無意義的時間消耗後，可以有一、兩個小時見到妻而亢奮。

在那間咖啡屋裡的等待時光，也常像是那樣飄浮在一整片無意義的白色強光裡，以生理性的遲鈍疼痛捱算著時間過去。我吮著不知加過多少次水後來侍者乾脆不耐不走過來的空水杯，菸灰缸裡塞滿了菸屍。周邊座位來了又去各種不同組合的客人：談生意的中年人、年齡懸殊的情侶、帶一雙兒女來用餐一邊翻八卦雜誌一邊叱喝四處亂跑的孩子的少婦。說著另一個女人壞話的一對濃妝老婦……有幾次我隔著咖啡屋的木格框玻璃，看到妻被她男人用那輛重機車載著，從旁邊的巷口呼嘯而過。那時在心裡恍惚浮現「我是在夢遊的途中經過這裡吧」的輕微訝異……

那樣的時日裡我像是妻藏在閣樓夾層或衣櫃床底的女孩玩伴。我沉默溫馴，從不過問她在夾層外那日光洶湧的世界裡的角色。每回她臨幸那樣地鑽進我愈漸扁薄愈像平面的世界（因為時間是那麼失去向度地大筆耗費），我總是詫異感激地細細審視那完美得近乎炫耀的大腿乳房和肩臂……

「原來這就是女人的身體哪……」

許多年後我或會這樣問妻：妳那時……怎麼忍心如此對我？但妻總是迷惑傻笑，如一般無心思的少婦。有嗎？我那時真的那樣嗎？你騙我？也許關於那段恍若倒影的日子之記憶，只是一個少女無來由的，內心的歪斜街景的延伸。我恰好跑進那世界之中去罷了。

那是怎麼樣的一幅街景呢？我不知道妻的少女時代是如何度過。但每回她仰躺在我那平面般僅能用斜線畫出暗線以造成立體幻覺的世界裡，我像個女校高中生討好她的同寢室戀人般，細緻溫柔地舔著她那嫩粉紅色的入口細褶，我總會想起電視上那些用鑷子在窄口玻璃瓶中，以不可思議的技法組裝一艘五桅大帆船模型的外國佬；或是那些用上萬根火柴棒搭建紐約帝國大廈或白金漢宮模型的神經病。我不知道在那像是洋娃娃底部用布面裙褲縫縮進去的孔穴裡，是用什麼材質（膠殼？細鋼絲？或是竹籤？）支架著？像小時候在百貨公司玩具部看著那些穿白紗蓬裙眼睛會一眨一閉的塑膠洋娃娃，一時好奇伸手去撩她的睫毛，卻骨碌碌扯下一顆藍色半透明的玻璃眼珠（精確地說那是一枚軟膠透明彈珠，球體中央夾了一張紙，那紙畫了藍色瞳孔和褐色的放射狀外瞳）。

「因為我是那樣在妳的時間之外生活著。」我記得有一次我哀傷地對少女妻說。

我完全無法想像，我不在場的那些時日，妻是怎樣在時間風暴的細沙中，把自己的身體完全打開？她和她的男人做愛嗎？他在她的身體裡時，她也會像在我面前那樣毀滅性地崩潰嗎？或是她會在她的宿舍用電磁爐煮泡麵，然後兩人一人一只鋼杯，低頭安靜地分食？（現在我終於在「時間之內」了。我多想向您細細分說：啊。在時間之內的感覺哪，其實就是……）

我記得在那個睜不開眼的亮光裡，在那個下午，我正和妻性交時（那樣在記憶中像是抱著一具同樣濡溼滑溜的母海豹身軀允貼地交接在一起），突然問了她一句：「妳在他那裡也這樣高潮嗎？」

然後按例在射精前抽出陰莖，把白色的精液射在她美麗年輕的小腹上。少女妻仍在高峰處安靜抽搐，我則睏倦睡去。我大概是做了個夢吧？因為在那樣斷裂如電影剪接的戲劇化場景之間，我始終像站在劈裂的峽谷岩縫間的暫時踩腳處，暈眩地看見在那不敢直視的裂洞深淵下，是始終沒有被打斷、無聲流淌的深藍色冰川河面……

突然之間，我無比清醒地睜開眼，妻坐在床沿哭泣。我問她怎麼了？她說她剛剛把我這房裡全部的藥品都喫下去了。我一時弄不清楚是怎麼回事。

她說她坐在那邊看我睡得好熟。她知道她就算這樣在我身邊死去，我也不會知道。

怎麼搞的？耳際還聽見地底伏流轟轟的水聲。我翻身而起，清點我的藥。

她把整排大約剩十二顆的伏冒錠、半瓶左右的善存、半瓶的征露丸（難怪整個房間都是那臭藥丸仔的草腥味），還有我媽從大陸帶回來的噴灑式的西瓜霜，全吞食下去。

「怎麼有這樣的自殺法？神經病！」

這樣說著，我們兩個竟然像開玩笑那樣笑了起來。

「誰叫你要那樣說我。」

怎麼辦？只有帶去洗胃了。

但是送去那間綜合診所的急診室時，妻的狀況比想像中來得嚴重。她嘔吐了幾次，小腿抽筋，臉色像金箔紙一樣恍惚慘淡。我支支吾吾地向醫生解釋她亂吃了哪些藥品。那個老醫生皺著眉不發一言，然後責備地看我一眼（少年郎這樣胡來）。

許多年後，妻因為產後腳部水腫，造成兩隻腳拇趾趾甲倒插，又來這家私人診所拔指甲。我才知道這個老醫生和妻的父親，根本是極熟的世交。難怪那時我在急診病房陪著已昏迷的妻吊點滴時，恐懼和孤單中始終想不明白：為什麼沒多久，她的家人們全都跑來了呢？（我並沒有通知他們啊？）

那是我第一次和妻的家人們遭遇。妻的父親、母親、大姊、哥哥、小妹全來了。他們有著和妻一模一樣的深眼窩、雙眼皮和淡眉毛。他們憂心忡忡，時而小聲地用一種腔口很重的臺語低聲交談。沒有人問我妻是為何搞成這樣？或至少該問問我是誰，為何會只有我一人陪著妻在這裡吊點滴呢？

我杵在他們之間，不知如何是好。那時我多希望妻能睜開眼，向大家介紹一下我，或是向我介紹一下她的家人。但妻就那樣面如死灰地躺在白色的病床上。整個房間內只有點滴瓶滴答滴答的細微聲響。妻的母親則坐在床沿不時摸摸妻的額頭……

後來妻的男人也來了。我感覺到妻的家人因為他的出現而鬆了一口氣。我幾乎能聽見那房間裡原先像冰糖僵結住的緊繃的細網，突然就在他們極輕微的歎息中，鬆懈瓦解。那時我從心底那麼那麼地恨著妻哪……男人極熟絡地和妻的家人們說話。他們向他解釋妻的病情，他走到床前俯身看著熟睡中的妻的臉龐……

在那樣陰暗安靜的房間裡，他們像一家人般地噥喳低語。始終沒有人和我說一句話。

（「我祝福您幸福健康。」像是您在遺書中的最後一句悲鳴。）

我不記得我是如何告辭離開那間病房（妻仍在持續的昏迷中）。

時間定格在妻家巷口的那間咖啡屋。

我走了進去。挑了個靠窗的座位坐下。一個穿圍裙的女孩在一對中年情侶的桌旁專注地記下他們點的餐。沒有人理我。吧檯裡另一個女孩用咖啡機的蒸氣噴孔打牛奶泡沫，發出噗嚕噗嚕的聲響。

我坐在那兒靜靜抽了兩根菸。穿圍裙的女孩才把一本皮革封面的 menu 丟在我桌上。我微笑地對她說先不要把 menu 收掉，我先去洗手間一下，待會想到要點什麼再告訴她。但她像沒聽到那樣掉頭走開。

我走進那個咖啡屋的廁所。把捲筒衛生紙抽了又抽，擦掉馬桶墊圈上的黃色尿漬，然後坐下來。我覺得屁股冰冰的，抽風機上結著一層黑色油膏。有一幅一群光屁股小天使的仿製畫的壓克力面板上黏了一塊一塊像鼻屎一樣的汙痕。

我不知道自己之後會發生什麼事？

我試著集中注意力想一些美麗女孩淫蕩的微張嘴睫毛翹起的臉，然後嚕了十來下自己的陰莖，但它不多久就軟趴趴地縮得很小。

後來我就自己一人坐在那馬桶上哭泣起來。這之間有三四次有人從外頭轉動那廁所門上的喇叭鎖。我反扣手指敲敲門讓他們知道裡面有人。

我哭了好一會兒。然後又拉了一大段衛生紙擤鼻涕。我對著鏡子看自己的臉。眼鏡上滿是汙漬。那張臉之中的什麼，某一部分的素質，已經因為一些我粗心不留意的原因，而徹底壞毀了。

我又洗了一把臉，走出廁所。在走到我座位之前，有人叫我的名字。

是您。是拉子。

你怎麼會在這裡？她問我。

我想起來了，那個畫面，那個時刻。

她削著短髮，戴黑框眼鏡，聲音帶著那種小男孩鼻塞略微沙啞的腔調（我那時就該猜到啊。事實是，我那時對她的那個世界全然無知）。在我的記憶裡，她總是精力充沛，總是主導著話題的方向。我記得有一回，我們一票朋友到她的宿舍，也是話題被她拉到村上春樹。我們聊到深夜，其他人只有在一旁目瞪口呆打哈欠的分。其實我如今回想，以我們那時的知識素養，能怎麼聊整晚的村上春樹呢？我倒是記得那晚她回憶了她念北一女時，有一個早熟的女孩啟蒙了她。有一次她和那女孩並肩坐在租賃宿舍的頂樓陽臺，大樓剪風吹得她們頭髮亂飛。那女孩對她念誦了歌德的《少年維特的煩惱》的某些段落。

後來那女孩在她高一那年就跳樓自殺了。

我記得我總在這種我稱之為「ㄊㄨㄚˋ身世」的戲劇性時刻感到局促不安。因為我隱約感到那背後有一種強迫性的熱情。但是當時置身在那畫面，我總在輕微的防衛中卻不知原因地未曾與那熱情正面遭遇。許多年後我才恍然，那樣的熱情或只發生於躁鬱的戀人和她凝視（或強迫對方把自己凝視記下）的那個「完美的愛欲」之間。對於她來說，我只是個「哥們」。

我記得那時我心裡想：這是個聰明俐落的姑娘。我心裡想這是個生命力極強的女生。

她告訴我她來「**找她男朋友**」。她的**男朋友**在這附近一家報社當記者。我不記得她是怎麼說的，好像是說之前她**男朋友**的偉士牌機車都丟給她騎。但是她就要出國了，所以她今天就是把那輛破偉士牌騎來還她**男朋友**。

哦？妳要出國了？要去哪？其實那時我仍像個心智耗弱的解離症患者。我的瞳距和聽覺皆無法集中。像宿醉一樣。我的腦海仍是數十顆的感冒藥膠囊在妻的胃裡無聲地溶解綻破的畫面，那些彩色的藥粉失去膜狀物支撐而細沙般地傾倒在妻的內臟裡……

法國。她興高采烈地解說著。我心裡想：做這傢伙的男朋友怕也很辛苦吧？她告訴我其實她也很害怕，她是臨時決定的。媽的我法文才惡補了一個多月咧。她很愉快地笑了起來，像是這是一件多有趣的事似的。

我突然對於自己在這種狀況下遇見她充滿感激。像快溺斃的人在無意識中抓到浮木一樣。救我。我聽見自己的心裡有一個微弱的聲音這樣說。

我記得有一次我們一票人到一間 pub 混，那個 pub 恰在國語日報大樓對面的一棟大樓地下室，所以裡頭盡是老外。那晚在那場子有個金髮小個子（事後回想長得挺像比爾·蓋茲）的老外在發酒瘋。他起先拿瓶啤酒半蹲縮頸地在舞池大跳 Rock。起先我們覺得他跳得不賴，後來才發現他是個不折不扣的酒鬼。而且你以為這些 pub 裡的老外都是一夥的，後來才知道那個金髮小個子是孤零零一個落單。他搖搖擺擺扭跳到各桌時，都可以聽見那些老外噓他或用英語操他。

後來他賴到我們這桌來。其實那時我已經有點不耐煩。那時我受夠了每次我們一票人到 pub 混，總有一些老外像蒼蠅黏上來。我們裡面有一兩個馬子以老外的眼光看或許姿色不錯。但為何每次我們都要扮演這些女孩的黃種人皮條客兄弟，識趣地摸摸鼻子走開。

而且那晚那個老外像是衝著我來。他一身酒味兩眼通紅用一口破國語說：「你很卑鄙。」Fuck。我記得我用難得不用思索即脫口而出的單字說。我推桌站起。拎住那金髮小子的襯衫領口。倒是難得在 pub 裡遇見漢操比我們差的老外呵。

後來當然是被人們拉開了。但是之後在那地下室 pub 閃光斷裂的切割畫面裡，我一邊（突然變得很男子氣概地）拿著酒瓶漱嘴，一邊用眼角逡巡著整個場子。我驚異地發現，她把那個金髮小子拉到牆邊，像個母親把那傢伙枯麥稈般的亂髮埋在自己懷裡。（事實上，那小子的額頭抵著她的乳房）。pub 裡的配樂鼓聲震耳欲聾，但我看見她的嘴形在明暗閃滅的旋轉強光裡，像念誦經文一般喃喃不停。她的一隻手溫和地撫摸著那金髮男孩的一頭鬈毛。我發誓那傢伙竟在她懷裡抽泣。雖然他的個子很小，但她的個子更小，所以那個畫面怎麼看去還是有點滑稽。

聽說她曾在張老師還是生命線那裡當電話義工。

你笑什麼？她說。

沒什麼。

對了。她想起又問了我一次。你為什麼在這裡？

我告訴她我在等我女朋友。我比給她看妻家的公寓就在旁邊這條巷子進去。

你怎麼了？她說。你的臉色怎麼那麼差？你是不是生病了？

沒什麼。我說。

終於還是沒有對她張開。許多年後我總為這樣的疑惑困擾著：如果那時我開口了呢？救我。

如果我這樣對她說：其實我……壞毀得很厲害。我好像……會這樣死掉……

她會攔阻我嗎？她會把我摟進她的乳房前，用那種小男孩沙窒的鼻腔音哄勸我？還是她會告訴我：其實我也……其實我已經正在計畫自殺……

但是她繼續說她的法國。你可以看出她對這事與高采烈的程度。她告訴我她是以心理系學生的身分申請出去的。不過管它，她到了法國，一定會想辦法轉去念電影。開玩笑，侯麥、楚浮、亞倫・雷奈的故鄉！她用法文念了幾個小城或學院的名字。那是我全然陌生且不理解的。我相信她定然還講了許多關於法國的事，但我那時的精神狀態實在太差了。我頭痛欲裂，但仍然努力微笑裝出很感興趣在聽的模樣……

最近在寫什麼？她突然打斷了自己關於法國的話題，那樣地問我。

沒什麼……

她告訴我她正在進行一個長篇，是用第一人稱敘事觀點的手法。主人翁是一個女同性戀。事實上那是一本女同性戀的手記或你要稱它是懺情錄也可以……

我對她說這個點子滿特別的。突然之間，我覺得能和眼前這個女孩坐在這個咖啡屋裡說話，是一件何其幸福之事。我發現她有一個奇怪的特質：即她是那麼愛快速地像轉ＦＭ頻道一樣地找話題。似乎每一個話題她都有她獨特的想法。但是當你開始想說話時，她不像那些愛說話卻不聽人說話的傢伙。她專注看著你聽你說話時，像是你靈魂裡頭有個小黑洞裡禁錮的那好多話都忍不住悠悠忽忽地想說出來……

她是個受過專業訓練的聆聽者。（她做過生命線的電話義工不是？）

事實上那時我打開了話匣子。我告訴她我腦海中有一篇小說的雛形。我暫時將它定名為「時間之屋」。沒錯，那是一篇討論時間的小說。我告訴她那是一幢屋子，不，一座廢墟。那整座廢墟便是一只剛倒置過來的沙漏鐘。那有兩種時間景觀：一是敘事者像鬼魂般憑弔傷逝這個屋子之前發生的故事。一是「正在發生」的現在進行式。然而隨著時間拋沙，被描述的那個玻璃腔腹的細節愈堆疊愈清楚分明時；作為「現在」的那個玻璃圈圍的世界則愈見鬆塌模糊……我告訴她這篇小說其實是由六、七個小說篇組成的，這些小說篇單篇來讀各自像某些半途而廢的小說殘骸……我並且試著說了其中幾個故事。

我告訴她我正在讀一本關於印度的時間的書，他們認為時間是人格化，是統治整個世界，在《吠陀經》中，亦說時間是宇宙之上一個溢滿的容器。我說我想像中的一篇完美的（與時間有關的）小說，是像「一二三木頭人」之類的遊戲一樣，那裡頭有許多「處於不同時刻之當下」的人物、街道和房間，他們全都不是處於靜止狀態的靜物畫，而是處於一種時間的傾斜狀態。它們的內部，都有一種畫面無法支撐的、時間的歪斜。有的向未來傾斜，有的向過去傾。當我在描述它們時，它們被拘在這一個狀態裡，但是當我敘述停止或一轉過身，懸住它們的那一絲暫時狀態便被切斷，它們就會朝向那個傾斜的姿勢嘩嘩崩毀……

她打斷我的話。她說，喂，喂，你知道嗎？我以前就有這種感覺欸。我在聽你講一個短的、小的故事（你所謂的「一篇完整小說的殘骸」）時，會從心底由衷地讚歎：這傢伙真是個說故事的天才，他怎麼有辦法把一個故事說得那麼迷離詭譎？可是當你開始描述你那些像鐘表內部的複雜結構時，我怎麼就是昏昏欲睡想把你掐死？

這時她向我要一根菸。我從襯衫口袋掏出爛綴巴拉沒剩幾根的白長壽（真是個不愉快的預兆啊），遞了一根給她，並且替她點火。老實說，從她湊過下巴任我點菸，到她用手指夾菸的哥們調調，然後她連噴吐了幾口空煙，我那時心裡暗想：這個女生根本沒有抽菸的習慣嘛。我打賭她夜闌人靜自己一個人在宿舍寫稿時，桌上絕對沒有放一只菸灰缸！

她吐了一口空煙（菸這玩意，若你吐的是空煙，沒用你的肺濾泡或氣管絨毛把它收束順整一下，吐出來的團團白霧全是散的。它會整坨飄向你對面的人，邋邋遢遢很不禮貌）。突然壓低嗓門問我：

「喂，說真的，你有沒有認真想過自殺這件事。」

啊？

有一瞬間我躁怒起來。我想這傢伙是怎麼回事？她是小說家還是私家偵探？或是像地下道那些蠟白著臉擺著畫了布滿各種痣的男人女人臉的測字攤的中年人，你經過時會不疾不徐用一句話將你攔住：「先生您別急著走您這印堂發黑近日必有大難……？」

她知道了些什麼？（我搞了別人的女人，而這個女人幾個鐘頭前因為自殺才被我送進醫院急診？）她對我的事了解到怎樣的程度？

我靜靜看著她，直看到她的眼睛的深處。如今我清楚記得在那樣停格靜止般的近距離觀看下，她的瞳仁是一種色素沉澱不足的淺藍色。那和她平時活潑熱情的印象不符，彷彿是兩顆鑲進去的玻璃彈珠。那使我有一瞬的怔愣停頓，但當時我隨即將之擱在一旁。如果……許多年後我才恍然追憶懊悔。那一次純屬偶然地撞進她的靈魂裂口，其實那隻眼睛裡禁閉著的，早已是一副在面向死亡倒數計時的壞毀的沙漏……

我那時完全無能知道，眼前的這人，（她正在向我求救嗎？）才真正是會在幾年後以自殺形式死去的，遺囑者。

我告訴她我對於自殺倒沒有什麼獨到之見解。不過我確實有幾次運送自殺垂危的傢伙到急診病房的奇妙經驗。（因為我的磁場容易吸引一些喜歡自殺的朋友？且我又總是陰錯陽差地撞進他們的自殺現場？）我說我高中時曾遇到一個奇怪的傢伙，他總愛邀請我去他家偷看他姊洗澡。我知道他是個 gay，不過他姊真是個美人兒，所以我也總是樂此不疲地常藉口做功課往他家跑。他的臥房，是那種挑高樓中樓在樓梯邊間懸空的房間，有扇毛玻璃的窗子恰好是他們家浴室的氣窗。可以說是由上而下將洗澡之人一覽無遺的絕佳制高點。

（那是我在那「最後房間」和她說的唯一一個故事。）

我說，每次我待在他房間偷看他姊的光身子時，都必須忍受「我和他在一個房間獨處」這件事。他常常只穿條內褲在我旁邊忙東忙西干擾我。那天就是，我正血脈僨張看著他姊用蓮蓬頭水柱把她的少女身體沖得泛紅，他突然從他坐的書桌那邊對我說，喂，你看這樣割一下哦。我說哦。他又說喂你看嘛，我再這樣割一下哦。我說那很好，小心點。我說我實在看他姊洗澡看得太專心了。等我回過神來看看他到底在搞什麼鬼……媽咧，他把自己整個身子整張書桌房間地板啦到處噴得都是鮮血。

（她沒問我：「那你怎麼辦？」她目光灰澹地看著我。）

我說我只好叫他姊一起把他送醫院啦。他把我身上弄得也全是血。我抱著他坐計程車時，他還對我露出一個神祕的變態笑容，說：「這就是死亡的真相。」

很長很長的時間，她靜靜坐在我的對面看著我。她露出不可思議的表情。我猜她大概在想該說什麼是好呢？

她說：你在開玩笑吧？

她說這故事是你亂掰的吧？

她似乎很費勁很艱難地說，你說這樣的笑話有什麼意義呢？為什麼要在這樣的談話裡擺進一個這麼粗暴無聊的笑話？

我向她發誓這是我親身遭遇過的事絕非笑話……

不……不是那樣的，我試著和她爭辯（但我那時是如此虛弱和疲倦），不是的……如今回想起來，幾乎我和她少數的幾次對話，一談到小說，便像兩個不同信仰的基本教義派，無論氣氛如何融洽亦抵死不願承認對方有一點點道理。她鄙棄結構，卻堅持寫長篇。我肅然起敬地遍引波赫士、卡爾維諾、巴斯這些精密如數學的黃金結構創造者來壓制她，可是自己筆下所能處理之篇幅卻愈來愈短……

但是這時，像我口中描述的那種「把完全不同時間界面的劇場錯置壓擠在一塊」的效果，妻的大姊突然推開咖啡屋的門進來。她的手裡提著一只粉紅色塑膠狗籃，裡頭裝了一隻小型可卡犬。那是妻的妹妹向別人要來，可是那隻不成材的狗才抱回家就在他們那公寓房子的木頭地板上蹲了一泡尿。妻的父親震怒之下要她們把這隻狗拿去丟掉……

我發覺我陷入一種雙向的處境上的困窘。我試著若無其事地向妻的大姊介紹，她是我的朋友，我們恰好在這咖啡屋遇見。真是太巧了。當我這樣介紹時，她用一種意味深長的表情看著我。恰好妻的家人素有那種面對陌生人時即板起臉的內向性格。妻的大姊黯著臉，低聲對我說妻知道你一定在這咖啡屋裡等，但是她今天不回宿舍了。她要我來轉告說要你先走。然後這個妞妞拜託你先帶回你的宿舍去，看看她回去之後再跟你拿……

主要是那隻不識趣的小狗又在這咖啡屋裡吠叫起來。

我那時心裡一定這樣擔心著：待會妻的大姊回去後，會不會這樣對妻說，妳掛心的那個傢伙，正在我們巷口咖啡屋和另一個女孩約會呢。

妻的大姊走了之後，她亦推開椅子。

我也該走了。天啊，這麼晚了，我**男朋友**要把我殺掉了。

等一等。我說。先別走。

救我。我聽見自己的心底說。

許多年後，我困惑無比地穿過人群，在那間城市中心的高級書店裡梭巡。那像是穿了一身緊身潛水裝戴著潛水鏡踩著蛙蹼在放乾了水枯涸見底的偌大泳池底下滑稽行走。我覷瞇了眼睛看著那些半匿半顯在光的切面處的人們。他們或站或蹲或坐。我穿過一架一架標示類型的書櫃，最後在一處陳列平檯找到您的遺書。我對於竟在這樣大庭廣眾下翻閱您最私密的部分，感到腼腆羞恥。

「我祝福您幸福健康。」您的遺書最後一句話是這樣。

我記得那時她停下步來，詫異地看著深陷在咖啡屋沙發裡的我（那隻小狗仍在狺狺吠叫），像在我臉上找尋某些藉以判讀的訊息。她又走了回來，但沒再坐下。

你還好吧？她說，我覺得你是不是該去看個醫生。我告訴她我沒事。

然後她笑了起來，我對那個笑容真是畢生難忘。她的鼻翼兩側牽起了一片細細的皺紋。她說，你真的怪怪的吔。S以前告訴我的沒錯。你有時候怎麼會變得怪怪的。

她告訴我她真的得走了。她說她去到法國有了確定地址後會給我寫信，她要我一定要回信給她喔。

我問她願不願意再坐個五分鐘？我突然想到一個很棒的故事包準她愛聽……

她說不行她真的要閃人了。喂，她突然說，怎麼好像一千零一夜……

呃？

就那個用故事來拖延人家殺她的老套……

不過她走到門口又折了回來，咖啡屋木門上掛的小搖鈴叮鈴哐啷地響。她俯下身，壓低了聲，那時她的表情端肅又認真。她說：

「喂，L，如果不是……如果不是因為……的話，我說不定會喜歡上你喔。」

摺紙人

有三年的時間，我像是摺紙人般過著一種輕飄飄，沒有顏色的生活。眼神像是最中心那粒瞳仁被人用鑷子夾去一般地渙然無神。整個人陰鬱、疲憊又無聊。那時我在一間出版社裡當一個小編輯，那是一間相當大的出版社，我待的那個部門就像是這家出版社繁錯複雜的體系裡，類似盲腸一般「有害無益但沒辦法所有人也不知道它為何存在」的器官。至於我那個部門負責的怎樣的出版業務，請容我稍後再詳述。

我們那個出版社包租了一幢大樓，那幢大樓坐落在城市邊緣舊違建戶與一所大學附近發展起來的雜亂商圈的錯接地帶。我的部門在這幢舊大樓的四樓（從本省人對樓層的忌諱，您就可知道我那部門在公司的地位吧）。同一層的，還有公司當時在籌備中的漫畫出版單位（不過他們總只是一些出沒無常的像工讀生般穿夜校制服的年輕人，要不就是找不到人的快遞把一大落一大落的包裹託交給我們）。另外有一個房間好像是翻拍室還是暗房之類的，堆了各式各樣大型的照相器材。

奇怪的是那一整層的人竟沒有一個傢伙抽菸。所以我總是隔一段時間，便自己一個人跑進一間會議室去抽菸。那間會議室裡，放著一張全新的橢圓形會議桌，不過若因此就被稱為會議室，我認為不如叫做「存放了一張會議桌的倉庫」要來得恰當。

因為新，所以那張大會議桌，散發出一種厚實木材及松節油的香味。那個香味，隔了那麼多年，依然如此實感地存在於我的記憶裡。當然會議桌的周圍，也放了幾張有輪子可旋轉的辦公椅、桌上扔了些雜誌或報紙，不過皆和桌面一樣積了薄薄一層灰。平日除了我不定時會一個人進來抽根菸，還有中午時那些女孩子們（也有不是我們這層樓的，別部門的編輯）跑來裡面吃便當。就是從來沒有人在這裡面開過什麼會。

我記得從那個會議室落地窗（原先他們用像舞臺布幔一般厚重的窗簾蓋著，不過我抽菸時總會將窗簾拉起，把落地窗打開）外的陽臺往下望，是一整片占地極廣的汙水處理廠。我不確定是我的記憶受到對於那段時光陰鬱印象的影響，還是那個汙水處理廠裡的巨大輸水管原本全就漆上灰色的油漆。總之那三年裡，每一天我像夢遊般蹲在那會議室陽臺，獨自抽著菸，眼瞳無止盡散潰地看著下方那一整片灰茫茫的管線、巨大水泥槽，或偶爾圍在一片鋼筋工事前戴膠盔但亦穿著灰色雨衣的工人們……我就會自靈魂底層，像哀歎又像打顫那樣問自己：

「這就是我之後全部的人生嗎？」

報上有一則新聞轉譯自《紐約時報》：

在英格蘭西北部海德市，有一個叫哈若德・席普曼的家庭醫生。英國警方發現這位五十五歲的，「德高望重」的醫生，在數十年間，可能以一種「靜默」的方式，謀殺了三百個人以上——而其中絕大多數是年老的女性病患。

席普曼醫生的行凶方式大致是選擇下午時間在無預約情況下抵達還相當健康的患者家中，以注射一種止痛藥 Diamorphine 的方式將患者毒死。之後他返回辦公室簽署死亡證明書，聲稱患者是因自然因素過世。這樣在光天化日下的殺人行徑持續多年未被發現。

許多心理醫生認為，一九六三年還是個十來歲小伙子的席普曼，曾目睹罹患癌症的母親在治療時，因痛楚而接受醫生注射嗎啡的慘狀。這或許與他後來採取將年老女性病患注射死亡的犯案方式有關。

這則新聞的最末一段頗令我低迴輾轉：

「根據英國法律，病人只要在死亡前七天曾被醫生看過，即可免除驗屍。令人感覺諷刺的是，每個被席普曼醫生注射而死的病患當然都符合這項規定。」

我不知道那是源自於怎樣的一種恨意？像是停放在街角的機車無來由地被人用美工刀割開坐墊的黑色塑膠皮，裡頭便宜的黃海綿無辜地翻露出來。

或是如我小學時每日清晨上學途中，總會經過一段像防火巷般窄仄的短弄。那弄子的兩側，挨擠著一間一間貧窮人家的破舊房子。他們的牆頭很矮，即使以我那時的身高，仍可輕易在經過時瞥見裡頭又窄又淺堆滿雜什物件的客廳。他們會在玄關停放一輛老式的載貨用腳踏車，或是一架可能是繡學號這一類家庭手工業用的腳踏板裁縫機之類的……

我記得每個清晨我從那條雙臂張開幾可同時摸著兩側人家矮牆的窄弄穿過，總有一家人會從牆頭伸出竹竿，上面用衣夾懸著溼淋淋的幾件男女內衣——其中包括了一件式樣老舊的肉色胸罩。

我如今當然不記得那伸出牆沿晾曬於行人幾乎得擦身而過的那副胸罩究竟有多老舊：因為一些綻線的邊角？或是變形的罩杯沿穿出的鋼絲？或是布面上的汙漬？或是環扣竟不是金屬小鉤而是好大粒的塑膠鈕釦……總之那給我一種溼答答、輕率或骯髒的印象。那樣招搖不在乎地掛在清晨空無一人宛如夢境的窄弄裡。我總是得面紅耳赤獨自一人地經過它。然而到了黃昏時刻的放學歸途，再穿過那條弄子時，那件胸罩和其他鬆塌老舊的內衣總已被收進屋裡。像從未發生過任何事一樣。一些胖大邋遢的婦人會靠著牆閒閒搭嘴，我總無法確定那些蠢笨（或似笑非笑？）的臉，那副胸罩正穿戴在其中的那一具衣衫下的身體？

於是某一個清晨，我預先把母親裁縫用的長嘴大耳剪刀藏在便當袋內，經過那空盪盪（只有我一個人！）的弄子時，緩慢地貼近那牆頭竹竿上搖晃滴水的老胸罩，掏出剪刀，銜咬住兩個罩杯接處（原來上頭還縫了一粒假珠珠），用勁剪斷。剪刃將超出想像厚韌的彈性布料剪開時（哦，原來這就是胸罩被剪開的觸感），我竟出現一種彷彿整條弄子俱可聽見的巨大聲響之幻聽。

咔嚓。

那樣地，完全不相識的兩造。我從此寧願繞大馬路上下學，再也不肯穿過那條弄子了。怎樣的一種傷害呢？但我腦海中似乎總有這樣的畫面：邋遢的婦人稍晚後醒來，發現自己那唯一一件胸罩已被剪斷成兩半，像兩只護膝滑稽地吊著。我幾乎可以看見她茫然迷惑的表情。

（那麼髒，那麼醜陋的奶罩！）

（但是胸罩那麼貴。）

就是那個英國醫生席普曼，他為什麼要殺那些老婦人呢？她們的眼神溫馴良善得像待宰的母牛。（她們的身體也像那些擠奶過度然後送去宰殺作成廉價狗食罐頭的乳牛。）只有她們一個人在家的午後。威靈頓太太，（或是親切地直呼其名：夏綠蒂？溫莘？凱特？）上回妳說的那種哮喘的老毛病，我這裡拿到一種新開發的特效藥，我替妳打一針，來，療效驚人地好噢。

席普曼醫生，噢，我很怕打針呢……老婦人吃吃地笑著，她們還臉紅呢，真噁心，像真以為自己被那些男人們玩醫生聽診遊戲趁機吃豆腐的少女呢。他嫌惡地想：如果能用剃刀割開她們那像火雞袋囊一般的喉頭就好了。他多想看看那些遲鈍溫馴，變形得讓人難過的醜陋女體，被割開一道口子之後，驚惶失措雞飛狗跳的樣子。

不過那樣就不符合遊戲規則了。醫生遊戲。他梳得鋥亮的銀髮和那滿腮貴族氣質的鬍子。他還是得把毒液針頭插進她們那粉紅色皮膚長滿老人斑的胖手臂。會有點頭暈……不過沒關係……一下就過去了……他簡潔權威地安撫她們。她們困惑地看著醫生，有點緊張……

……醫生……怎麼回事……我這不是正在……慢慢死去……？

我不知道發生了什麼事？事情不知從何開始變得不順利。在那之前的漫長歲月，我一直以為自己是個討人喜歡的傢伙。我小學時因為父親工作遷移的因素，一共換了三所小學。我總是從孤零零站在講臺前（老師向大家介紹這個新來的「我」）面對一整片全然陌生的同學（而他們之間是那麼熟識）開始，慢慢地找到一種進入他們，讓他們接受我的方式。那在我的成長過程是一個艱難的功課。但是最後我總能變成那個班上人緣最好的人。我印象裡總會有個男生或女生把我視為他（她）「最好的朋友」，他們會把我叫去一個隱密的地方，告訴我一件不為人知的祕密。（作為交心？）「我告訴你喲……其實我喜歡蔡素月老師……」「你要是講出去我會把你殺死噢……那個祕密就是……我是個同性戀。」「我吃過狗肉。」「我給你看我有穿這個（胸罩）。」

甚至後來高中我隨著一群迌迌少年鬼混，那群人裡作為老大的那個傢伙（我忘記他的名了。只記得他是個矮個子，剃光頭，戴墨鏡，平時沉默不開口，一開口即是一嘴北港腔的拗口臺語。後來他被我們那個高中開除之後，還帶了一票長瓢子背著吉他袋裡頭裝掃刀回來堵我們的教官「山豬」），有一次把我找去學校大樓頂樓陽臺，告訴我他爸生意失敗了現在每天在火車站月臺賣木片飯包追著火車跑。然後像個小男孩抱著膝蓋哭泣起來……

這樣地，在不同的空間，不同的一群人：在公園籃球場湊隊打球的老球友。一起分租公寓的幾個職校女生、pub 裡等當兵的調酒師、原先投資水族館生意失敗的計程車司機、大學裡的指導教授……他（她）總會在一個我還沒做好準備的獨處時刻，把那個「藏在最裡面的房間」的祕密告訴我。之後我就變成（被他們選中）背負著那個祕密替他們看守祕密的人。

為何會選中我？我偶爾會迷惑地自問。因為我靈魂的蕊心裡，有一種類似除溼機壓縮機或是吸水濾紙的東西？總讓人們忍不住把記憶裡浸水的那部分，不由自主地擰扭出來？

但是一切似乎都在我進入了那個出版社（更確切地說是那層樓的那間會議室）之後發生了改變。那不是驟然降臨的，而是一點一滴，像調色愈調愈淡那樣地改變。有一天，我一個人在那間會議室裡看稿，突然就無比悲傷地理解這件事：**我再也聽不到任何人們內心的祕密了。**

那個能力永遠消失，永遠離我遠去了。

首先是辦公室裡的一個老編輯。他是個做美編出身的行內高手。我學生時代就常在報紙副刊看見有他簽名的插畫了。我初進那個辦公室時，亦為這位在行內應算頗有名氣的前輩，竟棲身於我們這一部門，感到訝異。但很快我發現這位前輩不怎麼搭理我，他看我的眼神總帶著一種狐疑的灰澹顏色（後來我的眼睛也慢慢變成那種顏色了）。我試著和他搭訕了幾次，但他總用那種「少來了，我還不知道你們在想什麼嗎」的笑臉簡短地回答。

另外是一個和我同一世代的漂亮女孩。她的工作是把作家的初稿送打，送校稿，送外包編輯，或是接一些作者或讀者的抱怨電話這一類瑣事。我剛進辦公室的最初那幾天，這女孩還頗善意地告訴我附近有哪些餐館的菜不錯，哪個小吃攤很有名噢，哪家咖啡屋千萬別進去喔因為我們出版社的大老闆每天上午都在裡面喝咖啡看早報……

但是大概自第二個禮拜起，那女孩的眼色也和那位老編輯一樣，他們一起用一種沒有焦距的灰色眼睛看著我說話，把要交代的稿件機械化地交給我……

一開始我想：這大概就是所謂的「辦公室人際關係」吧？像放置在迷宮裡的幾隻老鼠，不，應該是像水族箱裡的魚，冷漠地保持距離地洄游。會不會他們以為我是「老闆的人」？

所謂的「老闆」，就是我們這個部門的女主管。

有幾次我輕敲我們女主管辦公小間的門，推門進去時，發現她的臉色是一種極陌生的嚴厲表情，而那位前輩則臉色慘白地站在對面。女主管發現是我後，像國慶日排大字幕的女學生拿著色紙簿翻頁那樣，從臉部的某些細微部分，不可思議地嘩嘩翻頁修改修改……變成了一張（我熟悉的）沒自信而害羞的臉。

我的工作，就是待在那間會議室裡，翻看著一大落一大落的稿子。

這樣說起來，不是很特別的工作嘛，像是一般的編輯在做的：審稿、篩稿、憑空抓一個書系的想像走廊、充其量再寫寫封底或企劃文案……

不，不是那樣的。

我從來不知道我的女主管是從哪裡弄來那麼多的稿子，壓倒性的數量使我「坐在一間封閉空間看稿」已變成不是單純的「審稿」這回事。我懷疑那有些像村上春樹那個「世界末日」的小說，他們叫男主角做快速的「洗資料」運算，只是為了測試他腦中的迴路系統？事實，每天我走進那間空會議室，從打開第一包稿件開始，我就進入一種爬蟲類夢魘般的斷裂時間裡。沒有過去，沒有未來，沒有延續性的組合成「事件」的時間。我幾乎可以聽見當我眼瞳擴大盯著那一頁一頁「我不知它們為何要存在？」的漂浮的字句時，腦袋的最核心有一根保險絲般的鎳鉻合金，在嘎嘎繃著承受著隨時被高溫斷掉的焊燒。

那是一些無秩序的、你可以把它們當作「日後有人想理解這個時代這世界邊緣某一座城市的人們集體內心景觀」的材料。它們像是這個城市裡的人們，把他們各自的恐懼、憤怒、慾望、敗德、屈辱……種種種種，在夜裡製作成夢境之後，殘存的渣滓或廢棄零件。事實上一開始我惡謔地把它們當作一本一本各自獨立的，失敗歪斜的壞小說（它們之中有些本來就被作者聲稱是「小說」）；後來我發現我持續性地翻讀那些稿子時，（像爬蟲類無能將散碎的眼前畫面組成一流動的時間？）我似乎跌進了一個灰暗不透光的閱讀甬道，那一落一落奇怪的稿子被黏結成一部無止無盡的大連載小說。如果如前所說，我靈魂的蕊心有一種「像除溼機一般」，將人們黑暗內心的破碎的什麼給叫喚出來的本能。那麼我待在那間會議室的那三年，確實很像一個「用各種數據值、各種人心面貌的殘肢斷骸、各種垃圾文件，測試該受測組感性記憶體儲量」的實驗？

那是一些什麼樣的稿子呢？

我發誓我在那三年內，絕對看了三百本以上的「如何成功術」；（包括「辦公室管理」、「情緒管理」、「時間管理」或是「商戰謀略」其實掛羊頭賣狗肉只是《三國演義》或《世說新語》或日本幕府時代織田家豐臣家德川家的歷史故事節本……）五百本以上的「愛情密技」、「怎樣使妳更美麗」或「不要拒絕愛」、「真情時刻」……這樣把「真、愛、美」任意嵌入書名的「愛情小語」；三百本以上的「美眉去 shopping」、「臺北咖啡屋」、「pub 的故事」、「臺北五百小吃必知」……這類把口慾、消費與都會空間結合的綜藝書。

在那段時日，我每晚皆開著我那輛破爛的二手車，疲憊至極地塞在城市下班尖峰的車陣裡，蹣跚前進。然後雙眼失神地回到和妻賃租的小屋。妻總會炒幾個簡單的小菜，獨自一人坐在餐桌等我。我進門的時候，她會簡短地說：「快來吃飯。」我有時會納悶：她有沒有好奇過我去上班的那些時光，都在做一些什麼樣的工作呵？（或者我從來也不知道，我不在這屋子裡的時光，她在做些什麼？）

我們沉默地、小聲地吃飯。我記得開始時我會和她爭搶著洗碗盤，後來我便放棄了，吃完飯後便任她將碗盤收進廚房，由她洗去。

我們有時會早早到臥房性交。但印象裡那段時間我貼覆在妻的胴體上時，總是不由自主地打著冷顫。像第四臺廣告那些得了腰子虛冷症的丈夫，射精時刻總伴隨著一陣牙關緊咬的哆嗦。像是那辦公室的冷氣空調，時日遷移地侵蝕進我的膚體關節……

我總被這樣的夢境纏祟困擾著：

我不斷地夢見一些我不同時期收養過的狗，環繞趴伏著我與妻熟睡的那間小屋的四周。然後我會真實無比地聽見「砰」的一聲，那是某個活體死亡後，失去自由意志而從高處摔落的聲響。我總在夢裡想：啊，不知道是哪一隻狗死去了？

其實那些狗在真實世界裡，早已先後因不同的原因死去。有一隻叫小花的，是因為一種叫心絲蟲的寄生蟲、蟲卵藉蚊子傳染進入血管，幼蟲隨血液循環最後定居心室內。等到那些蟲長大到一條條各自五十公分的成蟲時，那隻狗的心臟裡像塞滿一大碗公的手工拉麵，撐得比胃還大，最後被擠爆而死。另外一隻叫多多的，死時據醫生說「整個身體裡的每一器官全被癌細胞吃光了」。另外一隻則是長癌我聽從獸醫建議打化療針不想沒兩天就衰竭而死……

但是在夢裡，我似乎在一種四肢痠痛的極度疲倦裡，來不及想起那些狗早已死去這件事。而是畏怯地計較著「唉這次死的是哪一隻」……

似乎屋外有一具狗屍、四肢僵硬側躺著，慢慢發出臭味。其他的那些則伏趴在黑暗角落，很害怕下一個就輪到自己（其實牠們都已死去了呀）。我則是從一種殘缺不全的模糊情緒裡，隱約想起那些狗皆有某些肢體的故障或機件的壞損：譬如多多肚子裡塞滿了膿包似的瘤；或是小花像汽車排氣管破了一個洞，心臟在運轉時會發出噗嚕噗的遲鈍響聲……

我不知道這樣的夢境（死亡的關鍵時間被取消，只剩下一些支離破碎的死亡零件印象），和我當時夢遊般在白日的辦公室裡，沒有終止地翻看那些破碎、又不完整、像心靈殘骸或是手術切除後的某些壞死的纖維瘤那樣的稿子，有沒有什麼隱晦的關聯？

當我試著描述我在那層辦公室裡和那位女主管共事的三年時，我忍不住地想引用祕魯小說大師巴加斯．略薩的小說《胡利雅婕媽》裡的天才劇作家卡瑪喬。我物傷其類地把自己投射成那個世俗處世像白痴但腦中卻像龐大密布的蟻巢裡豢養的無數蚜蟲，隨要隨搬充塞了說不完的故事。於是他自己變成一個大企業機構縛綁在那裡的一隻大蚜蟲。他們像擠洗髮精一樣擠他腦袋裡的故事。這是一個單一天才人腦和眾多部門分工經營的龐大機構的捉對廝殺。最後當然是人腦輸了！他支撐搭架的故事大廈從各處崩毀，各個不同故事樓層裡的人物和情節混淆在一塊。他的腦袋發生線路板蝕滲。也就是說他被那些快速印製人物身世和它們之間複雜關係的流程弄秀逗了。他的腦袋仍持續反射地生產人名和它們的輪廓或悲劇性缺憾，可是發配它們去搬演故事的輸送馬達，和隨著生產出來的人物快速繪製的故事建築草圖的機能，全掛掉了。於是他腦袋裡的景觀，就是像卡通裡那些關不上門的烤箱，裡頭漫淹出來不斷複製但眼歪嘴斜的捏麵人……

但是當我想把回憶的景框移至那位女主管時，我卻不由不想到瑪格麗特．莒哈絲的《如歌的中板》，裡頭那個蠟白著臉黑著眼眶在偷情的母親。她心不在焉地在她丈夫的家宴中思念她的情人。她和他們一起吃魚。她敷衍地笑。她在燈光輝煌的豪宅裡因飢渴的情慾而形銷骨損，連胸襟插的梔子花也在那種匱乏和恍惚的時間錯覺裡，在一頓飯的工夫裡枯謝……

是的，再沒有比「靈魂裡的水分被徹底吸乾」這樣的形容來描述我那位女主管更貼切的了……

我曾經聽她淡淡地回憶她的少女時代。沒什麼好說的。她說。我是個很乖的女孩。有一次去參加一個舞會，有個男生一直盯著我看。我很害怕。就溜走了。

像是根本性的構圖錯誤而無法挽回的一幅鉛筆素描。她講述自己私密的方式，總像是用一些歪斜的線條。歪斜的房子。歪斜的樹。枯掉的花。穿錯左右腳的鞋。整個調音都調錯的一架鋼琴……

她說到她的先生。（又是一個亂捏兩下就扔掉的溼麵糰人？）她說她只是到了該結婚的年紀，她父母覺得她該去嫁人了，於是她就嫁給她現在的先生。

她說婚姻根本就是一個殘酷劇場。一個殺戮戰場。我問她殘酷在哪？她也說不出個所以然來。

事實上她每夜晚歸。有幾次我或因第二日要請假或因一些企劃案的細節，打電話到她家，總是一個斯文的男人的聲音，像生自己悶氣自言自語地，噢，她還沒回來。聲音那邊的人像隱沒在一個全黑不開燈的房間裡。

許多年後我曾到大陸寧夏省南部的「須彌山石窟」，在那些編號但宛如迷宮宛如十二指腸的暗黑洞窟內巡繞。那些據說是五代甚至唐朝保留至今的鑿壁石雕佛像、全影影幢幢地藏身在鐵鍊圍隔住的黑暗處。我和其他的一些觀光客在那什麼細節也看不清的洞穴裡挨擠著，有人忍不住咒罵起來。這是哪門子的國家一級古蹟啊？什麼鳥都看不見。後來一個傢伙用報紙捲成炬柱狀，點火成了個火把。

跳動的光源湊近那些菩薩的臉。洞穴裡的人全唉地發出悲鳴般的驚訝歎息。

所有的臉都不見了。

鼻子被敲掉、眼珠被鑿成一片凹坑，嘴巴的部分連下頦被用鋤頭類的大型鐵器整個擊碎，露出岩壁內裡凹凸稜突的石材本貌。頭顱兩側原該是胖大耳垂的部位，像刨空的保麗龍塊剩下兩個難看的窟窿。

火炬移動著，全是一些被破壞的臉。一些茫然的身體，衣裾流線雕刻手法講究地擺動，打著各式手印。可就是一張張壞毀的臉。

後來是在石窟外抽菸等候的當地地陪不耐煩地告訴我：那全是文革時期紅衛兵們幹的，破四舊嘛不是？

那時我不知怎地一個機伶打了冷顫就想起了我那位女主管。必須要有怎樣本質性的一種恨意，才會形成這樣大片景觀的，「把臉破壞並刨除」？

似乎在她身邊所有和她有關的人，最後都不知不覺捲進了一種說不清楚的氣氛裡，然後一個個失去了臉部的細節。

一開始我想她是個女同志吧。而且我賭她是個負心婆。她一定曾經狠狠地傷害過一個無比寵溺她的老T。一定是在一場小小的口角後，她就不動聲色地告訴那老T我要嫁人去了。說不定那老T還為了她把自己生命給掛了呢。然後就是把空氣用針筒打進血管裡那樣臉色慘白的異性戀婚姻。齒輪不咬合的運轉。視同仇讎的夫家親族。但她說她一個兒子念國小一個女兒念國中了……

她去土耳其、印度這些和靈修有關的國度旅行。但她無法把那些地方的輪廓或旅途中發生了什麼遭遇描述清楚。唯一證明她曾經去過的證據是她帶給我的一塊手工羊脂皂（她沒有帶禮物給那個老編輯和那個女孩）。她且去了布拉格（她帶給我一只小玻璃杯）。但說真的我從她的描述中得來的印象，布拉格是個和花蓮沒啥差別的小城。

她不斷地跑去找各式相術高人算命。紫微斗數、觀天眼、塔羅牌、奇門遁甲、飛星神算……（這是我們這個部門之所以占卜書系占出書量極大比重的原因）我唯一曾聽她說過一件較具戲劇性之事，是她跟著人去學密宗。結果一進屋見了仁波切、不自由主便跪地匍伏爬行，眼淚鼻涕直流。兩手且像羊癲瘋那樣竄抖著打出各種她從未學過的手印……

但即使如此，我曾幾次陪著她在這個城市各角落高雅的咖啡屋裡，看她紅著臉向那些女同志作家們（她們通常又是小劇場工作者），或是那些名片用凸版壓花燙金且撕不破材質的算命師父們，磋談如何將他（她）們的作品做成一本「夢幻之書」時，我即刻知道：她又在說謊了。

像是那些蛛網上的獵物們被蜘蛛環抱著用毒針插入腔內時仍醉眼迷離愛眷看著對方。那些女同志們通常酷酷不愛說話，但她們對版稅完全不計較。我坐在一旁，看著她們習慣性防衛的側臉線條，因為專心聽著她對酷兒美學支離破碎的支持言語（她說：「我不太會說話。」），有一些含蓄靦腆的笑意不自覺地柔和起來……

我印象最深刻的一件事，便是我替我的女主管——模擬她的口吻，她的立場，她的性別——寫信給一位男性老詩人。這位老詩人素以脾氣孤絕古怪著稱，他長年旅居國外，不與任何文藝社交圈牽扯應酬，像是一隻毛色華麗卻多疑易怒的老狼。

他的詩寫得真好。請容我引一段普魯斯特的話，我覺得這段話像是貼著肌膚說的正是這位老詩人：

「……他對自己的生活感到傷心，後來他對幸福的一切追求都是以那些崇高的時刻為目標，他認為只有這些崇高的時刻才是真正的生活，因此當他每一次賦予形式以生命，用自己對祕密規律的感受去充實這些形式的時候，他都可能死亡，就像剛剛產卵之後就即將死去的昆蟲一樣……」

事實上我把這段話抄引在給老詩人的第一封信上。我畏敬而惶恐地措詞，告訴他我從學生時代就是他的死忠讀者了（這是真實的）。我幾乎可以遍引摭拾他的一些詩句。那些異國城市的漫天大雪。那在荒塚圮塋間憑著一枚硬幣兩個從未見過的陌生人在交換著祕密信息一樣的寂寞愛情。那些上溯到葉慈、龐德任意換個革命場景就變成酒館裡借火點菸的普希金或萊蒙托夫。那些陌生城鎮的四季變遷，「果園間小巷泥濘，樹葉全枯黃……」。那些自戀、耽美、為榮譽決鬥、二十郎當美少年郎為全人類起草革命宣言的「最美好的時刻」……

我偽冒著女主管的女人腔調——請注意，相對於我，我的女主管已是個年過四十，名牌衣裝遮不住中年女人因疲憊而自身體各處發出的枯槁氣味；但相對於那個老詩人，她可還是個不解世事的少女呵——我以一種拘謹靦腆，長期困居於這座溼冷城市所以對於顏色氣味較缺乏想像力的女性筆調（這對於那位腦中像酒窖裡收藏了數百瓶各年分的頂級紅酒般記憶了不同城市的各國女子形象的老詩人來說，何其重要）：親愛的先生，要這樣提筆寫信給您，我的心上多麼慚愆黯淡……

……您可能可以從我顫抖的字跡略微看出一二，我這樣冒昧魯莽地向您邀書，背後的無所依憑。事實上，這些天，為了鼓起勇氣提筆寫這封信，從少女時代就不再復發的憂鬱症又找上我。我可是吃了藥才寫這信的呢（一笑）。在我的背後，就只有這座，沒有詩，沒有詩人的城市……空乏的、即興學舌的、濃妝豔抹後面卻一無所有的得了瘟疫的文字……這樣的城市，有什麼資格哄誘先生的詩一如美人款款綽約臨降呢……

合宜的撒嬌。端莊又不會出現公牘氣。對現實不很快樂。對那些消逝年代的古老品德的眷戀。我把那樣經過精細計算的一封信，交給我的女主管，任她重謄一次寄出。像所有代寫情書反倒比署名者更患得患失這段情愛的影武者，我對於我的女主管竟只因「看不懂這一大段咬文嚼字在說些什麼」，就將我擬好的原稿中最附麗典雅迂迴婉轉的一段文字整段略去不謄抄，感到震怒驚異。

那位詩人的回信姍姍來遲。某某女士尊前……頓得來信，閱後感慨良深，蓋歷來作者與編者之關係，猶騏驥之於孫陽也，世有伯樂然後有千里馬，而世無伯樂又何為耶。際此滔滔之媚俗潮流，能見女士如此誠乎心而美好之信……僕雖老駑，未甘伏櫪，薑性愈烈……

這樣的開頭。

……當晚，將此心情，電告諸友知己，不禁擇女士信中的精闢生動之句，讀給他們聽，聞者咸皆嘖嘖讚歎：「此女中之伯樂，智勇雙全者也。」……

那麼是相信我的「偽造角色」了。我為著竟如此貼近地翻看著這樣如神祇般的詩人親筆信函而面紅耳赤。他以為我是個女人呢。老一輩人拘謹講究的抬頭、敬稱以及頌祝辭。「女士」。這樣在讀信和擬信的過程，難免有一絲陰暗的心情，從靈魂的最底層，悠悠忽忽地漂浮起來。

如果我不是個女人呢？

我的意思是，如果我不是以我的女主管的身分，不是以「一家出版社的女總編輯」的身分。

而是以那個「我」，「真正的我」──一個男人。他真正的讀者──寫信給他，他會這樣小心謹慎、修辭豐美；提起自己壓箱的手稿時，一忽兒害羞彆扭如初戀少年，一忽兒又舌粲蓮花如狡猾的掮客？我感受到一個孤寂的老人無比困惑地在對一個想像中的對手，（一個四十來歲的女人？一個他的仰慕者？一個在城市的商業出版體系裡打滾的高手？一個來信處處打動他內心微細處的伯樂？但也可能是個剝削窮藝術家的騙子？）整整領結順順袖口那樣地調整自己的每一個唱腔身段的分格動作。

這樣的想法令我激動不已。

我坐在那間陰暗的會議室裡替我的女主管回信給那個遠在異國的老人。那是我第一次坐在那個房間裡工作而未感到自己的靈魂正如一塊掉落在果汁機裡的方糖，在高速旋轉下散潰、分崩離析。有一種莊嚴的氣氛讓我全身上下充滿了女性的自覺：

「如果這位可尊敬的詩人，把我當作一位懂得愛惜他的書的優雅的女人。為什麼我不努力扮好（這個女人）讓他心花怒放呢？」

於是我開始擬回信給他：尊敬的先生：此刻我正坐在只剩我一人的辦公室，寫信給您。從我這邊的位置望出窗外，恰好可以看見巷口一株老樹。那是一棵雞蛋花。您的信攤放在我桌前，像發光體那樣飄浮飛起。讀信的時刻，我幾乎可以聽見黯夜裡，您靈魂翻頁的巨大聲響……

接著我是不是該自我戲劇化地描述一個在城市中討生活的中年女人，因為和他通信的過程，而陷入了一種極內在隱密的憂鬱？

……我最近是那麼短兵相接地搖撼著「自己為何要做這一行」……或是……

……我不停地被這樣的噩夢困擾：我又回到中學時期的課堂考試。我發現包括老師和身邊的同學，所有人的臉都淹浸在一種煮沸液體般的搖晃強光裡……

（讓他讀信時有救贖的暈眩？）

事情超乎想像的順利。我的女主管將這封信謄好寄出。（她在讀我替她擬的信時，我在一旁觀察著她的臉，看她是否會不悅或惡謔地笑出來，說：「原來這就是我啊。」但她只是面無表情眨著睫毛順行讀完。然後對我說：「好。就這樣寫。」）不多久我們就又收到老詩人的第二封回信。隔了幾天我們出版社的收發室送來了一個自英國空運來的紙箱，裡面有八落牛皮紙袋包著的稿件：全是詩人尚未面世的手稿。字跡工整，鋼筆中鋒刻入稿紙時暈開的藍墨水細絲依稀可辨。

老詩人的第二封信顯得沉靜且務實。他完全沒有對我（假擬的那個女人）上封信裡感性、囈語或私人情感的部分作任何回應。也沒再寫任何稱許我「女中伯樂」的應酬字句。但他密密實實地寫了四張信紙，上頭感情豐富地解釋了「他將要交給我們出版的這八本書」，每一本的寫作年分、緣由、體例，以及背後他所對話的某一個文化傳統、國外的哪所大學哪個教授對其中哪幾篇豔羨驚歎，喟為「世界的良心」……

我心裡想：「這是交心了。」沒有虛實互探。沒有爾虞我詐。沒有驕傲或屈辱的猜疑。老詩人憂心忡忡地詢問國內（或「貴出版社」）對一本詩集製作的想像。封面？款式？字體？紙質？設計？印刷？校對？他並且要求合約一次性訂妥。他寄來了八份稿子，誠意已足，書的出版可以分期推出，但他希望能牽下一份總的契約，將來別家出版社邀書時，也省去「你們有言在先」或「萬一作罷」的懸惦猜疑……

說實話我有點失落。發展到這個階段，可以說沒我的事了。我的任務已經完成——而且似乎「完成」得有點好過頭了。以我們這個出版書系，女主管原想能要到老詩人一本舊作或應酬文章的結集，充充門面便罷。不想老詩人將他嘔心泣血的壓箱鉅作悉數託付（一次來了八本）。接下來的應是進入編輯校稿封面這些實務的流程（也就是那位前輩編輯和那個女孩的工作了）。在那間會議室裡，還有一大落一大落的占卜愛情減肥理財這些垃圾稿子等著我。

我萬沒有想到：這只是我與那位老詩人，漫長的通信往返的開始。

那些日子我總在熟睡中為噩夢驚醒。

我小學時曾暗戀班上一個叫楊素敏的女生。她是個可人兒，班上除了兩個頂尖出色的男孩像漫畫主角那樣公開為她爭風吃醋外，我猜其他所有的男生都暗戀她。我亦是那沉默而平凡的暗戀者的其中之一。

我記得有一段時間，我都是那個班級甚至那整所小學最早到教室的。我不記得為何那段日子我會那麼早去學校？（是家裡出了什麼事嗎？）一個小朋友穿制服背書包走在天還沒亮的街道上。所有熟悉的商家都拉上鐵門，馬路上像靜止一樣沒有半輛車（連第一班公車都還沒發車）。偶爾看見穿著螢光條紋風衣的清道夫像夢遊者在路燈和天光皆昏濛濛的晦暗畫面裡掃街。我都是一個人走進學校大門（門房還打著哈欠），穿過空盪盪溼漉漉的操場，走過整條走廊別班教室自外望進去一列列空無一人的整齊課桌椅，然後打開我們那一班教室的門（我還記得那黃銅鏽斑的卵形門把）。

到第二個第三個早起的同學陸續進來，通常已經是半小時之後的事了。他們看到的教室，都是在光照充足之下的清楚空間。也就是說，每個早晨我會獨自在那個像有一半輪廓仍浸在黯黑夢境，各處線條仍歪斜扭曲的空教室獨處一段時間。

有一天我突然福至心靈，跑去那個楊素敏的座位上翻她的抽屜。其實一個十二、三歲的女孩能有什麼不可告人的祕密呢？不外乎一些手帕交用那種甜香水信紙用星星小孩貼紙封箴的一些小女人們的瑣碎嚼舌。一些代號。一些畫在信紙角落的娃娃或卡通動物的臉。

我逐封翻讀，然後小心地把那些信按原狀擺好。我可以聽見自己心跳的巨大幫浦聲。我確定沒有任何人經過我們教室門外。然後我坐回自己的座位，像什麼事都不曾發生。

如今想來那確實什麼事也沒發生。我在無人時翻了班上所有男孩夢中情人的抽屜。但我什麼祕密也沒得到啊。我並沒有比其他更多知道那女孩的一些什麼。反而是那在夢境般的昏濛暗影裡，我獨自一人在空教室的課桌椅間移動，坐在她的座位上翻她抽屜的這個畫面，還更帶著一種中邪般搖擺晃動的神祕意味。

但是有一天的音樂課結束，那楊素敏在音樂教室外的走廊攔住我。她說：「我不知道你是這樣的人。」然後她便掩臉蹲下哭泣起來。

於是這件事變成一件醜聞在班上模模糊糊地傳開。我成了全班的公敵。大家都知道了：某某某去翻了楊素敏的抽屜。所有的女孩都翻白眼不和我講話。有一兩次我和楊素敏在走廊對面相遇，她會紅著臉低頭快速走過。

這件事對那時的我來說是一極大的震撼。首先我至今不得其解的是：「她怎麼知道的？」完全不可能有第二個人看見我那天早晨在教室做的事啊。第二是以我那樣的年紀，卻因為一個陰暗（好奇？貪歡？）的念頭，被和一個我只敢偷偷躲在角落喜歡的女孩，置放在那樣一種不愉快的關係裡。我很想跟大家（那些又妒又恨的男生）解釋：我什麼也沒翻到啊，我對她知道的並沒有比你們多啊……

但是那種不潔的、抵制的氣氛籠罩著我（像是我曾偷錢，或去掀楊素敏的裙子，或玩弄了她的感情），一直到半年後所有的人都畢業了才結束。

我一直來不及，或者也不知該如何，向那個女孩解釋些什麼……

我總是在那樣的噩夢中驚醒。

夢中的我身著女裝：Chanel 的銀灰小洋裝，還披著一大塊淺灰紫的 pashmina，還穿著奶罩和絲襪哦……獨自一人在夜黑中坐在我女主管的辦公桌前，拉開她的抽屜翻裡面的東西。她抽屜裡的祕密可就不是小學時的楊素敏所能相比：行事曆、重要客戶的電話、哮喘症的急救藥、一些簽過或未簽的合約、私人的信件、她兒子的照片……還有，最老套的，她的日記。

我一臉濃妝地坐在那桌前，急切地翻讀她的日記（奇怪是這樣的夢境場景，不是應該出現在那個「兒子搭乘夜間捷運，孤寂地運送母親的遺體」或是「隔著一條街偷窺一個公寓房間裡裸裎的一家人的高中生，終於潛進那個公寓房子」的故事裡嗎？）原來她是……原來她……夢裡像蒙德里安畫裡霧中風景般的殘缺人臉……原來……這樣知悉了一樁祕密核心的情緒無比強烈。

就在這一時刻，門口站著一個男人，是那個我素未謀面的老詩人。他目光灼灼地看著我，說：

「原來妳是這樣一個人啊。」

驚醒之後，完全想不起，我在夢裡究竟窺刺到什麼樣的祕密。但清楚地知道，老詩人說的那個「ㄋㄧˇ」，是「妳」而不是「你」。

我記得在老詩人的手稿裡，其中有一篇文章寫到：在他離家飄零異國十數年後，首次回到他整個少年青年時期生長其中，優遊啟蒙、就學的那座城市。他驚駭地發現整座城市「走了味」。優美醇粹的長街深巷毀棄無存、路樹不再、櫥窗粗俗；酒樓飯店裡全是一些「失了舌頭」、大嚼大嚥粗劣鹹甜食物的餓殍遊魂；城市男女從前最為自傲的衣裝講究和品味也徹底消失……「我走到哪裡，它變到哪裡，身在噩夢中似的」。所有的古老的美好事物和雋永的品德，全像被一個巨大的陰謀摧毀清除……

他寫到他回到童年故居的小鎮，發現老家的巷街變成一條「死街」：肅穆陰森，「是非常成熟的一種絕望的儀式」，使之變成一條「非人間的街」。他回到故居老宅，發現一片瓦礫、楹聯跌落、主柱俱在……所有細櫺花格長窗的東廂房西廂房、少年時的書房、華麗雕花的木扶欄梯、花廳、迴廊、藏書樓……全杳然無遺跡，或只剩碎瓦亂磚、叢草漫生……

我記得我讀到老詩人這段手稿，一個人在積滿灰塵的會議室裡哽咽啼泣，「是誰偷換了流年，讓一切星移斗轉？」

是什麼最裡面最根柢的東西被不義的欺瞞而負氣出走，造成所有的一切，都無能挽回地壞毀，變得剝落漫漶、汙濁難看？

我暗自猜度：所有祕密必然被鎖藏在那個抽屜裡。

那只潘朵拉之盒。如夢中畫面。那間大樓。各種我永遠不理解其功能性之部門的出版社。無人的甬道、陰暗的樓梯間、關掉電源的電梯、堆放著許許多多像無主鬼魂般奇怪名姓作者書稿的荒置會議室。然後是黑暗中，女主管常用小瓷爐無菸蠟燭小火慢燒薰衣草香精的那個辦公小房間。

我在一個深夜潛了進去。像小學時孤自一人走進教室的清晨時光。拉開抽屜，耐心地一件一件翻看。

在那些潔白的紙張上列印印表機墨漬的各式企劃案、書目報價、出書時間表……的紙堆裡，有一張寫到一半的信紙，是我女主管的筆跡。刪塗的痕跡看出她為了遣詞用句痛苦不已：

「某某女史尊前：

收到您日前來信，幸蒙引譾揄揚，愧不敢當。女士誠乎心而嫻於辭令也。

關於我的書稿，磋砣延擱、書信往返，如今似乎距出書之盼更遙遙無期。說來好笑，僕與女士書信往來，攻防進退，計較細節，不覺竟已近二載也！這一來一往之書信，其間等待翹盼之時日不計，僅字數即可出一書信集矣。（一笑）……」

信到這裡中斷。

這是怎麼回事？我又看了一遍，確定是女主管的筆跡。到底是怎麼回事？我在那個陰暗乾燥的會議室裡，絞盡腦汁編織情節地替女主管擬信給一個被欺騙的老詩人（我揣摩他書稿上的文字風格）；結果她卻躲在這個小房間裡寫信給我。不，應當說是「偽扮著老詩人」的女主管回信給我要去偽扮其身世內容的女主管自己。

我遇見她。（我萬萬沒想到會在您的遺書之外遇見她）她一點也不像您所描述的那般，「溫暖而美好」，「給人從靈魂裡安靜下來的力量」。相反地，她的整個人，給人一種漫漫雨季，房子四處全滲水，壁癌將白粉牆面醜陋地發泡掀起的陰鬱印象。

我必須說，我對她的朦朧印象便是，「這是一個曾經自毀過的人」。我知道她在閃躲著我（或是所有的人）對她的認識。像在說話的同時，你的瞳孔便暗灰失去調光的能力。你失去判讀人的全部的準星。

我和她說話。並且聽她說話（一開始我曾暗自打算向她探問她記憶裡關於您的那些部分，後來我徹底打消這個念頭）。有個巨大的聲音在我裡面響著：「這是怎麼回事了呢？」

是啊這是怎麼回事？有一度我心裡默想唉這是個有說謊症的女孩。後來我想不對，她是故意讓我覺得她有說謊症。在我和她那次會面對話之後的許多天，我始終處於一種灰暗如迷路於濃霧中的迷惑狀態。像是被某種金屬鈍器刺戳進身體的某處。我被她重重傷害。且我亦傷害了她。

這是怎麼回事？難道是您在遺書裡撒謊？還是我得重新評價您遺書中對所有人的描述？（我是那麼相信您自白的話語，那麼相信您的準星所縮圈住的那麼有限的人的造形。）

還是時光流淌改變了一切？

因為她不想讓我「理解」她？因為她不想讓自己變成注解您的懸案的入口？

因為她是婆？

婆厭憎男人（我厭憎你們透頂）。婆在為她的亡人守喪。婆形容枯槁、進退失據。曾經凝視她慾望著她的那對眼神已被死亡席捲。

她失去了描繪自己的能力？

婆口不能言，成為失重漂流的身體。

我可以說是落荒而逃地離開那個房間。

我走出那棟大樓的大門時，守門的管理人微笑地對我打招呼。但我淒慘地轉過臉去。他發現我的臉正像熱熔膠那樣黏答答地掉落嗎？

我發狂地在人行道和騎樓間疾走，但後來我又決定往反方向走。我腳底的人行磚道像用馬達履帶運轉的電動扶梯，逆向地載著我身邊那些沒有抬腳的人們，像靶場的假人模特兒那樣地移動。我一停下來，便會倒退著和它們一起移動。這使我必須更用力地快走，才得以前進。

後來我發現這不是在羅斯福路上嗎？玻璃帷幕大樓遮斷了城市的天際線。你卻在那上百面的分格鏡子裡看見它對面那幢帷幕大樓的分格鏡面裡的這幢樓的刺目的鏡面反光……

我發現我眼前的這條街道，像破掉漏水的塑膠幼兒泳池那樣萎癟下去。那些建築物的線條歪七扭八地糾纏在一塊。那些櫥窗裡坐在Starbucks暖黃色燈光深咖啡色系高腳圓桌椅上喝咖啡的人們，目光茫然地變成幾條簡單的漫畫素描。那些提款機只是硬紙板畫了提款機的輪廓和數字按鍵貼在牆上。那些叮咚一聲打開的便利超商的自動門，其實也只是像貼紙書一樣分門別類地排好。你可以把包子貼紙、串燒貼紙、牛奶貼紙、泡麵貼紙或是歡迎光臨的工讀小妹貼紙……從那統一壓平的黃蠟紙上摳下來。然後照他們本來畫好那些東西的框框貼下去……

我記得我小時候的羅斯福路不是這個模樣。那時候這整條馬路只有一棟大樓，它叫做「國語日報大樓」。那時我母親總帶我坐公車到那棟大樓門口下車，把我扔在那大樓一樓的書店裡（那裡面有許多和我年紀相仿的小朋友們，戴著眼鏡或坐在地板上或靠倚在書架上看書），她就逕自去上班了。

那時我以為整個世界就長得像這棟大樓裡這個燈光明亮的書店。我在那裡看了許多不可思議的故事書。那些故事至今仍蠱惑著我。我在那裡面看了《淘氣的尼古拉》、《人猿泰山》和《所羅門王的寶藏》；我還讀了注音版的《基度山恩仇記》、《魯濱遜漂流記》和《格列佛遊記》；當然還有《簡愛》、《愛的教育》、《小婦人》和《金銀島》……

有一些故事我如今不記得書名了，但仍依稀記得那些故事的斷肢殘骸。甚至只是那故事裡某一幕乖異的場景：一條地道；一個光度、氣味如此熟悉的房間；一個所有人都時間暫停而那唯一不受限制的男孩跑到那空盪盪蠟像館一般的大街上……

我記得有一個故事，講到一群男孩竟可以從他們家的一個衣櫃裡，進入一條祕密通道跑去另一個世界裡。另一個故事好像是一個男孩撿一顆棒球。（那是在一場比賽進行中嗎？）那顆棒球在球場草坪滾啊滾啊滾出了左外野的邊線，他追著棒球踩過那條線，卻發現線的這端，已經是跑回幾十年前的過去時光……

有一個故事說到一艘墜毀的太空船，裡頭的人卻掉落在一種時間的無止境延伸狀態中。也就是他們被困在那密閉小船艙內，永無結束地往下墜落，卻永遠不會真的墜毀。這樣的一個奇怪的故事。

後來那些人的下場如何？我完全不記得了。

那時我以為這個書店裡所有書架上的書就是這個世界的真相（全貌）了。我以為時間可以這樣任意延展，像煮軟的麥芽糖不會被拉斷。每一個故事都有一條祕道可以通往另一個故事。所有的故事都只是一棟大樓裡的其中一個房間。

有一天我母親如常將我丟在那家書店裡就離開了。但我沒看完半本書便心浮氣躁地抬頭張望。我第一次發現，這些散置在我身邊，時不時扶一扶眼鏡框專注看書的小朋友們，從來沒有人有「上廁所」這個問題。那怎麼可能呢？除非他們是一堆假人。而我張望四周，完全沒有哪一個通道口標示著廁所……

因為那時我突然肚子好痛。（那是你第一次發現那書店並不是世界的全部。）

最後我不顧那個收銀檯後面的大哥哥困惑地抬頭看著我，（我亦疑惑他在這裡一整天都不需要大小便嗎？）自顧自地推開這屋子除了我母親帶我自由進出的自動玻璃門外，唯一的一扇厚重的金屬逃生門……

於是你便跑進這幢大樓不為人知的內裡了。

樓梯間。大型空調管貼著屋頂延伸的鋁殼通風管。像是一個封閉的深井裡藏著一顆這大樓的心臟轟隆轟隆地響。像迷宮轉角接上另一層樓的走廊。各部門的房間。門口伸出一些陌生名稱（出納組。資料室。公共關係室。資料中心。專題組。）的壓克力招牌。每一間門口掛著白黑板上頭用麥克筆記著一些時間人名地名。紅色軟橡膠地板。走廊轉角接著另一個樓梯間。這個樓梯間有電梯。角落還放著一臺飲水器背後像機器人掛滿彈簧管或是防毒筒那樣的圓柱盒子……

兩個男人站在一個金屬筒狀的菸灰缸旁抽菸。

小朋友，你跑到這裡來幹什麼？

請問廁所在哪裡……

問話的那傢伙笑了笑，比比上面，你坐電梯到四樓。

謝謝。

所以這幢大樓裡是有廁所了？

所以這些那些人都是真的人，這裡並不是外星人的祕密基地了？

（後來呢？）

（啊？您還在聽？）

（是啊。）

（那我把故事說完嘍。）

那是許多年以前的事了。我終於找到了那間廁所。我走了進去——不，在我進去前，我在廁所門外牆壁的一臺面紙自動販賣機，投幣（那時是五元兩包）買了兩包面紙。然後才推門走進那沒有掛著滾筒衛生紙的馬桶小隔間。

一切都順利極了。（不會再像我那些拉大便在褲子上的故事結尾了。）

但是當我蹲在那馬桶上拆開其中一包面紙時，我卻在那幢大樓諸多甬道樓層的其中一間小廁所裡哭泣起來。塑膠袋包著的不是一疊衛生紙巾，而是一枚摺捆起來的，白軟緊實像大號蠶繭一樣的，我母親我姊姊她們用的衛生棉。

那是我第一次如此近距離如此實體感地抓著這個陌生玩意兒。是哪個白痴在男廁所外頭放臺販賣機賣的不是面紙卻是衛生棉？那是我第一次感受到自己被一條看不見的邊界（那時我尚不懂那即是「性別」）如此柔軟潔白卻根本性地形式不吻合地拒斥在外。

後來我轉頭看見一旁的垃圾桶，那裡頭堆滿了至少一百艘的「便便小船」。在我之前，所有進來如廁的這幢大樓裡的男職員們全錯投幣買了門口的販賣機衛生棉。且他們全將就地、粗暴而玷汙地用它們揩了髒兮兮的男人屁股……

我若有所悟。像進入一個更龐大更漠然的族類。像宿命性的巨大傷害在那時便已埋下伏筆。

第八書

若要我印象畫般地回想「我們的」那個年代……彷彿時光洶湧發出巨響。

我或許可以舉出一些夢遊般無聲但背景灰色人影快轉（月臺、人行道櫥窗、天橋上、學校某幢樓外露壁側的甲板式鐵管欄杆樓梯間……）畫面。

我記得那些年我總在天色猶昏的冽寒清晨送人到機場。不同的人，同樣的送行情境。

灰色的高速公路景觀。因為總在清晨四、五點那樣像在穿越光與暗黑邊界的尷尬時刻，所以車頭大燈總是猶豫地開著。總是口吐白霧地打哈欠遲鈍地握著方向盤。旁邊那人（奇怪地是我送的永遠只是孤零零一個出國之人，從沒送過兩個結伴出國之類的）訕訕地說些抱歉這麼早害你跑這一趟之類打屁的話……

那些曾被我送過去機場出境的人們，有的出國後來過幾封明信片之後便音信全無；有的連明信片也沒寄從此就沒有這個人的消息像是自地球上消失了一樣；當然也有出國旅行的回來後（奇怪是我從來不曾去接機過）在人生的怪異遭遇後和我形同陌路：有個被我送行過的傢伙在幾年後因為和我喜歡上同一個女孩而變成情敵。

但是大部分僅只是因為生活狀態的改變，（大學畢業、當兵、結婚……）而慢慢如觀光區水潭上關了馬達的租用遊艇，在水面上漂著漂著便遠遠地分開了。

不過若非為了想「印象畫般地」記起那個年代……像小獵犬困惑又若有所感地在快下雨前的午後，湊起鼻頭，朝空氣中那無以名狀的氣味噌噌……我想我大約會忘了那些個在灰色清晨送他們去機場的人們。

（是啊。您似乎亦是那在空盪盪的機場大廳，因為找不到話題而說「我到法國後，會把地址寄給你，你一定要和我通信噢」，之後卻永遠消失的，那中一個嘛。）

因為是那樣的年代。

那樣的光度。那樣的氣味……

譬如在機場大廳（連劃機位穿制服的航空公司地勤人員，都面帶倦容地打哈欠），在冰冷日光燈質感的廣闊空間，站在一臺發光而陳列各式罐頭飲料的販賣機前。心裡想著：「好貴。」卻仍被催眠般地掏出銅幣一枚一枚投下去。或是站在另一臺販賣機前，看到一落一落的報紙、被束摺成像一罐一罐飲料，亦被立放在那冷光陳列的壓克力玻璃中，心裡怪異極了。

在「我們那個年代」之前的年代，報紙是在清晨狗吠聲和腳踏車煞車聲中，直接飛越門楣，摔落在前庭玄關。或者至少是在燒餅油條店裡，豆汁斑斑地攤放在木桌上……

因為是那樣像在夢境或超現實畫作裡的送機畫面，所以我竟然想不起來這些我曾經將他們送上飛機的人們，他們登上飛機像白鳥般飛向不同的國度，降落在那些對我而言就只是名字的國家或城市。我從來不知道他們到達那些城市、待在那些城市的時光裡發生了什麼事。

譬如S，她等了她那位愛爾蘭男友一年復八個月後，終於湊齊了機票錢和一小筆生活費，奔赴英國去和情郎相會。她的錢是在臺東一所小學當代課老師攢來的。我送她去機場那天好像是九月底學校剛開學不久，等於她把手中的課突然像爛攤子那樣一放就跑了。我記得那時車開在高速公路上，我偶爾瞥見S縮坐在駕駛座旁的側臉（她正不斷地用一種神經質、焦慮的短斷句，重複說，我學生一定把我罵死了，我把他們放鴿子了……這一類的話），心裡想：這一年多來S等她愛爾蘭男友的時光，她的臉衰老壞毀得好嚴重。

然後就是機場大廳的那一切。劃機位。託運行李。上樓買機場稅。S走進那一堆人排隊驗護照的壓克力玻璃空間，遠遠地揮揮手。最後是我一個人打著哈欠在剛好趕上塞車潮的高速公路上開車回來。

於是這個人就徹底從你身邊的朋友群裡消失……

也許在一年內的某個深夜，你接到S從倫敦或都柏林或阿姆斯特丹或操他媽的羅馬還是哪個城市打來的越洋電話。你說：「喂！S啊？聽不見哦？」電話線的雜音如雨聲頻疊。後來你聽到S好像是在哭泣。你說：「S啊，這是怎麼了？」S說：「我好想死。」你想這不是越洋電話嗎，你幾乎聽見英鎊（或里拉或荷盾？）像橡皮栓壞掉的水龍頭在滴答漏水的墜落聲。後來S（在電話裡）告訴我，她和Aman（她的愛爾蘭男友）和他們的朋友去一個酒館喝酒（原來她喝醉了），他們為了什麼話題爭吵起來，Aman竟然當著他那些朋友的面打她。當然他那些朋友也都不是什麼好東西（他們都是一些嗑藥的人渣和流浪漢），他們還聯手偷她的錢……我終於忍不住打斷她。我說S這不是越洋電話嗎？妳不是有我的地址，有什麼困難再寫信告訴我好了。

S說（當然她醉得舌頭都大了）：「你知道嗎……我哭著從酒館跑出來，我身上都沒有錢了。我跑來這個電話亭想叫我的室友（她不是和Aman同居嗎？）來接我，結果發現這個電話壞了，好像可以免錢一直打，於是我就試試看……」

這就是我們那個時代所發生的事。

後來你不再有S的任何消息。你從不知道在英國或愛爾蘭的那些年間，S究竟和哪些人發生了哪些事？

像從洗衣機裡撈起，溼淋淋的襯衫口袋裡，被洗爛的公車票根。面容模糊的大頭照上還沾著一些藍墨水印。

有一個小插曲或與時差有關。

在S為她的愛爾蘭男友守身的那八個月，很奇怪地以她為中心形成了一個小圈子。這個小圈子你稱呼它作「鰥寡孤獨」也不為過，基本上它是由幾個剛被男友甩了或是男友怪怪的當兵退伍之後關係就變得若即若離的女人，還有一兩個從未體驗過男人的老處女拼湊而成。她們有時會邀請一兩個有趣、隨和但不那麼有吸引力的男孩（譬如我，或是另外有兩個後來發現自己是同性戀的長髮男生）到她們的宿舍，展現一下廚藝。或是聊天打屁。

事實上你很快便發現這些女人之間，有一種互相監視互相疼愛卻又互相傷害的微妙關係。有點近乎相濡以沫卻又有些像我年輕時的流氓哥兒們義氣掛在嘴上最後卻總是為了馬子弄得大家散夥……

譬如說那時我們那群人裡最帥的一個傢伙叫四手的，他從來不甩那群女人。他總是這樣撇撇嘴輕蔑地說：「那群婆娘。」那時我身旁的那幾個男性恰全是處男（如今想來還真怪怪的）。我們想像那空懸多年，遲遲未現的夢幻女神，似乎該是一個無聲、容易臉紅、落單時用眼睛眄你的姑娘，不是這些咕咕呱呱的悍婦。事實上我參加過幾次那些女人的邀宴，發現餐後咖啡（她們的手藝確實不錯）時間，話題總會有意無意地拉到，以S為核心的，關於男人之閱歷……而那其實不是一張張不同名字的男孩的臉孔，而是一根根的男屌。高中生的、蒼白的大學生的、體育系男生的、老外的……各種薄紗窗簾飄過的場景。如此渺遠。如此歷歷如繪。說得她們感懷不已咂舌有聲而我落單聽得面紅耳赤。

S總愛說「我們女人」怎樣怎樣，「他們男人」（那些臭男生）怎樣怎樣。所有其他的女孩則將臉隱退至一種光度晦暗表情曖昧的微笑之後。像是點頭稱是，又像是不以為然。但我總覺得S混在那群女人之中，擄袖操拳的，像是踩著高跟鞋在碎玻璃片上嘎吱嘎吱來回走的氣勢，多少與她出身父親是外省高級軍官，而母親年紀比父親少上一截的家庭背景有關……S在夜闇時分，不會眼淚汪汪、唇乾舌燥地想念著Aman的白種男人身體嗎？（且那樣的想念，相較於我們這些不經世事的處男腦袋中濛白光暈的抽象女體；S是真切感受到「實體之匱缺」。）S母親那一輩女人的社交氣氛，基本上就是建立於「他們那些老男人哪……」（嘴饞、欺軟怕硬、絕情、只會吹牛……）與「我們女人自己要爭氣……」這樣既聯合又鬥爭，有一條看不見的玻璃絲般的邊界在那些女人之間，繃緊又放鬆，既互相纏繫又形成絆馬索不許對方越界……

怎樣是越界呢？譬如說男孩中有個傢伙叫阿傑的，他是當過兵重考才來讀大學的，所以年紀比我們大上四五歲。他也是男孩中對性有完整閱歷唯一可以和S各自挪引實例而抗衡辯駁的。據說他念高四重考班時，還被他們班導師（一個念夜大的女生）叫去茶水間，一邊啜泣著一邊拉他的手摸她的奶子呢……

每次S用她那充滿傷害意象、歇斯底里症狀或噩夢般的影影幢幢景觀，描述對我們來說一片懵懂的性愛案例，阿傑則在一旁眼神澹澈地抽菸，到一個段落時他會打斷S：

「妳剛剛說的有問題哦……」「根據我的經驗……」「妳所說的那個『男人』，並不是所有男人的共同面貌吧？那已經是一些精神病的個案了……我聽到的是一個重度性侵害的案例，不像是一個迷人的『致命吸引力』男子哦……」

語言。回到老話題。主要是我們那時都太年輕了。可堪調度的語言實在有限。S說有一回她在羅斯福路走，一個長頭髮的男人從後把她的背包搶走，她追上去死纏爛打，那男人用手刀往她鼻梁狠狠一下，打得她滿臉是血，不過她還是只憑自己孤單一人把皮包搶了回來。S說她高中時被她的初戀情人帶至男生宿舍看A片，看得學生裙下的底褲溼了一片。S總愛用西蒙·波娃、莒哈絲，或是侯麥電影裡的女人來況描自己。而阿傑則是以近似「圖解不可思議的人體構造」、「我類」、「感官世界」、「性意識史」這一類的語彙爬梳、剖析，甚至駁斥S所勾勒的那個「碎裂在眾男人的色情詩歌」裡的自己。

不過後來阿傑釣上了S她們那屋子裡其中一個總隱沒在微笑之後的女孩。那女孩有一對雙眼皮極深之美目。那女孩之後便搬離S她們而住進阿傑的宿舍。

讓我試著回想那樣的畫面：阿傑和那女孩回到S她們那群女人的房子。對峙的兩造。阿傑和他身旁仍舊微笑的女孩；（抱歉的笑？慶幸的笑？背叛者嚐嗅著自己身上生殖氣味的笑？）S和她身後那群不再笑的女人們。

阿傑試著和解：空氣中飄散著S煎魚的香味。阿傑說：其實S的手藝不錯。女孩中有一個尖著聲說，說到煎魚誰手藝比得上錦？（錦是阿傑那女人的名字）阿傑喝了一口S倒在小玻璃杯的法國農夫酒，嘖嘖有聲說好喝。阿傑說其實S是個好女人。阿傑這樣說的時候錦看了阿傑一眼。不過S那時整張臉黃黃的，她的心不在焉地抽菸。

那是S為她的愛爾蘭男友守身八個月裡的其中一天。那天我恰好在場。我不知道S那時心裡想些什麼？她會不會驚恐地聽見時間在她體內沙沙流失的聲音？「我難道就要和這些老女人一道窩在這間發霉的房子裡，然後比賽誰先發餿老去？」阿傑等著S開始聊她的男人故事，聊她的男體閱歷。這回他不打算潑她冷水打她岔了。仔細想想S的那些經歷也滿特別的不是？何況男人何時又理解女人揉雜著愛慾、驚恐與憎惡所描述的那個男人形象呢？

但是那天S什麼也不想說。就像她拿筷子翻撿自己煎的魚覺得又腥又枯澀。這裡坐著一對男女，那女人身上還有那男人的新鮮精液氣味。老娘美滋滋地滿懷欣羨地回憶幾個月前的一泡防腐劑老精液，那算個什麼呢？

這時女孩們放在餐桌旁的電視恰正好播出一個衛生棉的廣告。我完全不記得那麼多年前的那支衛生棉廣告是誰在代言？那時已出現了「蝶形護翼不側漏」的概念嗎？那時已有「夜間型」和「白天型」的分類嗎？那個廣告裡的姑娘，是在打網球、擠公車，或是開演唱會？我全不記得了。我只記得阿傑拿起桌上的遙控器將電視轉臺。

那是極小的一個動作。那些注定日後要如許平凡的男孩女孩們全漫不經心地置身在夢境般的畫面裡。但是這時臉黃黃的S突然將碗筷一放：

「張克傑你幹麼把電視轉臺？」

阿傑愣了一下，他有些困惑地看了身旁的錦（她仍不置可否地微笑著），然後近乎討好地笑著說：

「我犯不著在吃飯的時候還要專心看衛生棉廣告吧？」

「為什麼不行？衛生棉是很骯髒的一件事嗎？」

又開始了。「我們女人」。經血。子宮壁充血而未受孕，於是剝落崩塌。身體蕊心的疼痛。

「你們男人」。

我記得那時阿傑用同謀者求助的眼神看我一眼。

突然有人在大門外探頭張望。

「請問一下，有沒有一位S住在這兒？」

我和那屋子裡圍著餐桌燈光的眾人一起回頭。門框紗窗外站著一個矮個頭的女孩。她戴著一項棒球帽，黑框眼鏡，牛仔布外套牛仔褲。一臉調皮的笑意。像個剛在變聲的小男孩。

是您。拉子。

窗外嚴霜皆倒飛。

我想起來了。是您。

許多年過去，時間的風暴將那些碎酒矸、玻璃破片、鏡框、假的水晶珠珠……所有刺目而破碎的東西全搜括而起，向站在框格中瘦小的您撲襲而去。那時所有在場的人全像一二三木頭人，靜止在那樣柔和的光源中。只有我們兩個可以自由走動。我和您。

怎麼我聞到一股作嘔的臭味。您皺著眉頭這樣問我。

因為那是……我艱難地回答……那是隔壁我尚未處理好的一具屍體……

您哈哈大笑，友愛地捶我一拳。怎麼又耍寶？

其實我想說的卻不敢告訴您的……那是您身體發出的臭味呵（那是被傷害而壞毀殆盡、形容枯槁、血從割裂傷口放流乾枯的身體發出的惡臭）……

S推開餐椅，尖叫地衝向大門，又跳又笑地把那女孩拉進客廳。那女孩似乎被這樣的場面弄得有些靦腆。但你看得出她是個溫暖的傢伙，她看多了像S這樣瘋瘋癲癲的女孩。她寵縱地任著S像小女孩黏膩著自己男人那樣，雙手拉著她的手搖晃著。許多年後我仍為這樣的場景困惑不已。S那時就知道您是嗎？

我多想穿過人群，提醒地告訴您：拉子，不是那樣的。S不是妳看見的那個憨稚的小女孩。S比妳能想像的要複雜。她是個說謊症……她的靈魂插滿了像苔蘚牆頭破酒瓶的玻璃碎片……

但是後來我讀您的遺書，有一段寫到您在巴黎街頭的電話亭裡，知道「絮睡在別人床上」，您「無意識地狂號嘶叫，無意識地撞著電話亭的玻璃或鐵架，無意識無痛感地血在頭上橫流又橫流」……您像個嗑藥或爛醉的黃種女人，被拖進法國的警局，癱在地上被又踹又踢……我的背脊發冷頭痛欲裂，像是您促狹笑著，灰淡的眼睛瞪著我。

……我不是你想像的那樣……

像在那個畫面裡，那個女孩皺著眉頭（我注意到她嘴角微微上抿的笑意），迷惑而努力想聽明白眾人七嘴八舌的投訴。那個像小男生一樣的女孩，盡量讓自己保持一種外來者的客觀和公正……

什麼？衛生棉很髒？這樣說話就不對了，這一定會把全世界的女人都得罪了不是嗎？女孩用知性而低沉的嗓音，分不出是諒解或輕微責備地說。那一刻她也是個胯下定期得擺上一塊衛生棉以承接自己裡面「正在排卵」這個祕密的女人身體。但她用哥兒們聽得懂哥兒們聽了舒坦豎起的耳朵平順垂下的男人腔口說話。女人的流血並不像你們想像的那沉默且屈辱……它不是一種排泄……像是女人關著房間錯亂（因為不熟悉）驚訝邊調音邊彈奏著自己裡面的一具樂器……

我們……圍坐在那房間的人們……沒有人聽見您痛苦捂著眉心被斧頭劈開的裂口：「我曾經讓一個女人恨我，恨到……有一天晚上她的陰部莫名地流血了……之後她完全拒絕我……」

在那樣光度不飽和的畫面裡，還是有一些細節被我遺漏：阿傑低聲地，憤怒地咆哮。我有說過「女人的月經很髒很惡心」這樣的話嗎？S為什麼妳每次都要扭曲別人的話語。或是錦（還記得她是阿傑的女人嗎？）用一種若有所思且陌生的表情看著女孩。或是同樣置身於那幅印第安沙畫般附靈癲狂狀況下召喚之旋即抹滅之的即興構圖中的我，這樣嗡嗡轟轟地陳述：小時候我媽帶我們去廟裡，我姊有時會留在廟門口不進去。我在裡面燒香時，困惑張望在外頭馬路邊徘徊的姊姊。我母親會低聲解釋：「她那個來了。」

但是這一切都不重要了。

許久以後的某一天（那便是我想要說的，像抽屜夾層一樣，令人暈眩的「時差」），S搭我便車坐在我駕駛座旁的座位。（因為我們送那女孩上飛往法國的飛機後的回程？）很長的時間我們都沉默著。事實上在那之前我們已好一段日子形同陌路。那時我已陷入和妻宛如倒影世界般的不幸戀情，兩眼瘀青，鼻頭可以聞見自己噴吐出來的水溝爛泥的氣味。整個世界的洶湧聲音彷彿被隔阻在一道很厚的玻璃牆外……「你們不知道在我身上發生了什麼事。」像是S，或是我，或是數年後死去的女孩，憂鬱地、疲憊地，無從說起地對著對方說。

後來是S先開口：「你知道……」

她說：「我為Aman守了八個月的貞操。」

我說：「我知道。」我一邊高速地開著車。

她說：「你知道，幾天前我讓一個pub認識的英國佬上了我。你知道我的感覺是什麼嗎？」

我問她那是什麼。她小聲地說：「好爽。」然後她便在我的座位旁哭了起來。

我說我知道。她似乎被我這句話激怒了，她說你知道個什麼？我想說我知道（我記得）妳為Aman守了八個月的貞操。但我說：「我知道那很爽。」

S似乎有所領悟。她安靜地在一旁勻息自己的抽噎，然後她像是純然好奇那樣無邪地問我：欸，你現在還是處男嗎？

像是某根玻璃抽絲的細線輕輕綳斷。我們都聽見了虛空中咔嚓一下的聲響。我不知道那時我的反應已把答案告訴她了。那像是時鐘內殼繁複精密的齒輪器械裡，最不重要的一根小彈簧，在那重疊反覆的記憶翻頁時光，在某一個粗心不在乎的時刻，被我們給永遠無法修補地弄斷了。

所以我要說一個關於大麻的故事。

關於大麻，可以說就是我們這個世代對於記憶形式或時間想像的表徵（當然我的意思並不是說「我們」這個世代和六〇年代那些 peace and love 躲在宿舍鬼鬼祟祟抽大麻的老哥們是同一世代。這又是另一個時差的故事了）。或許你應該說我們這個世代是搖頭丸的世代。我認識至少一打的玩音樂的說他們的夢想是合成製作出在「搖吧」裡播放的搖頭樂。「只有進入搖頭狀態之人才理解的音樂。」那一切像在泳池底部漫游。恍如仙境。聲音自遠方慢動作傳送過來。且傳送的模式是一個氣泡噗突著一個氣泡斷續地傳送。

我亦遇過一些自稱「搞影像」的人渣，他們總在目光炯炯地跟你討論他們正在低成本用DV拍攝的「大麻電影」。譬如無情節地就是一列火車無止境在鐵道前進的畫面：狹窄視框內朝這邊收吞的鐵軌、隧道進出的光亮和暗黑、兩邊快閃的綠色林蔭、電線桿、平交道、飛鳥……像A片一樣無聲無戲劇性無開始結束地播放。其實就是那些在 pub 裡的小耳朵電視播放的背景畫面：無邊無境的綠色草坪上進行著沒有人關心現在比分如何的一場足球賽；重覆播放的衝浪板加滑翔翼加一級方程式賽車的剪接……

於是你想：會不會有一種小說是所謂的「大麻小說」呢？那種只有吸食過大麻的人才熱淚盈眶摳到癢處知道這說故事人「完全在狀況內」的小說？一個個飄浮的房間？分解動作後卻抽掉大部分連續性因果畫面的單幅幻燈片？夢境裡總有個小叮噹的隨意門可以任意打開自由穿梭到他人的夢境？

在你尚不識大麻滋味的歲月，那些曾經ㄆㄚ過大麻的過來人，如何用如泣如訴霧翳般的眼神，用種種盡可能的晦澀字句，描述大麻快樂「來了」時的情景：幾乎全和一個封閉房間有關。集體的。獨自一人的。

集體濫交？窒息式性愛？像用電線勒住頸子使眼球突出於是可以跳出平常置身的視覺平面去看見另一種時間狀態下自己的動作？他們會皺著眉頭有些困惑地提醒你：那是FM2吧？那是搖頭丸吧？甚至是古柯鹼吧？

ㄆㄚ大麻者就像是迷幻世界裡的素食者，他們個性溫和，有一些害羞而不願告訴人的贖世情結。他們像是那些服裝設計界裡的同性戀。敏感。口齒不清。目光閃躲。神經質。對某些線條、色彩、材質的體會簡直是超乎尋常的「穿透性的理解」。他們像是失聰的魚。

我曾聽一個傢伙說過，有一次他到紐約的朋友住處ㄆㄚ大麻（臺北的這些ㄆㄚ大麻傢伙通常亦是愛好環遊世界的自助旅行者），發生過這樣的糗事：他說之前他在紐約待過一段日子（請原諒這些傢伙描述事件時習慣性的時間脫序或空間剝落），就都是在那朋友的住處ㄆㄚ大麻。所以後來這次去，幾乎是一下了飛機便興高采烈地奔往「該毒窟」。沒想到那時是人家的大白天，「沒想到ㄆㄚ大麻這檔事也會遇到時差的麻煩吧？」有的人衣著光鮮上班去了，晚起的人這時兩眼惺忪誰也沒胃口一早起床空肚子陪他ㄆㄚ大麻。於是他（耐不住猴急）只好自個一人待在那偌大的空屋裡，隨手拿他朋友的銅炮筒，自裝自填地ㄆㄚ爽起來。

於是他進入了那種所謂的「飄浮的互不相干的許多房間」的解離狀態……

在那樣混沌失重，串組時間之線割斷一如靜靜蟄伏的爬蟲類光陰。突然像「快閃記憶體」的不連續播放畫面，他看見他那朋友（那間大麻窩的主人）抱著一個馬子在他面前親熱。「那是一個非常奇怪的發生和進行。」他異常清晰地專注於他們像鋼管秀地在他面前翻來搞去的身體細節。但他心底一直想把注意力的焦點調整集中於一個好像愈飄愈遠的框框……

後來他想起來了：那個女孩不正是他的女朋友嗎？他這次來紐約，本來亦就是要來探望他的女友（只不過他把到達日期晚報了兩天，想先來他朋友這裡來爽一爽）。但是他女朋友為何會出現在這個房間裡呢？她女朋友和他這個朋友並不是同一掛交際圈圈的。但是他怎麼樣也抓不著眼前畫面的推理邏輯……「你們這對……狗男女……」他笑嘻嘻地說，然後又噗嚕噗嚕地笑。

等到他清醒之後，才像逆光描線從記憶裡將那些斷裂畫面間被抽掉的連續畫片一格一格喚回：噢，想起來了，原來是這樣。

那是從一個私人的聚會開始的。

那時我正在幫一位導演寫劇本（不過這個劇本一直沒有寫成，變成了一個塞滿怪裡怪氣人物和故事的災難──那段期間，這位導演常找我去 pub 聽 band，找我去西門町的青少年飾物小攤巷弄窮繞，或是峨眉立體停車場的迴旋車道「勘景」……或是找一些整張臉穿滿耳洞鼻洞眉洞唇洞的漂亮妹妹講她們的悲慘故事給我聽──不過這些都是後話了。或者該說它們都不是這個故事裡的故事）。這個導演自己有一家廣告公司。那個聚會，就是他們公司的千禧年跨年 party。

那樣一個聚會，我如今回憶起來，竟恍惚出現像是一場化妝舞會般的嘉年華畫面：踩在金色大球上扔著五只保齡球瓶的小丑；穿著新娘白紗拿著仍噴灑著花焰仙女棒的漂亮女孩；穿著長風衣躲在角落抽菸打扮成上帝的傢伙；還有削長的臉畫著濃妝眼角還畫了銀粉淚滴的女騎士；或是演奏著手風琴穿著吊帶褲的大肚子麵包店老闆……

但那其實並不是一個化妝舞會。我想我之所以會有那一瞬鬆落失焦的記憶幻妄，可能與我在那個「所有人都保持著一種歡樂的笑臉」的聚會裡，卻像失聰者始終在關掉聲音，而人群張闔著嘴的畫面外頭，心不在焉跑來跑去的焦慮處境有關。

主要是那個晚上，我帶著我的妻子和我們剛滿六個月大的嬰孩參加了那個聚會。我後來有這樣的領悟：一個初生孩子的年輕母親，在嬰兒尚未斷奶的那六、七個月內，她和那個孱弱軟柔的小動物之間，其實比較像某種深海中把小魚含在口中孵育的失明魚類，或是某種外太空較人類高等的，出芽生殖的外星生物。而比較不近似人類。基本上，那段短暫神祕時刻的女人，與她身旁的人類的陌生距離，其實有些像那些女同性戀或嗑藥者。

作為這個狀態下的雄性配偶，會困惑地感到他熟悉的女人早已不再。（也許她的靈魂早被懷裡那隻皺不拉機的小怪獸，從她變得好大好膨脹的乳房吸個精光了，現在剩下的只是一具皮囊？）她的皮膚表層彷彿透著微弱的螢光。她的眼神渙散。她像隔著一層水族箱玻璃和周圍的人如此靠近地分隔兩個世界（雖然都透光，可是一邊是氣態；一邊是液態）。

其實那個屋子裡的，淨是些聰明的好人（所以我才會有那種「聲音被關掉的，化妝舞會裡的小丑笑臉」的夢境印象）。他們善體人意地傳遞著那個小嬰孩，誠摯地、故作驚詫地說著各式讚美的言語。（多麼像「睡美人」的序場。天哪，這不會是一個關於詛咒和睡眠的故事吧？）使得我的妻子得以空出雙手拿起叉具大嚼大啖玻璃小几上，或是大家輪遞著餐盤的義大利沙拉、醬汁蘸洋芋片，和一些爽口開味的酸乳酪……

如果那晚不是因為帶著我的妻子和嬰孩，我絕不可能對那一屋子的人，留下那種近乎「天線寶寶」的印象：柔和的線條、簡單鮮豔的原色、遲緩幼稚的動作、祥和美好的氣氛……

原來是一屋子像舊玩具箱傾倒出來缺了胳膊少了眼珠開腸破肚或是斷肢殘骸的人形布偶……我不記得了……但裡頭那個穿著黑色套頭毛衣露出漂亮乳房形狀的女孩，據說剛被檢驗出卵巢裡長滿了癌（後來她就死了）；那個獨自一個躲在角落噴空煙的漂亮女孩，原來有一個始終離不掉婚的爛腳丈夫；另外一個高眺的中年女人，他們說她是個婆，曾經甩了她的戀人（他們神祕地說：是個有名的大人物哦）害對方自殺，結果她的異性戀婚姻最後亦以離異收場。倒是繞室穿梭，無論如何都無法不看見她左腕一道肉褶翻起的、又粗又深的難看疤口。

我記得有一位前輩曾告訴我：他的許多原先對自己性別徬徨猶疑的男性友人，幾乎都是在當兵的那兩年間確定了自己的 gay 身分。為什麼呢？「當兵是個關卡，」那位前輩說：「軍隊澡堂的大浴池畔，一聲令下，嚇！幾十個漢子光條條的胸腹腰臀，一覽無遺——只要你是有感覺的，那種刺激，那種生香活色，不下於把我們丟到一個全是妙齡女子的海灘天體營裡面，真是會流鼻血的噢……」

我想這樣的心情恰亦能描述那晚我置身在那個公寓聚會裡的處境。所有的對稀釋貧乏的身邊人物的身世飢渴——那樣像瘠旱之地的豬籠草，苦候經月只為一隻色彩鮮豔的瓢蟲跌入膨脹變形的草葉胃囊，然後狠狠地，絲毫不浪費地將牠的全身各部位（足肢關節、翅翼觸鬚），全溶解消化吸吮殆盡——我可能整個國中時期、高中時期，都在一種漫長浪費的等待中，慢慢靠近全班五十個人之中的那一、二個「有迷人身世之人」。攀附他，包裹他，然後將他的身世，一點一滴細膩地吸吮出來……

這樣的我，有一天居然被丟進這樣一間公寓，裡頭橫躺坐臥的，全是一個個，飽漲身世的畸零之人。那怎不叫人眼眶皆裂、喉頭腥甜而全身發冷？

然而我卻只能集中全部注意力凝視著那屋子裡唯一的一個女人——而這女人是如此失魂落魄，雙眼恍惚地看著她懷裡的嬰孩。

後來那個嬰孩以一種急躁粗暴的啼哭方式吵著要喝奶（他還沒斷奶）。我只好徹底死心，從這個充滿了身世的聚會抽離。我向那位導演道歉，和他商量可有一個空房間借我的老婆餵一下奶。

但那個導演借給我們的臨時哺乳室，裡頭卻放著一大缸的雞尾酒。隔一段時間便會有人敲門。於是我們便像一對宴會進行中溜開至隱僻處偷情的淫蕩男女：妻慌慌張張地把她裸出的乳房塞回前襟；而我則拖延一段時間後才一臉鬼祟地把門打開。那個醉醺醺拿著紙杯進來盛酒的傢伙就會抱怨：怎麼回事？幹麼把酒鎖在裡面？喲怎麼把燈關了這麼暗……而我得一次次地向每個不同的傢伙解釋，因為我的老婆正在餵我孩子喫奶，所以我們暫時躲在這個房間……

最後我乾脆交叉雙臂在胸前地堵在那個房門口，像那些黑玻璃理髮廳門口擦皮鞋的男人，只要有人拿著空紙杯來，我便讓他們在門口等著，我進去替他們盛。

結果第一個被我攔下來的傢伙，就是這間屋子這個晚上所有華麗料理的廚師。

這傢伙是個極優雅有品味的男人。他是個富家子。據說他曾為了學藝，花了一筆始終沒有公開詳細數字（但耳語的人保證那絕對是嚇死人的數字）的鉅額旅資和學費，親赴威尼斯、波隆納、佛羅倫斯這些城市，在不同的國家料理學院和豪華餐館的廚房盤桓流浪了八年，學會了正統的北義大利風格高級廚藝。據說他真正得其義式料理神髓的壓箱密技就只有三道湯。這三道湯曾讓臺北某一家五星飯店的義大利教父級大廚在一次私人性質的比試中，各嘗了一口便流下淚來，說：「這是之前宮廷料理的手藝，我曾聽我祖父無限神往地提過那種失傳廚藝的高貴味道。沒想到竟在東方的一個小島有幸嘗到。」

這位優雅的廚師始終掛著溫和的微笑，看我滑稽慌亂地向他解釋我的妻子正在裡面餵奶吔，接過他的杯子，側著身從門掩住而慢慢打開的窄縫鑽進去，倒好酒，再溜鑽出來。然後拚命向他道歉。

他瞇著眼笑了起來：「還在學哦。」

然後他打了根菸給我，自己也點了根菸。陪著我在那房門口（妻在裡頭裸著一隻乳房餵奶）站著。我覺得他好上道哦。雖然他們私下都說他是個 gay（未出櫃的）。

我稱讚他的手藝真是沒得說。他淡淡笑著告訴我，他之所以後來沒去義大利餐廳當大廚，而跑來這家廣告公司做什麼創意企劃什麼製片，全因他有先天性的脊椎側彎——畢竟烹飪是一件需要持續站好幾小時的工作。

我打屁說那也好啊，讓那傳說中的三道湯保留它們的貴族神祕，不要被放在菜單上好像開個價就能喫到。他若有所思地看我一眼，像是確定我這話是由衷還是亂哈拉。他說：他學那三道湯的過程，其間嘗盡了不足為外人道的艱辛和異鄉漂泊的孤獨。他說如果上帝能讓他選擇，他倒是寧願在廚房裡按客人點餐而烹飪。而不要得這個神祕的脊椎側彎。

後來妻推門出來說她把孩子哄睡了（此刻他正趴在那個有著一大缸雞尾酒的房間的大床上熟睡），於是我又陪妻回到客廳，重新加入那些人，遞著餐盤吃那位擁有貴族手藝的義大利廚師親自料理的義大利麵（那些青醬、墨魚汁、辣椒奶油、番茄汁……各色醬汁真不是蓋的，比外頭的義大利餐館口感要高級了一截），還有淋了一種酸酸甜甜醬汁的羊小排……

吃完了義大利大餐之後，便有人像喊暗號那樣說了：「樂一樂的時間到了吧？」女孩們還拿著面紙擦嘴角的肉汁醬汁，燈就被人調暗了。公寓裡的氣氛變得十分曖昧——當然我永遠不知道那夜的下半段在那間公寓裡發生了什麼淫蕩放縱的狂歡場景——因為我帶了老婆和初生滿六個月的嬰孩，此時只好和另外那些有家眷的，識趣地摸摸鼻子離開。

老實說當我知道原來這個 party 還有下半場時，真是沮喪。我走到門口時，發現那個優雅的廚師正在發著一根一根的貨。說來丟人，我從未看過大麻。遂靠過去向他要了一根。

後來我才知道大麻沒人這樣打包回家的。大麻是在現場發，大家輪流遞著ㄆㄚ（這個術語是我後來從另一個朋友那兒聽來的）。沒有人會去問：「今天我ㄆㄚ的大麻要多少錢？」也沒有人會像問「這些剩下的雞湯沒人要喝吧?我打包回去餵狗」那樣伸手要大麻然後帶離現場。

但那晚我真的伸手要了,且放進我的菸盒帶走。那晚從北二高下交流道回家途中,遇到酒精測試的臨檢警車,我還真為了懷裡那根大麻嚇得冷汗直流呢。

我打電話邀我的人渣朋友來家裡「樂一樂」。他們在電話裡問我怎麼回事?我說我這裡有一根大麻。

「大麻?」

「貨真價實的大麻。」

他們幾乎是飛車趕至。說實話我有點虛榮。這兩個人渣朋友從年輕時就不止一次地這樣說:「哪天弄根大麻來抽抽吧。」就像我們那個年代的同儕,每隔一段時日,就會有其中一個傢伙從外頭的世界引進一些新鮮時髦的玩意:直排溜冰鞋、第幾代的耐吉喬登紀念鞋、吉本新喜劇乃至後來的料理東西軍;X檔案流行那陣子我們蒐羅研讀坊間所有有關外星人或不明飛行物的科普翻譯書;一九九七回歸熱但同時是世界恐龍年,F君甚且遠赴京都新京極的化石專賣店,為我們一人帶了一枚二〇〇〇¥的迅猛龍下顎齒;九四年大巴吉歐帶領義大利奪世界盃足球冠軍那個夏天,我們每個下午相約至中山北路中正路口加油站後面的DD堡,用「孤狼」羅馬里歐和貝貝多為肖像的巴西隊,對決擁有「黃金轟炸機」,後來卻爆冷門被羅馬尼亞幹掉的德國隊。(結果我們都猜錯了啊？）到了九八年禿頭席丹爆冷門擊垮巴西金童羅納多，我們已不再信任這種操弄全球十億人腎上腺素的「神話破滅」遊戲。我們的眼神變得冷漠灰澹。那時F君已可以純熟地用3D動畫繪圖軟體，把達文西的飛行器骨架設計草圖，放在他自己的網站首頁。

另一個傢伙叫小賢的，年輕時有名的放浪形骸。他長得活脫就是盧貝松電影《終極追緝令》裡那個喝牛奶抱盆栽逃亡的冷面殺手里昂。他的馬子是個叫做小妹的漂亮女孩——她的臉廓漂亮到，有一次我們一票人誤闖進一家女吧。短短一個小時，便輪番上來了六、七個個頭不高但帥氣極了的老T，完全無視我們這幾個「敵人國度」的生物學男性，各施本領地和那小妹敬酒調情——據說小妹高中時期也確曾和一票姊妹淘騎重機車玩菸疤刺青那一套。

有時我們一票男生爛混在其中某一個人的宿舍喝酒打屁，小賢的手機隔半小時便響一次。然後我們會聽見小賢用那種被跟監的慣犯的厭棄口吻說：「好啦。就是在誰誰誰這裡啊。唉喲拜託……不然你問他們。」有幾回他真的把手機丟給我，你就聽見電話那頭，那個漂亮的女孩像個無奈但倔強撐住尊嚴的妻子：喂，不好意思，因為是他二姊打電話來我這找不到他……你幫我攔著他少喝一點……

我不免有些為這女孩黯然：在這全是男子的房間裡，她像個闖入者。像個委屈的、不合宜的麻煩。喂原來在那些耳垂上穿滿孔洞的皮外套重機車女孩之間，她可是害姊妹們心生嫌猜暗幹拐子黯然銷魂的華麗極品吔。結果她卻要這樣生手生腳地在男人哥們的社交巷道裡，像好萊塢電影裡那些特種部隊突破紅外線防盜光束如魚頭內的骨刺錯繁密布，那樣軟腰抬腿縮頸弓背拿捏最精微的分寸……

後來是有一陣小賢莫名其妙地長了癌。先是在他舅舅的小診所拍的片子，整個胸腔橫膈膜四周全布滿了白色的小光點（小賢向我形容那張X光片：像用天文照相機對著夏夜星空的銀河光霧拍下的底片）。家人們還猶豫著要不要告訴他。結果臺大的檢驗報告出來了。是癌。Cancer。

我們到榮總十五樓的癌症病房探視小賢時，心裡幾乎已相信啊這將是我生命裡等一個如此親近的朋友讓我目睹他的臨終時刻——有一段日子，我父親的朋友們，在他過了七十歲的邊界之後，像有人故意用力搖撼樹幹那樣，落葉如暴雨來襲一般紛紛死去。那時我便這麼想：我身邊的人們，是從誰先開始呢？是從何時開始計數那死亡鐘面的刻度呢？——他整整瘦了快二十公斤。像實驗室裡那些溫馴的齧齒類動物認命地接受化學療程。拉上簾子換注射管的時候，他小聲告訴我：他懷疑這間病房是末期病人在住的，他才進來四天，隔鄰那張病床便推進推出換了三個不同的病友（不是出院，是嗝屁了）。我問他說到底檢查說是怎麼回事？他茫然地說誰知道。他說他待在這幢超級大樓的醫院裡，亂像住在峇里島的五星大飯店裡一樣，每天換不同的樓層找不同樂子的附加設施：健身房、游泳池、三溫暖、卡拉OK、撞球室、橋牌室、酒吧……不過他則是在不同部門，照斷層掃描、超音波、抽血、驗屎尿、胃鏡腸鏡直腸鏡……

「全套的啦。」他說。一旁的小妹守護他三天三夜，據說開始尿血，所以順便也去幾樓的泌尿科檢驗一下。他說起他去照直腸鏡，他們讓他穿著一件像日本男人的浴袍那樣的小和服，叫他躺在一個玻璃帷幕的小間裡。拿個長管子的攝影機塞進他的屁眼裡。他還在那兒前擋後遮拉著那件小和服（裡面一絲不掛，一不小心卵蛋就從和服下襬露出來），卻發現帷幕外頭，老教授帶著十幾個實習生對著一個電腦螢幕指指點點。他想那畫面上不正是他屁眼裡大腸中糞便填塞的情形嗎？他說那時他突然亂能體會那一百多個俄國士兵被困在深海下面的潛水艇裡的孤寂心情。

不過後來，小賢的癌突然就好了。

完全沒有任何頭緒的，有一天你就接到電話說小賢病好了，出院了。「噢，好啦。」掛上電話後你才慢慢感受到某種不可逆的時間定律被打破或倒轉的暈眩。究竟他不是重感冒或割盲腸送進醫院療養的吧。腦海裡本來的意象是，一個你熟識的朋友，他長了癌，被送進那幢像太空科技實驗中心的無菌大樓裡。那穿著太空裝和戴口罩的傢伙，在他身體裡像美軍轟炸伊拉克一樣，嘩啦嘩啦投彈了一堆化學炸藥，還用雷射光焊燒他的內臟。在這同時，那些癌細胞在他的身體裡沙沙吃著他的肺臟肝臟和淋巴……我們到醫院去探望小賢時，看到他目光渙散瘦了一圈勉強說著爛笑話，或是小妹站在床邊一副未亡人神色的單薄模樣，幾乎已集體催眠地進入那無法把沙漏倒翻過來的「死亡時間」。對我們來說，「他正在死去」，即是一種肉體的加速耗盡和毀壞……

但是他竟然就好了。死刑被喊停。重拍的X光片上，所有的小光點都消失無蹤。若非當初是在不同兩家醫院拍的片子，小賢說他還真懷疑那些所謂的「胸腔的不明光點群」，只是過期底片上的發霉汙斑。沒有人知道這之間到底發生了什麼事？醫院的醫生也講不出個所以然來。我們唯一能做的解釋便是：小賢曾在某段時間被外星人抓去，他們在他的身體裡植入了某些實驗用的神祕晶片之類的東西。然後在一個沒和那身體主人打過招呼的狀況下，他們又收回了那些晶片。

倒是經過了這一場之後，小賢的身上發生了某些神祕的改變。一開始我們也講不出個所以然來，到底這傢伙是哪部分變得怪怪的和以前不同？像我小時候有一次被我哥玩醫師遊戲，把一個小骨頭塞進鼻孔裡。有很長一段時間我媽覺得奇怪為何會從我身上某處發出一股臭味。但她抱著我到處噌嗅就是找不到究竟是哪裡發臭（她還把我帶去剃了光頭，因為以為我長了癩痢。）最後鼻梁處腫了好大一粒，帶去耳鼻喉科動手術，才從已經被鼻腔內軟蒂組織包覆黏結的血塊膿汁中挖出那個小豬骨。

後來我發現，小賢變成了一個「保守的人」，簡單的說，就是「相信一夫一妻制的人」。小賢曾對我說：「就像有人不吃牛肉，有人嗜吃那滷得鬆滑鮮嫩的牛肉——我知道你是相信一夫一妻的愛情關係，不過對不起，我是吃牛肉的。所以我不可能體會『不吃牛肉』是怎樣的感覺。」我確實也很難想像：要從一個記憶畫面裡充滿了各式不同女人的腿胯、不同方位的恥骨、毛色濃密迥異的叢毛、乳房乳蒂大小形狀色澤不同，甚至肚臍啦耳蝸啦腳趾啦這些細節皆如此不同的世界抽身而出，退回到一具你熟悉得想打哈欠，且等速於你的身體一道老去的女體身邊，這之間的變化和「從一場癌症死裡逃生」有任何關聯？

小賢變了一個人。他對外頭的各種豔遇可能毫不動心。（我甚至懷疑那如煙消逝的癌軍團並不像我們以為的「什麼也沒發生」，它們不為人知地吃光了小賢身上多餘的雄性荷爾蒙〔睪酮激素〕？）某部分來說他變得對小妹依賴眷戀。這似乎像是他罹癌時刻和小妹像一對苦命戀人，手牽手在醫院庭園緩緩散步的畫面的延續。可是有時在我們哥們的聚會裡，景象顛倒地看著小妹要先離去，而小賢猜疑不放心地纏著追問她之後的行蹤、地點、約會對象……我倒是一閃而逝地在小妹臉上，窺見她少女時期殘忍又理性地甩開那些意亂情迷的女孩糾纏時的疲憊神情……

所以當我拿到那根大麻時，之所以馬上想到邀請來同樂的故人，是F君、小賢和他的馬子小妹，倒不僅因為懷舊地想起F君曾童稚憧憬地說過「哪天弄根大麻來呼呼吧」（他甚且煞有其事地說要去偷帶罌粟種子大麻種子在他的宿舍裡盆栽種植）。或許還有一種「往昔時光被不同時期人生際遇截斷、擠壓，形成完全顛倒錯妄之圖景」，和傳說中的「大麻時刻」（吸食大麻後腦中所見的暈糊斷裂的畫面）如此相似的心情吧。

剛開始那個畫面是完整的：他們按電鈴，狗吠，妻把百葉窗拉起。F君先走了進來，他帶了一瓶起瓦士十二年分威士忌；小賢和小妹則拎了一盒天母「吃吃看」的起士蛋糕（我們有很多年沒見面了）。他們臉上掛著曖昧又期待的微笑，我們胡亂打著屁。妻則抱著嬰兒給大家觀賞。所有人的聲調似乎都調高了半階。妻又端出一盤水果讓他們吃，要他們坐沙發別這樣站著。但你可以看得出他們全心神不寧。

「貨呢？」Ｆ緊張地問。

我對於他這樣神祕兮兮地稱呼那根老鼠炮大小的小捲菸真要笑死了。好像我這屋裡有一批磚頭大小的純海洛因磚。我故意拿出一根普通的七星淡菸，湊到他們面前。「原來大麻就長這樣啊？看起來跟普通香菸差不多大小嘛。」小妹說。但小賢立刻斥責她：「妳懂什麼？妳沒發現這裡面的菸草比較大片顏色比較淺……」所以當我下一秒中故作不慎將那根香菸掉落地上，又一腳將它踩斷時，他們全不約而同趴跪下去，圍著那印了鞋印斷成兩截的香菸殘骸，「啊！」這樣快哭出來地驚呼失聲。

後來我拿出那根真的「貨」來（他們全破涕為笑）。我想畫面可能是從那時開始零亂模糊，有一些細節剝落。小賢想起來說是不是該放一些適合吸大麻的音樂？他說不是聽說有一種專門給搖頭 pub 裡頭播放的迷幻音樂。但我立刻慚愧地發現我家音響旁邊堆的ＣＤ片全是「米奇ＡＢＣ」、「巧連智」、「數蛤蟆」之類的幼兒音樂。小賢說沒關係我們來看「天線寶寶」好了，據說後來人們才知道原來英國ＢＢＣ拍攝天線寶寶，是給那些在搖吧裡嗑了一整晚藥的人渣，天亮時全身虛乏地回到自己家客廳，舒舒服服地窩在沙發看丁丁、迪西、拉拉和小波簡單的顏色作些很驢的傻事，會像回到童年時光一樣幸福舒愜哦……

說實話我們把「ㄆㄚ根大麻」這件事，弄得有點像那些國中生躲到體育館地下室吸食強力膠一樣嚴重。我們都神經兮兮的（我還把門窗都關緊窗簾全拉下呢）。究竟我們裡頭沒有一個人真的ㄆㄚ過大麻嘛。誰知道待會會發生什麼事？會不會明天一早醒來發現我齷齪地騎在小妹的裸體上，而F君和小賢像春宮畫裡的優伶舌接舌互相握著對方的那話兒？或是我的嬰孩就在一場發狂瘋魔的邪惡儀式中被撕成碎片和著大家的大便小便（還有經血？）一起分食了？我個人比較期待的畫面是像侯孝賢電影《海上花》裡頭，一些留辮子穿長袍馬褂的老痞子，在長三妓院的房間裡，慵懶恍惚地各自躺在一張酸枝貴妃椅或羅漢床上，一人一手水菸管，也不說廢話，自顧自噗嚕噗嚕吸著鴉片。不過話說回來，我們的「貨」，真就只有半截小指那麼短像涼菸糖那麼細的一根稀貴的大麻。

這時我突然想起一件事。

我把抱著嬰孩混在這群人中一起嘻嘻傻笑的妻叫了過來，要她帶孩子上二樓去。妻抗議說孩子的睡覺時間還沒到嘛，我幾乎是拉下臉那樣趕她上樓。「小 baby 吸了大麻染上癮怎麼辦！」（像在體育館帶頭吸食強力膠的大哥把他最心愛的小馬子趕走？或是那種每次都單身赴會「換妻俱樂部」的沒品爛人：「我老婆今天不舒服，所以我來跟大家換一換就好。」）我記得妻剛懷孕三、四個月的時候，出現了嗜睡的奇怪症狀。每天無止無境地睡著。那時我正在寫一篇悼祭一位自殺死去的女同性戀故友的小說。常常是：我在三樓吸著菸，我的妻子在二樓的臥房睡著，我聽見她令人陌生的鼾聲。我有時會一閃即逝地想像著她肚裡的孩子。此刻他正浸泡在一隻正在作著夢的母獸肚裡的整袋液體裡呢。

我吸著菸，想著一些可怖的小說情節。

似乎那些一噗一噗吐出的白菸，像騰扭變形的妖精，打著滾沿樓梯絆跌下樓，從我妻子的鼻息進入他們母子共同的夢裡。

終於我們開始吸食（大麻）。

那根短短、小小、像老鼠炮一樣的淡粉紅色捲菸，由F君開始點火。他點菸時你幾乎可以像分格畫面那樣看見菸頭火星在菸絲間串接，第一股菸（帶著大麻的香味噢）輕輕地從菸頭瀉出便被F君從捲菸吸吮入口，你可以看見他下半臉肌肉輕微地抽搐。他像品嘗頂級紅酒那樣，閉著眼將那口菸吞入胸腔。不知為什麼，他那副珍惜又滿足的內行模樣，讓我想起一些XO名酒廣告男低音的旁白：「品味卓然、行家經典」之類的噁爛臺詞。他把那根大麻遞給小賢，小賢也裝模作樣地吸了一口之後，再遞給小妹。小妹吸了一口之後，有點尷尬。她如果遞給F君，那不是有點間接那個的意味（他們因為太慎重其事，所以把菸頭含得溼溼的）？但若是再遞回給小賢，不是這一趟來回小賢就吸了兩口，好像夫妻檔跑來跟人家合ㄆㄚ大麻還占便宜似的？

不過後來她還是遞給了小賢。其實那根大麻，被他們這樣傳來遞去，來回不過四趟吧，就見屁股了。最後那口F君吸完要遞給小賢時，小賢非常上道地說你把它抽掉吧。就剩那一點了。

他們這樣遞著大麻輪流抽的時辰，臉上表情亂像我高中時一塊作弊的人渣同夥。那捱等著寫了答案的小紙條傳遞過來的漫長時光，空白的試卷紙上的題目對你一點意義也沒有。你只能裝模作樣地坐在那兒打發時間：假裝皺眉沉思、假裝振筆疾書、假裝寫錯了用立可白塗去之前其實是亂寫的廢話……如果現在有人找我去當高中生的監考老師，我只要站在教室外走廊瞄幾眼就知道哪幾個傢伙是打算作弊的。那種故作莊重卻又忍不住帶著歉然的微笑；那種不知道自己為何置身在這一群人之中的等待氣息；那種幾個人被一種幽微無聲的約定串繫著，可是可能下一秒那細線就斷了你就只剩自己一個孤獨之人……

但是F君他們把那根大麻輪流吸光後的表情，更像幾個人吃完番薯坐在那裡等多久以後會不會真的放屁？也許受到我之前拿根假貨矇騙的影響，他們不斷嘀咕著：怎麼搞的？沒感覺嘛？媽的你是不是又自己拿些爛菸草捲了來騙我們？

這時候小妹突然問我：「你怎麼沒有抽？」

（像那個太宰治三番兩次帶著那些無辜美麗的女伶或有夫之婦跑去小旅館仰藥殉情，最後總是陪死的那個真的掛了，而他老治總九命怪貓奇蹟似地被救活回來？）

為什麼你沒有吸呢？小妹仍在低聲咕噥著。但他們三個人已是一臉傻笑。F君坐在一張皮凳上搖搖晃晃，我勸他鬆開皮帶坐到沙發上或許比較舒服，但他堅持不要。我硬要扶他起來時，他像爛醉或拳賽被擊倒的拳手雙腿軟癱摔坐到地上。他們全嘻嘻嘻地笑著。這時無論我說什麼，他們全像聽了全世界最好笑的笑話那樣痛哭流涕地笑著。我試驗地說：「一、二、三、四、五、

六、七……」他們全像我初次將年輕的妻弄到高潮時，惡戲地調弄她的乳蒂、背脊、臀部或腿腹，全讓她震顫刺激欲死。但她又如此軟弱，乃至於驕傲又屈辱地哭了。

他們一邊像壞掉的聲控玩具那樣停不下來地痙攣地笑著，一邊低聲咒罵：你這個爛人，你給我們記著……

因為，我說，因為我要作那個「最後的清醒者」啊。

我記得許多年前有一個女人，她安靜又端莊。她是別人的馬子。我和身邊的這許多人渣光棍一樣，只敢在自己的單身宿舍幻想她的裸體打手槍。有一天她到我的宿舍喝酒，才喝兩杯她就掛了。她對我說：「你看喔。我會做這個。」然後她把衣物悉數褪光（我真不敢相信眼前的景象），她居然全身赤條條地在我面前作起蛙人操（媽的我還不會哩）。她的整個胸前全起了粉紅色酒疹。後來她還跪在床邊乾嘔。

但是當我配合著她那種奇怪的姿勢（腋毛陰毛坦露，肚臍挺在整座人體弓橋的最高處，乳房緊繃在喉頸下扯的弧線兩邊）輕輕地銜著她的乳房，她哭著說：「我恨你。」

我不能原諒你看見我這麼失態的樣子。

但我多想告訴她她這樣三八兮兮的樣子好可愛哦。我用手指輕輕地搓她的小米粒，她那裡就像蓋子鬆掉整瓶倒出來的透明膠水一樣，讓人擔心她身體裡的體液會不會就這樣全流光了……但她一直不停止地說著：我恨你……我恨你……我恨你……

我記得許多年前，F君曾帶我回到他嘉義故鄉的私立中學教室裡，鉅細靡遺地告訴我當時他如何如何偷偷喜歡班上的一個雙魚座女孩。她坐在哪個位子，而他坐在哪個位子。那一切像電影的分格畫面一樣，每一格畫框裡的光影、特寫、場面調度、背景人聲……都如此斤斤計較。他告訴我他的死黨怎樣在起鬨，而她的死黨怎樣在耳語。他說快畢業前那一陣，班上的人都在交換彼此的照片（他說反正我們南部高中生很土啦），他被一個心念折磨得形容枯槁：他整個高中三年沒和那女孩說過半句話（他是處女座的），他不敢向那女孩開口要一張似乎有幾個痞子男生人手一張的她的畢業大頭照！

有一天早自習，人心浮動鬧鬨鬨的，那女孩突然穿過人群（我記得他模仿那女孩從前排座位走過走道的路線），走到他的桌前，面紅耳赤，怒氣沖沖，小氣地說：

「張四手你為什麼沒有來要我的照片？」

我說：一、二、三、四、五、六、七。他們又哇哈哈笑得顛三倒四。他們說你這個爛人。你為什麼沒吸。

我倒了一杯起瓦士，孤自一人靜靜啜飲。我想說（但我一開口他們就笑），在那個停止時刻裡，穿過那些迷宮裡迴腸般打轉的路徑，我會看見什麼？一些死亡造景嗎？還是像泥漿人鬆潰瓦解的頹廢模樣，每個人露出他脆弱難看的一面？

這三個人會坐在那傻笑搖晃到何時？

夜涼如水。我的歡樂屋已經啟動。

在這屋子的二樓，我的妻子正摟著我們的嬰孩在大床上四仰八叉地睡著。他們正進入深湛無夢的睡眠裡。一樓的客廳，那三個男女像科幻片裡被用冰凍槍封住的異形胚胎。他們像三坨黏答答透明膠液縛纏住的爬蟲類正縮成一團進行一種化蛹期的變態。你可以聽見他們的心臟卜卜跳著。但他們被凍結膠封在一種柔弱軟體的變貌時刻。他們的官能、性別、記憶、夢……所有結構性的組裝，全像熱熔槍裡的白膠條，滴滴答答地融化掉落，糊在一起。

（媽的，這到底是個大麻的故事還是植物人的故事？）

整個客廳瀰漫著大麻菸草的焦香味。

這屋子裡的人，各自進入那宛如靜止的甜美時刻。我把時間喊停。我卻不知道他們在那靜止的時間裡看到了什麼？（因為我沒有吸那根大麻）曾有一個女孩在一個咖啡屋裡對我說：「我要寫一本小說，那是一個女同性戀以第一人稱書寫的遺書體小說。」我以為那不過就是一本小說的書寫時間罷了。我不知道那時，一幅巨大的死亡場景其實已在我眼前開始搬演。倒數的計時器已被按下。後來我總為自己在那臨場時刻未能將時間喊停而驚懼悔愧。

現在我把時間喊停了。但我能做些什麼？

F君正像遊樂場裡壞掉的西部警長拔槍遊戲，重複的機械性拔槍，錄音帶臺詞：「哈哈哈，你的槍法太遜了，回去練練再來吧。」那樣端肅認真地反覆說著：我一直在等著您。小賢是否重回到他哥哥車禍死去的那個暑假，他孤單地躺在他哥哥從前不准他進去亂翻（床墊下果然藏了幾本典藏版的《PLAY BOY》）的房間地板，那樣莫名勃起、悠長停滯像他永遠不會持續長大的時光。小妹則好幸福地回到好久好久以前，她在她學生宿舍睡著了，有一個女孩跪在她的臉前，好痛惜好迷醉地吸她的耳垂。然後羞恥地說：「妳長得好漂亮好漂亮呀。」

我試著又說了一次：一、二、三、四、五、六、七。但這次沒有人笑了。

在我的想像裡，我似乎就是在那樣一夜的折騰之後，把那一屋子沉睡在大麻氣味的傢伙鎖在屋內，匆匆出門。那時天仍未明，前夜我將一輛紅色八百 c.c MITSUBISHI出廠之小箱型車停放於盤錯巷弄盡頭一條大圳（水溝邊）。在天將亮未亮懵懂移動於近乎膠質之光影中，我並未發現任何異狀地在一列停放於溝邊之無人車輛中找到我的車（拉車門手把時且逼真地感到附於金屬上晨露之冰涼觸感），待將電門鑰匙發動時，才發覺我的車並未如之前想像地塞停在溝旁車列之中，而是整輛車四個輪子皆浸於那大水溝裡。

由駕駛座的車窗往下望，可以觀察到這溝圳水清而淺，流過車輪附近的溝水，隨車體傳動至輪胎底顫動而泛出一波波發抖般的水紋。

也許是昨夜停車時沒注意，擋住了車側這一面巷弄出口，使那些由巷弄裡駛出的車輛沒有迴轉之空間，而遭人忿恨地將車抬放進水溝裡吧。

在這樣看不見的，未在現場的，曾遭人憎惡的心情下，在恍如自夢中走出的那個清晨，將紅色箱型車駛出水溝，在清晨除了穿著反光條紋背心掃街清潔婦之外空無一人的街道茫然地行駛。車輪因浸了一夜溝水，行駛時與柏油路面有一種抓地力薄弱的橡皮滑擦聲。

我這樣在冰冷清晨的城市街道，孤零零地駕車行駛，為了趕赴一個可能快要散去的聚會。在我的想像裡，那是一個純是 gay 的聚會。我要去找的那個人就在那個聚會裡。

我要去找那位義大利廚師，那個給我大麻的人。

但其實那一夜我根本沒有離開那個房子。我替客廳那三個彷若爛醉打呼的傢伙蓋上毛毯後，便上樓和衣躺在熟睡的妻的嬰孩的身邊，迷迷糊糊地睡去。

所以我根本沒有在那樣一個昏暗的清晨，孤自一人開車穿過這座城市，走進那個樓梯口蹲坐著一些眼眶瘀黑的美少年的地下室搖頭吧。沒有穿過震天價響的電子迷幻音樂，恍如聽覺消失只剩下有人用電纜勒束你的脖子在所有官能漂浮離你遠去之際，只聽見自己的心臟，像快要被捏爆那樣：一下、兩下、咚、咚咚、咚咚……慢動作極遠方的鼓擊鈍重響聲。沒有穿過那些赤裸著精瘦上身（有一些練過的則肌肉累累）、穿著低腰露臀露黃埔褲頭的搖頭晃腦的男子身軀之林。（我真的「並沒有」穿越過這一切嗎？）那些傢伙一邊甩著頭亂搖，一邊拿出小學時導護老師在校門口護送路隊過馬路的哨子拚命亂吹。而且都露出很渴的樣子，人手一瓶礦泉水對嘴灌著，他們邊搖頭邊灌水的模樣，真的很像電視上賣礦泉水廣告裡的誇張演出，水淋得一頭一臉全身都溼答答的（連乳頭上穿乳戴著的小金屬環都一抖一顫沾著小水珠呢）。然後他們會如痴如醉集體用臺語大喊：

「搖啊搖啊搖喲……」

我並沒有穿越過這一切，走到那個義大利廚師的面前，對他說：「喂，再給我幾根大麻？」

事實上第二天近午，我和抱著嬰孩的妻走下樓，客廳裡那三個傢伙早已衣著整齊容光煥發地坐在沙發上喝咖啡聊天了。我們下樓時，他們全起立相近，臉上帶著靦腆的微笑（為著不記得昨夜發生了什麼事）。他們為了我竟真的有辦法弄到一根**真的大麻**來宴饗他們而感佩豔羨。老實說，那種感覺真令我暈陶陶的。

……操！他媽的那一定是極品，純之又純的……才兩口就整個上來了……一定是荷蘭貨……幹他媽的你一定是毒蟲，先用一根好貨來鉤我們上癮嘛，我萬沒想到我第一次吸毒的經驗如此美好……

連酷酷的小妹都訕訕地說：喂你有沒有辦法再弄一根來大家ㄆㄚ啊？（他們連用語都變成一副行家的模樣）。

妻在一旁也被撩得無限嚮往地說：去嘛，你再去要一根來，這次我把ㄅ——y 哄睡了也要下樓ㄆㄚ……

所有的幹ㄍㄧㄠ在我聽來全是讚美。他們在向我ㄙㄞㄋㄞ呢，這些人渣。我親愛又嚴肅地告訴他們：是啊，我又何嘗不想再弄它個兩根來樂一樂呢？但這事兒有些難哪……

「主要是，」我說：「給我這根大麻的人，據說是個 gay 呀。」

這些傢伙全露出那種傻氣的、慵懶的、壞壞的笑臉。那種「這樣說來確實是有點困難」的表情。於是他們開始說一些粗俗呆笨，層級很低的屁笑話。（那些笑話就是同志運動中斥責指控之「異性戀男性圈子裡藉以確定並驅趕他們內心幽微恐懼之同性戀素質」的典型笑話。）

我說：「不要啦。屁股痛。」

我變得歇斯底里起來。怎麼回事？這件事（或是這個故事）從何時開始扭曲變形成「我為了一群人渣哥們間的兄弟義氣，要偽扮成一個 gay（至少是把氣氛弄得很曖昧），去替他們哄騙訛賺，向另一個優雅良善的 gay 要來幾根大麻，讓他們爽爽」？我記得我曾讀過一篇小說，寫抗日時期一個女學生加入了一群豬頭愛國學生組成的地下組織，他們要暗殺一個汪精衛手下的漢奸頭子，於是「派任務」（用投票的方式）要那漂亮女孩去跟那個以好色著稱的漢奸上床。但是他們碰到了一個技術性的問題：這女孩還是處女！於是他們挑了這群學生裡唯一因嫖妓而有性經驗的一個劣貨把那女孩開了苞。問題是這女孩從失去貞操之後（去色誘漢奸的任務尚未展開），就感覺團體全部的人對她的態度變得亂陰暗的，有一種泡泡的、齷齪的，不潔的氣味瀰散在她身上四周。這小說寫那女孩的內心「後悔極了」。我覺得我的處境和那個女學生好像喔。

我曾經那樣按圖索驥地加入一群極陽剛的混混兄弟裡。那時我每天洗澡便對著鏡子擠出猙獰的臉（這張臉二十年過去了仍未彈回原本柔和的線條）；我練著用很屌的樣子走路；練習用拇指食指夾菸抽到菸屁股時用一種很簡潔有勁的指法把濾嘴彈在地上使菸頭熄掉；我試著滿嘴三字經；我在公車上因羞恥於自己的手如此秀氣而刻意鼓掙著指節握吊桿（使拳頭看起來很大）；我練習在公車那樣的密封空間眼睛四處逡巡，看的不是女生卻是男生，倘有哪個傢伙敢回ㄑㄧㄥ，就穿過人群拉他下車一頓好打……

這樣地，穿花撥霧（如同我一起始對您說的），穿過人群，坐到那位優雅的廚師的對面，撒嬌地、不男不女地（您曾說：在您女性化極了的裸身形體裡，占住了一個極 Positive〔陽〕的男性；我試著艱難極了地模仿：在我男性化的形體裡，占住了一組哥們，哥們的形體裡的少年，哥們互相雜交以死生盟契的美麗少女，或是哥們長大以後稱之為嫂的配偶們，以及我自己的配偶，或是我配偶少女時期那個被白色光霧馬賽克塗掉的T戀人），像在一個銀光竄閃嘩嘩墜落上萬顆鋼珠的彈珠臺裡的其中一顆。我以為在那樣隱匿繁錯的網絡釘陣裡，必然有許多許多未可知的選擇路徑。我以為故事會有許多個出人意表的結局，但最後竟仍如對手一開始的預言：不管你和在怎樣蹦蹦跳跳的同形球體裡，不管那一整個世代的同伴們集體弄出怎樣大的噪音。最後你一定會掉進這一個格子裡。像《桃色交易》裡那個穿白色西裝品味優雅的神祕大亨勞勃・瑞福對著黛咪・摩兒說：「哦，妳會的，妳會要的。」（妳會為了一百萬美金換妳一夜來找我的。妳會接受這個提議的。）

後來所有接受那些交易提議的人們都會這樣辯解：啊，我那時是為了……為了我那個潦倒的丈夫、為了我那些人渣好兄弟、為了我那個被禁錮在斷裂夢境裡的憂鬱症妻子、為了你實在長得太像我少年時那個狠狠傷害過我的圖像情人……但之後他們進入了一個遠較之前所遭遇之生命更為精緻優雅的停頓時刻。（更高雅的用餐排場、更聰明的笑話、更深邃幽微的身世迴廊、更細膩懂得撩撥你那些快感皺突的色情手指、更昂貴的絲質內衣、更目眩神迷的傳奇的被書寫記下……）那樣羞慚感激於自己為何被盯上被臨幸被哄騙進這龐大陰謀的「更進化物種的幸福時刻」裡？

我對他說：「喂，能不能再跟你要幾根大麻哈？」（從那一刻起，這個故事的時間之樹被倒轉過來。停頓的時刻成為等待的時刻。愛成為謊言。另一個懺情錄的計時被啟動，我又重新開始成為一個粗暴與傷害之人。）

我說：「喂，那天你給我的貨真不錯，亂純一把的，能不能再弄兩根來ㄆㄚ一ㄆㄚ？」（那時我仍不知大麻不但不能打包，更不能這樣光天化日之下在辦公室裡伸手要。）

這位見過世面的廚師實在太優雅了。他完全不以為忤。他告訴我，他手上並沒有現貨（他不是個毒蟲！）他說他想不到我熱中此道。他說如果我真的那麼想爽一下的話，他可以報我一個地方（他把地址給我了），那是一間叫「TEXOUND」（台客爽）的地下酒吧。裡面全部的人都在嗑搖頭丸。他說他每個週末都會和朋友去「爽一爽」。他建議我可以去走一走。

這是一個災難的開始。我要說的故事便是：我因為想要幾根大麻，而亂允諾了一個優雅的同志的邀約。但我之後從未去過那間「台客爽」。所以我便須在每個禮拜一，去那間廣告公司，向那個被我放鴿子的，我不確定他有沒有大麻可給的，優雅的男人，編出各式各樣荒誕離奇，關於上禮拜六我為何不能去「爽一爽」的理由。像亙古以來所有油嘴滑舌的負心漢在天花亂墜哄騙著那些明知他在說謊卻心甘情願被騙的「陰性之人」。

這是一個關於「各種理由」的故事。

第一次我告訴他欸那天我剛要出門，結果我媽一通電話來說家裡一條狗掛了，我就和我哥回我父母家去處理那具狗屍。我向他描述我們如何把那隻大型狗的屍體塞進一只託運行李的大皮箱……

他靜靜看著我的臉。他說：「那天等了你一整晚上噢。有幾管純的。」（不上道就別玩噢）。但我一直向他解釋真的是那隻狗死得太是時候了……

他說那這個禮拜六一樣老地方等你嘍。

第二個禮拜我告訴他：不是，這次你要聽我解釋，媽的我孩子出玫瑰疹了，高燒到三十九度，都翻白眼了。你說我總不好丟老婆在急診室掉眼淚，自己跑去搖頭吧ㄆㄚ大麻吧。

這套說詞倒是把他壓住了。那畢竟是他不能想像的陌生場景呵（流淚的妻子、發著高燒送往急診室的小孩）。他的臉色發青，但他實在是個優雅的傢伙。

他幾度欲言又止，他說：「下次不可以放我鴿子了嘿。」

第三次我說（我擺出一臉憂悒灰暗的鳥樣），對不起家裡有一些非解決不可的狀況，（我把臉埋在兩個手掌裡）。我的婚姻好像終於到了攤牌時刻了。

他安慰我說別放在心上。倒是看看把問題怎麼解決之後，真的可以去那家台客爽去坐坐。透透氣。

玩嘛。他說。

第四次我怒氣沖沖地對他說。媽的你約我去的是什麼一個爛吧啊？我說我去啦我車子在那些莫名其妙的巷子裡繞啊繞（我故意把那些巷弄場景描述得宛如現場但又模糊難辨），就是找不到你說的那個地址。操他媽後來我下來問人，一回頭車就被那些拖吊蟑螂把車給拖走了……

（他重新和我核對了一次地址。）

第五次我說喂說真的那天我阿嬤差點掛了她肚子腫那麼大一個我陪她吊了一整夜的點滴……第六次我則是說我爸得了老年痴呆症他拿菜刀硬要去砍對門另一個老頭，我媽要我回去拉架……

時日遷移。

我從來不曾赴約。

我開始在每個禮拜向他解釋的那些時刻裡，變得心不在焉起來。

我有點驚訝於他那樣黃金延展性一樣無邊無際的等待。他真的都坐在那間 pub 裡等著我嗎？

（我要的大麻可還安然無恙？）

我想他應該亦驚訝於我竟可以像魔術師從黑色禮帽裡無止盡地掏出兔子啦打結的手帕啦這些稀奇古怪的垃圾玩意。那樣充滿了災難、危機，和各式各樣不能傷害之人的「真實的生活」……

但是有一天，我同樣氣急敗壞地坐在他的對面。噯這次是因為……

他仍然安靜地看著我。

突然之間腦袋一片空白。完全一點理由也掰不出來。「是怎麼了？」他的嘴角微微揚起。

「是因為……是因為……」

（我的故事終於要被洗淨掏空了。）

（不行哪。故事一停止，有一個人就會真正地死去……）

「是怎麼了。」他滿眼都是笑意。把一隻手蓋在另一隻手上。結束了。「你真是怪人。」他說。

他問我今天晚上應該沒事吧？他說你來我家坐坐吧。我露幾手廚藝給你看。那幾根貨，等了你快半年了，晚上順便就帶走吧。

不許跟我說什麼老婆憂鬱症什麼急診室什麼家裡的哪隻狗死了那些亂七八糟的東西了……

就今晚。

我說好吧。

我吃素。

我該不該告訴他呢？

這十幾年來，我的味覺像是沉沒在深海底下的潛艇，（為什麼我突然想起這個畫面？）隔著阻壓的圓玻璃窗，看著外面一片漆黑的海底景觀。

我對於牛排的最後記憶是高三那年父親帶全家去吃的孫東寶牛排。我記得是一份一百二十塊，劣質的牛排在油答答的鐵板上滋滋作響，上面淋覆著便宜的黑胡椒醬。我對雞腿的最後印象是大學聯考考場買的四十元一盒的保麗龍便當裡的炸雞腿，媽的說來讓人想哭，有一次有個傢伙問我：在你吃葷的歲月裡，最讓你懷念的肉味是什麼？

我竟然回答他：蚵仔煎。

我甚至不記得那黑暗隧道般漫長的無肉食歲月之前，我曾不曾經吃過奶油螃蟹？（那種基隆廟口夜市賣的，錫箔紙撕開，裡頭螃蟹的膏黃和奶黃和薑絲悶烤成一種金黃色的湯汁。）我曾不曾吃過醬肉燒餅？我曾不曾吃過道地的北平烤鴨（全聚德）？在我以為排骨飯就是一鍋黑油裡撈起來的沾粉豬排而下決定「好吧，我也不需要往後的數十年淨吃這種難吃的動物屍體」之前，若有人曾讓我吃一口日本園的大豬排飯，我還會決定吃素嗎？

我可以確定我沒吃過鵝肝醬（開玩笑！那個貧窮的年代）；我沒吃過墨魚麵；我沒吃過生魚片（有時覺得我父母年輕時真對不起我），更別提那些被他們瞇著眼上顎像要散開了一樣形容為「簡直囫圇著嚼嚼想把舌頭給吞下去」的頂級黑鮪腹；你真該聽聽那些畜生饕客是如何形容他們含淚將一片頂級松阪牛燒肉「滑」入喉嚨的心情：

「……想起我死去的父親，他生前竟然沒品嘗過這般的美味就離開人間，真為他不甘心哪……」

我曾看過一位尊敬的女作家在日本的新鮮魚鋪前，醉眼迷離兩頰酡紅地捧食一個叫「白子」的魚內臟。「是像奶油一樣的口味嗎？」我看著她幾乎失態地「吸食」那團像腦漿的稠白物事，好奇地問她。「無法形容。」她口齒不清地回答。後來人們告訴我那是某一種公魚的精囊。

我沒有吃過海膽（那種暗褐偏橘的糊狀物，據說滋味濃郁得讓你想哭）；我沒吃過鮭魚卵拌飯（據說咬破那晶瑩深紅色魚卵的瞬間口感亂像用齒端輕齧被挑起情慾的少女乳頭）；我沒吃過清炒腰花；我沒吃過陝北嗆麻口味的烤羊肉串……（這使我想起一位尊敬的詩人曾寫過一首詩，名為〈人生不值得活的〉。我記得當時我由旁人口傳聽見這詩之名，錯幻以為定是寫給一位吃素美婦的情詩。）

因為是這樣活在黑白默片般的味覺世界裡，我總是混身於杯觥交錯、銀質刀叉切割肉排時和瓷盤發出的刺耳聲中，恍惚地禮貌微笑。從沒有人發現我吃素。「今天胃口不好。」那樣安靜地在一旁喝著紅酒或白酒。所以我永遠無從領會高級酒和低級酒之前的層次區隔。因為那些人講究的「經霜葡萄」或「霧的氣味」或發酵年分造成酒香在口腔的滯留感，全部是烘托於咀嚼在臼齒舌頭間的肉料高級與否。試想再好的紅酒，只是不斷地佐配著餐包加沙拉，我認為那一定會發展出另外一整套釀酒品酒的審美標準……

這樣百無聊賴的味覺歲月，全因過早地在生命的某一時刻，僅憑意念便替自己的舌頭下了判決哪……

（有一天，在我臨終之前，會不會這樣對守候榻前的人們說：「讓我死前，嘗一口義式炒鴨肝或烤野雁肉究竟是啥滋味？」）

他從龍蝦湯做起。

他說當然要先殺龍蝦囉。用手指，像脊椎按摩（當然龍蝦是甲介綱沒有脊椎），像愛撫，一節一節下去，大約是腰身的部位，翻過身，在背面，用剪刀剪一個洞。放尿。

他說龍蝦的尿是透明的。

然後是剪龍蝦頭與軀幹相接的地方，他用拇指壓了壓我後頸延髓的部位，那使我一陣雞皮疙瘩自耳後泛至下頦。就是這裡。也是剪一個洞，放血。

血也是透明的。

他殺龍蝦的時候，那龍蝦發出嬰孩一樣的哭聲。

「怎麼回事？我從沒聽說過龍蝦會叫的？」說實話我真的被嚇了一跳。那龍蝦把兩隻立體的黑眼珠撐離頭部，茫然地瞪著我們，我不知道牠的哭聲是從哪個部位發出來的？

「怎麼不會，」他笑著說，有一次才恐怖咧。那次他要殺十幾隻螃蟹。你知道螃蟹要怎麼殺？不知道。他說拿兩根尖筷子，從眼睛那個軟陷處插進去，略向內叉的方向，這樣恰好插進牠的心臟。他說那次十幾隻大紅蟳，一隻隻排隊用草繩縛著。他像行刑者，一雙筷子一雙筷子地插入，一插入那螃蟹即像爛醉一樣垮掉。這樣一隻一隻殺下來，突然有一隻，我把筷子從牠眼睛插進去，你知道發生了什麼事嗎？

怎麼回事？

那隻傢伙舉起大螯鉗，一邊夾住一支筷子，慢慢地、慢慢地，像席維斯・史特龍拔出斷弩一樣把深插在自己體腔內的竹筷，硬生生地拔出來……

啊。

好了。回到龍蝦湯吧。把頭剁成幾塊，放進烤箱烤。烤得表面油光油滋的，再加上洋蔥、紅蘿蔔、芹菜、月桂葉，還有一種叫「茵陳蒿」（terragon）的香料一起燉湯。

還有加上顆粒芥末和魚子醬。

再來是前菜嘍。他說不是才看了茱莉葉・畢諾許的《巧克力情人》？所以試試看這個。

巧克力醬烤雞。

他先用橄欖油將雞腿肉煎到表面焦黃。

然後另起油鍋，炒洋葱、大蒜、番茄丁，炒肉桂、丁香、小茴香（他說這香料又叫孜然，是烤新疆羊肉串最愛用的香料）。

芫荽籽，辣椒乾，甜杏仁磨成的粉。

最後才放生巧克力。

他舀了一小匙那淋醬，要我嘗嘗。

嗯。我輕輕舔著那古怪滋味的醬汁。

怎麼樣？

我說：真的沒誇張，但才吃一口，怎麼覺得眼前的光度都改變了。

他笑了起來。真是誇張了。不過你知道我放了什麼嗎？

什麼？

大麻。

大麻？

嗯。真的大麻。

那時我心裡同時竄跑著幾個不同的念頭：「唉還是被下藥了。」「我這不是為大麻來的？幹麼把貨放進湯裡，不如給我打包帶回去。」或是「真想把剛剛吞下去的巧克力醬，用舌頭倒掛金鉤從喉嚨掏出來，重新嘖嘖品嘗……」

也許是我多心了。我覺得他正靜靜地看著我。也許等這一切美食炫技和美食品鑑結束之後，他會邀我ㄆㄚ一管大麻也說不定。這本來不就是個關於大麻的故事麼？

不過這時他像變魔術般從手掌翻出兩片像手槍的物事，仔細一看是兩片血淋淋的動物屍塊。

他向我解釋這是最高級的羊肋排。因為買時總是一對，所以他要用兩種不同的手法料理。他說他曾招待一位搞工程的大老闆吃過一次這道料理，那歐吉桑吃得淚花閃爍，無限感慨地說：

「好像同時交了兩個女朋友一樣幸福。」

第一塊羊肋排。他把麵包粉、杜松子、芫荽籽、大蒜、橄欖油——一起打成糊狀，攪碎拌勻。半拍打半愛撫地黏敷在羊肉表面，送進烤箱。他說因為用了麵包粉，所以在烤的中間，羊排外圍會形成一層金黃色薄酥的麵包殼。

第二塊羊肋排。他用自己醃的優格、檸檬汁、印度進口的咖哩粉、香菜末、一點點蜂蜜，在一只搗山藥泥的螺紋陶碗中拌勻，加上一點點葵花油把醬調稀（他說羊肉的醬可以稀一點），淋在羊肋排上。

好了。他說。再來是松露飯了。

（是這晚的高潮了嗎？）蘆筍松露羊肚菇燉飯。

他說這次他用的是白松露油，白松露只產於義大利的 Piemonte。一般法國料理的所謂「黑小姐」則是黑松露（如你一般耳熟能詳的梅娜諾斯虹種松露，或愛斯特文種松露）。

先用熱水燙蘆筍。羊肚菇泡熱水，泡開後把汁液擠乾，湯汁留下。起鍋用奶油小火炒洋葱，炒十分鐘，加上一點點地中海香料（瑪嘉莉香荷或牛至草），放下羊肚菇炒一下，再加上義大利 Arborio 米（這種米的吸水力極佳，可以把高湯吸進飯裡）……

另一鍋雞高湯保持沸騰，加入之前濾的羊肚菇水。舀一匙高湯進炒鍋，炒飯炒到水乾，再加一匙，再炒。炒到每一顆飯不會糊，每一粒皆油亮如珍珠。

起鍋前再加入松露油。盛盤後再刨上整塊陳年的（收成五年的極品）parmesan 起司。

然後我抽抽答答地哭了出來。我的嘴裡還塞滿炒松露飯（那些米是從日本空運來的極品越光米，他堅持炒松露飯的手藝高下判定，在於每一粒米咬開，米心中間的那一小小核心是生的），松露那種被雄豬誤以為是雌豬腺體荷爾蒙的濃郁香味，隨著抽噎一陣一陣地由鼻腔向上漫升。我支支吾吾地說了句話。

什麼？他把耳朵俯湊過來。

好多好多的人都死了啊。我說。

在那個無以言喻的時刻裡，我的上下頦骨像失去控制隨波逐流的水母，在一片暖暖的液狀搖晃中開合著。以密覆著味蕾的舌頭為圓心：腮腺舌下腺和顎下腺像貪歡女人的幸福失禁，從四面八方湧出水花；齒槽的銜合，帶著韻律的輕輕撞擊，像戀人在歡愛中突然分神，意識到兩人亂有默契地以對方身體的某一部分（髖骨、大腿骨，甚至肋骨）作為貼合搖擺的力距支點；喉頭裡的小軟骨、舌骨韌帶，或是鼻咽之間的懸壅垂，全像初經風月的處子，身上某處詫異又羞人答答地勃舉起來；鼻腔內的嗅細胞和嗅神經、耳蝸內的前庭小管和半規管、視網膜內的視細胞和色素上皮細胞……全通過鼻淚管、耳咽管、上顎竇這些鐘乳石岩洞般的迷宮甬道，形成了一個蟻巢般的，有上千上百個房間而這些房間可互相接通的龐大景觀……

某些東西被錯接在一起了。

那是不同時刻在這座城市裡，某些人在進行著些什麼的片段畫面。我原以為它們之間毫無關聯。

譬如說：這個優雅的廚師偏執地在這個城市的不同角落，穿巷入弄地找一塊「真正的」霜降牛肉；找一瓶「真正的」印度咖哩；他如何輾轉找到由義大利空運日本，再由日本空運來臺灣的傳統香料；「真正」從巴黎託人帶回來的高級松露；「真正」的北義大利鄉村的新鮮塊菇；……

我有時覺得我們像一群替屍體化妝之人。戴著高級絲質的白手套，抽抽答答地替那些不成人形的破碎屍塊縫補結合（那時我多想這樣對已碎成破片的您說：真的！那時真是無法想像，縫合起來的情景是如此幸福美好）。

在這樣的世代裡活著，你感覺到那（像被完整開發的全身每一處性感帶）戰慄精緻的幸福之感。恍如蜜色油膏，從黏縫著那些碎片的接合冰裂紋浸透整個的我們。那些孤寂而與這整城裡醜惡之人毫不相干的貴族素養和昂貴鑑賞力。像在異國的地鐵裡突然被一陣不可思議的刺目強光所淹襲……

那恍如活在偷渡換日線的時差時刻之中。

第九書

我有時亦會懷疑：像我這樣喃喃低語地和您說話，這算是一件怎樣的行為呢？我像個慢慢老去的守屍人，不讓時間洶湧如餓瘋的狼群，虎視眈眈圍伺著面色酡紅容貌姣好如您死去之瞬即停止衰老的女孩屍身。我知道我若停止說話，我若睏乏睡去，它們就會撲躍而上，將您撕咬扯碎。或者我在向您誇耀著「生」的說故事特權？我站在時間的這一邊，我可以將故事無限加碼，我用持續加碼的故事去梭哈您的遺書。您跟不跟？那您的意志全要被牌尺掃到我的故事裡嘍……

（但您始終沒有開口。）

等一等。您說。等一等。

您說：我跟。

您用什麼跟？您又不能再自殺一次。難道您要用您遺書中那些其實沒和您一道死去的人物們和我對梭？

不是。您說。我梭你背後的籌碼。我梭你背後那「不值得的生」。那說故事的妄念，最後終會因咀嚼肌與顳肌的腐爛萎縮而下顎脫落。我梭自死所「一次性兌領」的自由意志。

如果可以重來一次……我還會像第一遍那樣說話嗎？在您皮相仍在而精神持續壞毀的時刻（我坐在您的對面，怪異地聞見一種燒廢電纜令人嘔吐暈眩的臭味），我是否打斷您……「她要燒金閣了。」而不再像那個縱火少年在前一夜忍不住任意挑選的白胖妓女，對著那刻意洩密的恍惚笑容無所知覺。

——要燒金閣了。

您說，對絮說，「之於你，我真的還不夠美嗎？」

——多美，多美的 Alexandre 啊，多美的愛戀啊，超越生死，多美啊，美到我想哭泣……Alexandre，那就是我，不是嗎？我就是 Alexandre，不是嗎？那正是我的原型……

打斷您……如果可以重來一次……像我一遍一遍噩夢重播卻又不理解其意涵的畫面：您戴著紅色棒球帽，穿著一身破爛綻線的牛仔外套牛仔褲，坐在我面前像個小男孩那樣哭著。「我決定死。」您口齒不清地說著。眼淚鼻涕和口水像中了沙林毒氣一般從扭曲成一團的臉部的各處孔洞中流出。我駭怕極了。失控地摑擊您的臉頰。但您似乎完全不痛，像吸毒者那樣隨著毆擊左右擺晃，並且邪惡地笑著。那一刻，我又知道自己大錯特錯，遂傾身將您整個摟進懷裡（您是這樣一個身軀孱瘦的小男孩呵），哄您、撫摸您焦枯打結的短髮。像您在生命線張老師電話聽筒那端，用安定的嗓音哄誘那些壞毀的靈魂們先試試不要就決定死……

「是啊，Zoë 最美了……」

如果可以……我在那個像原生質單質細胞的無明時刻，在滾漫漫流的透明體液中，本能地泅泳著找尋另一個個體最薄膜的部位。我發覺我的唇含住您的眼睛（雖然它仍在汩汩流淚且死灰地睜著），然後它在鹹水流中貼著您慢慢發白的鼻梁（您的眉骨！）下移，找到那已凍出霜屑的嶙峋嘴唇（就是那孔洞中發出燒廢電纜的死亡氣味）。我這樣對著一邊啜泣著一邊將自己的體液流盡瀉殆盡的冰冷僵硬的您說：是啊Z您看它多美啊，我也不是二十六歲那時的我了……如果可以重來一次（像那些完事後以氅裹之，由太監駝出帝臥的精赤女體。太監跪而請命曰：「留不留？」帝曰：「不留！」則至女體後股穴道微按之，則龍精皆流出矣），那些歪斜壞毀的靈魂典型（那些像鼻涕濃痰自胯間腥臭憎惡排出的千萬隻面容不全的單套小人兒），全在一次又一次戳刺擺弄和震顫的疼痛中充塞進我的形體中了。

那些他們不留下的，我全縮緊尻穴忍著留下了。這樣的我美不美呢？美得像夜闇荒野的垃圾場大火。烈焰中報廢車鋼骨、電冰箱、腳踏車的鋼絲輪軸、不鏽鋼浴缸、那些旋轉椅的金屬承座、那些鐵窗框花或大型鋼梁……全在夜黑中發著紅光，堆疊成一具勾引著一具的人工骸骨（是啊我就要講一個關於墜機的故事了）。而那些膠鞋、膠鞋下黏著的口香糖、那些塑膠電子表、那些塑膠鏡框和樹脂鏡片、那些椅墊的人工合成皮和內裡的黃海綿……那些東西全在高溫中變成像沙士般褐黑色冒泡的液體。它們冒著泡沿著那些發紅發燙的鋼骨往下流淌。大部分的它們都被蒸發了。剩下極少部分的它們則流淌到冰冷的地面，它們攪和在一起變成一灘，並且因為那地面的冰冷而凝固成一種瀝青狀的黑色稠渣……

您哆嗦地提及那一幅巨大的「景觀」。您提到的那個「玷汙」。（「我知道我所擁有的是一個被強暴、被玷汙過的純潔。」）

「是啊，Zoë 最純潔了……」

這樣抱著您、哄慰著您（這個在時間持續地被「玷汙」，被那些壞毀靈魂典型熔化後，結成巨大岩層的黑暗人心，那個活著的我；抱著以全然的純潔迎向「玷汙」，而後不堪承受而脆裂死去的您）。舌頭探不進您凍結而咬緊的牙關……這樣近距離盯著您灰澹的眼珠……

也許您突然想開口說話了呢。

這時候，極不應該地（就像我小學時在一次防空演習中，全校小朋友靜默無聲蹲在體育館張口閉眼手指蓋住耳朵的停頓時刻，我竟因那樣底蹲姿而不合宜地放出一粒不大不小恰好全場聽見的響屁。）我的那根傢伙竟然像黑夜裡的曇花那樣徐緩地挺起。且不只花莖的部分像吸注了水分而持續變長，從褲腰的間隙蜿蜒伸出；杜頭的部分也像繁簇的花瓣持續綻放撥開……像是那可以無止境地從最核心撥出一瓣一瓣覆裹著的外圍……

我覺得非常羞恥，遂哭泣起來。

我遂這樣以托住雙臂的方式抱著您——並且發現這個姿勢似乎在身體發現我們各自生理的性別之前便已像一對悲傷性交中的異性戀男女了——一邊害怕您的生命便就隨臉上那些失去意志漫淹而出的體液流失，而用舌頭來回盛接；一邊自己眼淚汪汪地哭著。「我終究也是玷汙了您啊。」從心底最深處悲慟哀鳴。一邊無法制止從我胯下像妖怪尾巴持續伸長的白色物事，它好奇地，蠢動地抵住您那被男子牛仔藍布褲隔住的胯下。它那麼清楚而困惑於那粗礪質料下是一具骨架纖弱的女人身體（那些繁簇綻放的花瓣，像在闇夜發出濛曖白光）。只有我知道，所有的水分全從貼著我的臉的這張壞毀的臉上流光。牛仔褲裡的美麗胯下乾燥一如您困惑未明的少女時光。

他推著他母親的輪椅走進那間醫院。他經過一個有噴泉池的花園、草坪上有一些小圓葉灌木被修剪支架成長頸鹿、恐龍、山羊或是狐狸、白兔的形狀。夜間的停車場上只停放著兩三輛轎車。偌大的空地露出本貌，原來只是一片黑色的柏油路面漆上似乎猶汁液淋漓的白漆框格，在街燈照明下顯得空曠迷幻。有一隻白了一眼的癩皮狗，匿藏在其中一輛車的底盤下，猛然地對他們囂吠。

他嚇了一跳。定下神後才想起他母親幾乎是一動不動的。也許只有動物當下便知那是一具屍體吧。他推著他母親穿過一扇電動門、一股冷風撲面襲來。他推著輪椅來到一處燈光大亮的角落。有一群穿白色（或綠色）制服的醫生和護士們正圍著一個中年男子，他們似乎在爭辯著什麼，雙方的音量都很大。那個男人滿頭大汗，喘著氣描述某一個護士的長相。似乎是他帶他臨盆的妻子來此掛號，一個長得那樣那樣說話聲音是像這樣的護士，拿了一份資料要他填，就先帶他那將要分娩的妻子坐電梯去產房了。但是等他填好資料，卻樓上樓下跑遍，整間醫院都找不著他的妻和那個護士……

但那些護士們發誓說我們急診室並沒有這樣一位值班護士噫……

他有一種古怪的念頭——也許是這間夜間醫院過強的冷氣造成的影響——他覺得他彷彿夢遊般地推著他母親闖進來的，是一間日系百貨公司（SOGO？高島屋？新光三越？）地下一樓的生鮮超市。他畏怯又疏離地推著推車（不是菜籃車，是他母親的屍體）經過那些長腿女人穿著高級套裝拿著塑膠小杯請人試吃冬蟲夏草或杏仁茶或直接現場煎嘟嘟好小香腸的攤位車。他經過蔬果部門、洋酒部門或洗髮精沐浴乳排架或狗豆子狗罐頭貓罐頭部門，來到那像停屍間一整排橫列的冷凍櫃平臺。

那一盒盒用保麗龍盒盤盛著再用保鮮膜裹覆住的，**動物的支解屍塊**。上頭貼著一張小貼紙，標示著：該屍塊的部位名稱（或器官名稱）、價錢，還有賞味期限……譬如說：尾冬骨（那是豬尾巴去毛剝皮放血後，白色脂肪以凝固狀附著在尾骨一環節一環節被剁開的凹凸槽隙）、肋排、里肌肉、小排或是用密封包裝的牛小排。丁骨牛排沙朗牛排（這些價位較高的進口牛屍塊通常會在包裝上附上一張牛隻的身體部位解剖圖，拉出橫線告訴你這塊肉在活體解剖前原先的位置）。通常四肢較貴而內臟較便宜：譬如肝臟、心臟、肺臟或大小腸就滿賤價的。腎臟倒是例外地有點貴。不過有些器官或肢體的分類包裝，因為數量較多且形狀一致，讓你有種科幻片的冰冷不真實感：譬如說那一盒裡頭放十隻灰溜溜雞皮疙瘩的翅膀（且一律是左手臂裝成一盒，右手臂裝成一盒）；或是一整盒二十來隻的滷雞爪（那倒是左右手掌不分地包裝在一起）；更過分的是二十來個雞的腎臟、睪丸或膀胱長得一模一樣各自齊整地包著。（像不像猶太人集中營大屠殺後的屍體解剖歸類？）

脖子也是十根包成一盒，便宜得讓人心酸。他記得不知道讀過哪個日本情色小說家這樣寫過：一生閱歷了數不清的女性，常在回憶中無法阻止對她們身體細節的模糊錯亂。只有一個部位絕不會弄錯：即是女人們的頸子。他說：「我或會記錯某個女學生或某個藝妓或某位夫人的乳房、腰腹印象或甚至手指的特徵，但絕對可以隨意召喚每一個女人她們的喉頸特寫。天下沒有一個女人的頸子是同一個樣的。」結果這些脖子卻被切成同樣長短包在一起還賣那麼便宜？

且在這樣的屍塊販賣平臺上，鮮少有頭部的販賣。當然有豬耳朵豬頭皮的條狀醬色厚肉包著細白筋（又是便宜地不得了）——整顆頭顱倒是沒有在賣（不過像整尾魚整盒草蝦整隻螃蟹這種不經過切割解剖讓屍體保持活體死亡前的完整形貌這又另當別論。他忍不住低頭看了輪椅上他母親的完整屍身一眼）——為什麼呢？頭顱不是一個生物體最精密高級的部位嗎？顱骨裡面的腦子不說，光是臉，就有好複雜好珍貴的眼睛（裡面的虹膜、角膜、水晶體）、鼻子（裡面的嗅細胞、黏膜和鼻毛）、嘴巴（裡面像化石一樣各有不同名稱的牙齒，還有像有其獨立生命的舌頭）……或許就是因為太珍貴了（那個臉上還會保存凍結了遺體死亡之瞬的表情），使人們無法抱著一顆頭顱，眼瞪眼鼻抵鼻舌碰舌地啃它……

主要還有賞味期限這回事。

在那個冷凍平臺上，那一盒一盒不透氣膠膜包覆住的屍塊、內臟和骨頭，那些臉部的肉、腹部的油脂、按著肩部或大腿肌肉條紋切割的精肉、那些心臟、肝臟、大小腸、手指腳趾、睪、丸甚至變成稀爛的絞肉……其中的幾盒，可不可以拼成一隻完整動物的屍體？或是說，那幾盒是來自同一具屍體？如果有，表示這幾盒被拆散的身體零件，它是在同一瞬間被死亡臨襲：不論是血紅色的、灰白色的、霜降的或暗赭色……它們同在死亡來臨的那一刻被按下馬表，各自開始腐敗發臭。冷冰讓時間延緩，但那敗壞仍在慢慢進行。問題是，既然原先組裝在屍體上的死亡時間是同一時刻，為何標籤上貼的賞味期限卻有不同？

譬如說：肝臟大約二天、心臟三天、脊骨可以到七天。一般的屍塊大致是：耳朵可以一個禮拜、足肢腳趾也是五天左右……另有一些鮪魚鮭魚的腹部切片，在一天之內，就因屍身的腐敗速度過快，用粗黑簽字筆在保鮮膜上把價格愈改愈便宜……

（他灰暗地想著：經過了這樣一晚上的折騰，他母親的屍體怕已不新鮮了。那已經變得黃濁的眼珠或那恐怕已萎縮變硬的腎臟只能捐給一些身體亦發出酸餿味的老人吧？）

那表示：同一具屍體的死亡，碎散各處的各部位，像航空客機駕駛艙的儀表板一樣，滴滴答答好幾具不同計時單位的精微時鐘在標記著腐敗的速度……

即是：一個身體的死亡，一旦進入這種大型機構大樓不同部門的專業理解，就會出現了好幾組不同的死亡時間。

他走過去說抱歉打斷一下。

沒有人理他。

有一個護士背對著他說，急診嗎，先去櫃檯掛號、量耳溫、血壓，再過來。

他小聲地說請問捐贈遺體器官的手續怎麼辦。

所有的人轉過臉來看他。然後他們輪椅上的他母親。連那個男人也詫異地看著他。

然後所有的人開始奔跑。有一些女人且把嘴張得像小便斗那麼大。是瘋了嗎？他的頭裡似乎還停留著深藍色的海洋裡有一百多具年輕男孩的屍體浮不起來的水的重壓。有一個女人大聲地喊著一些術語。

Donor! Donor! ＩＣＵ醫師立即安排。血庫！血庫！家屬在這、器捐同意書。盡速聯絡檢察官相驗……

然後有一群戴口罩和綠色手術帽的人不知從哪衝出。他們把他母親的身體抬至一架金屬推床上。拿一個點滴架上的一瓶藥水連著一條軟管插進他母親的手臂上。（她不是死了嗎？）似乎他推著他母親在這闇黑之夜裡漂泊了半天，此刻才進入分秒必爭的時間之中。然後他們推著他母親的屍體就跑。

他也跟著他們跑。

他回頭看了一眼，那個找不到妻子的男人不知到哪去了。

那幾個推著他母親屍體跑的傢伙，乍看之下彷彿長得一模一樣。後來他發現其中一個雖然也被那綠袍綠罩帽綠口罩包著，但其實是個胖老頭。所有人裡只有他一邊跑著一邊吁吁地喘著。那個老頭一邊跑一邊像軍營操跑邊背誦軍人守則或是破擊砲要領那樣痛苦不堪地大聲念著一些奇怪的、破碎的話語：

……實施經腹主動脈的灌注清洗，以減低 warm ischemia 時間……

……從右側上方的 Parietal peritoneum 沿十二指腸方向切開腹部，將整個小腸小翻至左側，可見十二指腸與胰頭……

……後腹腔上有雙側輸尿管做 loop 記號……

……結紮遠心端腹主動脈及下腔靜脈。腎灌注程序。打洞。直入沖洗導管……

這個男人說的是我母親的身體裡面嗎？

他的臉紅紅的。有一種被玷辱的奇妙感受。

他沒想到最後的一趟路仍是他送她母親到醫院這樣一個場景。

她的身體裡某些部分已經死了。某些部分好像仍奄奄一息苟且偷生地活著。那些戴口罩和手術帽的男人們，正圍著她裸赤的身體，打開她的腹腔（切口上端是她那兩粒多餘礙眼的老奶袋，切口下端恰正可瞥見她可恥灰白的老婦陰毛），像電視上那些日本生魚片師傅，行家自信地翻弄著巨大黑鮪剖開的腹裡，那些比松阪牛的脂肪紋理分布還要漂亮的大鮪腹。一邊豔羨嘖嘖地愛撫，一邊卻毫不留情地下刀切一薄片放入嘴中……

他們惋惜地說：屍肝可以試試，屍腎絕對要留下，屍心已經壞了不要了……

他記得那時也是在醫院的場景。

他記得他跟在他母親的身後，靜穆地在醫院舊式建築的陰涼長廊穿繞著，側邊庭院裡濃蔭淹目的整片綠色……

他記得他和母親和一堆其他的探病人擠在那間瀰漫著消毒水和尿臭味的病房。那個女人躺在病床上，曲拗身體表情痛苦地張闔著嘴，像擱淺在岩礁的垂死之魚。

他母親咬著下唇，隔著眾人遠遠地站著。

女人在說話。所有的人湊攏上去，卻沒人聽清楚她唇間的音。

「她說什麼？」「什麼？」

女人的弟弟跪在她的身邊，和她貼得最近。他抬起頭，比了個噓聲的手勢。輕聲地說：「It's all wrong.」

「什麼？」

女人又開口出聲，這次連他都聽清楚了。

「全錯了。」「錯了。」

穿著淡藍色廚娘制服的看護阿婆說：「好，錯了，我叫他們改。」這過程中且挪移了女人那枯槁身軀幾次。

眾人像哄孩子一樣，猜測是否這莽婦粗魯的動作讓她的姿勢恰好壓疼了體腔內某種正在啃食她組織的腫囊……

「錯了，我們再改。」「怎樣對？妳慢慢說……」

那個看護說：「對啊，妳是老師，妳告訴他們怎麼錯要怎麼改。」

但女人只是以一種焦躁憎恨的唇吐音，一逕地說著。

錯了。錯了。錯了。錯了。

那是整張表情被一種占據在腦丘中樞某一角落，慢慢暈散開來的迷迭粉末徹底吃掉的一片空白的平面。

像一群人圍著一具打撈而起瀕死的溺水者，無法破譯她的求救密碼，束手無策眼睜睜看著她逐漸抽搐死去。只要能理解那個短句意何所指就可以救活她了。是哪裡錯了？難道是她內心暗袋藏了一粒特效藥丸？或是注射入靜脈的軟針管裡根本是空氣？

一定有一個密碼。

「錯了，」女人夢囈地閉目輕念：「錯了。」

後來眾人逐一離去。他母親臉上始終掛著那種模糊的微笑向那些不認識的傢伙致意。最後病房裡只剩下他母親和他陪在女人的床邊。他記得窗外的天色慢慢變黑。他母親搬張椅子彎著身坐在床側，雙手握著女人的一隻手。

這時他的記憶像受到某種侵蝕而短路。他似乎記得那房間的三個人之中有一人無聲地狂喊著什麼。但其實他們三個維持著一種靜止的姿態。

像是打了麻藥後，牙醫拿著鐵鉗在牙床摳鑿。極遲鈍地感到被肉包裹住的，極深極深的身體裡，被人用金屬硬物粗暴地毆擊……

但所有人失去了包括疼痛在內全部的知覺。

可以這樣嗎？可以這樣嗎？他彷彿看見女人在後來完全黯黑下來的房間裡，一邊顫震，一邊低聲歡鳴。

好舒服。好舒服哪。只為了讓遙遠時光那時那兩具華麗豐饒的黃金身軀在花期到時如繁花依序綻放。

那兩具身體後來一個在冷氣嘶嘶作響的白色房間裡枯槁變形。像一只水分散盡的佛手柑。

另外一具則持續老去，在許多年後被他送到一群穿白色手術服的男人手中，他們把它剖開，剪剪弄弄，挑了些有用的東西走，剩下一個黑洞洞的空皮袋。

是不是錯了她說。

全錯了。

他母親彎腰傾身向著女人，在她枯槁的臉頰親吻一下。那時他母親的臉甜蜜妖豔，如痴如醉。她貼著女人的耳邊，吐出一串讓站在後面的他（他聽見了）不寒而慄的低語：

「我厭惡透你。」

後記

去年年底，我接受小說家H女士之邀請，到花蓮她所任教的大學中文系座談。當時我剛出了一本新書，內容大概是以家族史的形式，處理我父親那一輩一九四九年整批遷移至臺灣的「外省人」之荒謬困境。恰好在出書的半年前，H女士也出了一本半自傳半家族史體例的小說，內容亦是講述她「外省父親」的逃亡故事。（我記得當時我正在和手中那泥沼般的父親記憶之材料疲憊地搏鬥，在書店翻了H女士的小說，當下哀鳴出聲：「哎，撞衫了。」）我與H女士算是同一世代之小說創作者，不過我想不論從文字風格、之前關注之題材、說故事的方式，乃至整個人給人的氣氛，絕少有批評家會將我們二人的作品放在一塊討論。之前亦曾經在類似高中女校校園文學獎的評審會議或出版社的尾牙聚餐上（恰好我們又是同一家出版社旗下的年輕作家）打過照面。不過印象中總是在嗡嗡轟轟聽不清楚對方說話的混亂狀況下，自嘲地笑著說些沒頭沒腦低貶自己的傻話，（這好像是我們這年紀的作家在公共場合的普遍處境？）便匆匆散去。

H在電話中的聲音顯得生分而僵硬。有點公事公辦的味道。她說了三個日期，要我在其中擇一。並且告訴我座談會的主講就是我與她。她請我作好心理準備，因為來聽的學生可能不會太多（因為我挑的那天恰好是耶誕假期後的第一天）。當我開玩笑地說那我們兩個都別準備，現場打屁亂講就好時，她又提醒我，我們的座談會記錄，將會發表在某報副刊（雖然那是一份發行量不大的小報）。

H告訴我她們系上會安排學校招待所，也會補貼來回交通費，（多麼地公事公辦！）我則告訴她，我打算帶妻兒同行，把這趟花蓮之行順道安排成一次小型旅遊。所以住宿和交通問題毋須她們費心，我們會自己住旅店，並且在花蓮租輛車，順便找幾個朋友……倒是如果不麻煩的話，可否請她系上傳真一張她們學校的地圖，屆時我可以自己開車過去……

H輕聲細語地向我解釋包括她和系上可能都找不到這樣一張地圖；並且她可能也不敢保證系上的預算足夠補貼到我和家人全額的交通費（包含租車）和旅店住宿費……當我打斷她並試著解釋我之所以提及我這趟去花蓮附加的旅遊計畫，並非暗示其他補貼金的編列，相反地我是把她當作「自己人」，要她不必為這些小事瞎煩心。

但是H似乎已被這「細節的細節的細節」弄得疲憊而暈眩。她簡短地說了一句：「我會再和系裡商量看看。」並且提醒我座談會的主題是關於「書寫父親」或是「家族史」這個方向，便有些突兀地掛了電話。

老實說我之所以如此不厭其詳地細述那通電話，確實因為掛上電話後我整個人嗒然若失地停頓思考，而恍如迷失霧中的沮喪、屈辱乃至憤怒，一點一點自黑暗底層叢聚浮起。那樣的畫面令我印象深刻。幾乎可以說是這些年來潛藏在我意識底層的一條灰蛇。一定是瑣碎真實裡的什麼曾深深傷害了我。使得我每正為某些懸而未決的斷片影像困惑時，那種毒液般的酸苦味觸便一抽一閃讓我胃附近的容袋全抽搐起來。

這樣的陰影，使得我將要交代的敘事，彷彿覆蓋上一片暗褐色的膠片。那些畫面裡的人們（包括我身邊的妻、孩子、我遇見的那些不同的人們，他們張闔著嘴說出的故事，那些故事裡像默片般播放的人物……），原本是在怎樣的一種燦白明亮的光照下動作著：他們笑語晏晏，回頭揮手招呼我，無憂地在那生活本身的光亮（可能要稍調亮一些）裡活動著……像我屢屢提及，那種水族箱燈管打光在款款搖擺的闊葉水藻，或是螢光藍至將魚骨透明裸出的神經質小魚……那樣無菌潔淨到叫人發狂的明亮。

這一切，在我的凝視下（或敘述下），卻不能挽回地蓋上一片暗褐色膠片。

（因為您那近乎大屠殺畫面的自死？）

這使我對我所見所猜臆所描述的一切，充滿一種焦灼的痛苦，時光延阻了一切，形成了煙燻或菸頭去戮燙的燎泡。我如何相信我的眼球所看見的一切？（我如何去陳述？如何去回憶？）

（在火車上）

我們進入了一種深湛的睡眠：我們的孩子趴在妻的胸前鼻息輕勻地睡著；妻也歪著臉睡著；我稍微翻了翻在月臺自動販賣機投幣買的早報，不一會也就沉沉睡去。

主要可能是我們太早起了。我用電話預訂系統訂到最早一班的自強號。天還沒亮我們就和那些口吐白煙戴毛線帽一臉倦容的通勤學生，一道坐在候車室的藍色橘色塑膠椅等月臺入口打開了。

那一切完全符合冬天清晨的列車內的景象：所有的人裹得厚厚的，歪著頭在自己的座位上睡著。我彷彿回到童年時一家大小和我父親搭火車至遠方旅行的畫面。雖然那車廂的廁所、茶水箱、紅布地毯和鉤花白色網狀椅罩比記憶裡要髒許多。不過那種一車的人無比陌生卻又無比親密在一種單調的搖晃中一起沉睡的感覺，那種片刻醒來，眼神呆滯望著窗外，是你無法串連想起任何地名的，孤寂的冬日海岸，然後你又在呆板的搖晃節奏和消毒水的臭味中放棄抵抗地睡去。那種空鏡運轉的夢的時間複製，絕非後來你和更多人在靜止懸浮的飛機經濟艙裡進行更長的睡眠，所能替代。

有一度我醒來，發現妻也醒著（中間可能有幾次是我醒來，發現她和孩子仍熟睡，於是復睡去；或是她醒來，發現我睡著，過了一會她也又睡去），她原本正兩眼發直發呆。年輕時我總好奇她空睜著一雙美目時，那樣暗影凹凸的一張臉，裡面的腦海正在進行著什麼畫面？（是否像那艘無人太空船，最後絕望安靜地墜毀在木星表面。那個沉默星體的背面，卻在夜裡沼氣瀰漫處處火焰噴湧？）後來她也總在我追問下，努力地拼湊一些片段破碎的「想法」，但總不可思議地單純幼稚。

妻發現我已醒，以一種不太符合人體結構的方式——怕把孩子自睡夢中驚醒——肩膀及延伸的膀臂如雕塑靜止，只有脖子細微地牽動下頦肌肉旋轉（像我小時候看的科幻片裡外貌和真人一模一樣之機器人，突然頭顱可以三百六十度旋轉你才恍然大悟她是科技間諜），面朝著我，輕聲地說：

「好幸福。」

啊？是這樣的一個句子。有一度我幾乎想謙遜地反駁，哦，不，並不……（如您在最後一個畫面，若有所指地說：「如果……我不是……那麼……」）那麼便是眼下的這個畫面了麼？平穩地搖晃的車體；像木刻版畫般線條粗獷的同車陌生人們；窗外沒有止境的冬日海濱景象；我和身邊這個女人，奇蹟般地產下了第二代：他戴著一頂綠豆餡顏色上頭繡著一隻小白兔的毛線帽，安靜信任地趴伏在母親胸前熟睡。

我曾親狎而恬不知恥地計算給妻聽：從我們相識至今（從我第一次半哄半強終於撩起她的裙子撥下她的小內褲將我那過度緊張而半軟半硬的莖具激動地塞進她的少女胯），如果以年輕時的繁頻折算她生產後的疏淡，平均一週性交三次，則一個月十二次，一年一百四十四次，再乘以六，（扣掉她懷孕中強制我禁慾的那半年！）則我與她已共同性交了八百多次！我們同時被這個數目驚嚇噤聲（彷彿我們像那種成天不辦正經事，成天交尾的狗男女）。也就是說，我與妻的身體，像兩具漂浮在時光流河的沙漏，那其中妻的身軀由少女時的瘦孱拙稚，慢慢在腰際、脊椎兩側、乳房、肩頭累積脂肪，變得豐腴圓熟（中間還經歷了一次懷孕與分娩）；我則由年輕時的七十幾公斤，堆積至九十幾公斤……在這樣可聽見沙漏墜落聲的身體的衰敗墜落時刻裡，竟有四千分鐘（如果把我們的性愛時刻編串成一延續整體），也就是近七十個小時我們全處在軀幹交纏性器相銜拗扭對方身體喉頭呦呦低吼腦中一片空白的激狂時光……

列車進入隧道。窗外一片漆黑。且貼近的音爆擠壓住金屬車體和變成鏡面的隔音窗玻璃。比預料時間要漫長的耳鳴開始令人浮躁。似乎除了我和妻，全車的人皆仍熟睡著。他們放倒椅背睡在虛幻不真的日光燈管白光裡，像我記憶中幼時經過理髮店，驚駭莫名發現一個一個男人罩著白袍，仰喉躺在燈光下的奇怪座椅上，任一個女人拿著剃刀愛眷迷離撫摸估算著動脈的部位……

妻說：好幸福哪。

是因為這樣流動中的靜止時刻嗎？

因為年輕時我亦在其中的畫面，而畫面裡的某一人已被打叉或凍結成霧狀白色？（我仍活著）仍然持續支領著可以累計成總數的銷魂瞬間？

據說最清醒的自死者，還是割腕者。因為在那寂靜絕對的時刻，心念何其紛雜，聽覺異常靈敏。萬籟俱寂中聽見自己動脈管壁喀登一聲切開（像咬斷芹菜莖一樣）。血液汩汩流出第一次疏離得像鑑賞者發現自己心瓣原來是一具精準如許之節拍器。

布突布突布突。

且可以任意喊停。

妻說好幸福哪說實話我充滿感激。在這趟旅程即將出發，那混亂的一、兩天裡，我在妻的家族間剛惹了一個不大不小的麻煩。即在那本半幻半真、斷肢殘骸地記述家族故事（我的家族與妻的家族）的小說裡（就是H女士邀我去座談的那本小說），有一章我寫到妻家族裡一位三舅。故事大概是老母過世，兄弟們爭地。作大哥的施一種特殊的巫術，即豢養小鬼，每在三弟入睡時，撬開夢的密鎖，進入（三弟）夢中，夜夜拷打。這事在澎湖親族間遮遮掩掩地耳語著。且真實情境是大舅一家興旺如火燒，三舅一家則晦黯衰敗。

小鬼穿夢而入，拷打三舅之事，如繪如真。且之間三嬸還瘋了十年（大舅施放的另一種巫術），當然後來好了。我有一次與妻回澎湖時曾去三舅家探訪，這位三嬸還親切爽朗地下鍋煎一種叫「紅新娘」的海魚給妻解饞。

且似乎在岳母娘家的兄弟姊妹裡，就這三舅與我岳母（她是老么）最親。兩家的第二代年齡最近，親如手足。我岳母每每說起這親兄弟竟忍心以此毒辣手法相殘，造成三舅一家顛沛困頓，數十年為此事（半夜被鬼拘去打）所苦，總咬牙切齒，忿忿不平。

這篇小說定名為〈夢裡尋夢〉，取豐臣秀吉臨終與眾妻妾於醍醐寺賞花留下之辭世詞：

隨露珠而生，隨露珠消逝，此即吾身。
大阪往事，如夢裡尋夢。

小說發表於某報副刊。在我的想像，一，印象裡澎湖似乎並沒有派這種報（澎湖人都看《建國日報》不是？）二、三舅在曠日廢時與一種抽象的肉體痛楚對抗的漫長歲月裡，我僥倖地猜他大概沒有每日閱報之習慣唄？

不想後來還是出事了。

我記得那天，妻的哥哥（亦即我舅兄）開車帶我們回娘家。一路上他毫無異狀地和我的孩子用一種孩童腔口逗弄搭話。到了妻家公寓樓下，妻抱著像小獸般掙跳的孩子先下車去按電鈴。妻的哥哥突然轉頭對我說：

「你等一下。我有話跟你說。」

於是我待在車上，隨他開著那車在兩側停滿車輛的窄小巷道繞啊繞的。後來他找到了一個停車位，費了很大的勁力把車停進去（他的小 Mini 車沒有動力方向盤）。他把檔打空，但沒熄火。

這樣約莫一分鐘的時間，我和他無言地坐在車前座聽那引擎的空轉。

然後他說：「三舅看到你那篇文章了。」

那一瞬間我的臉一定在那黑暗的車體內刷地漲紅。我從來將「我的小說」與「我的現實生活」徹底決絕地分割開來（就這部分我倒是與那些偽扮在正常世界裡，擅演戲的未出櫃同志如此類似啊）。突然之間像將透光的衛星高空鳥瞰照相的黑灰底片，疊上那地面人工繪製的實景地圖。（「原來你是這樣的人哪。」「原來你是這樣在看我們的啊。」）

妻的哥哥說，三舅是昨晚來電話的。他非常生氣。他來臺北受訓時，那裡面的老同事把報紙留了一份拿給他看。電話裡幾乎是失控地對著我岳母咆哮。你們那個誰誰誰是腦袋有問題是不是？在報紙上那樣寫，我的同事都說要幫我出面喲，要告，要循法律途徑解決……

妻的哥哥說：「這世上就是有這麼無聊的人。」他是指那些特意把報紙留下給三舅看的同事。妻的哥哥素來是個嚴肅寡言的人（似乎是妻這個家族對男性品質「不輕易表露感情」之教養傳統），我總暗忖他對於自己的妹妹最後竟嫁給這樣一個專寫一些陰暗晦澀、妖精打架東西的男人，未必是打從心底認同吧。不想這樣的事件發生，他用這種含蓄而溫和的方式表達了「我們是自己人，你不用擔心」的情感（那一刻我多想對您說，這就是直人世界裡家族成員間的男性情誼啊）。他對我分析，以三舅那個性，這一陣子你們（他指我和妻）還是避一避風頭。不過他的看法是，這件事最後還是得你自己出面。被罵得臭頭也要頂住，總之無論是道歉或有其他意見，總是要給他長輩一個說法……

「否則那會變成**真正的傷害**哪。」妻的哥哥說。

我能說什麼呢？那確實已變成「真正的傷害」了。家族裡的年輕後輩，為了自己的利益而做出傷害老輩的事。妻曾有一表哥，原是受她阿姨之託（來臺北時照顧他一下）在我岳父的店裡工讀。晚上全部的人離開就留那表哥睡在店裡。不想他每晚翻箱倒櫃找出店裡那些雜亂繁瑣的帳冊發票，一張張用店裡的影印機影印，密函到國稅局檢舉我岳父逃漏稅。這一下子搞慘了我岳父。國稅局那邊用一種奇怪的換算公式算出這家店連欠帶罰該追繳二千多萬給國家。我岳父被限制出境。至少有兩次是在清晨全家睡熟時，國稅局官員帶著警察按門鈴闖入，把每個房間翻箱倒櫃「查抄帳冊」。

我岳父後來提及這個表哥即咬牙切齒。那個阿姨電話裡哭著向我岳母陪罪。說這個兒子在澎湖時精神方面就出了問題，他還曾把整盒的衛生紙放進電鍋裡蒸呢……

但那樣的道歉有任何意義嗎？傷害已經像往下水道的某處孔洞傾倒硫酸那樣無法挽回地蔓延出去了。我腦海裡浮現了電影上看來的，諸如請議員黑道大哥出面擺桌搓湯圓向三舅陪罪的滑稽畫面。（「來來來，喝酒喝酒。少年郎勿巴代誌。」「啊不緊來跟你三舅陪失禮？」也許我該下跪痛哭或剁小指之類的？）

我上樓時，妻正拿著無線聽筒，在客廳一角來回繞走，和什麼人講話。那陌生的嚴厲語氣和表情，讓我突然發現：妻的臉一旦卸去了那疏眉淡眼的女性化質素，竟和我舅兄的臉孔如此相似！

妻的母親和大姊縮坐在客廳中央的矮几前看電視。我說，媽，對不起，給汝惹恁大的麻煩。妻的母親出乎意外地做了一個縮肩吐舌的調皮鬼臉。她指指妻，小聲地告訴我：妻正和那個叫莊頭六的表弟（他是三舅的長子）解釋。

妻的大姊說：「什麼對不起。你又沒錯。」她叫我過去坐。老實說我在和妻處理婚禮之前的瑣碎事項時，很為這家人封閉排外的家族性格痛苦不已。然而此刻，我像是被她們畫入圈圈內的家人。那時我的感覺好像我是那種在外偷腥結果被人家設計仙人跳了，躲回家裡還靠娘家人刀叉戟棍堵住大門保護的憊懶男人喔。我覺得有一種自己確實犯了罪，卻被一屋子善良正直之人庇護，體內骨骼咔咔作響的陰暗幸福感。

大姊說：「他們說要告。怎麼告？你的文章裡又沒一個字提到三舅的名字。」

大姊說：小說就是虛構的嘛。這是我第一次在這個客廳裡，如此赤裸裸地聽見人們說出這個名詞。那真是怪異而羞恥（事實上妻也不斷重複地對著電話那端說著：三舅怎麼搞不清楚呢？小說就是虛構的啊）。妻的母親說：汝三舅就是這樣。然後她們無限感慨地回憶了一些從前在澎湖的過往舊事。這時我又暈陶陶地失去了「三舅就要告你了」的實感。

三舅的事件像在黑暗中張開繁錯絲繩的編織十指。那纏繞勾結的每一線索，皆神祕地牽扯著某一個我無能以小說穿刺或支架的主題。

之前我以為那是超出我年齡與素養所能領會的時間演奏。那不同材質、不同發聲方式、不同音域乃至不同表演情境形成的技藝局限之不同時間想像……

後來我發現那無能在黑暗中繁花錯指張彈開來的艱難圖案便是**傷害**本身。

從那樣扁平如麵糰無表情的臉裡，捧揉搓捏。手指像演奏家懸空中一個弧圈來回，便分格成一百把提琴和一百支琴弓各自不同時點的嗚咽與噤口。這邊的拇指食指掐著他們痛苦至不能忍受的表情，拉到極薄翻塌在那邊的手背。手腕一縮一探。關於傷害時刻的每一細節全像扭麻花那樣條筋分明地螺旋在一塊（最後只剩他們自己記得每一絲細節的原初時刻）。然後兩個五指交叉來回於玻璃框鏡的碎裂與油液般遲緩延阻的不同界面觸感之間。在那樣無法挽回急轉直下的時刻，也許曾在心底迷惑停頓了一下：

真的要把它打開嗎？

碰！

摔在桌案，像迴力球彈起，繞指柔的迷醉極致是將十指陷塌進那些飽吸了傷害的腴軟身體裡。

一張一抖。從胸擴將兩臂張開到最遠距。張到幾乎將自己扯裂成兩半。

黑暗中，千絲萬縷，發著光像活物一樣掙扎晃跳，垂掛在你的兩手間。像剛斬下絕世美人的頭顱即剝皮取髮，那樣新鮮豪奢無法逼視的死亡標本。

我原以為那無法趨近無法瞠目直視的無邊黑暗就是死亡的盡頭。但後來我發現不是。

那將所有光源盡皆吸去的黑暗就是傷害本身。

那無從剝製標本；無法將整坨麵糰抽甩拉撕成千百條黃金光澤的細長麵線；無法將數十把不同樂器拆開又混音以演奏之的，正就是那即使死亡亦無能救贖的傷害啊。

妻後來告訴我那位表弟在電話裡對她說的一段話，那段話聽得我抓耳撓腮，背脊發冷。

表弟說，他徹夜將姊夫的那本小說翻完。然後他又將寫他父親的那一篇章重複翻看了十來遍。每一個細節的字句都不放過，似乎將這三十年的生命時光反覆播放。他說關於裡頭寫到他母親瘋掉或是他父親究竟有無與外婆亂倫，他並沒有憤怒。反而是一種深沉的悲傷。他從小就在那樣的母親（起狷被鎖在頂樓一個房間裡發出非人類的嚎叫），那樣的父親（每個白天睡醒便痛苦著臉說夜來夢中又被大哥放的小鬼打了），以及親族背後指指點點的懸疑氣氛下長大。他原本總想，隨著他長大，這些像停電夜燭光投影，那麼不逼真地搖晃的身邊事，應該像天亮了光打進來就什麼都忘了。

結果有一天竟然讀到那巨大模糊的過往，像在廟會戲臺上那樣衣裝鮮豔煞有其事地搬演，那樣一個字一個字，一個畫面一個畫面確實存在著。

（妻說真正讓三舅抓狂的部分恰和表弟相反：三舅驚疑憤恨的核心，倒不是「真的把它寫下來了」，而是「原來你們在背後是這樣在講我」。）

表弟還問了妻一句：姊，姊夫在書裡那樣寫妳，妳不生氣嗎？

表弟說：裡面寫的有些片段，和我記得的並不一樣啊。譬如我記得阿嬤後來是慢慢老化，病死在床上。並不是我從樓上丟豬心下去，當場活活砸死她啊？但是姊夫寫成那樣，像在現場目睹。他不斷回想，慢慢地對自己所記憶的畫面，不那麼有把握了。好像在一個極隱晦模糊的時刻，他真的曾經從三樓往樓下丟一顆豬心。會不會是因為我當時年紀小，被那樣的場面嚇壞了。大人便編了一個我後來慢慢「記得」、相信的版本來哄我……

我聽妻轉述她表弟的這段話，聽得顛倒迷離、如痴如醉。在我無能力於小說中況描其傷害，不意卻在小說之外的意外糾紛裡，崇敬恐怖地把藏在背後竊取其身世的我，一併捲入那密不見光的巨大傷害場景之中。那樣的話，從一個我已進入其身世的後裔講來，比任何一位尊敬的批評家之讚美，更讓我柔情充滿，委屈湧塞。

（晚餐）

這座餐廳當初的建築想像，應該與島上所有大學的學生餐廳並無差別：像穀倉般挑高沒清楚隔間的一幢大建築。以餐廳為主體的複合式功能：不同攤位的廉價餐券的美食街、數百張桌面永遠有沒收掉的飲料罐和保麗龍空便當盒的籐製桌椅，還有走道邊特製巨大的藍塑膠餿水桶……延伸走廊則有學生書城、理髮鋪、花店、水果吧，或裁縫部……挑高二樓的走廊則配置一兩家較有氣氛的咖啡屋、唱片行、高級運動鞋專賣店或可愛禮品部……有的大學裡會有麥當勞或肯德基……

不過這所大學的餐廳，不論裝潢、格調，或氣氛，皆超出我想像之高級。怎麼說呢？沒錯它是採歐式自助餐形式，但因為空間的開放——雖然開著暖氣，但你仍能辨識空氣裡由外頭校園湧進的植物氣味，而非一般四星飯店大廳自助餐那種將水分吸乾的空調——建築體本身的高大；餐具的正式卻不浮誇；或是包括巨面落地窗對襯另一面牆的紗窗；或是喚回某種古老情調的燈飾、打光與吊扇；或是風鼓吹著白色十字梭針織窗簾，透光處依稀可猜臆外頭黑夜的形狀……使得這個大學內的歐式餐廳，竟像兒時隨父母難得走進老圓山飯店、陽明山聯誼社、美軍軍官俱樂部……這些遙遠記憶裡，燈光輝煌、林木扶疏、彈琴人如在畫中的上等人場子。

我注意到散坐在各桌的年輕男女，不論是用銀製刀叉切割著白瓷上的食物，或是壓低聲音喁喁交談，或是踮著腳尖步態優雅拿餐盤在燈光下挑選食物……皆沉浸在一種被催眠般的昂貴氣氛裡。間或一些穿著白襯衫打啾啾領結短西裝背心緊身黑長褲的侍者——仔細看才發現清一色是把頭髮削短至耳上的帥氣女孩——步履輕盈地收拾客人桌上用過的餐盤。

老實說，從S將我放下車，我發現H女士與我約定之「大學大門」，竟是無邊黑暗曠野中的一處小警衛崗哨；待我狼狽萬分地鑽進崗哨向穿制服的校警借電話，到H開車來接我的那段靜止時刻（我尷尬地抽菸陪警衛盯著那六、七臺監視攝影機的藍紫色螢幕看）；一直到上了H那輛瀰漫BVLGARI玫瑰露萃取香水（妻恰好有一罐）的中古車，穿過大雨滂沱的闇黑校園（像森林一般），然後走進這幢孤島中城堡般的高級餐廳。濃稠的黑暗和一種人為意志的結構性光度的截然切換，使我有一種「如果我現在宣告要出去，應該找不到回頭路吧？」恍惚通過一道又一道厚重鐵門的關卡，終於進到夢的核心的幻妄錯覺。

（不會是悲憤的三舅開始在遙遠的某個地方對我施法了吧？）

但那只是一瞬間的暈眩。

H介紹我與一位四十來歲的女人相識（後來我才知道她是H任教系上的系主任），這個女人有一張男性化決斷堅毅的臉。一旁還有一位男小說家K。說來這位K我早就認識他了，他還算是我哥的國中同學呢。雖然他們是不同班的。我記得小時候我家發生了一件大事，即是我哥有一次居然得到全校繪畫比賽冠軍。在我們那個平庸的家中，尚無法理解這件事的偉大意義。我記得我母親和學校老師通過電話後，像宣告一件比李小龍死了還震撼的消息：

「你們知道嗎？你哥哥是擊敗某某某（K的本名）才拿到第一名的。」

因為K在國中時即已是學校裡的風雲人物，（大概就是那種包辦了演講、作文、繪畫、書法各項比賽，而喉結又很大的早熟少年吧？）擊敗K，變成我那後來成為流浪漢的哥哥，生命裡唯一光耀過的記憶。

我把這事當作趣聞告訴K。K優雅地微笑聆聽。哦真的嗎？我太吃驚了。是啊那麼多年前的事了。但我馬上發現K其實並不很專心聽著，而且我發現H和另一個女人亦處於一種被什麼事搞得焦躁不堪而心不在焉的狀態。

他們把手壓著某一邊的臉頰，這使得他們三人，不約而同有半張臉隱沒進陰影裡。他們低聲急切地說話。眼神朝著同一個方向斜飄。我幾乎要荒謬地笑出聲來，順著他們的視線望去：

像是小劇場舞臺光源區的中央，隔壁的桌子，孤零零地坐著一對男女。男的臉色蒼白，頂著一頭女人假髮似的烏黑茂密的長髮，戴著一副茶褐色墨鏡——我很快便認出他不就是偉大的惡漢小說家W嗎？（臺北文化壇給他許多撲朔迷離的封號：零餘者、拾骨人、漂ㄟ鬼仔……另有一些雌雄不明的生殖器暗喻在此便略過不提）女孩較平凡，大概就是一般大學裡的文藝少女。那女孩背對著我們這裡，但她瘦弱略略豎起的背脊，竟讓人有一種被蛇笛催眠而鬆弛搖擺的蛇的背，那似乎比印象中要張開擴大的感覺……

「……逐漸地，我感到眼前這夜闇之牆，似乎就具有兩種暗黑色調一般……在那暗黑的邊際彷彿又有別一種暗黑，它，似乎具有一種能把人引落無底深淵一般的吸引力……這樣的夜闇好像就會把看著它的人連魂帶魄都吸了去似的。」

有一瞬，我突然清晰無比背誦般在心裡浮現這一段話。那似乎是眼前這位傳說中閱女甚眾、肥瘦不挑的邪魅小說家某一本小說裡的句子。但亦可能是我記錯了，是哪一個另一個不相干的外國小說家書中的句子。

「怎麼辦？那是我的導生吔。」小說家H女士近乎悲鳴地低喊。

（她們的故事）

她說：「我有四個阿嬤。」

又來了。我心裡想。暗影侵奪。圍坐在桌子四周的四個人臉漸黑漸難辨別。像孤寂的洋裁行老闆打烊前把日光燈撳熄的那一瞬。那些模特兒的顱形在全黑裡恍如海芋，妖白妖白地漂浮而起。

促膝而談。交心時刻。「其實我……」蝦縮著身子從來背對人的身世。後來我發現，在這樣燈熄時刻的身世剖白裡，四十歲以下的總有一半聊起自己的故事：和大家不一樣的性；某一個至今仍令她（他）迷惑卻像惡魔般在愛情實驗中採集人性的情人；某一個多年前曾被自己傷害後即丟棄至陰暗角落的平凡男孩（或女孩）；某一個令人悵惘懷念，年輕時不知什麼原因竟不知珍惜而錯失的美好男孩（或女孩）……

四十歲以上的總有一半會聊起他們家族裡某一個像淋巴瘤結以奇怪形式攀附著家族藤鬚的奇怪成員的故事。

她說：「我父親的養母是女同性戀。」

她從一張照片說起。

在我小的時候，我家客廳總掛著一幅肖像畫，大約一般四號油畫大小的照片臨摹畫。從玄關推門進去總是一眼就看見那幅以亡故親人照片來說顯得有些突兀地大的一個半身照人像掛在牆上，初來的客人總會被嚇一跳。即使是我這樣自己家裡的小孩子，每天無意識地推門進出，偶爾抬頭看著牆上畫像裡的人目光炯炯盯著你看，仍會有一種說不出來的詭異的感受。

怎麼說呢？那畫裡的人，無論如何看去都是個男人。他是個老人了。滿頭白髮鋥亮地朝後梳成日據時代中學生的西裝頭（抹了很厚的髮油）。穿著黑色日本高校生冬季外套那種雙排釦墊肩單領西裝。一隻手橫在胸前抱進另一邊的腋下。與這個怪異姿勢（怎麼會有人在照相館擺這樣奇怪的姿勢攝像呢？）搭配的是，他的臉上線條剛硬地強烈表現出一種極不耐煩的表情。任何人一看都會品評說啊這是一個脾氣很壞的老人。一個老去的男人。

只有家族裡的人知道。畫裡的老人是個女人。她是我的阿嬤。

啊？女人似乎很滿意K、H女士與我愕然突出下巴為這故事開場困惑吸引的反應，繼續說著：

她是我的阿嬤。我父親的養母。我們都叫她燒酒阿嬤。她是個女同性戀。

「什麼意思？您是說，您父親是被一個女同性戀收為養子？是公開的嗎？在那個年代？」

（我們真正地驚呼了。）

是啊，在那個年代……她喟歎著。

所以我們從小就沒有阿公。反而有兩個阿嬤。這個燒酒阿嬤。另外一個阿嬤因為戴著眼鏡，所以我們叫她目鏡阿嬤……

「妳看過她們嗎？」「她們有婚姻關係嗎？」「她們的職業是什麼？」「是她們兩個一起把妳父親帶大的嗎？（奇怪的男孩不是？）」我們開始急了。一開始時說故事者和聽故事者的傲慢和急切對位顛倒過來。我這時突然像斷片剪接復又看見不過近在咫尺的偉大小說家W隔壁桌的背影，想到他小說中那些可自由連接的身體乳穴與突起，想到那光永遠透不過去一坨坨挨擠在一起的永遠無法救贖的壞敗人心……遂有一種難不成此刻我掉進此君小說中某一場景之幻覺……

（慢慢來。）

目鏡阿嬤極美，即使到了晚年（她到我大學畢業那年才過世），皮膚仍白皙不輸少女。

照我小時候聽我母親的說法，燒酒阿嬤是公，目鏡阿嬤是母；燒酒阿嬤是雄，目鏡阿嬤是雌；燒酒阿嬤是鳳，目鏡阿嬤是凰。從我有記憶開始，燒酒阿嬤就是著男裝，削短髮（也不是平頭，其實以現在來看是頗性感有點像盧貝松那個馬子在《聖女貞德》裡的削薄後翹短髮），一直到她過世入殮，我爸仍是給她一身男裝如生前。在我們小輩的感受，燒酒阿嬤就是阿公，而目鏡阿嬤是阿嬤……

不過啊，在我父親那邊好像就不是那麼簡單了……怎麼說呢，我若是粗糙一點地說，也許對我父親來說，好像在他內心，燒酒阿嬤既是他父親，也是他母親。

我父親和一般那個年紀的臺灣男人一樣，沉默內斂不知道如何和他的家人表達自己的情感。他從來沒對我們提過他對這兩個阿嬤的看法。只有一回（那時我已經嫁人了），我回父母家，我父親出去喝酒，我便坐在客廳等他。我記得他那天喝到很晚才回來，他喝得醉醺醺的。他看見是我在等門，似乎非常高興，便搬出茶具要我陪他泡茶。

那晚他的談興很濃，事實上就我記憶所及我們父女從未如此親近過。他聊了很多童年的事，奇怪是他似乎並不很提到小時候因為有這一雙罕異的母親而受人側目這一類事情，（那個年代！）他在聊燒酒阿嬤的時候，感覺上像是一般人充滿孺慕之情追憶自己的父親。他還翻開自己的頭髮，讓我看他頭顱上方一長條青白色不長頭髮的肉疤，說那是他小時候燒酒阿嬤喝醉酒用酒矸仔打破頭留下的……

我父親且怨憾地提到，他小學一畢業就跳船（香蕉船？）遠渡日本，在一家工廠待了十幾年，就是為了怕有一天真的被燒酒阿嬤（那個酗酒易怒的父親？）用酒矸仔活活打死。後來他會回臺灣，是我燒酒阿嬤寫信去騙他說自己得了絕症就快死了想見他最後一面……

燒酒阿嬤的職業麼，好像是地方上的大姊頭仔（我們聽她腔口甚重地念出ㄉㄨˇㄚㄐㄧㄊㄠˊㄚˋ，皆忍不住笑了起來）。大約是地方上的幫派啊地盤啊菸館酒家起了什麼紛爭，就會請她出來擺酒作公親。目鏡阿嬤呢，我只知道她年輕的時候是紅牌妓女，她真的很水很漂亮噢，後來不曉得為什麼會和我阿嬤變成一對……其實說來我燒酒阿嬤這一生好像就只有目鏡阿嬤一個愛人，倒是目鏡阿嬤還曾經嫁過兩次（嫁到正常的人家），結果皆不幸福，後來那次還是逃回來的。

（多像臺北女吧裡，那些都會T、婆之間的傷心故事呵。）

K問女人：「那目鏡阿嬤跑去嫁男人，然後再跑回來，燒酒阿嬤還是接受她嗎？」

H問女人：「燒酒阿嬤喝醉酒後，除了打妳爸，會不會像男人打老婆那樣打妳目鏡阿嬤？」

我注意到不知何時，鄰桌的偉大小說家W和那個年輕女孩已經離座。空盪盪的桌面上放著一個插了一只鐵砲百合的玻璃小瓶。還有兩個放鹽和胡椒的白色小瓷瓶。孤零零地像把這偌大空間的光源悉數收去。我想這不曉得多晚了？我不是來此要和H進行一個座談嗎？此刻是不是有一間燈光昏黃的教室，空懸著、亦被這黯黑校園無邊境的漆黑吞沒，寥寥無幾的學生像紙紮冥人般面無表情地靜止等候。我的妻子此刻正牽著小獸般的孩子，在那幢乾燥空曠的豪華大飯店裡像夢遊般在任一層樓亂闖。我記得我離去前，妻突然沒頭沒腦地拋下一句話：「有時候真懷疑這孩子是我虛構出來的。」（那是什麼意思？）

說實話，我對於W君小說中，那種「一根鐵棒般的男屌，塞進女體下端的孔穴中」，即像外星人的金屬探測儀，或是聊齋中的畫皮之鬼物，可以將那許許多多女體（那些漂女、穿暗布花裙的牧師娘、女學生、那些一身尿騷的老妓，甚至那些女同性戀）……那些膘白華麗的女體的裡面，彷若嘶喊哀鳴白煙蒸騰的靈魂蕊心給揪扯出來（從那些黑色濡溼的孔穴中）；我對W君那種日系美食家般（料理東西軍？）在螢幕前將一隻北海道長腳蟳或巨螯蟹猶花色斑斕舞動肢爪突然平頭菜刀橫頭剖半，咔嚓應聲左半身與右半身在不相關處依舊舞動……，他可以優雅精準地探指掏進那蟹的腔體內，撈出金黃光暈在掌中流動的蟹膏蟹黃，吮入口中，臉部出現欲仙欲死極樂之瞬的神祕表情……老實說我即是為W君小說中那種近乎神祕主義般的「採陰補小說術」、「以屌通膣採集靈魂類型」之奇技迷惑欣羨不已。

年輕時我總暗自擔心：那些被採集過身世的遺忘名姓的女體呢？那些被通過了（被啟蒙過了）而豐饒多汁騷腥起來卻又將金屬探測儀永遠抽走的美麗孔穴呢？她們後來到哪去了？是不是變成用過壞棄的充氣娃娃，不是從你留下體液的孔穴，而是從靈魂不知哪一個部位破個洞（那個塞住的吹氣孔），栓子拔掉噗一聲又面無表情地洩氣癟掉，變成一灘又老又皺的塑膠皮？

我從來無能攔阻那樣的傷害與被憎惡。

一開始你是多麼為那印象畫般的停頓時刻深深感動。年輕時我多為那些像透明薄皮承托著身世內餡的每一個個體著迷啊，我是那麼小心翼翼迂迴前進。像用虹吸管原理引出一輛輛不同廠家二手車油箱裡的粉紅色汽油。第一口你必須用嘴吸吮，你必須忍受那無法避免嗆入口鼻腔內高揮發辛臭的油液。之後它們便無法控制地汩汩流出了。

在某一個神祕時刻，像你少年時曾遭遇到的某一個撬鎖天才，你記得他拿著一串長短粗細不一的金屬刺針，在無人的午後（你記得那樣的光照），在無人的角落，你在一旁目瞪口呆看著他面露神祕微笑地試著不同刺針插入那你認為絕不可能侵犯的鎖孔。他的表情許多年後你在電視上那些美食品鑑家或小說家W君恍惚的笑臉上便再看見。他耐心地、輕柔地上下彈震他的手指，一手捏著刺針，另一手覆蓋其下。非常細微的聲響，咔嚓、咔嚓。他的手平板無表情地輕震著。時間是如許漫長乃至你好幾次幾乎昏盹睡去。你以為你就要一輩子站在那兒看這個騙子永無止境地彈弄著那個打不開的鎖……

然而，就在其中一個神祕瞬刻……

咔。

清脆的一聲。那個簧片突然就彈開了。門呀地推開。

在某一個神祕時刻。像她們陰戶上方那小小宛轉的小肉粒突然漲紅立起。無法言喻地徹底打開。原先緊密的防禦鋼門般的阻隔突然鬆垮崩潰。

在那個神祕時刻，她（他）們會突然開口說話，毫不保留地告訴你她（他）們全部的身世。

她（他）們滔滔不絕地說著，鉅細靡遺到令你害怕的地步。

我總遇見人們這樣說：不，你不知道，等時間長了你就會討厭我。

燒酒阿嬤曾不曾打過目鏡阿嬤？（像男人那樣打她？）

燒酒阿嬤怎樣去忍受親愛之人背棄而去，選擇了花轎嗩吶鳳冠霞帔讓男人操她的身？燒酒阿嬤如何忍受褪去男人衣物後的女人身體在每一個孤衾之夜的乾澀慾望細細煎熬？（喝酒打小孩？）燒酒阿嬤怎麼忍受目鏡阿嬤被男人玷汙後的身心又再回頭倒在她懷裡可是明明知道又會有下一次？（所有的T都會荒涼地咬婆的耳垂低語：「有一天妳一定會去找真的男人。」）

她說：「燒酒阿嬤沒有打過目鏡阿嬤。」

燒酒阿嬤大概是我小學四、五年級的時候過世的，目鏡阿嬤則是在我大學畢業那年死去。說來她還在她之後獨活了十幾年。

燒酒阿嬤過世的時候，我父親的工廠正是黃金時光，家裡進進出出的都是地方上的仕紳議員。我父親把燒酒阿嬤的葬禮辦得風光極了，光是不同的銅管樂隊就找了六支（簡直像縣級運動會的高中儀隊遊行），花車出了五十輛。整條中正路文化街從頭拉到尾是出殯的隊伍。還上了地方版頭條。老一輩的臺南人現在講起來一定都還記得當年我燒酒阿嬤那場葬禮。

我母親說，出殯那天，燒酒阿嬤生前的一群姊妹淘來哭棺，一個個哭得撕心裂肺。目鏡阿嬤一身麻孝（她是未亡人身分？）坐在孝棚裡的板凳上，望著外頭節慶般的排場和喧鬧，惆悵地說：

「我死的時候也能這般風光就好了。」

不過到她過世的時候，場面冷清得不堪想像。幾乎是醫院直接送殯儀館，出山那天也像是刻意低調。當然一方面那時候我父親的事業已經走下坡了，不過我猜想主要那是我父親內心一個旁人永遠猜不透的暗影：就是當燒酒阿嬤的輓幛上抬頭寫著「先妣×太夫人……」（他是從燒酒阿嬤的姓）時，他要怎麼稱謂目鏡阿嬤呢？我猜目鏡阿嬤生前可能就知道了，所以她在燒酒阿嬤葬禮上的喟歎，恐怕不是欣羨，而是認命認分的自傷了……

目鏡阿嬤在醫院過世的那晚，恰好家裡輪到我去陪她。那時她的卵巢和子宮都已摘掉（因為整個下腹腔爬滿了濾泡般的癌），很難想像這樣一個美麗的女人在老去後身體裡竟空盪盪一點兒象徵女性的配件都沒了。反而是因為消化道的老化阻塞，使得她的胃裡塞滿了陳年的食物。你們不能了解我那時看到X光片心裡的駭怖恐懼：彷彿這個女人的身體裡，就只盤據著一只占滿了全部空間三分之二的黑魆魆的胃（把她的肝肺臟往上頂，且把全部的腸子擠進泄殖腔的空間），好像她很貪婪好吃似的。

醫生從她的鼻孔插入一種鼻胃軟管，說是替她把胃裡的漲氣排出來。那個軟管被用一小片透氣膠布貼在她唇鼻間，好像把她弄得很不舒服。我記得那天她一直對我撒嬌，說可不可以把這個管子拔掉？（其實她身體其他各處插滿了注射嗎啡或營養針的管子。）我那時突然心中一動：我的這個身分乖異的目鏡阿嬤真的是個美人啊。她貼著鼻軟管的那個部分細細爬著一些軟金色的鬍鬚，這使她看上去多麼性感。（她不是個瀕死的老人嗎？）醫院的冷光燈照下，她疊放在胸前的手又細又長（她很痛），像那些十字針織花樣的薄紗窗簾半透著光。她總在撒嬌。總是輕聲軟語。我那時突然這麼想：如果我年輕個半世紀，怕也會迷戀上這個女人吧？而且啊，我突然那麼那麼明白我燒酒阿嬤，這個女人（這咧憨查某），即使她辜負了傷害了我一百次，她只要心念一轉又回到我身邊，我也只有哄哄她惜惜她告訴她有姊仔在不會讓汝喫苦的……

（飯店）

至於後來那場我與H女士的座談會，我說了些什麼，H女士說了些什麼，或是作為主持人的K曾穿插引述了哪些哪些內容？也許因為之前在餐廳聽了那個（燒酒阿嬤和目鏡阿嬤的）故事所造成一種光度如何也調不飽滿的闇黑印象，我竟然一絲一毫也想不起來。

我倒是記得一個無關緊要的細節：即是在那間入夜後刻意將全部日光燈管打開的教室裡，大約在我們座談進行至一半的時刻，我隱約瞥見一個魁梧的人影弓著身從後門鑽進會場，然後便坐在靠教室後門最近的那個座位。

我不動聲色地繼續說著，眼角故意利用一次沒有意義的晃頭動作往那個角落逡巡。沒錯。一頭長髮。戴著墨鏡。是W。

他竟然跑來聽我們的座談。

從那一刻起，我開始口吃結巴，語焉不詳。偉大的惡漢小說家W正坐在臺下，用茶褐色的墨鏡遮住他那怕光灰澹帶著譏誚笑意的眼球呢。我覺得頭皮發麻，上半身開始不由自主地在講桌後方像鐘擺那樣搖晃著。

臺下大約三十來個聽眾（他們大概都是被動員來的，H的學生吧？）慢慢地被我這樣發條玩具突然故障的肢體混亂弄得困惑浮躁。最後我不得不向他們道歉，我說請原諒我無法繼續說下去。因為偉大的小說家W也正坐在這教室裡哪……

W？全場騷動地回頭。H和K亦像是受到極大驚嚇地放下麥克風（臉色慘白地）來回張望。W？W有來嗎？那樣此起彼落的椅腳磨地聲和低語驚呼……

眾人隨著我的目光向後門的那個角落望去。這時我才發現我弄錯了。沒錯那是一個蓄長髮的男子（這時他一臉辜負大家的慚愧表情），但比起W的體型可是整整小了一號。而且他並沒有戴那W註冊商標的大墨鏡啊。（不知為何我會有他戴墨鏡的視覺印象？）

另一個插曲則是發生於這場晚間座談會的尾聲（其實那時我與H的正式發言已經結束，只是隨地回答一些學生的零星發問）。那時我書包裡的手機突然響起。那設定成「掀起了妳的蓋頭來」的音樂鈴聲，在那雖然將全部燈光打亮卻無法阻擋「我們正被這外面無邊無際的黑暗包圍」的教室裡，竟顯得如此大聲且滑稽。

我便那樣在眾目睽睽的臺上接起了電話。是妻。電話那頭的聲音顯得疲憊又孤寂。

你在哪裡？

我還在座談會上哪。我小聲地說。快要結束了。

怎麼那麼晚？

是啊。快結束了。

孩子鬧了一個晚上，剛剛才哄睡了。

好。我結束以後再打給妳吧？

嗯。

我收了線。學生們吃吃地笑。但我眼前突然那麼清楚地浮現，妻獨自一人牽著那小獸般的孩子，像夢遊般地在那幢大飯店各樓層間的走廊來回晃蕩的畫面。冷氣嘶嘶地吹著，地毯把他們的腳步聲都吸去了。

我記得我離開那幢飯店前，曾按著飯店樓層功能指南，帶著妻和孩子搭電梯到標示著「兒童遊樂區」的那一層樓。在我的想法，幸好這幢古堡般的大飯店裡，有這樣一間為房客小孩著想的兒童遊樂場。那裡頭應該放了一些有安全防護網的室內溜滑梯、迷你保齡球或是鋪滿彩色塑膠小球的打滾區域。那裡面應該是上上下下奔跑攀爬著一些開心尖笑的小孩們吧。妻帶著好動的孩子，混在這個房間的小孩之中，時間應當比較好打發吧……

沒想到我們牽著孩子，沿著那個鋪了暗紅厚地毯的走廊走到盡頭。我們眼前是一個空盪盪沒有半個大人和小孩的房間。他們聊盡義務地在地面鋪了一層（髒髒的）防摔倒的軟橡膠拼組地板墊。角落放著一個家庭用的小型塑膠大象溜滑梯（那極可能是飯店裡哪個熱心員工把已經長大的孩子的舊玩具捐出來）。且這房間裡唯一光源的那盞日光燈還因變壓器壞了，一明一滅地閃著。

一切如此孤寂而沒有情感。

我們的孩子倒是非常開心地跑去玩著那個大象溜滑梯（也許這樣就沒有別的孩子來和他搶這個滑梯了吧）。我則和妻一言不發地站在那房間門口，那恰好一邊是軟橡膠墊一邊是長毛地毯的界線，看著我們的孩子，孤單一人地，在那單調的畫面裡，爬上爬下重複同樣的動作。

附錄

附錄一 神的屍骸

——論駱以軍的傷害美學①

／黃錦樹

「你的小說強暴了我。」②

我以為時間可以這樣任意延展，像煮熟的麥芽糖不會被拉斷。每一個故事都有一條祕道可以通往另一個故事。所有故事都只是一棟大樓裡的其中一個房間。③

神啊，讓我遠離那些跟著我的生命的東西吧，否則我會被殺死。④

前言

雖然屍骸在駱以軍較早的作品裡早已出現過了，且作為審美設計的重要成分（如〈棄的故事〉、〈阿蘭之歌〉），但並沒有《西夏旅館》裡那般數量龐大（〈父親（下）〉、〈夢中老人〉、〈城破之日〉、〈老人〉）；那些從新聞世界轉介而來的塑化屍體，儼然已如怪物一般，擁有自己的生命。但最顯眼的，還是大量出現有「神」的章節，諸如〈神戲〉、〈神龕〉、〈神殺〉、〈神之旅館〉、〈神棄〉、〈神諭之夜〉，單是標題，占的比率已相當驚人，如果加上不出現在標題裡的〈迦陵頻伽鳥〉、〈圖尼克的父親遇見一群怪物〉、〈火車上〉、〈解籤師〉等出現的怪物與神，與及頻繁的夢（小說以「西夏旅館」為臨終老人錯亂的夢），似乎足以勾勒出這部小說的某種傾向。

然而它究竟走多遠呢？還是終究受困了？

本論文原擬以〈神、怪物、屍骸〉為題，因為那是《西夏旅館》裡最特異的三個新元素之一（另兩個為「胡人」、怪物），故而頗懷疑是可以通向《西夏旅館》核心的謎語。在檢閱了《西夏旅館》中關於神的段落之後，嘗試查閱了《中國民間諸神》、《諸神的起源》、《道教與中國諸神》、討論西方一神教起源的《神的歷史》、簡介世上各大小系統諸神的《神之簡史》……得到的唯一結論大概是，神也許不過是個轉喻，作者似乎並不是真正的關切神的問題。也受到《月球姓氏》中那段漂泊流亡以致變成《山海經》裡的怪物的暗示，以為《西夏旅館》中出現的怪物有根本的重要性。然而細察《西夏旅館》，小說看起來不像在處理「種的退化」（如莫言的《紅高粱家族演義》）；也檢視過民國初年受社會達爾文主義影響下的《山海經》論述，發現幫不上忙。令人困惑。因而懷疑，是不是如弗洛伊德在《夢的解析》裡討論夢的表象、夢的顯意與夢念時提出來的，表象與夢念之間的關係常常是多元決定的（一個表象可能代表多個不同的夢念、一個夢念也可以尋求不同的表象來代現），且往往經歷了複雜的移置與凝縮程序。相較於夢，小說寫作更依賴於文本策略，因此應該更理性、更有計畫些。因此，是不是舊元素更具代表性？更根本的是不是屍骸——它一直與傷害有關——這在駱以軍小說書寫史上更為「古老」的元素？也就這樣，我也回到我過去討論駱以軍的架構⑤，也即是以《遣悲懷》為基礎閱讀《西夏旅館》，因此這樣的詮釋，或可名之為嬰屍詮釋學。

因此這篇論文嘗試以前述兩個表象（屍骸、神）為對象，以探討駱的近期小說逐漸顯露的核心。

前者（屍骸）以《遣悲懷》為主；後者（神）首先大致清理一下相關章節，以：一、釐清箇中「神」的含意；二、「祂」在這部小說的整體意涵中的位置（譬如「脫漢入胡」）；三、與其他超驗符號（怪物、屍骸）的關聯性，四、「西夏」場域的意義。藉此以進一步了解小說家駱以軍在這部作品是否完成了某種「越界」之舉，還是另一回的變奏、又一度的強迫重複。

屍骸上的書寫

也許自《妻夢狗》開始，駱以軍小說裡就有了一種和作者―讀者共處的世界的時間標記——經常是以可以確實印證的社會新聞，與及不確定是否全然屬實的自傳細節——關於後者，有其固定班底，包含了「我」、妻、孩子（有時加上父母、兄姊）及一掛固定出現的「人渣朋友」。只有在最近的《西夏旅館》才有一番改變，但許多原屬駱以軍小說的基本部件還延續著（諸如社會新聞的時間標記），還包括一些反覆出現的、執念般的母題，諸如時差、傷害、性、愛；一些偏好的場所，如夢、房間；一些意象，譬如女體、鐘面、屍骸……就同一個作者而言，總是有延續的相似事物（包括技巧，譬如作者慣用的隱喻手法、錯誤聯想）的重複與變奏（而構成了風格、文體之類的東西）。

近著《西夏旅館》略微有一些變化，篇幅成長了不少，也似乎有一些新的元素（譬如西夏―胡人、神）但頗令人懷疑核心還是原來的核心。

在《西夏旅館》相關章節之前，那部被王德威稱許為「新世紀臺灣小說第一部佳構」⑥的《遣悲懷》（或許至今仍是駱以軍小說寫作的最高峰），屍骸已是小說美學設計的核心；以〈運屍人a〉始、〈運屍人b〉終，藉由書信體向一位自殺的早逝女同性戀作家邱妙津「遣悲懷」，討論死亡、愛、傷害、時差。〈運屍人〉以真新聞事件為藍本改編，構成這部小說的框架，而以遺體器官捐贈喻寫作——在醫療體系的器官捐贈裡「一個身體的死亡，……出現了好幾組不同的死亡時間。」⑦殘存的局部活在不同繼續活下去的人的身體裡，一如活人對死者的記憶。

在小說的〈第九書〉（最後一書），敘事者想像他抱著死去、體液流失的邱，哄慰著，以「如果可以重來一次」的時間調度，最終卻停格於曇花綻放般的陽具對隔布女體胯下的試探，而弔詭的顛覆了逝者的女同性戀性向。

以猥褻為救贖？

在形式上部分模仿了《蒙馬特遺書》的書信體，從〈第一書〉的幾宗他人的自殺，〈第二書〉的童年「祕密洞」（幽閉空間、死亡的模仿），〈第三書〉的與妻受困於香港中國銀行大廈，〈第五書〉的嘗試模仿《一千零一夜》藉說故事以期延緩對方死亡的到來之外，第四、六、七、八書也都是傷害的故事。〈第四書〉的女孩們被性愛傷害而衰老、〈第六書〉的時差（因被傷害而死亡／未亡）、〈第七書〉敘事者對妻的傷害、〈第八書〉一群性關係混亂的男男女女間迂迴婉轉的傷害……穿插著敘事者與假擬的對話者（真實的自殺者）彼此間非常有限的接觸（「如果……」），藉由她的死亡之竟成事實反推（她也談過自殺、她形容黯淡枯槁），以建構出敘事（她死了而我們還活著），可以說非常巧妙的利用了傷害（作為一種死亡的形式）、死亡的時差，而予以美學上的完成。死亡的不可逆反而給書寫（那是可逆的）留下巨大的空間：一如句子的可伸縮、時態的可調度、敘事本身的延展性，敘事可以再生產出時間，即使（對話）對象已死，只要書寫者不死。因此在這對話之間，存在著生與死之間的不對等。是否真的尋求救贖很難判斷，因為書寫的擬真性足以模糊一切，「時差」讓虛構的技藝充分發揮了作用：那基本上是個遊戲空間、書寫空間——死亡顯得可被操作。

而整個敘事的核心顯然是傷害，也直接回應了《蒙馬特遺書》，然而後者顯然直接得多，情傷至極，感歎心靈脆弱而「長期生著靈魂的病」，而哀歎「我已老熟、凋零、謝落了」⑧。就小說而言，駱著顯然比邱著豐富飽滿得多，美學上的成就更高，對傷害的演繹也更為複雜。然而邱的寫作直接來自傷害，也直接朝向死亡，這種經驗的直接性有一種可怕的力量，它是美感經驗之外的（甚至在美學上是貧乏的），卻見證了生命的殘酷。因真實而殘酷。相較之下，《遺悲懷》的死亡書寫畢竟是間接的、純粹的寫作，有著大量華美的裝飾音；寫作者對《遺書》的應答並沒有導致書寫者的枯萎衰毀，而是完成了《遺書》作者不及完成、不可能完成的一種精密規畫下的寫作。而《遺書》的殘缺直接源於生命的衰毀。

即使書名「遺悲懷」也直接取材於《遺書》——紀德晚年寫給亡妻以傾訴對死者畢生愛怨之書，那也是《遺書》自承的寫作動力來源⑨，而在中國文學的固有象徵系統裡，「遺悲懷」一直是丈夫寫給亡妻的懺情詩體（如著名的元稹的〈遣悲懷〉），因此上述的應答，不免是自居未亡人的位置。這樣的自居，是個美學位置。在真實經驗的意義上，其實無情可懺。因此這種美學可說是充分利用了傷害，倒可名之為傷害美學。就駱以軍的小說寫作而言，《遺悲懷》可說是其傷害美學的高度完成。

傷害其實也是駱以軍小說一貫的主題，甚至可說是其「遺棄美學」⑩的「成長版」。從其〈遺棄美學的雛形〉略可窺一二：

那年冬天
究竟是妳的遺棄將我放逐
在詩和頹廢的邊陲
或僅為了印證詩和頹廢
我，遺棄你⑪

詩（寫作）和遺棄／被遺棄之間有一種本源的因果關係，而遺棄即傷害（傷害的形態之一，但也是最根本的形態之一）。在這「美學雛形」裡，男女之愛是核心；而作為愛情的標本，其「客觀對應物」（審美意象）是嬰屍：

同情哀愁絕望亢奮自卑肉慾
喜劇與神話

諸多嬰屍您皆收藏，
只剩不起眼的一只，
那便是遺棄。（22）

〈降生十二星座〉（是以傷害啟動的敘事）裡，因某種傷害而致死的女生，讓敘事者有一番「遺棄美學」的啟悟——被分手傷害的女人，保留遺棄她的男人的記憶，對他而言，如同「嬰屍」（因對他而言，感情已點滴不留）；而她給他的信，「一封又一封叨叨絮絮的自語，正是她一次又一次關於她的保溫箱裡，我遺留在彼的死嬰，培養中持續裂變成長的實驗報告。」（駱以軍1993b: 52）《遺悲懷》〈第一書〉裡談到誘惑者對被誘惑者的遺棄時，用了這樣的比喻：「像將切除後仍在蠕動的自己手指，封罐於福馬林瓶中，鎖在那些不同被棄者瓶罐堆放的標本室裡。」（駱以軍2001: 53）「嬰屍」之「持續裂變成長」，若非感情猶有餘溫，就是傷害繼續在時間裡發酵，如同張愛玲《小團圓》裡情傷造成的刻骨刮皮的「痛苦之浴」（張愛玲2009: 324）。「嬰屍」是傷害方男性觀點下對傷害的冷漠的具體化；在小說的上下文裡，「嬰屍」之可以「被孵養長大」被解釋為「時差」，意味著被傷害者依自己的需求把傷害者留下的記憶組建、延展為一個想像的客體，以（暫時的）撫慰被遺棄的創傷。傷害貫穿了《我們自夜闇的酒館離開》的各短篇，穿過《第三個舞者》的戲謔（也許，不免傷害了被拉長或壓扁、搓揉進其小說「劇場」裡作為敘事材料的作者本人的親友），變奏為《月球姓氏》的歷史傷害，而集中於《遺悲懷》——在那書寫空間裡，那不可經驗的死亡經驗顯然成了書寫的遊戲。一如敘事者所言：

> 我曾經為了描摹死亡，是那麼貪婪地收藏關於死亡的特寫。……
>
> 我積累著這些。像刺繡婦人反覆臨摹特別工於幾種花樣：慢動作的播放，將死亡的瞬間凍結成洋菜膠般可以展示的標本。……
>
> 我積累了太多（我打聽了太多），像以土偶冥人或紮草物事妄圖仿模而召喚神靈（或驅趕恐怖）的土著。我越過生命本然運轉的換日線。於是日夜顛錯，光影逆蝕，形成時差。
>
> （駱以軍2001: 105-106）

死亡作為寫作的對象，是凝視死亡本身還是凝視它被再現的向度？顯然是後者。《遺書》作者之死，坐實了該寫作與死亡的鄰近性，也讓那場死亡戲劇也成為死亡再現的標本之一。可以展示的死亡標本，不就是會成長的嬰屍嗎？第三段引文更自詡為巫，因耽於收集死亡的標本而「越界」（同頁）。但這種標本與情傷者的嬰屍不同（合理的懷疑，寫作者大概也著迷於收集「傷害標本」），它沒有經驗的直接性、經驗的粗礪毛邊，它被書寫的技藝精細的切割打磨成物——以文字的物質性（尤其是形象性）讓它成物、物神化。而時差，也是藉書寫技藝撐開的書寫空間，它讓他人的死亡可寫。讓傷害可寫。

《遺悲懷》有三個夢，都可歸屬於「妻—夢」（妻的遺書、殺駱駝、亡妻者聚會）都是日常的死亡意象。而《遺書》第九書明確提到幾個生命關聯最深的親友在敘事者深陷死亡危機時都夢到她在喊痛、她的棺槨，接收到她的求救訊號（邱妙津1994: 81-82）；《遺悲懷》〈第七書〉則敘述兩個對話者（我—妳）在各自生命危機裡錯過的求救，但相較於《遺書》中的求救都顯得輕巧。以《一千零一夜》為模型藉故事以喚停朝向死亡的時間，終歸是緩不濟急，終歸是寫作而已。

另一方面，就文學體裁的記憶而言，「遺悲懷」體預設的夫妻（或同等濃烈的情感關係）而言，那悲悼——以一個假擬的對象「遺」其「悲懷」，不免是為文造情，文優於情，是為擬體。也就是說，《遺悲懷》要麼是「擬遺悲懷」，要麼是一種讖語書寫——它是《西夏旅館》的預寫。也即是說，寫作「形成時差」、預支未來，並不僅是針對書寫者，可能遍及被捲進其「傷害劇場」的所有角色。那也許即是傷害造成的效應——駱以軍不認為《妻夢狗》以來一貫的書寫策略是私小說，然而那種以家族親友的故事為藍本的操作方式，即使對寫作者而言並無惡意（不是為傷害而寫），但難免造成傷害（雖能判斷其中的虛實？小說的編纂和謠言的製作並無本質上的不同）——引起劇中人的抗議甚至反擊，其最著者如《遣悲懷》〈後記〉三舅的反應（「那將所有光源盡皆吸去的黑暗就是傷害本身。」⑫）、〈摺紙人〉中的女編輯、〈大厤〉裡的男同性戀廚師，或其昔年文化大學同學師瓊瑜（她易辨識的不堪的丑角形象固定的出現在駱的幾部小說裡，譬如《遣悲懷》〈第七書〉、《第三個舞者》〈第五個故事〉）難免會遭到師的以小說報復（師瓊瑜2002）。而駱以軍在晚近的隨筆〈我的左手〉裡，顯然也充分意識到這問題（他的理解是「陌生化失敗」、「被作為材料而無能力反擊的真實者所受到之傷害」），以其「家庭劇場」書寫策略之所取法的大江健三郎為例，也一樣受到「生活對私小說的反噬」（駱以軍2008: 62）。書寫損蝕「被作為材料而無能力反擊的真實者」的記憶、甚至生活（如其〈後記〉所言）；或者以虛構的技藝操弄「真實者」人生的可能時，提前孵育、養大、活化了他人經驗的種籽——作為可能性——而非嬰屍。因為人生也常（甚至被迫）模仿小說。

論「精」「神」

以此為基礎，應有助於理解彷彿千頭萬緒的《西夏旅館》⑬——反覆閱讀之後，我覺得核心主題依然是傷害。

第一章〈夏日旅館〉即是個一男多女的傷害的故事；「殺妻」是敘事的推動力，不論是李元昊還是圖尼克。第二章〈夏日煙雲〉敘事的主人公即道出「我殺了我老婆」(25)、「如果沒有愛……我只是想……脫漢入胡」(33)基本的主題已出現。第三章〈洗夢者〉除了介紹西夏寫作的資料來源及師法的小說(《哈札爾辭典》)之外,出現「妻子那顆美麗的頭顱」;第四章〈殺妻者〉即演繹西夏君王李元昊殺妻、淫亂、暴力屠殺、父子相殘……大致勾勒出它的藍圖。從身體出發,引向大連的身體標本、城破之後大量高掛的新鮮人頭及失蹤的身體(爾後轉化為烤全羊、無比豐盛的動物屍骸晚宴)、社會新聞裡殺妻者的分屍棄置;那是屍骸意象的演繹。一直到找到妻的身體為止。

如果說「脫漢入胡」並不難理解(在小說裡是指人因嫉妒憤恨私慾等強大的負面情緒而陷入「非人」的暴力狀態),然而,那些關於神的符號(頻繁的呼喚神)究竟有什麼用意?

除〈神龕〉寫嫖妓,無關乎神之外(「那是間奇異的處所,像看守文明廢墟的神龕」)(390)——以神龕喻老舊的汽車旅館、嫖妓的場所,這裡的神顯然是指神女;〈神戲〉以傀儡神戲喻西夏旅館裡老人的生存狀態、屍骸,陰慘的權力鬥爭;〈神殺〉寫西夏流亡部隊的瘋狂屠殺,彷彿為神所棄;〈神棄〉繼之,是連續的情節,紫微斗數裡的神祇天德大戰天刑;〈神諭之夜〉是小說情節的收攏,也無關神(「神諭」近於啟示);〈神之旅館〉以一段八家將開場,把神偶頭上的冠想像為「旅館」,隨即轉入諸女人的世界。〈沙丘之女〉中神的舞蹈、〈解籤師〉中的降神附體、〈迦陵頻伽鳥〉的神鳥顯現、〈圖尼克的父親遇見一群怪物〉怪物們圍剩旱魃……。這麼多的神怪，是為了解釋什麼呢？另一方面，小說的終末何以需要來一番「造字」——那是創始行為（屬於聖哲），還是一種對創始行為的重複呢？

根據加拿大文學理論家弗萊（Northrop Frye, 1912-1991）對虛構作品的分類，「如果主人公在性質上超過凡人及凡人的環境，他便是個神祇；關於他的故事叫做神話，即通常意義上關於神的故事。」[14]但這部小說顯然不是，雖有神，但主人公基本上是個凡人，至少在駱以軍的《我們》中我們可以辨識出他和我們沒有太大的不同；因此它不是神話。「如果主人公在程度上超過其他人和其他人所處的環境，那麼他便是傳奇中的典型人物……在傳奇主人公出沒的天地中，一般的自然規律要讓點路：凡對我們常人說來不可思議的超凡勇氣和忍耐，對傳奇中的英雄說來卻十分自然；而具有魔力的武器、會說話的動物、可怕的妖魔和巫婆、具有神奇力量的法寶等等，合乎情理的出現。」[15]那是傳說、民間故事、童話及其派生形式的類型。《西夏旅館》確有此界面，但都是以夢、隱喻的方式呈現為「父親的故事」或李元昊的故事之類的。換言之，傳奇界面確實存在於那違建般拼湊的「旅館」。但小說中也在「高模仿」的主人公，譬如李元昊及父親，「程度上比其他人優越，但並不超越他所屬的自然環境」。但小說的敘事者不論是圖尼克還是「我」，其實都是低模仿的主人公，「不優越於別人，又不超越自己所處的環境」；甚至偶或屬於諷刺型的——「體力和智力都比讀者低劣」。這最後兩種類型，都是弗萊界定的從寫實主義到現代主義的基本敘事界面，那樣的小說在角色（尤其是主人公）設定上基本以當代讀者的實在狀態為模範，也因此多少帶有自傳色彩——寫作者作為第一位讀者；讀者真實處境更成為小說舞臺的參照。

簡言之，在文類屬性上，《西夏旅館》以夢境（駱以軍的慣伎）、魔術、幻覺，企圖超越受限於形式寫實主義的虛構契約，而兼容奇幻（或者魔幻）；在那樣的空間裡，神、魔、怪物都可以自然而然的存在。然而，它們的功能是什麼？純粹美感意義上的嗎？

依小說順序，最早的神應是出現於〈少年〉，那出現於瀕死老者腦中複雜迴路裡錯亂意識（那被比喻為夢中旅館）裡的待救贖意象，那少年，及包圍著、保護著他的諸神：

> 媽祖娘娘。清水祖師。劉關張三結義（主祀是恩主公關羽是也）。保生大帝。文昌君。註生娘娘。文昌帝君。七爺八爺……
>
> 祂們無比慈悲充滿眷愛地守護著旅館裡唯一的人類：那個男孩。（199）

緊接著的一節即是〈神戲〉，「微光中，一張木頭長凳上，站著一列七八只神祇傀儡，鮮衣怒冠，似嗔還笑。」[16]「祂們是永遠的遷徙者，恆在一遍遍重複乃至失去現實感的『神仙打架』故事裡手舞足蹈。」[17]那是演給孤魂野鬼看的「神的戲班」，而那隱喻的是旅館裡「權力亂倫譜系」造成的不斷重演的大屠殺；而〈神戲〉中的神偶，在〈神之旅館〉中具體化為八家將，並且將之種族化，祂們「根本就是幾個忘了回家之途，陷困於矮小漢人夢境中的八個外國人」（513）。八個胡人，勉強和「脫漢入胡」的主題發生關係。而跳八家將的少年，「刻意忘記曾在神的旅館裡目睹那一切幾乎不能承受的恐怖景觀」，皆曾目睹一場神仙與神仙的大屠殺。這兩節都隨即轉入都市裡光怪陸離的男女關係，傷害。這些神（或神偶）現身的場所，那旅館，依小說描述，是老人垂死的腦中深處，那夢與夢交換的場所。然而這裡頭有不少問題：何以諸神（或者以偶像的方式）顯現（在許多場合顯然是喻）？何以總是立即的轉喻式的轉向男女關係？神與女人的關係是怎樣的（既然有著轉喻上的關聯）？那欲言又止的旅館裡的「大屠殺」又是怎麼一回事（〈晚宴〉裡又出現一次，在那赫拉巴爾《我曾經侍候過英國國王》式的豪宴，想像動物大屠殺）？〈神殺〉、〈神棄〉應是關鍵的兩節，在那裡，是西夏王李元昊最後的流亡部隊之「被神遺棄」，主宰人之命盤的天上諸神也在互相屠殺——對應著人世的戰役。

而大屠殺，其原型是好水川之役李元昊的慘敗於蒙古大軍（〈城破之日〉）、〈神殺〉中流亡者的濫殺無辜。小說是不是企圖藉歷史傳說界面來解釋主人公當下的境遇——一如〈降生十二星座〉之以星座（那超驗的、但也是程式化的解釋系統）來解釋角色的必然命運——「只因妳降生此宮，身世之程式便無由更改。」[18]「甚至你可以直視自殺，直視自殺後面的無邊黑暗。」[19]當然包括了一切的傷害。不管說是詛咒、懲罰還是別的什麼，都是訴諸神祕的因果解釋。

如前所述，《西夏旅館》小說一開始「圖尼克殺妻」就已經疑似發生了（源於愛／不愛的測試?)。對應的是李元昊殺妻(〈殺妻者〉)——那早已發生在遙遠的過去、搞軌案李雙全殺妻……。就敘事而言,似乎是這樣的:在發現妻子首與體分離之後,主人公圖尼克展開他尋找妻子身體的漫遊(這暗示了,頭不是問題,出問題的是身體),一個又一個女體、經歷一間又一間旅館——但多往往又是一——所有身體都是妻的完美身體(那屬於過去)的不完整替代(所有的當下及未來),所有旅館都是「西夏旅館」這一本體的現象形式,而且一切,彷彿就發生在意識裡。技術上,大致是借用波赫士〈曲徑分岔的花園〉,企圖同時寫下多種可能(小說中自稱為「複式特寫」)——包含被取消的可能、快速的疑問句替換、加括、塗消又重現等,而以魔術、幻術來命名、合理化那樣的操作。在敘事的轉換上,「尋找妻子的身體」迅速銜接成父子遊戲(自〈那晚上〉圖尼克受邀參與父子遊戲),「尋妻」因而嫁接在「尋根」上頭,而企圖藉此建構出一番因果解釋:何以殺妻?其他的殺妻者都有理由(妒恨,或為了錢、保險金),唯圖尼克不明;因此那因或者在文本之外,或只能歸諸遙遠的因果根源(訴諸神祕的解釋——「累世」的宿怨)——「西夏」、胡人便是那樣的大託詞。與妻的恩怨(人際關係的傷害?),竟然已化為西藏民間神戲表演,日常儀式、被當成真實的「神與魔之間的大屠殺」,神的舞蹈:

魔與佛的咒術對決,魔的肉身承受痛擊、對抗著,哀嚎著,暴戾地劇烈掙扎的狀態竟呈現了最純粹的屠殺。屠殺外族。屠殺異教徒。屠殺長相殊異我且口不能吐人語者。

他的祖先曾在一種流亡異鄉的恐懼和瘋狂狀態，屠殺了她的祖先。而他們之間，得像那戴著面具的滑稽之舞，一次，兩次，三次……重複著無法更改細節的雙人探戈。（〈沙丘之女〉621）。

這大概是一種「不這樣又能怎樣」的（莫須有）解釋了。但這不全是「尋妻」的終點。這裡只解釋了何以他讓妻身首分離。因為那被設定為「已發生」且不提供任何非神祕的理由，也表明了敘事者對事情的了解可能有缺失，「找不到那傷害的最初時刻」（554）意味著傷害造成了時差（接著時差又造成了傷害），敘事者圖尼克他因找不到那「最初時刻」而建構了西夏旅館、建構了整個雜亂的敘事，「時差」被徹底空間化、文字因而不斷的播撒、情節繁衍。「尋根」、「尋父」的敘事有一場父子對決，而在那波赫士〈圓形廢墟〉般創造／被創造（是誰的妄念或怨念或夢創造了對方）的辯論裡，他終於（在幻覺中）找到妻子的身體，它成了神的獻祭：

那確是他妻子的身體，但頸上換上的頭顱，是一具幽藍色的憤怒骷髏。這幅畫面，更讓他痛不欲生的關鍵細節，是這樣被夢之咒術困住的淫媚女體，正以底部為承軸，安插在那憤怒明王獸皮兜下撩翹起的巨大陽具上。（561）

這無疑是駱以軍嬰屍意象的成長版、更新版（因此《西夏旅館》也是個棄的故事）；只是這回主客易位，男方被遺棄而非女方，因此反應也大不相同。被遺棄的女人或者徒勞的寫信（養大男人留下的情感嬰屍）；或者逕自枯萎在駱以軍所說的「衰老劇場」裡，或者脆弱的以言辭反擊。相反，《西夏旅館》展現了強大的暴力，而這種形態的暴力，曾經演繹於早年的〈消失在銀河的航道〉。而該小說中置放於廣袤銀河裡的「消失了」、「回不去了」、「沒有用的」的孤寂吶喊，如同〈降生十二星座〉裡進不去的「直子之心」、《遺悲懷》裡難以探觸的自殺者心靈滅絕的黑暗，在《西夏旅館》裡則呈現為妻的不愛與遺棄背後無從明瞭的動機。由於小說沒有提供實證的理由，主人公自己搞不清楚到底是怎麼一回事——只知道被遺棄是事實，緊接著的暴力是事實、自暴自棄、尋求女體替代以滿足慾望也是事實。在這過程中，嫁接為尋根、尋父其實涉及的對前項行為的歸因、建構意義，本質上也是一項徒勞的、錯亂含混、因果交纏的解釋活動。

作為所指，西夏（及其地理上的物質文化）這超驗向度同時涉及圖尼克父親的兩種同時並存的不同身世，也涉及主人公的存在論證（「我以為我的存在，是上天對我那耽於殺戮的祖先一族，一種過於工整的懲罰」）（618），解釋自己作為異鄉人（外省人）的格格不入感。尋妻、尋父這兩大主題在小說裡找到同一個歸因（雖則後者也是前者之因），歸諸宿命、血源，是為祖先遊戲的一部分。在這意義上，《西夏旅館》也是一部尋根小說。而尋找妻子的身體的動力，源於肉體欲念（615，這理由其實也蠻貧乏的），一如所有女體的替代功能乃是肉慾的滿足；「殺妻」

作為敘事動機其實也是個貧乏的動機，作為開端，它毋需論證（但需要解釋，不過也許仍是偽解釋），因為它是一切的根源，但因此它也變成本書最黑暗的核心——因為它其實是不可理解的，猶如天罪、天罰。

不幸的是，小說正是那樣展開的，以鏡中鏡、影中影、夢中夢、故事中的故事的方式，但基本上只有兩個大的面：父親（的腦）與妻（的身體）。前者被廢除的是身體（但仍是根巨大的象徵意義上的陽具），後者被罷黜的是頭腦；因而前者在小說中呈現為精神（意識與意志）功能的過於強大（足以製造幻影，甚至造人）而後者不過是容受男人無盡的性欲、射精的衝動。在小說中，後者的終極形式是大母神、地母；前者則是「神」這象徵著全知全能的抽象概念本身。

銜接尋妻、尋父這兩者的，則是尋根這根的字面義，生殖、創造、射精。遺棄、怨恨、報復、獸性被誘發、「脫漢入胡」——人變成怪物、非人。傷害的鎖鏈、遺棄的環鍊：圖尼克被妻遺棄↓父親被祖父遺棄↓祖先被神遺棄↓父親被祖父遺棄↓圖尼克被妻遺棄。因此祖先被神遺棄即是最初的傷害、傷害的最初時刻（諸因之果——但神之所以棄人何嘗不是因為祂為人所棄——人犯了滔天大罪）；小說以一個微妙的比喻來黏合此世的存在者與西夏那超驗向度。

・〈城破之日〉裡逃亡者的境遇：「像李元昊最後飆出的一蓬精液，朝蒙古騎兵群聚的城牆倒塌缺口猛刺馬腹衝去。」（139）

・〈神殺〉裡瘋狂的屠殺者的自白：「每一個人的『我』這件事不見了，我們的『我』被某種巨大的神靈或意志給取消、收回了。那之後，我們真正的變成了李元昊夢境中不斷往南方奔馳的一隊影子騎兵。」（475）

・〈神棄〉：「我們是李元昊人變成獸之前，嗥叫著射向前方的單套染色體精液。滾地成人形，著上鎧甲攀上馬蹬，佩玄鐵馬刀朝南而行。所以我們全籠罩在這樣近乎精蟲的恐懼裡：在這樣長途跋涉的滅種之旅，如果，如果不在我們終於被烈日蒸曬成一攤融化黏膠之前，找到我們源頭大母神的溫暖潮溼腔穴，……」（633-634）

三段引文都是「老人」對「男孩」敘述七百多年前那場最後的戰役中發生的事，而在敘事者的祖先／父子遊戲中，敘事者的存在即驗證了血脈終究有被傳遞下來，未曾滅絕。但另一方面，它經歷了鉅大的、難以修復的創傷（作者的比喻——好比鐵軌被弄斷了一截）那瀕臨滅絕的創傷讓他們變成怪物（「脫漢入胡」），或幾乎變成怪物，構成了種族的宿命，以詛咒或甚至遺傳的方式，部分決定了後代子孫「異鄉人」的命運。那也是這部小說國族寓言設計的一部分⑳。基因或命運的傳遞，在小說裡用的都是生殖的比喻——從而賦予逃亡、滅絕一種淫猥情色的色彩，父祖的好色、敘事者的濫嫖，都重複了開基祖先李元昊的好淫——都源於瀕亡之精蟲對「大母神的溫暖潮溼腔穴」的宿命依戀。這些「單套染色體」的傢伙，同時是開基祖意志與命運的分身，在每一個父親身上幻影似（在夢中）重現。

有趣的是，這生殖比喻部分的重複了《遺悲懷》裡的一個段落。在那裡，那不斷敷衍救贖（把時間喚停、防止它往死亡流逝），那自稱「像慢慢老去的守屍人」的敘事者，曖昧的說：

（像那些完事以氅裹之，由太監駝出帝臥的精赤女體。太監跪曰：「留不留」帝曰：「不留！」則至女體後股穴道微按之，則龍精皆流出矣。）那些歪斜毀壞的靈魂典型（那些像鼻涕濃痰自胯間腥臭憎惡排出的千萬隻面容不全的單套小人兒），全在一次又一次戳刺擺弄和震顫的疼痛中充塞進我的形體中了。那些他們不留下的，我全縮緊尻穴忍著留下了。㉑

這段怪異的文字似是描繪生者對傷害的承受，但帶著性倒錯的意味，且用的是交配、生殖的比喻。依《遺》書的脈絡，哀悼一位女同逝者，干皇帝和妃子交配龍種留不留啥事？即使抽掉帝王元素，「千萬隻面容不全的單套小人兒」對女同志而言似也嫌褻瀆。有趣的是，《西夏》李元昊是不折不扣的帝王，而在該書的祖先遊戲裡，確實是留下「那些歪斜毀壞的靈魂典型」延續了亡國後流浪的子裔斜陽一般的命運。擺在駱的嬰屍美學系譜裡，這「龍精」其實又是嬰屍的前身。相較之下，它其實比嬰屍殘缺得多，因尚未與大母神的卵子合成，只有一半；但反過來，嬰屍是死過的、夭折的產物，而龍精至少還未曾死。然而既存於〈沙丘之女〉中「二郎神的第三隻眼」的「尻穴」，其實也必死無疑。

就兩部小說的時間性而言，《遺悲懷》的確實時刻應該在《西夏旅館》之後；然而在《西夏旅館》裡，卻已無悲懷可遣（怨怒過大，以至無法好整以暇的遣），而是試圖調整時差，把壞毀的過去叫喚回來、予以喚停，那就是〈圖尼克造字〉所進行的夢的工作，因此那一部分確實是純粹的時差。然而那是《妻夢狗》的世界，《西夏旅館》，其實是《妻夢狗》中〈時間之屋〉的變奏曲。悲哀的是，自《妻夢狗》以來，狗死於《月球姓氏》，妻二度亡於《西夏旅館》（在《遺悲懷》的「亡妻體」裡已死了一次），剩下的，僅僅是夢而已。那是否表示駱以軍的「中期寫作」已告一段落？

那神呢？何以出現這麼多神？小說中其實有一番解釋：「見神偶必拜的多神信仰習慣：怕錯漏了……真正的祖先。」（72-73）那其實是祖先遊戲的剩餘物。神早已在那場遠古的自殺戮中死去，無法庇護自己的族裔，被他族更強大的神屠戮。留下的是，不過是祂們的幻影與屍骸，幻影重現於日常節慶中、幻覺或夢中；而神偶是神的屍骸的具象化，兩眼無神，它的內裡「是黑忽忽的被死亡傷害過的空皮囊哪。」[22]或可名之為神渣。依舊是棄的故事，只不過這回是被神所棄——因為神也自身難保，祂們平庸、無能，會受傷甚至死亡。祂們其實也早已被遺棄——在李元昊不和天高地厚冒犯了人間的暴力之神成吉思汗之後。一切復歸於宿命。傷害是宿命、格格不入也是宿命。

總而言之，《西夏旅館》有更大的篇幅，更逼人的想像，但似乎沒有更深刻的思辨架構（這一點楊凱麟一定不同意[23]）；「西夏」或胡因為成為一切之歸因，而失去作為因的效度而成為病徵；「因為我是胡人」這樣的修辭感歎甚至令人感到一股強烈的自憐，它不過是「我已經被傷害了」的轉譯。但誰傷害了那個「我」呢？不是神，不是他人，很可能即是「我的」寫作本身。因為在駱以軍那樣的傷害美學實踐裡，寫作即傷害。自憐因而也即是自虐。守屍人、屍體化妝師也製造著屍骸呢，人、怪物、神的屍骸。

黃錦樹，作家，現任國立暨南國際大學中國語文學系教授。

① 本文發表於《中外文學》第三十八卷四期（二〇〇九年十二月），頁十九—三九。——編注
② 駱以軍，〈字團攤開之後〉，《紅字團》（臺北：聯合文學，一九九三），頁四六。
③ 駱以軍，《遺悲懷》（臺北：麥田出版，初版，二〇〇一），頁二五一。本文引用出處皆為此書初版。——編注
④ 邱妙津，《邱妙津日記》（臺北：印刻出版，二〇〇七），頁二七四。
⑤ 黃錦樹，〈隔壁房間的裂縫：論駱以軍的抒情轉折〉，《謊言或真理的技藝》（臺北：麥田出版，二〇〇三），頁三三九—三六二。
⑥ 王德威，〈我華麗的淫猥與悲傷——駱以軍的死亡敘事〉，《遺悲懷》（臺北：麥田出版，初版，二〇〇一），頁一三。
⑦ 《遺悲懷》，頁三〇八。
⑧ 邱妙津，《蒙馬特遺書》（臺北：聯合文學，一九九六），頁十。後文簡稱《遺書》。
⑨ 同前，頁一九〇。
⑩ 討論詳黃錦樹，〈棄的故事：隔壁房間的裂縫——論駱以軍〉，附錄於《遺悲懷》，頁三三九—三五七。
⑪ 駱以軍，〈棄的故事〉，《棄的故事》（臺北：自印，一九九五），頁十五。
⑫ 《遺悲懷》，頁三一三。
⑬ 一般的討論參筆者〈在流浪的盡頭：台灣作家駱以軍的《西夏旅館》〉，香港嶺南大學「當代文學六十年」研討會論文，二〇〇九年三月十九、二十日。
⑭ 弗萊，《批評的解剖》（天津：百花文藝出版社，二〇〇六），頁四五。
⑮ 同前，頁四六。

⑯ 此依《西夏旅館》（臺北：印刻出版，二〇〇八）附錄之〈情節小引〉，頁七六二，是正文繁縟文辭的縮寫版。

⑰ 〈神戲〉，同前，頁二〇三。

⑱ 駱以軍，〈降生十二星座〉，《我們自夜闇的酒館離開》（臺北：皇冠出版，一九九三），頁六八。

⑲ 同前，頁五四。

⑳ 關於小說自身的國族寓言式解釋架構，其實是相當脆弱的，小說〈騙術之城〉一章已藉角色對此做了詰問，頁四二〇—四二一。

㉑ 《遺悲懷》，頁三〇三。

㉒ 《遺悲懷》，頁九八。

㉓ 見其〈《西夏旅館》的運動—語言與時間—語言：駱以軍游牧書寫論〉，高雄中山大學哲研所主辦「駱以軍作品研討會」宣讀論文，二〇〇九。

引用書目

王德威，〈我華麗的淫猥與悲傷——駱以軍的死亡敘事〉，收錄於《遺悲懷》（臺北：麥田出版，初版，二〇〇一），頁七—三〇。

弗萊（Northrop Frye），《批評的解剖》（天津：百花文藝出版社，二〇〇六）。

邱妙津，《蒙馬特遺書》（臺北：聯合文學，一九九六）。

師瓊瑜，《假面娃娃》（臺北：皇冠出版，二〇〇二）。

張愛玲，《小團圓》（臺北：皇冠出版，二〇〇九）。

黃錦樹，〈隔壁房間的裂縫：論駱以軍的抒情轉折〉，《謊言或真理的技藝》（臺北：麥田出版，二〇〇三），頁三三九－三六二。

——，〈在流浪的盡頭：台灣作家駱以軍的《西夏旅館》〉，香港嶺南大學「當代文學六十年」研討會論文，二〇〇九年三月十九、二十日。

楊凱麟，〈《西夏旅館》的運動－語言與時間－語言：駱以軍游牧書寫論〉，高雄中山大學哲研所主辦「駱以軍作品研討會」宣讀論文，二〇〇九年。

駱以軍，《紅字團》（臺北：聯合文學，一九九三 a）。

——，《我們自夜闇的酒館離開》（臺北：皇冠出版，一九九三 b）。

——，《棄的故事》（臺北：自印，一九九五）。

——，《遺悲懷》（臺北：麥田出版，初版，二〇〇一）。

——，《西夏旅館》（臺北：印刻出版，二〇〇八）。

——，《經驗匱乏者筆記》（臺北：印刻出版，二〇〇八）。

附錄二　駱以軍創作、出版年表

一九八九年　〈蟑螂〉獲全國學生文學獎大專組小說佳作。

一九九〇年　〈底片〉獲聯合文學小說新人獎短篇小說推薦獎。

一九九一年　〈手槍王〉獲時報文學獎短篇小說徵選獎。

一九九三年　四月出版小說集《紅字團》（聯合文學），獲《聯合報．讀書人》年度十大好書。

十一月出版小說集《我們自夜闇的酒館離開》（皇冠出版）。

〈降生十二星座〉入選《八十二年短篇小說選》（陳義芝主編，爾雅出版）。

一九九四年　十一月出版童話集《和小星說童話》（皇冠出版），幾米繪圖。

一九九五年　六月自費出版詩集《棄的故事》。

國立藝術學院戲劇研究所畢業製作劇本《傾斜》。

一九九八年　七月出版小說集《妻夢狗》（元尊文化）。

〈哀歌〉入選《八十七年短篇小說選》（郜僴主編，爾雅出版）。

一九九九年　九月出版長篇小說《第三個舞者》（聯合文學），獲《中國時報·開卷》年度十大好書。

二〇〇〇年　十一月出版長篇小說《月球姓氏》（聯合文學），獲《中國時報·開卷》、《聯合報·讀書人》、《中央日報》、《明日報》年度十大好書。

〈醫院〉入選《八十九年小說選》（陳義芝主編，九歌出版）。

「與時差有關的五個故事」寫作計畫，獲臺北文學獎文學年金類獎。

二〇〇一年　十一月出版長篇小說《遺悲懷》（麥田出版）。

〈運屍人〉入選《九十年小說》（李昂主編，九歌出版），並獲該書年度小說獎。

二〇〇二年　五月開始撰寫《壹週刊》專欄「我們」。

七月《遺悲懷》精裝版出版（麥田出版）。

獲中國文藝協會文藝獎章。

二〇〇三年　六月出版長篇小說《遠方》（印刻出版），獲《聯合報·讀書人》文學類最佳書獎。

〈發票〉入選《九十二年小說選》（林秀玲主編，九歌出版）。

二〇〇四年　十月出版《我們》（印刻出版），獲《聯合報·讀書人》文學類最佳書獎。

〈觀落陰〉入選《九十三年散文選》（陳芳明主編，九歌出版）。

以《我們》獲金石堂書店年度出版風雲人物。

二〇〇五年　二月再版《我們自夜闇的酒館離開》，書名改為《降生十二星座》（印刻出版）。
十二月再版《紅字團》（聯合文學）。
十一月出版長篇小說《我未來次子關於我的回憶》（印刻出版），獲《聯合報・讀書人》文學類最佳書獎。

二〇〇六年　四月出版《我愛羅》（印刻出版）。
〈神棄〉入選《九十五年小說選》（郝譽翔主編，九歌出版）。

二〇〇七年　九月與黃錦樹合編《媲美貓的發情——LP小說選》（寶瓶文化）。
〈神戲〉入選《九十六年小說選》（李昂主編，九歌出版）。
〈啊，我記得……〉入選《九十六年散文選》（林文義主編，九歌出版）。

二〇〇八年　十月出版長篇小說《西夏旅館》（附《經驗匱乏者筆記》，印刻出版），獲《中國時報・開卷》年度十大好書、《亞洲週刊》年度十大中文小說。
〈月光港口〉入選《九十七年散文選》（周芬伶主編，九歌出版）。

二〇〇九年　七月出版《經濟大蕭條時期的夢遊街》（印刻出版）。
以《西夏旅館》獲臺灣文學獎長篇小說金典獎、金鼎獎一般圖書類最佳著作人獎。
主編《九十八年小說選》（九歌出版）。

二〇一〇年　四月經典版《月球姓氏》出版（聯合文學）。
五月〈最後一個克羅馬儂人〉收錄於《咖啡館裡的交換故事》（大塊文化）。
以《西夏旅館》獲紅樓夢獎世界華文長篇小說獎首獎。
二〇一一年　六月簡體版《西夏旅館》出版（廣西師範大學出版社）。
八月簡體版《遺悲懷》出版（上海人民出版社）。
〈小三〉入選《一〇〇年小說選》（侯文詠主編，九歌出版）。
二〇一二年　一月出版《臉之書》（印刻出版）。
四月簡體版《我未來次子關於我的回憶》出版（廣西師範大學出版社）。
六月簡體版《我們》出版（人民文學出版社）。
二〇一三年　一月再版詩集《棄的故事》（印刻出版）。

國家圖書館出版品預行編目資料

遺悲懷 / 駱以軍著.-- 三版. -- 臺北市 : 麥田出版 : 家庭傳媒城邦分公司發行, 2013.06
面； 公分. -- (當代小說家 ; 20)
ISBN 978-986-173-946-5(平裝)
857.7 102010408

當代小說家 20

遺悲懷

作　　著　駱以軍
主　　編　王德威
責任編輯　賴雯琪
校　　對　吳淑芳

副總編輯　林秀梅
編輯總監　劉麗真
總 經 理　陳逸瑛
發 行 人　涂玉雲

出　　版　麥田出版
城邦文化事業股份有限公司
104臺北市中山區民生東路二段141號5樓
電話：（886）2-2500-7696 傳真：（886）2-2500-1966、2500-1967
發　　行　英屬蓋曼群島商家庭傳媒股份有限公司城邦分公司
104臺北市中山區民生東路二段141號2樓
書虫客服服務專線：(886)2-2500-7718；2500-7719
24小時傳真服務：(886)2-2500-1990；2500-1991
服務時間：週一至週五09:30-12:00；13:30-17:00
郵撥帳號：19863813 戶名：書虫股份有限公司
讀者服務信箱E-mail：service@readingclub.com.tw
歡迎光臨城邦讀書花園 網址：www.cite.com.tw
麥田部落格：http://blog.pixnet.net/ryefield

香港發行所　城邦（香港）出版集團有限公司
香港灣仔駱克道193號東超商業中心1樓
電話：(852)2508-6231 傳真：(852)2578-9337
E-mail：hkcite@biznetvigator.com

馬新發行所　城邦(馬新)出版集團【Cite(M)Sdn. Bhd.(458372U)】
11, Jalan 30D/146, Desa Tasik,
Sungai Besi, 57000 Kuala Lumpur, Malaysia.
電話：(603)90578822 傳真：(603)90576622
email:cite@cite.com.my

封面設計　黃子欽
年表編輯　趙弘毅
電腦排版　宸遠彩藝有限公司
印　　刷　前進彩藝有限公司

初版一刷　2013年6月

定價／380元
ISBN：978-986-173-946-5